ROBERT BRACK

DIE TOTEN VON ST. PAULI

KRIMINALROMAN

Ullstein

Besuchen Sie uns im Internet:
www.ullstein-taschenbuch.de

MIX
Papier aus verantwortungsvollen Quellen
FSC® C083411

Originalausgabe im Ullstein Taschenbuch
1. Auflage Februar 2016

Umschlaggestaltung: ZERO Werbeagentur, München
Titelabbildung: © Roy Bishop/arcangel-images.com
Satz: LVD GmbH, Berlin
Gesetzt aus der Quadraat
Druck und Bindearbeiten: CPI books GmbH, Leck
Printed in Germany
ISBN 978-3-548-28765-2

für Charles

»In der Nacht geschah das erste einer Reihe sonderbarer Verbrechen.«

Das Cabinet des Dr. Caligari

Erstes Kapitel:

ABSCHIED

Das war doch kein Blut? Greta streckte die Hände aus und schaute sie genau an. Dann drehte sie sie um und untersuchte die Handflächen, hielt sie dicht vors Gesicht. Man wusste ja nie. In diesen Handlinien konnte sich etwas festsetzen oder zwischen den Fingern, in den kleinen Falten an den Gelenken. Immer wieder drehte sie die Hände um und starrte sie an. Diese rosige Farbe, könnte die nicht auf etwas Verdächtiges hindeuten?

Der Mann mit dem kaputten Gesicht, der neben ihr auf dem Kutschbock saß, schnalzte mit der Zunge. »Was gibt's denn da zu sehen? Stimmt was mit Ihren Händen nicht, Fräulein?«

»Oh ... da ist nichts.« Greta schob ihre Hände hastig in die Manteltaschen. Der Stoff fühlte sich rau und kratzig an. Vielleicht lag es auch daran, dass ihre Haut nach dem vielen Waschen empfindlich geworden war.

»Wenn ich so schöne Hände hätte, würde ich sie vielleicht auch andauernd anstarren«, sagte der Mann mit dem kaputten Gesicht.

»Vielen Dank«, erwiderte Greta leise und schaute sich um. Abgeerntete Felder, dazwischen Wiesen, hier und da Gerüste mit Heu zum Trocknen.

»Ich hab keine Spiegel mehr zu Hause«, sagte der Mann. »Musste immer weinen, wenn ich hineingeschaut habe. Hab sie alle abgehängt. Sogar zerschlagen. Und dabei nicht bedacht, dass jeder Mensch dem anderen ein Spiegel ist. Ich sehe es in ihren Augen. Das trifft mich immer wieder hart. Deswegen bin ich froh, dass ich meistens nur mit meinen Pferden zu tun habe.« Er ließ die Peitsche knallen, als der Braune langsamer wurde. »Denen ist es wohl egal, wie ich aussehe. Wer weiß schon, was ein Pferd sieht, wenn es einen Menschen anschaut.«

Er griff in die Innentasche seiner zerschlissenen Uniformjacke. Da, wo mal die Rangabzeichen aufgenäht gewesen waren, konnte man noch die losen Fäden sehen. Er holte die Schnapsflasche hervor. Nahm einen großen Schluck, stöhnte auf und steckte sie wieder ein.

»Wer mich zum ersten Mal anguckt, kriegt es meist mit der Angst zu tun. Das hab ich schon tausendmal erlebt. Nur bei Ihnen, Fräulein, da war das anders. Sie sahen aus, als wären Sie froh, mich zu sehen, also das hier.« Er tippte mit dem Zeigefinger gegen seine verunstaltete Gesichtshälfte und fügte leise und mehr zu sich selbst hinzu: »Hab ich noch nie erlebt ... dass jemand erleichtert war, meine Fratze zu sehen ...« Und lauter sagte er: »Sie sind ein Phänomen, Fräulein, ein Phänomen.« Er griff erneut in die Jackentasche und nahm einen Schluck aus der Pulle.

Ja, dachte Greta, er hat recht, ich bin wirklich ein Phänomen.

Der Kopf des Kutschers sank herab, und er verfiel wieder in diesen stummen Halbschlaf, den Greta schon kannte. Sein Körper schaukelte im Rhythmus der Pferdehufe hin und her.

Phänomenal war es allerdings nicht, was ich mir geleistet habe in den letzten Monaten, überlegte Greta weiter. Und wie man das, was sich eben zugetragen hat, mit einem Wort beschreiben soll, weiß ich auch nicht. Für alle anderen ist es bestimmt einfach nur »schlimm«. Schlimm! Dieses blöde Wort, das ich schon so oft gehört habe!

Wieder stieg die bekannte Wut in ihr auf.

Aber warum hatten sie auch ausgerechnet den Kaplan zu ihr schicken müssen? Jeder andere Idiot wäre ihr lieber gewesen, aber ausgerechnet der Kaplan mit dem aalglatten Gesicht war heute Morgen aufgekreuzt. Hatte ihr seine bleichen, feingliedrigen Hände hingehalten und wollte sie zurück auf den Pfad der Tugend und ins Reich Gottes führen, sie vor der Hölle und dem Fegefeuer bewahren. Dieser Blödmann, den sie leider viel zu spät durchschaut hatte!

Sie war diesem Kaplan einmal kurzzeitig verfallen gewesen. Zur Zeit der Firmung und danach. Hatte sich ganz unangebrachten Gefühlen hingegeben und eine Weile ein wohliges Kribbeln empfunden, wenn er ihr mit seinen schmalen Händen die Hostie auf die Zunge gelegt hatte. Wie sollte man so etwas beichten, ausgerechnet dem, der die Ursache war? Na gut, das war jetzt längst vorbei. Aber wie schlimm wäre diese Sache heute Morgen wohl geworden, wenn sie noch in ihn verknallt gewesen wäre?

Das hätte er nicht überlebt!

So allerdings war es auch kein Spaß für ihn gewesen.

Armer Kaplan. Sie schaute ihre Hände an. Kein Blut zu sehen, oder? Wieso musste er ihr auch mit der Hölle drohen, dieser dumme Mensch!

Es war ohnehin eine Frechheit gewesen, so unvermittelt gleich nach dem Frühstück hinter ihr aufzutauchen, ihr eine Hand auf die Schulter zu legen, so dass sie zusammenzuckte. Er drehte sie zu sich herum wie eine Spielzeugpuppe und nannte sie bei dem Namen, den sie nicht mehr haben wollte. In gewisser Weise sprach er also mit einer anderen Person, nicht mit der, die sie jetzt in Wirklichkeit war. Er konnte ja nicht ahnen, dass es da eine neue gab, die sich aus der alten herausgeschält hatte wie eine Schlange nach der Häutung.

»Lass uns doch im Garten spazieren gehen«, sagte er. »Sie haben es erlaubt.«

»Sie«, das waren die, die ihr normalerweise überhaupt nichts erlaubten. Die sie nicht allein in den Garten ließen, schon gar nicht in die Nähe der hohen Mauer, die dieses Gefängnis einschloss. Es war kein richtiges Gefängnis, sondern ein Ort, an dem man Menschen einsperrte, die gefährlich waren. Für sich oder für andere. Für wen sie, Greta, gefährlich sein sollte, hatte man ihr nicht verraten. Na gut, seit heute Morgen wusste sie es.

Ganz kurz spürte Greta einen gewissen Stolz, weil sie jetzt tatsächlich gefährlich war. Wenn sie »Buh!« machte, würden alle schreiend davonrennen. Nur solche Leute wie der Mann mit dem kaputten Gesicht hatten keine Angst vor ihr. Er hatte gleich gemerkt, dass sie verwandte Seelen waren.

Der Kaplan hatte sie untergefasst und nach draußen in den Garten gezogen. Eine von diesen dummen Schnepfen in weißer Uniform trug ihr den Mantel hinterher. Das taten sie sonst nie. Gott, waren die erpicht darauf, dass dieser Kirchenmann ihr Seelenheil rettete! Auch den Schal und den Hut drängten sie ihr auf. Dabei trug sie doch schon das warme Wollkleid und die dicken Strümpfe.

Das Interessante an diesem Garten war, dass er nur aus Rasen mit Wegen aus Steinplatten bestand. Büsche gab es nicht, man hätte sich ja darin verstecken können. Bäume gab es nicht, man hätte ja daraufklettern können. Vor der Terrasse, von der aus man hinunterstieg, gab es einen trockengelegten Teich, um den herum Bänke angeordnet waren. Trockengelegt, weil angeblich mal jemand darin ertrunken war.

Weiter rechts der Pavillon, wo im Sommer gelegentlich ein sehr schlechtes Streichtrio gespielt hatte. Und diese dummen Frauen in ihren weißen Uniformen hatten nicht mal Mozart von Haydn unterscheiden können!

Ging man am Pavillon vorbei um die Ecke des Hauptgebäudes, kam man auf eine weitere kahle Wiese mit Wegen aus Steinplatten, über die sie mit dem Kaplan geschritten war, während er sich auf seine ungeschickte Weise um ihr Seelenheil zu kümmern versuchte.

»Meine liebe [hier benutzte er wieder den Namen, den sie nicht mehr haben wollte], nachdem deine Genesung in medizinischer Hinsicht ein gutes Stück vorangekommen ist, wie ich von Professor Dr. Calinski gehört habe, ist es sicherlich an der Zeit, die Heilung deiner Seele in Angriff zu nehmen.«

Er sagte wirklich »in Angriff nehmen«. Und genau so empfand sie es auch: Er wollte ihr Innerstes angreifen!

»Das ist nicht nötig«, sagte sie und bemühte sich um einen gleichgültigen Tonfall.

»Die Wissenschaft allein wird dich nicht retten, mein Kind.«

»Sollte die Wissenschaft in Person von Dr. Calinski das behaupten, dann ist das sein Problem, nicht meins.«

»Nun gut, aber die Seele ...«

»Wenn ich sie finden sollte, meine Seele, dann werde ich mir überlegen, welches Werkzeug nötig ist, um sie zu reparieren. Aber so weit bin ich noch nicht, Herr Kaplan.«

»Ich bin jetzt Pfarrer, mein Kind.«

Deshalb trug er wohl neuerdings diese Nickelbrille, die ihn so altklug erscheinen ließ.

»Herr Pfarrer.«

»Ich muss zugeben, dass deine Worte mich erschrecken.«

»Sie müssen mir gegenüber nichts zugeben, Herr Pfarrer.«

»Hüte deine Zunge, mein Kind. Ich bin gekommen, um dir zu helfen.«

»Sie wollen doch meine Zunge hüten und meine Gedanken! Ihr Kirchenmänner nennt uns Schafe. Aus gutem Grund! Ihr wollt, dass wir euch alles nachblöken. Und wehe, wenn wir es nicht tun!«

Der Pfarrer schaute sie bestürzt an. Empörung und Mitleid schwangen in seiner Stimme mit, als er sagte: »Meine Tochter, ich werde dir helfen, ob du es willst oder nicht!« Und er packte sie an der linken Hand, umklammerte sie so fest, dass sie ihre rechte benutzen musste, um den Griff zu lösen.

»Lassen Sie mich los!«

»Nun gut«, sagte er streng. »Dann muss ich wohl andere Saiten aufziehen. Was glaubst du, wird mit dir geschehen, wenn sich der Herr Jesus und ich als sein Stellvertreter hier auf Erden nicht um dein Schicksal kümmern? Dann wirst du für immer hinter diesen Mauern bleiben. Sonst ist doch niemand da, der dich erretten kann. Und wer hätte auch die Macht dazu? Und wer wollte es tun, nachdem du so viel Schuld auf dich geladen hast?«

»Ihr immer mit eurer Schuld.«

»Ja doch! Schuld, schwere Schuld sogar. Sünde. Todsünde! Was glaubst du denn, was mit dir geschehen wird nach deinem Tod?«

»Ich will doch noch gar nicht sterben.«

Er hörte nicht zu: »Es ist an der Zeit, Reue zu zeigen! Mehr noch. Es ist dringend nötig, Buße zu tun, mein Kind!«

»Wenn ich etwas bereue, dann bestimmt nicht vor Gott. Weil der nämlich an allem schuld ist. Soll er doch büßen!«

»Hüte deine Zunge!«

»Will ich aber nicht. Es hat sich nämlich herausgestellt, dass es überhaupt nichts nützt, wenn man seine Zunge hütet.

Keiner traut sich, die Wahrheit auszusprechen. Und deshalb wird aus allem ein Lügengestrüpp, das wild wuchert und die ganze menschliche Gesellschaft überzieht wie eine dichte Hecke mit Dornen und Stacheln, mit denen dieser hundsgemeine Gott sie versehen hat. Damit wir uns alle blutige Wunden aufreißen und aufheulen vor Schmerz und uns in den Dreck schmeißen und ihn anflehen, die Qualen zu lindern! Aber er tut das Gegenteil und macht alles nur noch schlimmer, und wahrscheinlich lacht er höhnisch dabei!«

Sie spürte, wie ihr der Schweiß auf die Stirn trat. Bestimmt war sie jetzt knallrot im Gesicht. Dieser Mantel war zu schwer, das Kleid zu warm, die Strümpfe zu dick.

Der Pfarrer war stehen geblieben. Sie schaute ihm frech ins Gesicht, mit leicht zusammengekniffenen Augen und einem entschlossenen Zug um den Mund. Diesen Gesichtsausdruck hatte sie wochenlang vor dem Spiegel geübt, wenn sie allein war.

Er wich erschrocken zurück. Dann wurde er wütend. Hob die Hände. Zwei mahnende Zeigefinger. Einer reichte ihm nicht angesichts dieses geballten Widerspruchs. Und dann ließ er seinen ekelerregenden Sermon auf sie niederprasseln. Sprach von Eva und dem Apfel und der Schlange. Von der Erbsünde. Kam wieder auf die Todsünde zu sprechen. Behauptete, sie stünde dicht vor dem Höllenschlund und könnte jeden Moment für immer hineinfallen und nie mehr gerettet werden, müsste für immer im lodernden Feuer des Bösen schmoren, in aller Ewigkeit und so weiter.

Bis sie ihn laut schreiend unterbrach: »Zum Teufel mit *Ihnen*, Herr Pfarrer!«

Da holte er aus und gab ihr eine Ohrfeige, so fest, dass sie zurücktaumelte und über einen Stein stolperte, der hinter ihr im Gras lag.

Anstatt ihr aufzuhelfen, baute er sich vor ihr auf und machte weiter. Nun zog er auch noch Friederike mit hinein, die einzige Freundin, die sie je gehabt hatte, und sagte doch tatsächlich: »Zu ihr wirst du in die Hölle fahren, zu dieser Sünderin, die es nicht besser verdient hat, weil sie sich auf das Schlimmste gegen die göttliche und menschliche Ordnung versündigt hat. Sie leidet Höllenqualen, und zu Recht! Kein Schmerz, keine Züchtigung kann zu hart sein, um die Schuld aufzuwiegen, die sie auf sich geladen hat. Aber du, die du noch zu retten bist …«

Weiter kam er nicht, denn als er Friederikes Namen erwähnte, spürte Greta, wie ihre Hand den Stein umfasste, über den sie gefallen war. Sie löste ihn aus der Erde, sprang auf, holte aus und schaffte es zu ihrer eigenen Verblüffung, viel besser zu werfen als früher im Sportunterricht, und zwar so zielsicher, dass der Stein genau gegen die Schläfe des Pfarrers flog.

Der Pfarrer stürzte. Greta sprang zu ihm hin, griff wieder nach dem Stein, holte aus, schlug erneut zu und traf die Nickelbrille, die seitlich verrutscht war. Das Glas zerbrach in kleine Scherben. Einige davon bohrten sich in seine bleiche Haut. Sie würgte und musste sich beinahe übergeben.

Jetzt erst fing sie wieder an zu denken und ließ betroffen den Stein fallen. Rüttelte den Pfarrer, der halb bewusstlos war und irgendetwas Unverständliches lallte. Sie wollte aufstehen, weil ihre Knie auf dem nassen Boden feucht geworden waren, sah aber, dass sein Mantel aufgeschlagen war und die Brieftasche aus der Innentasche ragte. Sie zog sie heraus und steckte sie ein. Dann sprang sie auf und rannte zu der Stelle an der Mauer, die sie seit Wochen vorbereitet hatte.

Sie löste die Steine, die sie in unbeobachteten Momenten

bearbeitet hatte, und kletterte nach oben. Zum Glück waren dort keine Glasscherben einzementiert, wie sie es befürchtet hatte. Und schon war sie auf der anderen Seite hinuntergesprungen und im Wald verschwunden.

So einfach kann das also sein mit der Freiheit, dachte sie zufrieden und schob den schweren Körper des Mannes auf dem Kutschbock von sich weg. Er wachte auf und blinzelte sie verschlafen an. Dann deutete er auf das Ortsschild am Straßenrand: »Wir sind da.«

Ein kleines Kaff. Fachwerkhäuser. Er war auf dem Weg zum Markt, um Kartoffeln und Rüben zu verkaufen. Sein ganzer Wagen war voll damit.

»Wo wollen Sie denn nun hin, Fräulein?«, fragte er.

»Weiter«, antwortete sie, »nur weg.«

»Wir kommen am Bahnhof vorbei«, sagte er.

»Das ist gut.«

»Haben Sie Geld?«

»Ja, genug.«

Er schnalzte mit der Zunge, um die Pferde auf Trab zu bringen, drehte sich dann zu ihr und fragte, wobei sich sein kaputtes Gesicht zu einem eigenartig verschmitzten Ausdruck verzog: »Sie sind nicht zufällig aus der Irrenanstalt geflüchtet?«

Gretas Herz machte einen Satz, und sie schnappte nach Luft. Die Hufe der Pferde klapperten laut über das Straßenpflaster.

»Keine Angst, Fräulein, ich bring Sie bestimmt nicht zurück. Die würden mich nur dabehalten. Diese Nervenärzte haben mich schon mal in der Mangel gehabt. Und konnten doch nichts ausrichten. Es ist nämlich so, dass ich nicht mehr stillsitzen kann, seit ich das letzte Mal aus dem Schützengraben gekrochen bin und mir das hier passiert ist.« Er deutete auf sein Gesicht. »Ich fange ständig an zu zappeln, vor allem, wenn ich irgendwo drin bin. Kann nichts dagegen tun, krieg sofort das Zipperlein. Draußen geht's, und am besten ist es, wenn ich die Pferdeärsche vor mir sehe, so wie jetzt. Und meine Medizin regelmäßig einnehme.« Er holte die Schnapsflasche heraus und trank. »Ihr Frauen könnt froh sein, dass sie euch nicht in den Schützengraben stecken.«

»Ich war auch in einer Art Schützengraben«, sagte Greta leise.

Er hielt ihr die Flasche hin. Sie nahm einen Schluck und musste husten. Sie gab ihm die Flasche zurück und streckte wieder die Hände aus. Hauptsache, es war kein Blut dran zu sehen.

»Da ist der Bahnhof.« Er zügelte die Pferde und zog die Bremse an.

Sie sprang vom Kutschbock.

»Vielen Dank.«

Er hielt ihr etwas hin. Eine Goldmünze.

»Nehmen Sie die, Fräulein, Sie haben noch einen weiten Weg vor sich.«

»Danke schön.« Sie deutete einen Knicks an.

Der Mann mit dem kaputten Gesicht lächelte. Es sah schlimm aus, aber es war ein Lächeln.

Es war ein elendes Drecksloch. In einer Gasse mit aufgerissenem Pflaster, mit tiefen Löchern, in denen das modrige Wasser stand, gesäumt von windschiefen Fachwerkhäusern. Die Fassaden mit ihren krummen Balken und dem bröckelnden Putz neigten sich, als wollten sie einander zuflüstern, dass sie ihre dickbemoosten, undichten Dächer nicht mehr lange halten konnten. Aus dem Mauerwerk des Hauses hing das feuchte Stroh, Türen und Fenster passten nicht in ihre Öffnungen, oben am Giebel ragte der Dachbalken hervor wie ein Galgen.

Es roch nach Ratten und allen Arten von menschlichem Unrat. Häuser wie dieses gab es in den Gängen am Hafen viele. Gassen mit lückenhaftem Pflaster auch. Die Steine hatten sie rausgerissen, um das morsche Mauerwerk auszubessern. Trotzdem sah vieles aus, als könnte es jeden Moment zusammenbrechen. Er seufzte. Wann würden die Menschen hier endlich ein Leben bekommen, das diesen Namen verdiente? Hoffnung, Sonne, genug zu essen? Diese armen Leute, die jetzt von den Polizeibeamten zurückgedrängt wurden, die trotz ihres Elends vor Neugier platzten, weil hier etwas geschehen war, noch viel schlimmer als alles, was das Schicksal ihnen täglich zumutete.

Der uniformierte Beamte, der vor der offenen Haustür Posten bezogen hatte, salutierte, als Kriminal-Oberwachtmeister Alfred Weber sich näherte. Die Tür sah aus, als hätten Tiere daran genagt.

Drinnen kein Licht. Wahrscheinlich hatten die Bewohner die Gas- und Stromrechnungen nicht bezahlt. Oder die Leitungen waren gar nicht bis hierher verlegt worden.

Das kalte Licht der frühmorgendlichen Sonne drang durch die schmutzigen, welligen Fensterscheiben. »Hier entlang.« Ein zweiter Beamter hob eine Ölfunzel hoch und beleuchtete sein Gesicht, als wollte er selbst als Laterne dienen. Vor ihm eine offene Luke mit hölzernen Treppenstufen, die in den Keller führten. Unten ein Lichtschimmer, der sich bewegte und mal heller, mal dunkler wurde. Scharren von Stiefelsohlen auf trockenem Lehmboden, verhaltenes Murmeln.

Weber stellte vorsichtig einen Fuß auf die oberste Treppenstufe, dann den anderen auf die nächste.

»Gehen Sie lieber rückwärts«, sagte der Beamte mit der Lampe. »Es ist sehr steil.«

Meinetwegen, dachte Weber. Es war auch besser so, da ein Geländer fehlte.

Kaum war er unten und hatte sich umgedreht, starrte er auch schon in das Gesicht des Kommissars, der ihn verkniffen und wie immer unzufrieden ansah.

»Weber? Was machen Sie denn hier?«

»Inspektor Kunath hat mich geschickt.«

»Wozu?«

»Damit ich mir ein Bild mache, Herr Kommissar.«

Kommissar Recknagel zögerte kurz. Offenbar lag ihm eine despektierliche Bemerkung auf der Zunge. Dann schluckte er sie herunter und gab den Weg frei.

Ein Beamter der Kriminalpolizei, in der einen Hand eine Ölfunzel, in der anderen eine Taschenlampe, beleuchtete den Tatort, sein Kollege machte sich Notizen. Weber schaute sich um, während die Bewegungen der Männer ein unruhiges Schattenspiel auf die pockennarbigen Kellerwände warfen.

Es war ein sehr kleiner Keller, ein einziger quadratischer Raum, als Vorratsraum gedacht, aber Vorräte gab es keine. Nur ein paar zerschlagene Stühle, eine offene Kiste mit Sand, einen zerrissenen Pappkoffer sowie Eierkohlen in einer Ecke. Und inmitten dieses schwarzen Haufens etwas ganz Weißes. Der winzige, schmale Körper eines Säuglings. Nackt. Mit einem sehr großen Kopf, wie es Weber schien. Ein Würmchen, dachte er. Jetzt verstehe ich, warum man diese Winzlinge so nennt.

Ein kleiner Junge. Sehr mager. Eingefallene Wangen, klebrige Locken. Die Knochen unter der Haut waren zu sehen. Dünne Beinchen. Unwillkürlich griff Weber an seine Mütze, hielt inne und tat dann so, als müsste er sie zurechtrücken. Das war immer so. Wenn er einen Toten sah, egal ob Mann, Frau oder Kind, verspürte er das Bedürfnis, die Mütze abzunehmen. Warum nur? Aus Ehrfurcht? Wovor denn? Vor dem Tod? Was war an dem zu fürchten?

»Vermutlich Tod durch Ersticken«, polterte der Kommissar. Weber schrak zusammen. »Keine deutlichen Spuren einer Gewaltanwendung.«

»Könnte er nicht eines natürlichen Todes gestorben sein?«

»Warum sollte ihn dann jemand in dem Kohlenhaufen versteckt haben?«

Der Beamte mit den Lampen beleuchtete jetzt den Kopf des Kindes. Weber schaute gebannt auf die dünnen Augenlider, die die großen Augen bedeckten. Ganz dünn und bläulich, wie ein einzelnes Blütenblatt einer zarten Rose, dachte er. Dann riss er sich zusammen und fragte: »Waren die Augen des Kindes geschlossen?«

»Selbstverständlich«, schnarrte der Kommissar. »Es wurde nichts verändert, nur die Kohle etwas abgetragen.«

»Er lag unter der Kohle?«

»Ganz drunter, sagt die Zeugin.«

»Aber wieso ist er dann nicht schmutzig?«, fragte Weber irritiert.

»Die Frau, die ihn gefunden hat, hat ihn gewaschen«, sagte der Kommissar abfällig und deutete auf einen Blecheimer, in dem ein Schwamm in schmutzigem Wasser dümpelte. Der Beamte mit den Lampen leuchtete jetzt dorthin. Bei jeder Bewegung wurde das Schattenspiel an den Wänden wieder lebendig.

»Gewaschen?«

»Sie sagt, es sei über sie gekommen. Sie habe das Kind waschen müssen. Erst dann sei sie los und habe Alarm geschlagen. Ein Bekannter ist mit ihr zur Revierwache gegangen.«

»Es ist nicht das Kind dieser Frau?«

»Nein, die wäre zu alt dafür. Wir wissen nicht, wessen Kind es ist. Ich schätze es auf drei, vier Monate, aber heutzutage weiß man ja nie. Die Kinder bleiben klein bei dieser schlechten Ernährungslage.«

Die Ernährungslage war nicht für alle schlecht, wie man am Bauch des Kommissars deutlich sah.

»Die Frau wohnt hier im Haus?«, fragte Weber.

»Ja. Zusammen mit ihrem Mann, der aber schon sehr früh zur Arbeit musste und noch nicht zurückgekehrt ist. Außerdem zwei Schlafgänger, die sich ein Bett im Obergeschoss teilen.«

»Obergeschoss?«

»Der Dachboden. Da passen gerade mal ein Bett, ein Stuhl und eine Klamottenkiste rein. Wir haben uns das angeschaut. Der eine Schlafgänger lag betrunken im Bett. Wir haben ihn abführen lassen.«

»Ist er …?«

Der Kommissar machte eine abfällige Handbewegung. »Keine Ahnung. Wir müssen ihn befragen, wenn er wieder klar im Kopf ist.«

»Und die Frau? Kennt sie das Kind?«

Der Beamte mit den Lampen meldete sich zu Wort, nachdem der Kommissar ihn auffordernd angesehen hatte: »Sie behauptet nein. Es gebe hier in den Gängen viele Kinder, sagte sie, da kenne man sich kaum aus, welcher Balg zu wem gehöre. Und wenn sie so klein seien, sehe man sie ohnehin nicht, sagte sie. Niemand hier habe einen Kinderwagen, um die Säuglinge herumzufahren. Also blieben sie zu Hause in der Wiege, falls eine da sei.«

»Seit wann liegt der Junge denn da?«, fragte Weber.

Der Kommissar räusperte sich. »Die Frau behauptet, sie

hätte bemerkt, wenn die Leiche schon gestern früh da gewesen wäre …«

»War denn die Haustür nicht verschlossen?«

»Es wurde so oft eingebrochen, dass das Türschloss nicht mehr richtig funktioniert.«

»Hat jemand etwas Verdächtiges bemerkt?«

Der Kommissar lachte abfällig. »Mein Gott, Weber! Alles, was in dieser Gegend geschieht, ist verdächtig.«

Weber fühlte sich mit einem Mal überflüssig. Er wandte sich der Kellertreppe zu. »Also dann …«

Schwere Stiefel trampelten herunter. Ein massiger Mann in einem Tweedanzug, beladen mit diversen Apparaten, Lampen und Stativen, taumelte in den Kellerraum. Er hatte eine Glatze, und sein fleischiges Gesicht glänzte vor Schweiß. Gustav Hilbrecht, der Fotograf.

»Morgen, Kollegen«, sagte er, ohne jemanden direkt anzusehen, und begann die Stative aufzustellen. Weber trat in den Schatten und sah zu. Es dauerte eine Weile, bis alles aufgebaut war.

Dann blitzte es, und Weber kam es so vor, als würde jemand etwas Unerlaubtes tun, Schüsse abfeuern auf einen wehrlosen Körper, der so zart war, dass das gleißende Blitzlicht ihn verletzen könnte.

»Haben Sie eigentlich sonst nichts zu tun?«, blaffte der Kommissar ihn von der Seite an.

Weber zuckte zusammen, drehte sich um und stieg wortlos die Treppe hinauf. Der Tod, dachte er und wunderte sich dabei über seine Gedanken, ist eine Schweinerei des Schicksals. Aber ein knospendes Leben zu zerstören ist sogar in einer Welt ohne Gott eine Sünde.

Draußen in der freudlosen Gasse ging er an den Schaulustigen vorbei, die von den Polizisten zurückgehalten wurden, und blickte in ausgemergelte Gesichter, die trotz Hunger und Leid danach gierten, etwas Sensationelles zu begaffen, und sei es ein Verbrechen.

»He, Sie! Fräulein!« Greta erwachte wie aus einer Ohnmacht und riss die Augen auf. Um Himmels willen, dachte sie, habe ich etwa wieder einen dieser eigenartigen Anfälle gehabt? Hier im Zug? Durch das offene Fenster drangen Dampf- und Rauchschwaden ins Abteil. Draußen wölbte sich das Dach einer Kathedrale aus Eisen und Glas. Weißer und schwarzer Dunst vermengten sich. Sie musste blinzeln. Eine graue Menschenmasse schob sich vorbei.

»Was ... wo?«, fragte sie benommen.

»Altona, Fräulein, Altona!«

»Wie bitte?«

»Endstation!«

Sie schloss erneut die Augen. Eine schwere Hand fiel auf ihre Schulter und rüttelte sie. Sie schrie auf und schreckte zurück.

»Hören Sie! Ich habe schon gedacht, Sie wären tot. Ein Fahrgast hat gemeldet, eine junge Frau im Abteil sei nicht wach zu kriegen. Er wollte Sie am Hauptbahnhof wecken. Was ist denn los mit Ihnen? Sind Sie krank?«

»Nein, nein.« Greta drückte sich in die Ecke neben dem Fenster. Nur weg von dieser schweren Hand, die sie noch mal berühren könnte. Oder gar festhalten.

»Ich habe das Fenster geöffnet, damit Sie frische Luft bekommen«, sagte der Schaffner, der einen gezwirbelten Schnurrbart trug und eine große Schirmmütze.

»Entschuldigen Sie bitte«, stammelte Greta, »aber was ist Altona?«

»Eine Stadt! Direkt neben Hamburg! Das weiß man doch.

Hören Sie, Fräulein, wenn Sie nicht ganz bei sich sind, übergebe ich Sie der …«

»Nein, nein, alles in Ordnung.«

Der Bahnbeamte musterte sie misstrauisch. Greta senkte den Blick, starrte auf ihre Hände und schob sie hastig in die Manteltaschen.

»Ist Ihnen kalt?«

»Danke, es geht schon.« In der rechten Tasche stießen ihre Finger auf das Portemonnaie des Pfarrers.

Der Schaffner warf einen Blick auf die Gepäcknetze. »Haben Sie keinen Koffer?«

Draußen zischte es. Eine Dampflok schob mit lautem Puffen einen Zug aus dem Bahnhof.

»Nein … das heißt … ich habe ihn aufgegeben«, log Greta.

»Gut.« Das schien ihn zu beruhigen. Ein vernünftiger Mensch gab sein schweres Gepäck auf.

»Ich bin nur müde gewesen«, versicherte Greta. »Jetzt geht es wieder.«

»Wenn Sie nach Hamburg müssen, fahren Sie am besten mit der Verbindungsbahn zurück. Für einen Fremden ist das leichter, als die Tram zu benutzen. Damit kommen sie zurück zum Hauptbahnhof, aber vielleicht wollen Sie ja auch nur bis zum Dammtor?«

Das alles sagte Greta überhaupt nichts. »Ich, äh …«

Jemand klopfte ans Fenster und winkte auffordernd. Der Bahnbeamte nickte und deutete auf die Abteiltür. Draußen im Gang war niemand mehr zu sehen. »Der Zug wird gleich ausgesetzt, wir müssen aussteigen.«

Auf dem Bahnsteig knickte Greta um, und der Beamte musste sie festhalten. Sie zuckte zurück und verabschiedete sich hastig.

»Zur Gepäckhalle müssen Sie nach links!«

Ja, ja. Vor allem muss ich mir dringend die Hände waschen.

Menschen, Menschen, Menschen. Kaum war sie vom Bahnsteig in die Eingangshalle getreten, hasteten und schlurften, trampelten und drängelten sie an ihr vorbei. Reisende mit Koffern, Passanten mit Taschen oder Zeitungen vom Kiosk. Frauen und Männer aller Schichten, in allen Arten von Kleidern, angefangen bei der ausgebeulten Manchesterhose bis zur Anzughose mit Aufschlag. Vom dicken Wolljumper zum Mantel aus feinem Zwirn war alles zu sehen. Fedorahüte, Bowler Hats, Federhütchen, Baretts, Schiebermützen und jede Menge Zigaretten, Pfeifen und Zigarren, als wollten die Männer den Lokomotiven Konkurrenz machen. Das Panoptikum um sie herum drehte sich ruckartig wie ein altersschwaches Karussell. Jetzt nur nicht stolpern! Und nicht wieder in dieses Dunkel fallen, das manchmal ihren Kopf beherrschte.

Greta hielt sich die Hand vor den Mund und flüchtete in die Damentoilette. Parfümdunst und trockener Puderduft vermischten sich mit weniger feinen Gerüchen. Sie wusch sich gründlich die Hände, warf einen Blick in den Spiegel. Hoppla! Das Medaillon war aus dem Ausschnitt ihrer Bluse gefallen. Sie steckte es zurück und knöpfte den obersten Knopf zu. Nicht nur, um das Schmuckstück zu verbergen. War das Herz nicht der wärmste Ort des Körpers? Sie schaute die junge Frau im Spiegel an, die jetzt den Kopf schüttelte. Greta, so hatte ihre beste Freundin sie genannt, weil sie ihren anderen Namen »ganz falsch« fand. Und nun war sie endgültig Greta geworden.

Wie siehst du nur aus!, dachte sie unwirsch. Ringe unter den Augen, blass, sogar die Lippen. Heute wäre mehr Arbeit vonnöten denn je, um dich so zu schminken wie deine Kintopp-

Heldin Asta Nielsen mit ihren großen, leuchtenden Augen. Na ja, mein Gesicht ist kein so vollkommenes Oval, die Nase zu spitz, die Oberlippe zu dick, die Haare sind kaum zu bändigen, die Brauen viel zu dicht ... Ach, Greta, wie oft hast du dir das schon vorgesagt und darunter gelitten. Und den anderen geglaubt, die behauptet haben, deine Mimik sei viel zu leblos und du würdest niemals zum Leinwand-Sternchen taugen.

Pah, die anderen, die können mich mal! Sie drehte sich um, und der leichte Schwindel erfasste sie wieder. Sie flüchtete in eine der Kabinen.

Draußen trippelten modische und weniger modische Schuhe vorbei, Pumps, Stiefeletten, Halbschuhe, schwarz, braun oder sandfarben. Dazu mitunter viel hellere und feinere Strümpfe, als die Damen in ihrer Heimatstadt sie zu tragen wagten. Ich bin in einer Großstadt angekommen, dachte Greta, und ich muss den Menschen hier zeigen, dass ich ihnen ebenbürtig bin. Keiner soll etwas merken. Vergiss nicht, was du dir vorgenommen hast!

Ich will streng nach Plan vorgehen, entschied sie, nachdem sie an der Kette für die Spülung gezogen und ihre Kleider wieder in Ordnung gebracht hatte. Punkt für Punkt. Und die ersten drei Punkte lauteten folgendermaßen: erstens eine Karte der Stadt (oder der Städte, es waren ja wohl zwei) besorgen; zweitens eine Unterkunft suchen; drittens mit der Suche beginnen. Es war alles ganz einfach. »Wer vorankommen will, muss einen Schritt nach dem anderen gehen.« So hatte ihr Vater immer getönt. Und damit gemeint, na, wen wohl? Die »Herren der Schöpfung« natürlich, wie ihr schwatzhafter Vetter immer süffisant zu bemerken pflegte, wenn er zu Besuch gewesen war. Dass in Wahrheit die Frauen dafür sorgten, dass es mit der Schöpfung weiterging, war diesen Einfaltspinseln offenbar entgangen.

Sie klappte den Klosettdeckel herunter, zog die Brieftasche des Pfarrers aus der Manteltasche und durchstöberte sie. Geldscheine und wertlose Münzen, verblichene Zettel mit Zahlen drauf. Ein Leseausweis der Gemeindebibliothek, ein Kraftfahrzeugführerschein, das Porträtfoto eines Mädchens mit eckigem Gesicht – vielleicht seine Schwester, vielleicht auch nicht. Greta spürte keine Eifersucht mehr. Ein Bild von Jesus, eins von Maria und eins vom heiligen Antonius von Padua mit dem Jesuskind auf der Schulter. Als der Pfarrer noch Kaplan gewesen war, hatte er gern solche Bildchen verteilt. Die Mädchen bekamen immer die mit Maria. Die Jungs die von Georg dem Drachentöter oder von Antonius. Der war angeblich gut zu Kindern gewesen. Aber auf dem großen Bild im Pfarrsaal, wo der Kommunionsunterricht stattgefunden hatte, sah der heilige Antonius aus, als hätte er das Kind entführt. Als wollte er es heimlich in den Wald schleppen und dort seinem Gott opfern, der so was ja dann und wann ganz gern hatte.

Sie zerriss die Bildchen, Zettel und Ausweise – das Foto in besonders kleine Fetzen –, und spülte die Schnipsel in der Toilette weg.

Dann vergewisserte sie sich noch einmal, dass die Strümpfe auch glatt saßen, und trat aus der Kabine, um sich erneut die Hände zu waschen.

Draußen in der Bahnhofshalle warf sie die Brieftasche in einen Abfalleimer und kaufte an einem Kiosk einen Stadtplan. Ihr Blick fiel auf eine rotbraune Geldbörse mit Kussverschluss im Fenster neben den Zigarettenschachteln. Die kaufte sie und stopfte das Geld hinein. Auch die Goldmünze, die bisher in einer Falte in ihrer rechten Manteltasche verborgen gewesen war, kam dazu. Nun war die Börse prall gefüllt.

Sie verließ den Bahnhof und trat auf den Vorplatz, wo

zahlreiche Droschken, teils motorisiert, teils von Pferden gezogen, Spalier standen. Gegenüber, entlang der Bahnhofstraße, gab es eine Grünanlage. Dorthin ging sie. An einem großen Brunnen mit riesigen, kämpfenden Zentauren, die sich in einem Fischernetz verfangen hatten, setzte sie sich auf die niedrige Mauer, die das Wasserbecken umfasste, und studierte den Plan.

Die Städte Hamburg und Altona lagen nebeneinander an der Elbe, gingen ineinander über, waren miteinander verwachsen. Das Hafenviertel auf der Hamburger Seite war ihr Ziel. Sehr weit weg schien es nicht zu sein. Wenn sie hinübermarschierte, konnte sie ihren von der langen Eisenbahnfahrt eingerosteten Gliedern wieder Leben einhauchen. Die frische Luft würde den Kopfschmerz lindern, und sie lernte ihre neue Welt ein bisschen kennen. Aber was den Kopfschmerz betrifft, dachte sie, und deine an Ohnmacht grenzende Benommenheit während der Fahrt: Da siehst du, was sie dir angetan haben! Es war keineswegs reine Phantasterei gewesen, wie die Pflegerin in der Anstalt es ihr hatte weismachen wollen, als sie sie gefragt hatte, ob ein Beruhigungsmittel in ihrem Tee sei und er deshalb so bitter schmecke. Die noch immer auftretenden Schweißausbrüche deuteten ebenfalls darauf hin.

Also los, beweg dich! Treib das Gift aus deinem Blut, mit dem sie dich gefügig machen wollten!

Auf einem Stück Pappkarton in einem Messinghalter an der Tür des zuständigen Kriminalinspektors war neben »Raub«, »schwerer Diebstahl«, »Erpressung«, »Leichensachen« und »Vermisstenfälle« auch der Tatbestand »Verbrechen am Leben« vermerkt. Kriminal-Oberwachtmeister Weber hob die Hand, um anzuklopfen, hielt dann jedoch inne. Wieder schoss ihm so ein eigenartiger Gedanke durch den Kopf: »Verbrechen am Leben« – umfasste das nicht mehr, als die Begriffe »Mord« und »Totschlag« beschrieben? War es nicht ein Verbrechen am Leben, wenn man unschuldige Menschen hungern und sie ohne Arbeit im Elend dahinvegetieren ließ? Hätte mancher Tod nicht dem Staat und der Gesellschaft angelastet werden müssen? Wurden Menschen nicht mitunter von untragbaren Umständen zu schlimmen Verbrechen getrieben?

Weber schüttelte den Kopf. So zu denken war ganz falsch. Ein Kriminalbeamter sollte nicht philosophieren. Das hemmte ihn nur bei der Arbeit. Seine Aufgabe war es, Verbrechen aufzuklären, nicht sie zu bewerten. Er wusste, dass kaum jemand in der Polizeizentrale im Stadthaus am Neuen Wall seine Ansichten teilte. Die meisten hielten sich was auf ihren militärischen Schneid zugute, und selbst die wenigen sozialdemokratisch gesinnten Kollegen brachten Verbrechern gegenüber kaum Verständnis auf.

Hinter der Tür des Kriminalinspektors war Gemurmel zu hören. Er klopfte, holte tief Luft und marschierte ins Büro seines Vorgesetzten, nachdem von drinnen das harsche Kommando »Reinkommen!« ertönt war.

Ach, sieh mal an, Kommissar Recknagel war auch da. Weber nickte seinen beiden Chefs zu und blieb unwillkürlich in Habachtstellung stehen. Das war so eine blöde Angewohnheit aus dem Krieg. Dabei war er im November 1918 einer der Ersten gewesen, die sich die Rangabzeichen abgerissen und dem Kaiser und seinen getreuen Offizieren die Gefolgschaft verweigert hatten. Trotzdem hatte er verinnerlicht, dass man Vorgesetzten gegenüber Haltung annahm. Das half im Zweifelsfall, Haltung zu bewahren.

Die beiden sahen ihn unzufrieden an.

»Oberwachtmeister Weber.« Der Inspektor zog seine goldene Taschenuhr hervor und warf einen Blick darauf. »Sie sind zu früh.«

Weber setzte eine unschuldige Miene auf. Wofür sollte er sich rechtfertigen, für seinen Übereifer?

»Da Sie nun aber schon mal hier sind, können Sie auch zuhören, schließlich waren Sie vor Ort«, sagte Inspektor Kunath. Er war ein stämmiger, untersetzter Mann mit Knebelbart, Nickelbrille und einem knapp gestutzten Haarkranz um einen Schädel mit deutlich sichtbaren Beulen. Zweireiher mit grauer Weste und Fliege.

Kommissar Recknagel verzog das Gesicht. Ihm schien das nicht zu behagen. Er war schlanker, sportlicher und moderner als der Inspektor. Grauer Einreiher mit Krawatte, dichtes, zurückgekämmtes Haupthaar, fleischige Lippen und breite Wangenknochen. Er strahlte die Zuversicht und Rücksichtslosigkeit eines zielstrebigen Karrieristen aus.

Kunath drehte sich zu seinem Schreibtisch um, für den, wie für alle Möbel in diesem Zimmer, recht viel Eichenholz verwendet worden war. Auf dem Tisch lagen peinlich genau angeordnete Papiere – Polizeiberichte, medizinische Untersuchungsergebnisse sowie Karteikarten mit Täterprofilen aus der Verbrecherkartei, manche mit Fotos, andere mit anthropometrischen Angaben. Dann wandte er sich an Recknagel, um dort fortzufahren, wo Weber hereingeplatzt war:

»Nur ein Säugling, ist man beinahe versucht zu sagen. Kindesmord in diesen Zeiten. Das mag man als tragische Folge der Wirtschaftskrise und der sozialen Verwerfungen ansehen. Wir haben schlimme Dinge erlebt in den letzten Jahren. Auch Sie, Recknagel, haben grausige Vorfälle mit eigenen Augen gesehen, vor allem während der Hungerunruhen im letzten Jahr. Aber …« Der Inspektor machte eine Pause, schloss kurz die Augen unter den kaum vorhandenen Brauen und schien zu rekapitulieren, was er sich offenbar zurechtgelegt hatte. »… es gibt da einen beunruhigenden Aspekt.« Er trat hinter seinen Schreibtisch und nahm einen Zettel in die Hand, offenbar ein Telegramm. Dann besann er sich und legte ihn wieder beiseite. Stattdessen griff er nach einem Polizeibericht und starrte darauf, während er weitersprach: »Der Säugling im Krähenstieg, der unter dem Kohlenhaufen gefunden wurde … Sie waren da, ich muss Ihnen keine Einzelheiten schildern …«

Zerstreut legte er den Bericht beiseite, nahm sich einen anderen Zettel, offenbar den Bescheid des Gerichtsmediziners, und fuhr fort. »Der kleine Junge, vier Monate alt, war deutlich unterernährt und stark unterkühlt, bevor der Tod aus nicht eindeutig zu klärender Ursache eintrat. Hinweise auf eine Strangulation oder Druckspuren liegen nicht vor, gleichwohl kann man bei einem hilflosen Wesen ganz einfach durch Verschließen von Nase und Mund den Tod durch Ersticken herbeiführen. Nur gibt es hier noch ein eindeutiges Anzeichen für eine Gewaltanwendung, und das mag Ihnen beiden entgangen sein, weil Sie das Kind nicht umgedreht haben. Es ist auch nur wenig Blut ausgetreten, so dass es erst spät bemerkt wurde …«

Kunath schaute seine Untergebenen an, wie ein Theaterschauspieler das Publikum ansieht, bevor er einen entscheidenden Satz ausspricht. Na los doch, spuck's endlich aus, dachte Weber ungeduldig.

»Eine Schnittwunde«, sagte Kunath schließlich und las mit verkniffenem Mund vor: »Ein tiefer Schnitt am Oberschenkel, direkt unterhalb des Hüftgelenks. Ausgeführt mit einer rostigen Klinge, wie es scheint. Unter Umständen in der Absicht, die Extremität, also das Bein, abzutrennen, was offensichtlich nicht gelang. Es sind noch weitere Schnitte vorhanden, aber …«

Wieder eine theatralische Pause. Inspektor Kunath legte den Obduktionsbericht auf den Tisch zurück. »… es scheint so, als wäre die Täterin bei der Ausführung ihres blutigen Plans gestört worden.«

Täterin? Muss es denn eine Frau gewesen sein, wollte Weber schon einwerfen, riss sich aber zusammen.

»Das könnte bedeuten, dass Zeugen vielleicht etwas bemerkt haben, jemanden flüchten sahen. Weshalb Sie die Gänge durchforsten müssen, Recknagel, so leid es mir tut, ein einziger Hinweis könnte genügen …«

Kommissar Recknagel nickte eifrig.

»Und nun zu Ihnen, Oberwachtmeister.« Kunath griff nach dem Telegramm. Nahm die Brille ab und hielt sich das Blatt direkt vor die Nase. Dann legte er es wieder weg, setzte die Brille auf und tippte mit dem Zeigefinger wichtigtuerisch auf das Stück Papier. »Wir haben hier eine Meldung bekommen. Eine junge Frau aus Magdeburg ist aus einer Irrenanstalt ausgebrochen. Sie ist neunzehn Jahre alt und tendiert zu plötzlichen Gewaltausbrüchen. In der Vergangenheit hat sie einige Personen ernsthaft verletzt. Ihre Angehörigen konnten den zuständigen Richter davon überzeugen, dass es sich um die Taten einer geistig umnachteten Person handelte. Nach dem Motto: Lieber eine Irre als eine Mörderin in der Familie. Polizei und Staatsanwaltschaft waren anderer Ansicht, aber die Familie verfügt offenbar über einen gewissen Einfluss. Und nun ist sie aus dieser geschlossenen Anstalt geflohen, nachdem sie einen Pfarrer niedergeschlagen hatte, der ihr einen seelsorgerischen Besuch abstattete. Sie hat ihm eine schwere Kopfverletzung zugefügt und ihn beraubt. Einen Mann Gottes! Anschließend ist sie über die Mauer geklettert, was sie offenbar vorbereitet hatte. Es geht also …«

Weber konnte nicht mehr stillhalten: »Das steht alles in dem Telegramm?«

Kunath schaute ihn böse an, eine leichte Zornesröte breitete sich in seinem feisten Gesicht aus: »Unsinn! Selbstverständlich habe ich mit dem zuständigen Staatsanwalt telefoniert. Lassen Sie mich bitte zu Ende sprechen.«

»Und wieso vorbereitet? Woher weiß man das?«

»Sie hat Steine im Mauerwerk gelockert«, erklärte der Inspektor knapp.

»Weber!«, mahnte Kommissar Recknagel, offenbar froh, an seine Position als Vorgesetzter erinnern zu dürfen.

Kunath fuhr fort: »Es besteht der dringende Verdacht, dass die flüchtige weibliche Person aus Magdeburg in Hamburg zu suchen ist.«

»Warum das?«, fragte Weber.

»Man hat sie in einem Zug gesehen. Ein Reisender meldete sich aufgrund eines Zeitungsartikels. Wir haben eine Fahndungsmeldung herausgegeben, die innerhalb der Reichsbahn zirkulierte, und ein Kontrolleur hat berichtet, er habe das Mädchen gesehen. Er hat ihr in Altona aus dem Waggon geholfen, nachdem sie offenbar den Ausstieg in Hamburg verschlafen hatte. Sie sei in einem ohnmachtähnlichen Zustand gewesen.«

»Und darum soll ich mich kümmern?«, fragte Weber. »Um einen Vermisstenfall?« Was für eine Degradierung, dachte er bei sich. Eben bin ich noch hier eingetreten, um an der Aufklärung eines Mordes mitzuwirken, jetzt soll ich einen überspannten Backfisch suchen. Na großartig. »Ist das nicht eher eine Aufgabe für die Schutzpolizei oder die Fürsorge? Was hat denn das mit unserer Abteilung zu tun?« Weber spürte, wie sich Recknagels Finger in seinen Arm krallten.

»Das ist mitnichten eine Aufgabe der Fürsorge, Oberwachtmeister Weber! Ich habe mich vielleicht nicht deutlich genug ausgedrückt: Hier geht es nicht nur darum, eine gemeingefährliche Irre dingfest zu machen, die einen Pfarrer überfallen und halbtot geschlagen hat. Es handelt sich um eine flüchtige Straftäterin, die ein Gewaltverbrechen verübt hat! Eine Bluttat, bei der ein siebzehnjähriges Mädchen ums Leben kam.«

»Das klingt aber etwas vage.«

»Der Staatsanwalt sprach in Andeutungen. Wegen der Angehörigen wollte er nicht ins Detail gehen, er sei zur Diskretion gezwungen. Es war von einer Bluttat die Rede.«

»Aber da muss man doch nachfragen!«, entfuhr es Weber.

Kunaths Gesicht wurde knallrot, und die Adern an seinem Hals traten hervor. Er biss die Zähne zusammen. »Wir beschreiben Taten und Zusammenhänge nach Lage der Akten, ist das richtig, Oberwachtmeister Weber?«

»Ja, ganz recht, so ist es.« Weber hatte Mühe, sich nicht anmerken zu lassen, wie sehr er es genoss, den Inspektor in Rage zu bringen.

»Die Aktenlage, Oberwachtmeister Weber, ist in diesem Fall nicht eindeutig. Und zwar deshalb, weil die Ermittlungen eingestellt wurden, nachdem der Richter zugestimmt hatte, die Verdächtige wegen Unzurechnungsfähigkeit in eine Anstalt einzuweisen. Der Familie war sehr daran gelegen.«

»Durchaus nachvollziehbar«, warf Kommissar Recknagel ungefragt ein. »Wie Sie schon sagten: Lieber eine Spinnerte in der Klapsmühle als eine Mörderin im Zuchthaus.«

Der Inspektor warf ihm einen tadelnden Blick zu.

»Also kein Vermisstenfall«, sagte Weber, nun doch ein

wenig interessiert. »Und auch kein Fall für die Fürsorge, sondern … Ermittlungen in einer Mordsache?«

»Finden Sie dieses Mädchen einfach, Weber, so schnell es geht. Dann schicken wir sie nach Magdeburg zurück, und die dortigen Behörden können sich den Kopf über sie zerbrechen.«

»Es sei denn, sie wird wieder gewalttätig und …«, meinte Recknagel.

»Genau das wird unser Oberwachtmeister hoffentlich zu verhindern wissen«, sagte Kunath mit drohendem Unterton. »Es kann ja nicht allzu schwer sein, eine junge Frau zu finden, die sich hier nicht auskennt.« Er schob einige Papiere zusammen, darunter das Telegramm, und reichte sie Weber. »Wenn die Unterlagen aus Magdeburg eingetroffen sind und hoffentlich auch eine Fotografie vorliegt, werde ich Ihnen alles unverzüglich zukommen lassen. Das wäre es einstweilen.« Der Inspektor deutete zur Tür.

Recknagel konnte es sich mal wieder nicht verkneifen, seinen Rang herauszukehren: »Aber fangen Sie trotzdem sofort an mit der Suche, Weber, die Irre lebt schon unter uns!«

»Bekomme ich keine Unterstützung?«, fragte Weber erstaunt.

»Alle Kräfte sind anderweitig eingesetzt«, erklärte Recknagel und meinte damit wohl: Bei mir!

Immerhin fügte Inspektor Kunath entschuldigend hinzu: »Bedenken Sie doch: Kindstötung! Weitere Fälle sinnloser Kindstötungen könnten neue Unruhen schüren. Die Bevölkerung ist noch immer aufgerüttelt. Der Staat muss zeigen, dass er so etwas sehr ernst nimmt. Noch einmal darf uns die Macht nicht entgleiten.« Und an Recknagel gewandt, sagte er: »Ich denke, es wird das Beste sein, Sie stellen sich eine Truppe nach Ihren Vorstellungen zusammen.«

»Jawohl, Herr Inspektor«, sagte der Kommissar.

Weber hatte die Hand schon auf der Türklinke und verschwand ohne einen Abschiedsgruß nach draußen. Mit einem Mal war er wieder misstrauisch geworden. Er sollte eine neunzehnjährige Irre suchen, die angeblich sehr gefährlich war, aber er musste es allein tun, weil die anderen Wichtigeres zu erledigen hatten. Wollten die ihn aus irgendwas raushalten, oder wollten sie, dass er sich blamierte? Oder war das die Chance, eine Belobigung zu bekommen und im Anschluss befördert zu werden, was längst überfällig war? Dieser Recknagel war doch nicht viel älter als er, gerade mal achtunddreißig, und eine bessere Schulbildung hatte der auch nicht. Von der Erfahrung beim Militär ganz zu schweigen. Warum sollte ausgerechnet Weber dazu verdammt sein, für immer vor ihm zu kuschen?

Mit derartigen Gedanken im Kopf ging Kriminal-Oberwachtmeister Weber durch den langen, gewundenen Flur in den Dienstraum. Und hätte beinahe vergessen, dass er längst Feierabend hatte.

Der Wirt der Gaststätte *Zur Trommel* näherte sich Gretas Tisch und schaute sie misstrauisch an. Sie wich seinem Blick aus und spähte zwischen den spitzenbesetzten Gardinen nach draußen auf die abschüssige, schmale Straße, die von Altona über eine unsichtbare Grenze nach Hamburg führte.

»Moin«, begrüßte er sie, obwohl es später Nachmittag war. Vielleicht lag es daran, dass die Uhren hier in der Nähe des berühmten Vergnügungsviertels St. Pauli anders gingen.

»Moin«, gab sie zurück.

Der Wirt zog ein Handtuch aus der Tasche seiner weißen Schürze, unter der sich ein mächtiger Bauch wölbte, und wischte ihren Tisch ab. Sie hatte die Nische direkt beim Garderobenständer an der Tür gewählt, um gegebenenfalls schnell verschwinden zu können. Wenn man auf der Flucht war, dachte man so, das war ihr bereits aufgefallen. Man begegnete allen Menschen mit Zweifeln und Misstrauen und fragte sich, ob ein Lächeln wirklich ein Lächeln und wie es gemeint war.

Glücklicherweise war das Lokal leer, bis auf einen älteren Mann mit Schirmmütze, der in einer Ecke Zeitung las und sich für sonst nichts zu interessieren schien. Vor ihm stand ein Glas Bier. In den Ecken und unter der Decke hingen große und kleine Trommeln. Als ob ein verarmter Spielmannszug die Zeche mit seinen Instrumenten bezahlt hätte.

Das Lächeln des Wirts war kaum wahrnehmbar. Vielleicht wollte er am helllichten Tag nicht die Energie aufbringen, die sein wulstiges Gesicht zur Bewegung benötigte.

»Na, Fräulein, sind wohl nass geworden?«

»Ja.« Sie hatte Mantel und Hut auf dem Stuhl neben sich platziert.

»Überrascht worden vom Regen?«

»Ja.«

»Schirm zu Hause vergessen?«

»Äh, ja.«

»Da wäre was Warmes zu trinken wohl angebracht?«

»Ja.«

»Ein steifer Grog zum Beispiel?« Die kleinen Augen in seinem breiten Gesicht funkelten.

»Gregor, lass das!«

Eine dünne, ziemlich große Frau hinter dem Tresen hob ein Bierglas ins diffuse Licht und kontrollierte, ob sie es blankpoliert hatte. Der Wirt drehte sich zu ihr um. Greta bemerkte, dass rechts und links des wuchtigen Tresens jeweils ein Fass stand, links ein hohes dünnes, rechts ein niedriges und sehr dickes. Passend zu den Wirtsleuten.

»Das Fräulein bekommt einen Tee!«, sagte die Wirtin.

»Ich wollte ja nur mal sehen, ob sie auch was anderes sagen kann als immer nur ja.«

»Unsinn!« Die Wirtin schüttelte den Kopf.

»Hab ich doch«, sagte Greta.

»Hoppla!« Der Wirt wandte sich wieder ihr zu.

»Ich habe ›Moin‹ gesagt, obwohl es schon Nachmittag ist, und dann einmal ›äh‹.«

Greta sah, dass viele kleine Muskeln in dem wulstigen Gesicht amüsiert zuckten. Die Augen des Wirts wurden größer. Sein Mund öffnete sich, und er drehte sich zu seiner Frau um: »Oh«, sagte er, »oho!«

»Nimm du mal lieber die Bestellung entgegen«, erwiderte die Wirtin sachlich und griff nach dem nächsten nassen Bierglas.

»Tee?«, fragte der Wirt.

»Ja«, sagte Greta jetzt absichtlich knapp und brachte ihn damit zum Lächeln.

»Anneli, bitte eine Kanne Tee für die junge Dame, aber ohne Rum, denn sie ist noch minderjährig.«

»Ich bin nicht minderjährig.«

»Nein?«

»Ich bin einundzwanzig.« Es klang stolz und überzeugend, war Greta aber gar nicht so leicht über die Lippen gekommen. Ich muss lügen lernen, nahm sie sich vor, richtig gut lügen.

Der Mann in der Ecke raschelte mit seiner Zeitung.

»Soso«, sagte der Wirt. Seine Frau gab ein ungläubiges »pfff« von sich und ging in die Küche.

Der Wirt stemmte beide Arme auf die Stuhllehne vor ihm.

»Jedenfalls sind Sie nicht von hier«, stellte er fest. »Sonst wüssten Sie nämlich, dass ›moin‹ nichts mit ›guten Morgen‹ zu tun hat. Es ist eine friesische Begrüßung.«

»Friesisch?«

Der Wirt beugte sich verschwörerisch zu ihr und nickte. »Sagen Sie es nicht weiter, aber es gibt Friesen hier in der Stadt. Störtebekers Mannen sind wieder auf dem Vormarsch.« Sein Gesicht blieb ernst und ausdruckslos. Greta war jetzt doch ein wenig verunsichert.

Draußen begann es richtig zu schütten. Ein kleiner Bach ergoss sich über das Straßenpflaster. Die Wirtin kam aus der Küche zurück, in der Hand ein Tablett mit einer weiß-blau gemusterten Teekanne und einer passenden Tasse. Außerdem Kandiszucker, etwas Sahne und ein eigenartig geformter Löffel. Sie setzte sich Greta gegenüber auf einen Stuhl, schickte den Wirt mit einem Kopfnicken weg und machte ihr vor, wie man Tee auf friesische Art trank. »Nicht umrühren! Den Löffel nur für die Sahne! Sehen Sie die Wölkchen?«

»Das ist ja hübsch«, sagte Greta.

Nachdem sie die Tasse ausgetrunken und festgestellt hatte, dass es sensationell war, wenn der süße Rest über die Zunge glitt, schenkte sie sich selbst nach. Und weil die Frau ihr so fürsorglich und unbefangen zusah, traute sie sich zu sagen: »Ich, äh, suche eine Unterkunft.«

»Ausgebüxt?«, fragte die Wirtin.

»Nein! Na ja …« Lügen, Greta, lügen! »Aber ich bin ja alt genug, um selbst zu entscheiden, wo ich leben möchte.«

»Sie kommen wohl aus Sachsen?«

Verflixt, dachte Greta, hab ich etwa einen Zungenschlag? Vater war doch immer erpicht darauf, mir Hochdeutsch beizubringen.

»Nicht ganz«, sagte sie.

Die Frau lächelte. »Man merkt's auch nur ein bisschen. Ich kannte mal einen Sachsen …«

»Anneli!« Jetzt war es der Wirt, der seine Frau ermahnte.

»Er mag die Geschichte nicht, es war vor seiner Zeit«, sagte die Wirtin und zwinkerte.

»Äh …«

»Und was für ein Mann könnte das wohl sein, hinter dem du her bist?«, fragte die Wirtin.

Hoppla! »Ähm … sehe ich etwa so aus, als hätte ich Männerbekanntschaften?«

Die Wirtin schüttelte den Kopf. »Immer ausweichen und vom Thema ablenken, was? Du wärst nicht die Erste, die nach Hamburg kommt, weil ein Tunichtgut ihr Versprechungen gemacht hat. Und wenn du mich fragst, wie du aussiehst: wie eine, die oft hinter sich schaut und bald gegen den erstbesten Laternenpfosten rennt. Oder schlimmer: in die Arme eines Mannes, der dir die große Liebe schwört, was er zehnmal am Tag tut, bei zehn verschiedenen Mädchen, die alle so ahnungslos sind wie du.«

Der Mann in der Ecke raschelte laut mit seiner Zeitung.

Du kannst jetzt empört tun, dachte Greta, aber das nimmt sie dir garantiert nicht ab. Besser du spielst ihr was anderes vor. Sie blickte betroffen in ihre Tasse.

»Aber … so ist es nicht. Ich bin allein …« Sie tat so, als müsste sie ein Schluchzen unterdrücken. »Ich hab doch niemanden mehr. Deshalb bin ich hergekommen.«

»Na, na«, sagte die Wirtin. »Und da brichst du ausgerechnet nach Hamburg auf, nach St. Pauli?« Sie schüttelte missbilligend den Kopf.

»Ich suche doch …«

»Ach was, mir machst du nichts vor!« Die Wirtin stemmte energisch die Arme auf den Tisch. »Aber glaub mir, ich weiß das aus eigener Erfahrung: Hinterher bereut man alles, aber dann ist es zu spät!«

»Ich will doch nur ... einen entfernten Onkel finden, der hier wohnt. Wenn ich nur wüsste, wo ich suchen soll.«

»Man geht zur Polizei, wenn man jemanden sucht, so geht das.«

»Das kann ich nicht ...«

»Ausgebüxt!«, rief die Wirtin. »Und die einundzwanzig Jahre lass ich mir nicht weismachen! Geh zurück nach Sachsen, solange es noch möglich ist. Rette deine Seele, Kind!« Die Wirtin stand auf.

»Anneli!«

»Ach!«, stieß sie hervor. »Es macht mich einfach wütend, wenn ich sehe, wie diese jungen Dinger ihr Leben verschleudern.«

»Anneli, nur weil du ... Es muss doch nicht jede ...«

Die Wirtin hob resigniert die Arme.

»Anneli, die Kartoffeln verkochen!«, rief der Wirt schließlich, woraufhin sie in die Küche eilte.

Greta trocknete sich die Tränen mit ihrem Taschentuch, in das, wie sie jetzt bemerkte, die falschen Initialen eingestickt waren: S. M. Dann schenkte sie sich Tee ein. Er war ganz schwarz.

Der Wirt trat wieder zu ihr und rang verlegen die Hände. »Nehmen Sie es ihr nicht übel. Sie hatte eine schwere Jugend.«

»Schon gut. Aber ich habe den Zucker vergessen.«

»Die Sahne ist am wichtigsten.«

Sie nahm den seltsamen Löffel und ließ die Sahne am Rand in die Tasse gleiten.

»Ich mag diese Wölkchen«, sagte sie.

Draußen hatte es aufgehört zu regnen.

»Wenn Sie eine Unterkunft suchen. Es gibt da ein Heim für

Alleinstehende und Bedürftige.« Er legte ihr einen vergilbten Zettel hin.

»Eine Pension hier in der Gegend käme mir gelegener«, sagte Greta und merkte sofort, dass sie sich im Ton vergriffen hatte.

Der Mann in der Ecke faltete seine Zeitung zusammen und zählte Geld ab, das er auf den Tisch legte.

Der Wirt wiegte den Kopf hin und her. »Pensionen gibt es hier genug, aber gehen Sie lieber in ein anderes Viertel. Oder rüber nach Altona.«

»Danke.« Greta stand auf und nahm Hut und Mantel. »Was bin ich Ihnen schuldig?«

»Lassen Sie nur ... wir waren aufdringlich ...«

»Vielen Dank. Auf Wiedersehen.«

Sie verließ das Lokal. Als sie die abschüssige Straße hinunterging, hörte sie hinter sich ein Rascheln. Sie blieb stehen.

Der Mann mit der Zeitung trat neben sie. Er war klein und drahtig, trug Manchesterhosen und eine Jacke aus grobem Stoff. Die Mütze saß jetzt leicht schief, vielleicht wollte er keck wirken.

»Wenn Sie eine Pension suchen ...« Er musterte sie eingehend und schien etwas zu vermissen.

»Ja, bitte?«

»Haben Sie gar kein Gepäck?«

»Muss Sie das interessieren? Vielleicht ist es ja noch am Bahnhof.«

»Ich meine ja nur, es gäbe da eine Unterkunft in der Gegend. Hätte den Vorteil der unmittelbaren Grenznähe, wenn Sie verstehen, was ich meine.«

»Nein.«

»Nun, eine junge weibliche Person ohne Gepäck, mit

schauspielerischer Begabung und auf dem Weg zum Hamburger Berg weiß vielleicht zu schätzen, dass an der Grenze die Zuständigkeit der jeweiligen Polizei endet.«

»Für wen oder was halten Sie mich eigentlich?«

Er lächelte schief. »Das spielt doch keine Rolle. Wir leben in schwierigen Zeiten. Wer kann da schon wählerisch sein? Ich biete Ihnen eine Unterkunft an und absolute Verschwiegenheit. Sie können tun und lassen, was Sie wollen ... Sie haben doch Geld?«

»Ein wenig.«

»Nun, alles weitere wird sich finden.«

Greta zögerte. Hinter ihnen ging quietschend eine Tür auf.

»Kommen Sie.«

Der Mann fasste sie am Arm und zog sie um die nächste Straßenecke.

Weber stand auf der Stadthausbrücke und zögerte. Was tun? Er warf einen Blick zurück zur Polizeizentrale, die er gerade verlassen hatte. Die Kuppel des Turms an der Ecke war nass und glänzte im Licht der untergehenden Sonne, deren Strahlen sich im Westen durch die grauen Wolken mogelten. Es nieselte. Ab und zu fegte eine Windböe über die Brücke, das schwarze Wasser im Fleet kräuselte sich. Eine Bierkutsche rumpelte vorbei, Passanten spannten Schirme auf oder zogen sich die Hüte ins Gesicht. Ein Automobil hupte und ruckelte mit knatterndem Motor durch Kuhlen im Pflaster, in denen sich braunes Wasser gesammelt hatte. Erst Anfang Oktober, dachte Weber, aber es fühlt sich schon an wie November.

Er tastete nach der Fotografie in seiner Manteltasche. Heute war endlich die langersehnte Post aus Magdeburg gekommen, aber erst nachdem Weber in einem Telefonat mit dem dortigen Kollegen darauf gedrängt hatte. Der Beamte teilte ihm mit, die Familie der Gesuchten habe sich ausbedungen, die Informationen »vorher zu sortieren«, ehe sie an die Hamburger Polizei gingen. In was für einer Welt leben wir denn, wenn Privatpersonen der Polizei die dienstlichen Unterlagen zensieren?, hatte Weber sich gefragt. Haben wir nicht eine Republik, sind nicht alle vor dem Gesetz gleich? Immerhin hatte Weber jetzt so etwas wie einen Lebenslauf der gesuchten jungen Frau. Na ja, mehr als eine halbe Seite war es nicht. Und dann noch ein Fahndungsblatt mit den üblichen Daten.

Die Papiere wollte er sich zu Hause noch mal ansehen, bevor er mit seiner Arbeit begann. Zu Hause? Der Gedanke an sein Heim ließ ihn zögern. Mathilde erwartete ihn, zweifellos. Und natürlich sollte er ihr ein wenig Aufmerksamkeit schenken, bevor er wieder verschwand. Das war er ihr schuldig. Er gab sich einen Ruck. Es war ja nicht weit.

Eine Tram, die vom Rödingsmarkt kam, klingelte laut und durchdringend und hielt auf ihn zu. Er beeilte sich, die Straße zu überqueren.

Zu Hause öffnete ihm seine Frau die Tür und schaute ihn forschend an. Kurz nach dem Krieg und den Unruhen, wo es so ausgesehen hatte, als hätte er endlich einen normalen Beruf ergriffen, hatte sie ihn ein Weile fröhlich lachend begrüßt. Er hatte ihr sogar jeden Morgen genau sagen können, wann er Dienstschluss haben würde, und sich bemüht, pünktlich nach Hause zu kommen. Dann war er in den Schichtdienst geraten, und sie war schwanger geworden. Seither nahm sie alles viel ernster, und er verspürte immer wieder den Drang, sich davonzustehlen, in einer Kneipe »die Schicht zu verlängern« (wie er ihr gegenüber behauptete), um

»über wichtige Dinge nachzudenken« (wie er sich selbst gegenüber behauptete). Er fand es anstrengend, dass ihr ständig übel wurde, und schade, dass sie sich nicht mehr so adrett frisierte. Und hatte Gewissensbisse wegen alledem, was die Stimmung nicht gerade hob.

Die Wohnung lag nicht weit entfernt von der Polizeizentrale in einem ehemaligen Kaufmannshaus in der Nähe des Michels. Noch bevor er durch die Tür war, kniff Mathilde die Augen zusammen und sagte: »Du musst wohl heute noch mal los.«

»Ja«, sagte er und schälte sich aus dem Mantel. »Heute sind wichtige Dokumente gekommen. Wegen dieses Mädchens, das ich suchen soll, du weißt schon. Aber ich habe auf jeden Fall Zeit für eine Suppe oder was du hast.«

»Zeit für eine Suppe«, wiederholte sie. Es klang nicht direkt abfällig oder missbilligend, aber auch nicht gerade erfreut. »Komm in die Küche, der Tisch ist gedeckt.«

Weber folgte seiner Frau. Mathilde hatte die Küchenmöbel geerbt. Biedermeier sagte sie dazu, obwohl sie nicht wusste, wie alt die Möbel waren. Die Anrichte war so riesig, dass Weber sie manchmal »das Zimmer, in dem das Porzellan steht«, genannt hatte – in der Anfangszeit ihrer Ehe, als sie öfter mal gescherzt hatten. Sie hatte eine weiße Tischdecke aufgelegt, obwohl es gar nicht Wochenende war. Weber ging zum Ausguss und wusch sich die Hände. Dann aß er drei Teller Erbsensuppe und vier Scheiben Graubrot, während seine Frau zusah.

Nachdem sie Teller, Besteck und die Terrine abgeräumt hatte, legte Weber das Foto und die wenigen Zettel, die er geschickt bekommen hatte, auf den Tisch. Mathilde stellte sich hinter ihn und deutete auf das Bild.

»Das ist sie also, diese Person«, stellte sie fest. Es klang fast so, als würde sie das Mädchen kennen und wäre gar nicht gut auf sie zu sprechen.

»Ob die Fotografie etwas nützt?«, brummte Weber. »Sie ist zwei Jahre alt.« Auf dem Porträt war ein Backfisch zu sehen, mit welligem, am Hinterkopf zu einem Knoten gebundenem Haar, wahrscheinlich braun. Dunkle, dichte Brauen. Eine hübsche Stirn, etwas zu breite Wangenknochen, das Kinn eckig, aber das alles mochte beeinflusst sein von Licht und Schatten. Der Fotograf hatte sich offenbar um künstlerischen Ausdruck bemüht. Sie trug eine hochgeschlossene Bluse mit senkrechten Streifen.

»Ironisch, rechthaberisch und vorlaut«, sagte Mathilde.

Weber schaute sie erstaunt an. »Wie bitte?«

»Ein verwöhntes Gör«, sagte seine Frau. »Frech. Sieh mal die Lippen. Man schürzt die Lippen nicht so, wenn man um Anstand bemüht ist.«

»Sie schürzt die Lippen?«, fragte Weber. Ihm kam es eher vor, als wären die Lippen des Mädchens einfach nur ... nun ja, voll und appetitlich.

»Und in den Augen steht Verachtung!«, urteilte Mathilde streng.

Auch das konnte er nicht finden, aber er war ja auch ein Mann. Und Männer und Frauen fanden an Frauen doch genau gegensätzliche Dinge ansprechend, oder?

»Hochmut. Und dann ist sie gefallen«, stellte Mathilde ungnädig fest.

Die ist doch recht hübsch, dachte Weber. Wirkt lebenslustig, ein wenig forsch vielleicht ... bestimmt ist sie oft zu Scherzen aufgelegt ... Allerdings ist es kein Scherz, einen Pfarrer bewusstlos zu schlagen und zu berauben!

Er legte das Bild auf den Tisch zurück, drehte es um. Da stand auch der Name: Sieglinde Meyerhoff, Magdeburg.

Er schaute sich die Aktennotizen an. Sie hatte noch andere Vornamen: Elisabeth, Henriette. Bestimmt ist sie unter falschem Namen untergetaucht, überlegte er. Vielleicht nennt sie sich jetzt Elisabeth Meyer. Oder Henny Hoff. Ach was …

Geburtsort: Magdeburg
Geburtstag: 30. 6. 1901
Familienstand: ledig
Religion: römisch-katholisch
Stand oder Beruf: keine Angabe
Staatsangehörigkeit: deutsch
letzter Aufenthalt: Kliekow, Sanatorium
Familienmitglieder: (geschwärzt)
Wohnort, Adresse: (geschwärzt)
Stand oder Beruf: (geschwärzt)
Jahr und Tag der Meldung im Einwohnerregister: (geschwärzt)

»Die schämen sich wohl für ihre Tochter«, mutmaßte Mathilde.

»Könnte man meinen«, sagte Weber. »Oder es handelt sich beim Vater um eine einflussreiche Persönlichkeit, die man schützen muss.«

»›Zuletzt trug sie ein graues Wollkleid, dicke Strümpfe, einen schwarz-grün gemusterten Schal, Schnallenschuhe und einen dunklen Mantel aus grobem Stoff, einen schwarzen Filzhut, hatte kein Gepäck und gestohlenes Geld bei sich, sie neigt zu Gewalttätigkeiten, evtl. auch im Zusammenhang mit Geldbeschaffung, könnte geistig abwesend oder gar unzurechnungsfähig erscheinen, impulsiv, zwanghaftes häufiges Waschen der Hände, hysterische Zustände‹«, las Weber von einem mit Schreibmaschine beschrifteten Zettel ab.

»Wenn diese Person auf St. Pauli untertaucht, wie willst du sie dann finden, Alfred?«

Weber schaute seine Frau erstaunt an. »Wie kommst du auf St. Pauli?«

»Sie ist auf der Flucht, sie ist gewalttätig, sie stiehlt und ist unzurechnungsfähig, und sie sieht aus wie ein Flittchen – da ist der Weg doch vorgegeben, findest du nicht?«

»Das Vorgegebene, das dann nicht eintritt, ist es, was uns Polizisten auf den Plan ruft. Wenn nicht ständig Unvorhergesehenes geschähe, hätte wir wenig zu tun und ...«

»Alfred, du philosophierst!«

Das mochte sie nicht. Genauso wenig wie seine Kollegen. Niemand wollte wissen, was in seinem Kopf vorging, wenn er versuchte, Ereignisse in ein größeres Bild einzuordnen.

»Nun gut ...« Er schob die Zettel und das Foto zusammen und legte alles in einen Umschlag. »Hoffentlich finde ich dieses Mädchen, bevor ihm etwas zustößt.«

»Du meinst, bevor sie jemandem etwas antut!«

Weber starrte auf die blütenweiße Tischdecke, auf der jetzt einige Brotkrumen lagen. »Nein«, sagte er energisch. »Ich will dieses Mädchen nicht im Voraus verurteilen. Wenn ich mir ein falsches Bild von ihr mache, werde ich sie sicher nicht finden.«

»Falsches Bild? Das Foto ist doch eindeutig!« Mathilde wischte mit der Hand über das Tischtuch, um die Krümel zu beseitigen. »Aber bitte, geh ruhig! Ich kann mir schon denken, was du in dieser Person siehst!«

Beinahe hätte sie den braunen Umschlag vom Tisch gefegt. Weber nahm ihn hastig, faltete ihn so, dass das Foto nicht geknickt wurde, schob ihn in die Brusttasche und stand auf. Seine Frau folgte ihm zur Garderobe.

»Na immerhin«, sagte sie hinter ihm, während er den Mantel anzog, »wenn du dich in dieser Sache bewährst, hast du vielleicht eine Chance, befördert zu werden.«

Zweites Kapitel:

ASPHALT

Das zweistöckige Haus stand eingepfercht zwischen höheren Gebäuden in einer kurzen Gasse direkt an der Grenze zu Altona. Wenn sie aus der Tür trat und genau hinschaute, konnte Greta in einer Ecke zwischen den Häusern gegenüber einen Grenzstein erkennen – nichts weiter als einen Pfosten mit einer Messingplakette darauf. Er sah aus, als stünde er schon ewig da und keiner wüsste mehr, warum.

Das aus dunklem Backstein erbaute Häuschen war winzig. Rechts und links der Tür je ein Fenster, das eine für den Wohnraum, das andere für die Küche. Dazwischen führte eine schmale Treppe zu zwei Schlafräumen im oberen Stockwerk, sie wurde durch ein Erkerfenster erhellt. Den rechten Raum hatte Greta bezogen. Mehr als ein Bett, ein abgenutzter Sessel und eine blau angestrichene Kommode mit Waschschüssel und Wasserkrug waren nicht vorhanden, na ja, ein Nachttopf noch. Nach hinten raus gab es nur eine Luke. Dahinter befand sich ein Schacht, der die Bezeichnung »Hof« nicht verdiente, und dann kam die nächste Hauswand, in die ganz oben zwei kleine Fester eingelassen waren. Ein schmaler Gang, eher so etwas wie ein Durchschlupf, führte nach Altona. Der Boden war mit geriffelten Steinen ausgelegt, ganz glitschig vom Moos. Wenn es regnete, ergossen sich mehrere Wasserströme aus Regenrohren in den Hof, plätscherten wie ein Bach durch den abschüssigen Gang und füllten, wie Gretas Vermieter ihr achselzuckend erklärt hatte, den Keller eines neu errichteten Mietshauses nahe dem Fischmarkt. Bei Regen konnte man das Plumpsklo im Hof nicht benutzen.

Sie war bei zwei Männern eingezogen. Wenn das der Pfarrer, Dr. Calinski und ihre (so musste man wohl jetzt sagen) ehemalige Familie wüssten! Der Mann mit der Zeitung hatte ihr auf dem kurzen Weg vom Gasthaus *Zur Trommel* bis zu seinem Haus erklärt, mit wem sie es zu tun hatte. Er war ein ehemaliger Bühnenhandwerker, der für diverse Theater gearbeitet hatte. »*Ernst Drucker*, *Carl Schultze*, das *Operettenhaus*! Kein Varieté, sondern Kultur!« Die Namen sagten Greta nichts. Sein »Gefährte«, wie er sich ausdrückte, sei vor seiner schweren Krankheit Schauspieler und Sänger in den erwähnten Häusern gewesen, aber nun leider die meiste Zeit bettlägerig. »Es ist eine Schande, bei seinem Talent.« Beide waren ohne Verdienst und darauf angewiesen, eine ihrer Dachkammern zu vermieten. »Wir sind nicht wählerisch«, hatte er gesagt, »aber wir brauchen Ruhe. Wenn Sie also ... etwas zahlen können ... wir nehmen nicht viel.«

Greta zahlte im Voraus und zog bei den Herren Johannes Dahl und Ernst Haselbusch ein. Haselbusch bekam sie allerdings gar nicht zu Gesicht. Der kleine, drahtige Dahl, der ihr bei näherer Betrachtung ziemlich niedergedrückt erschien, war so nett, ihr nicht nur Handtuch und Seife, sondern sogar einen Herrenpyjama zu überlassen. Er kochte einen guten Kaffee aus Zichorie und bemühte sich, frisches Brot und Marmelade zum Frühstück zu servieren.

Erst mal war sie also gut aufgehoben, aber ihr Geld, das war klar, würde nicht mehr lange reichen. Sie sagte Dahl, dass sie sich nach Arbeit umschaute, um ihre langen Wanderungen durch die Stadt zu begründen. Vorher hatte sie ihn gebeten, ihr die örtlichen Verhältnisse zu erklären. Dass sie in Wahrheit eine ganz bestimmte Person suchte, gestand sie ihm nicht. Es hätte zu viele Fragen provoziert, sie hätte sich Lügengeschichten ausdenken müssen, und das wollte sie nicht. Sie kannte das: Fing man erst einmal an, ein Gewebe aus Wahrheit und Unwahrheit zu spinnen, verhedderte man sich darin, geriet ins Stolpern und kam früher oder später zu Fall. Besser man schwieg, auch auf die Gefahr hin, verstockt zu wirken. Zum Glück war Dahl nicht besonders neugierig.

Sich durch die Wohnviertel am Hafen zu fragen war kein Spaß. Die Gassen waren eng, verwinkelt und schmutzig, es stank widerlich. In manchen Durchgängen konnten die Bewohner sich aus gegenüberliegenden Fenstern die Hände reichen oder Wäscheleinen dazwischen spannen.

Alles hier war anders als in ihrer alten wohlbehüteten Welt. Die Kinder waren schmutzig, bleich und dünn, sogar jetzt im Herbst oft barfuß und gingen beim Spielen roh miteinander um. Wenn sie nicht rauften, jagten sie hinter Katzen und Hunden her. Männer hockten auf den Straßen und schienen nichts zu tun zu haben, manchmal saßen ganze Gruppen schweigend da. Ihre Stiefel waren nicht selten löchrig oder zerfetzt.

Die älteren Frauen, deren Stimmen schrill durch die Gassen hallten, wenn sie miteinander tratschten oder nach Kindern oder Männern riefen, blickten grundsätzlich finster und ablehnend drein. Die Jüngeren, die vor den Häusern standen, ihre Beine zeigten und rauchten, raunzten Greta an, wenn sie zu lange herumstand, und jagten sie davon. Männer in Mänteln, die Hüte in die Stirn gezogen, gingen herum und ließen sich von den Frauen ansprechen. Manchmal trat ihr einer in den Weg. Sie lernte schnell, wie sie den Betreffenden beschimpfen musste, um ihn loszuwerden.

Da ihr vom vielen Laufen über das Pflaster die Füße schmerzten, hatte sie es sich angewöhnt, in Eckkneipen Station zu machen. Zuerst war sie noch aufgefallen und belächelt worden, aber dann war ihr aufgegangen, dass sie einfach nur so tun musste, als würde sie dazugehören. Also bemühte sie sich, die Kneipentüren lautstark zuzuknallen, wenn sie hereingekommen war, und ahmte den lasziven Gang der Straßendirnen nach. Sie hatte gelernt, ihre Bestellung laut über den Tresen zu schreien, und bekam ihr Bier anstandslos serviert. Ja, sie trank jetzt Bier. Immer nur ein kleines Glas, doch sie kam sich verrucht dabei vor. Fast so verrucht wie die Hafengegend, in der sie sich tagtäglich bewegte.

Schließlich, als ihr Selbstbewusstsein stark genug war, ging sie sogar dazu über, wildfremde Leute direkt anzusprechen. Zunächst hier und da einen freundlich wirkenden Wirt oder Kellner, dann ab und an eine Frau, die ihrem Alltag nachging, dann Arbeiter, die nach Feierabend über Politik diskutierten, oder Handwerker, die in einem Hinterhof einen Laden hatten. Nur mit den Dirnen am Straßenrand kam sie nicht klar und auch nicht mit flegelhaften jungen Männern oder solchen, die aussahen wie Verbrecher. Um hinterhältige Charmeure und freche Luden machte sie einen Bogen.

Hatte sie einen besonderen Instinkt, einen angeborenen Schutzmechanismus, der sie vor schlimmen Konfrontationen bewahrte? Vielleicht. Sie war fest davon überzeugt, denn sie hatte ja eine Mission. Einen Schutzengel konnte sie allerdings nicht haben, denn der wäre vom »lieben« Gott längst zurückgepfiffen worden nach allem, was hinter ihr lag. Vielleicht beschützte sie das Medaillon, das sie immer um den Hals trug, auch nachts, wenn sie schlief. Morgens, wenn sie in den Spiegel blickte, der hinter der Waschschüssel auf der Kommode stand, musterte sie den weißen Porzellandeckel mit den aufgemalten Lilien eingehend und nahm das kleine Schmuckstück kurz in die Hand, gab ihm manchmal sogar einen Kuss, bevor sie es unter ihrer Bluse verschwinden ließ.

Leider hatte sie bei ihren Nachforschungen keinen Erfolg. Ihr einziger Hinweis war der Absender auf einem Brief an einen gewissen Max Klant: *G. Hofstedt, Postlagernd Poststelle Emma Mencke, Karpfangerstraße 14a, Hamburg*, stand in Frauenschrift auf dem Umschlag. Die Poststelle war ein kleiner Laden mit Schiebefenster und der Aufschrift *Zeitungen – Poststelle – Telefon – Wäscheannahme*. Die Inhaberin, Frau Mencke, eine schmächtige Frau mit Brille, konnte sich weder an die Absenderin noch an einen Mann namens Max Klant erinnern. »Was glauben Sie denn, wie viele Personen hier tagtäglich ihre Post abgeben oder holen?«, fragte sie. Greta hatte den Eindruck, dass eigentlich überhaupt niemand kam, aber vielleicht war dies die falsche Tageszeit. Sie ärgerte sich, dass sie sich nicht ganz forsch als Frau Hofstedt ausgegeben hatte, andererseits wusste sie ja noch nicht mal, für welchen Vornamen das »G.« stand.

»Wenn Sie jemanden suchen, schauen Sie doch ins Adressbuch. Da stehen alle drin. Wenn es sich um gutsituierte Leute handelt, haben die vielleicht Telefon, dann stehen sie im Telefonbuch. Andererseits, wenn sie gutsituiert sind, kommen sie wegen ihrer Post vielleicht nicht zum mir, näch?« Und – ratsch! – ging das Schiebefenster zu.

Telefonbuch und Adressbücher hatte Greta schon bei der Post und in einer Buchhandlung durchgesehen, ohne Erfolg.

Und nicht immer verliefen die Unterhaltungen so lebhaft und freundlich wie in der *Scat-Ecke* in einer Gasse mit dem eigenartigen Namen »Ehebrechergang«:

»Wenn Sie einen Mann suchen, Fräulein, schauen Sie sich um, greifen sie zu, hier ist alles zu haben. Ein Hinkefuß, ein

Armamputierter, einer, dem das Gas im Schützengraben einen nicht kurierbaren Schluckauf beschert hat, ein Junge, dem ein halbes Bein fehlt. Solche Männer sind noch zu haben. Alle anderen, die gesund sind und Arbeit haben, sind vergeben. Und ihre Frauen passen wie die Schießhunde auf sie auf.«

»Sie verstehen mich falsch ...«

»Absichtlich, Fräulein, absichtlich. Ich versuche nur, die Unterhaltung in die Länge zu ziehen, denn eine Unterhaltung mit einer hübschen jungen Dame wird mir nicht alle Tage geschenkt, wenn Sie bitte verzeihen mögen. Sehen Sie, ich komme ursprünglich aus Wien ...«

»Einen Herrn, der in der Hafengegend wohnt, suchen Sie? Dies hier ist aber weit ab vom Hafen, meiner Ansicht nach. Ich könnte Sie hinbringen, aber hernach wird getratscht, und meine Lebensgefährtin hat so eigenartige Vorstellungen von Treue, nichts für ungut ...«

»Ein Herr namens Max Klant? Eigenartiger Name. Was soll er denn von Beruf sein? Das wissen Sie nicht? Dann seien Sie bloß vorsichtig!«

»Hallo! Alle mal achtgeben! Kennt jemand eine Frau namens G. Hofstedt? Keiner hört zu, na dann fragen Sie mal woanders weiter, Fräulein.«

In manchen Lokalen, vor allem wenn sie ein bürgerliches Publikum hatten, wurde sie nicht so freundlich aufgenommen: »Hören Sie, Fräulein, Sie belästigen meine Gäste! Im Übrigen schickt es sich wirklich nicht für eine junge Frau, fremde Herren anzusprechen oder Damen zu belästigen. Ich bitte Sie!«

Es war zum Verrücktwerden! Die Zeit lief ihr davon, und sie machte überhaupt keine Fortschritte. Mehr als einmal war sie kurz davor, in Tränen auszubrechen, mitten in einer

Gasse laut aufzuschreien oder anklagend die Fäuste zu recken – gen Himmel, auch wenn der zwischen diesen engstehenden Häusern kaum zu sehen war.

Nach einem anstrengenden Tag, als sie allmählich das Gefühl bekam, sich nutzlos im Kreis zu drehen, machte sie Rast in einem Wirtshaus am Großneumarkt. Auf ihrem Tisch lag zufällig eine Zeitung, der *Generalanzeiger*. Sie blätterte lustlos darin herum. Dass es eine Volksabstimmung in Kärnten gegeben hatte, Frankreich jetzt auch eine kommunistische Partei und Griechenland wieder einen König hatte, und in Italien soziale Unruhen ausgebrochen waren, interessierte sie nicht im Geringsten, auch nicht, dass die Frauen in Amerika das Wahlrecht bekommen sollten und ein Inder namens Gandhi ohne Waffen gegen die Engländer in den Krieg ziehen wollte.

Viel spannender fand sie den Anzeigenteil, vor allem die Stellenangebote. Sie war schließlich nicht auf den Kopf gefallen. Mit ein bisschen Angeberei, ein paar kleinen Lügen und ein wenig Glück musste doch etwas zu machen sein. Es durfte nur niemand nach irgendwelchen Papieren fragen.

Klinkenputzer, dachte Weber, als er durch die Kastanienallee stapfte. Der Westwind schleuderte ihm einen Schwall dicker Regentropfen ins Gesicht. Es war noch nicht mal Nachmittag, aber St. Pauli lag bereits in dämmrigem Zwielicht. Fette, dunkelgraue Wolken jagten über die Stadt.

Pass auf, sonst endest du noch als Klinkenputzer, hatte seine Mutter ihn ermahnt, als die Leistungen auf der Oberrealschule für Jungen zu wünschen übrigließen. Werde Beamter, das ist in diesen Zeiten das Sicherste! Tja, da war er nun: Beamter eines wackeligen neuen Staatsgebildes in stürmischen Zeiten, verantwortlich für die Sicherheit der Bürger.

Und was tat er, um die Sicherheit der Bürger zu garantieren? Klinken putzen! Stiefelte von einer Pension zur nächsten, von einem Hotel zum anderen, von Absteige zu Absteige und hielt den Wirtsleuten – seien es nun seriöse Damen oder zwielichtige Ganoven, fürsorgliche Mamsells oder gescheiterte Künstler – seinen Dienstausweis unter die Nase und dann das Bild des gesuchten Mädchens. Die Antwort war immer die gleiche: »Nein, nie gesehen.« Sie klang aber durchaus verschieden. Manchmal bedeutete sie »Lassen Sie mich in Ruhe!« oder »Wir verpfeifen niemanden!«, manchmal auch »Ach, das arme Ding!« oder »Ich kann mir schon denken, wo die gelandet ist!«

Man sollte Steckbriefe aufhängen, dachte Weber. Aber wäre das nicht, als würden wir diese junge Frau an den Pranger stellen, von der wir im Grunde herzlich wenig wissen? Er hatte kurz überlegt, Hilbrecht in der »Photographischen Anstalt« der Polizei, die sich oben unterm Dach im Stadthaus befand, um Abzüge von dem Porträt zu bitten. Damit er es hier und da verteilen konnte. Aber einerseits war Gustav Hilbrecht völlig überarbeitet, weil sich zurzeit unerhört viele Verbrechen in der Stadt ereigneten, die fotografisch dokumentiert werden mussten. Andererseits scheute sich Weber, das Bild eines hübschen, unschuldig dreinblickenden Mädchens in fremde Hände zu geben mit den Worten: »Das ist eine gefährliche Verbrecherin. Halten Sie die Augen offen!« Wer wusste schon, wozu manche Menschen fähig waren, wenn sie der Gesuchten dann gegenüberstanden.

Es war doch besser, die Polizisten kümmerten sich ums Festnehmen. Was passieren konnte, wenn empörte Bürger für Gerechtigkeit sorgen wollten, hatte man ja letzten Sommer erlebt. Als die Armen die Verantwortlichen für ihr Elend zur Rechenschaft ziehen wollten und diejenigen zu lynchen versuchten, die so skrupellos gewesen waren, verdorbene Lebensmittel für teures Geld an die Hungernden zu verkaufen. Anschließend waren dann diejenigen aufmarschiert, denen Ordnung wichtiger war als Gerechtigkeit. Und hatten ihre Gewehre auf die Verzweifelten gerichtet, die ihrem Ärger Luft gemacht hatten. Auf einmal hieß es, der neugegründete Volksstaat müsse vor seinem Volk geschützt werden. Und schon wurde geschossen. Hier auf St. Pauli war es hoch hergegangen im Sommer 1919.

Also besser keine Steckbriefe. Auch wenn er inzwischen etwas über dieses Mädchen erfahren hatte, das ihn beunruhigte. Da er unzufrieden gewesen war mit den kargen Informationen, die ihm sein Vorgesetzter überlassen hatte, hatte er auf eigene Faust mit Magdeburg telefoniert. Wahrscheinlich war ihm die Aufgabe, ein junges Mädchen zu suchen, nicht herausfordernd genug. Verletzter Stolz war also auch im Spiel, als er die Kripo in dieser Stadt in Mitteldeutschland anrief. Dort schien niemand etwas Genaues zu wissen. Aber Weber kannte den Ton und die Formulierungen allzu gut, mit denen ein Beamter durchblicken ließ, dass er lieber den Mund hielt.

Er war hartnäckig geblieben und hatte schließlich einen Kollegen an der Strippe gehabt, den er kannte. Mit dem er ein paar Tage lang durch Frankreich marschiert war. Zu Anfang des Krieges, als es noch ganz lustig gewesen war. Bevor die Hölle des Stellungskriegs über sie hereingebrach. Dieser Kollege, von dem er wusste, dass er ein nüchterner, vernünftiger Mensch war, deutete ihm eine scheußliche Geschichte an. »Sie hat sich an einer Gleichaltrigen vergangen … eine sehr blutige Geschichte. Mehr kann ich dazu nicht sagen. Todesfolge, ja. Die Familie …« Keine Namen, keine Details. Weber hatte verstanden, dass er nicht weiter nachhaken sollte. Trotz allem verspürte er einen Unwillen, diesem Mädchen auf dem Bild etwas Böses zuzuschreiben. Das kam ihm merkwürdig vor. So merkwürdig, dass er sein Klinkenputzen unterbrach und eine Gaststätte betrat.

Der *Goldene Anker* war eine enge, aber durchaus respektable Kneipe. Mit einem Mobiliar, das noch glänzte, einem reichverzierten, hohen Kachelofen, Gardinen vor den Fenstern, zwei bequemen Sofas, einem blankpolierten Tresen, Schiffsmodellen, die unter der Decke hingen, und einer großen Uhr über der Durchreiche zur Küche. In den Regalen hinter der Theke ordentlich aufgereihte Bierkrüge und Gläser, seitlich eine Vitrine mit Wurst, Käse, Brot und Eiern, falls jemand Hunger bekam. Frisches Sägemehl auf dem Boden. Der Ofen war noch nicht an, aber es war wärmer und trockener als draußen. Zwei Arbeiter in grobem Zeug saßen an Tischen und lasen Zeitung.

Weber setzte sich neben dem Eingang ans Fenster, nachdem er bei der Wirtin hinterm Tresen, einer durchaus ansehnlichen Frau Anfang vierzig in schwarzem Kleid mit weißer Schürze und hochgesteckten, leicht silbrig schimmernden Haaren, ein Bier bestellt hatte.

Er legte das Foto des Mädchens vor sich auf den Tisch und schaute es an. Wenn er eins gelernt hatte in den Gassen, durch die er täglich streunte, und in den Schützengräben, in denen er gelegen hatte, dann, dass das wirklich Böse nie an der Oberfläche zu sehen war. Oft brach es nur zum Zeitpunkt der Tat hervor wie bei einem Vulkan, der glühende Lava in die Welt schleuderte, und verschwand dann wieder. War dieses Mädchen hier so ein Vulkan? Ein Teufel in Engelsgestalt? Es konnte sein, dass dieses Bild zu einem Zeitpunkt entstanden war, da der Keim des Unheils noch nicht in ihr aufgegangen, vielleicht noch nicht mal eingepflanzt worden war.

Weber dachte an das strenge Urteil seiner Frau. »Ein verwöhntes Gör«, murmelte er vor sich hin.

Ein schlankes Bierglas wurde neben ihm auf den Tisch gestellt.

»Tochter oder Geliebte?«, fragte die Wirtin, die jetzt eine Hand in die Hüfte gestemmt hatte und ihn halb freundlich, halb herausfordernd anschaute.

»Bitte?« Weber blickte auf in ein hübsches Gesicht mit einer scharf geschnittenen Nase. Ein geschwungener, energischer Mund und ein selbstbewusster Blick deuteten auf einige Lebenserfahrung hin.

»Das Mädchen da. Ich frage nur, weil nicht viele Herren schon vor dem ersten Bier so ein Bildchen aus der Tasche ziehen.« Sie lächelte zurückhaltend. »Aber nichts für ungut.« Sie wandte sich ab und ging zum Tresen zurück.

»Ach so, nein, nein«, sagte Weber und sah ihr nach. Wiegende Hüften, sehr aufrechte, stolze Haltung, und die Bluse bis auf den obersten Knopf geschlossen. Allerdings hatte sie Konturen, wenn man das so sagen durfte.

Er nahm einen Schluck von seinem Bier und starrte das Foto an. Was konnte man aus einem Bild schon herauslesen? Eine Neigung zur Gewalt oder gar Blutgier, wie sie der Kollege in Magdeburg angedeutet hatte, war hier nicht zu sehen. Gefällt sie dir?, fragte Weber sich. Ja, musste er zugeben, die Stirn, die sanft gewölbten Wangen, die sich mit der Kinnpartie zu einer Linie verbinden. Volle Lippen, und dann diese Augen! Was war das eigentlich mit den Augen? Wieso empfand man Augen als viel lebendiger als alles andere? Wieso musste er manchen Augen ausweichen, zum Beispiel denen von Mathilde? Und wieso würde er gern ergründen, was hinter den Augen des Mädchens verborgen lag? Weil es sein Beruf war selbstverständlich! Aber dass ihn diese Neigung der Stirn und dieses Grübchen an ihrer Wange faszinierten, hatte das etwas mit seinem Beruf zu tun? Ja doch! Alles Menschliche spielte in seine Arbeit hinein, immer. Es ließ sich nicht ausklammern. Das war mal sicher. Oder?

Weber hatte gar nicht bemerkt, dass er die ganze Zeit den Kopf schüttelte. Die Wirtin schon. Sein Bier hatte er schnell geleert. Und so stand sie bald wieder neben ihm. Mit locker herabhängenden Armen. Sie hatte kräftige, aber schöne Hände. Zwei Ringe an einem Finger.

Weber deutete auf das Foto: »Was würden Sie dieser Person zutrauen?«, fragte er.

Die Wirtin, die für seine Begriffe ein bisschen zu dicht neben ihm stand, nahm sich das Porträt und studierte es.

»Sie würde gern, wenn sie könnte, aber sie traut sich nicht. Wenn sie aber erst mal die unsichtbare Grenze überschritten hat, die sie umgibt, wird sie losrennen und nach der nächsten Grenze suchen. Und auf dem Weg dorthin wird sie alle, die sie aufhalten wollen, beiseiteschieben. Wenn sie das Glück sieht, egal wie weit es entfernt ist, wird sie sich, ohne viel nachzudenken, daraufstürzen, um es zu packen. Sollte sich ihr jemand im falschen Moment entgegenstellen, wird sie giftig, kratzbürstig und gemein, vielleicht sogar böse und brutal. Sie fährt die Krallen aus, beißt womöglich zu, wenn sie in die Enge getrieben wird. Aber dann wieder kann sie schnurren wie ein süßes Kätzchen.«

Weber schaute erstaunt in die leuchtend blauen Augen der Wirtin. »Das alles lesen Sie aus diesem Bild?«

»Ach was«, sagte sie amüsiert, »das trifft doch auf jede aufgeweckte junge Frau zu.«

Weber ärgerte sich, dass er darauf hereingefallen war. Aber er fragte trotzdem: »Glauben Sie, dieses Mädchen hier könnte zu einem blutigen Verbrechen fähig sein?«

»Ach, ein Kriminaler«, stellte sie fest, und es klang, als sei sie enttäuscht von ihm.

»Nun sagen Sie schon«, drängte er.

»Sie waren doch im Krieg, oder?«

»Ja.«

»Dann wissen Sie, wozu der Mensch fähig ist.«

»Aber im Krieg, das sind Männer.«

»Frauen sind auch nur Menschen, Herr Inspektor.«

»Oberwachtmeister.«

»Noch ein Bier, Herr Oberwachtmeister?«

»Nein, danke.«

»Dann geht das hier aufs Haus.« Sie drehte sich um und ging zum Tresen zurück. Weber sah zu, wie ihre Hüften sich wiegten, und war noch ganz verdattert von den blauen Augen und ihrem ironischen Lächeln.

Sie liebte es, an einem Pult im Kontor zu stehen, sich leicht vorzubeugen, den Kopf zu senken, die Zahlenkolonnen zu begutachten, die Stahlfeder ins Tintenfass zu tauchen und nachdenklich am Federhalter zu kauen. Letzteres tat sie hier im Kontor der Fischgroßhandelsfirma Hesselkamp allerdings nicht. Früher hatte sie es sich erlaubt, wenn sie in den Büroräumen ihres Vaters gestanden und geschrieben hatte. Zunächst ihre Schulaufgaben, ab dem sechzehnten Lebensjahr dann war sie zur Schreiberin und Kalkulatorin avanciert. Natürlich nur in den Ferien und vertretungsweise, wenn einer der Kontoristen Urlaub genommen hatte. Sie fand es nicht eigenartig – im Gegensatz zu ihrer Freundin Friederike und ihrer Mutter (die sich da ausnahmsweise einmal einig gewesen waren) –, zwischen »angestaubten Herren« (Friederike) und »frechen Gehilfen« (Mutter) ihren Platz einzunehmen. Sie war nicht nur eine »akkurate Schriftsetzerin«

(ein seltenes Lob ihres Vaters), sondern auch »eine mathematische Begabung« (wie ihre Lehrerin an der Mädchenoberschule erkannt hatte). Ihr Vater hatte zugelassen, dass sie das Abitur anstrebte, er war pragmatisch genug. Da kein männlicher Nachkomme vorhanden war, meinte er, könne es nicht schaden, wenn sie »ihrem späteren Gatten und Firmenleiter« auf die Finger schauen würde, da es sich nun mal um einen Familienbetrieb handelte.

Zu Hause in Magdeburg hatten sie mit Leder und Fellen aus aller Herren Länder gehandelt. Da die Börse mit Beginn des Krieges geschlossen worden war, musste ihr Vater viel reisen, um das Geschäft aufrechtzuerhalten. Wenn dann der Prokurist krank wurde, was des Öfteren vorkam, konnte es passieren, dass Greta einen oder zwei Tage die Aufsicht im Kontor hatte. In diesen Fällen hatte sie sich »tapfer geschlagen«, wie ihr Vater gelobt, und sich »wichtig getan«, wie ihre Mutter abfällig geurteilt hatte.

Auch bei Hesselkamp arbeitete sie unter Männern, älteren Herren, die im Gegensatz zu den jetzt fehlenden jüngeren Kollegen nicht in den Krieg gezogen waren. Weil es an kompetenten Arbeitskräften mangelte, duldeten sie eine Frau in ihren Reihen, waren aber sehr kritisch. Was für Greta nach ein paar Tagen kein Problem mehr darstellte, denn da hatte sie sich eingearbeitet und sich einen Überblick über die laufenden Geschäfte verschafft. Sie durfte nur nicht ständig ihrem rechthaberischen Impuls nachgeben und die anderen Schreiber auf ihre Fehler hinweisen. Oder gar Vorschläge machen, die den Geschäftsablauf vereinfachen würden. Also beging sie ab und zu absichtlich einen Fehler und hielt den Mund, wenn einer der anderen seine Berechnungen viel zu kompliziert anging.

Seltsamerweise hatte der alte Hesselkamp sie nicht nach

ihren Papieren gefragt, und niemand hatte angezweifelt, dass sie bereits volljährig war. Da in der Verwaltung der Stadt Hamburg wegen der gerade überstandenen revolutionären Wirren noch nicht alles rund lief, durften alteingesessene Firmen wie diese improvisieren. Wichtig war vor allem, dass der Handel wieder in Schwung kam.

Da Greta sich nicht nur rasch in dem Durcheinander der Lieferanten auskannte – schnell waren ihr alle Zulieferer vom Schollenkutter bis zum Hochseefischer ein Begriff –, sondern sich auch die Namen der verschiedenen Fischarten eingeprägt hatte, hielt der alte Hesselkamp große Stücke auf sie. Vom Nordseehering bis zum arktischen Kabeljau, vom Ostseedorsch bis zum Elb-Sterlet, vom Helgoländer Hummer bis zum Atlantikthunfisch lernte sie alles auswendig und kannte bald auch das Neunauge, den Anglerfisch, den Seewolf und den Stint, selbst wenn sie gerade nicht Saison hatten – die alten Rechnungsbücher mussten nämlich auf Vordermann gebracht werden.

Alles hätte gutgehen können. In den ersten Tagen vergaß sie während der Arbeit sogar manchmal, warum sie nach Hamburg gekommen war, so großen Spaß hatte sie an ihrer Berufstätigkeit. Aber dann brach wieder das Unheil über sie herein. Nicht etwa am Abend, als sie sich in der Dunkelheit durch die Gänge und Gassen bewegte, darauf gefasst, jeden Moment aus einer Haustür, einem Durchgang oder einer Nische heraus angefallen zu werden – sei es von einem Dieb, einem Lüstling oder einer Prostituierten, die in ihr fälschlicherweise eine Konkurrenz witterte. Auch nicht in ihrer Kammer, wo sie manchmal minutenlang regungslos vor der Kommode stand, das Medaillon anstarrte und sich fragte, ob sie es aufklappen und das Bild darin anschauen sollte – ob sie das aushalten würde. Nein, in den Gassen passierte ihr nichts, und sie brach auch nicht unter der Last der Einsamkeit in ihrem Zimmer unterm Dach zusammen. Ausgerechnet bei Hesselkamp musste es geschehen!

Die Finkenwerder Fischer waren in der Nordsee auf einen großen Schwarm Thunfische gestoßen, und der alte Hesselkamp rieb sich die Hände. Er rief die beiden Kontoristen und Greta in sein Arbeitszimmer und erklärte, wie er sich das Geschäft mit den drei bis vier Meter langen, fleischigen Knochenfischen vorstellte: Welche Fachgeschäfte sollten bevorzugt beliefert werden? Welche Hotels, Restaurants und Gasthäuser mussten sofort von dem Fang unterrichtet werden, damit sie ihre Menüpläne entsprechend ändern konnten? Welche Räucherei und welche Konservenfabrik sollten zuerst angesprochen werden? Oder wäre es besser, alle zu benachrichtigen und die Fische nach Höchstgebot zu vergeben? Blieb noch etwas übrig für die Markthöker? Sollte ein befreundeter Konkurrent, der mitgeboten hatte, aber leer ausgegangen war, mit einer Gnadenlieferung milde gestimmt werden? Wer übernahm die Koordination der Vertriebswege? Die Ware war sehr frisch und konnte auch noch den Transport ins Binnenland verkraften.

Hesselkamps Augen leuchteten angesichts dieser Geschäftsaussichten. »Auf geht's. Herr Wagner, Sie kümmern sich um die hiesigen Gastronomen! Herr Jonas, Sie stellen fest, wie groß das Interesse jenseits der Stadtgrenzen ist. Ich frage schon mal nach, wie es mit zusätzlichen Kraftfahrzeugen und Eisenbahnwaggons bestellt ist. Und Sie, Fräulein Greta, kalkulieren mir die Kilopreise durch.«

»Jawohl, Herr Hesselkamp.«

»Aber erst gehen Sie nach unten und instruieren die Arbeiter. Ich will keine falschen Schnitte und keinen übermäßigen Abfall. Und dass mir nicht wieder Bauch- und Rückenstücke durcheinandergemengt werden wie beim letzten Mal. Ich habe Ihnen hier notiert, wie der Fisch zerlegt werden muss, und schärfen Sie allen ein, dass ich eine genaue Kennzeichnung auf den Kisten haben will. Herr Jonas soll neue Kisten anfordern, und zwar augenblicklich!«

»Jawohl, Herr Hesselkamp.«

Greta schaute auf den Zettel, auf den ihr Chef einen Fisch gemalt hatte, bei dem genau eingezeichnet war, wie er zerteilt werden sollte. Die beiden Kontoristen eilten davon.

»Also dann, hurtig, hurtig!« Hesselkamp klatschte in die Hände.

Zögernd trat Greta aus dem Kontor im ersten Stock auf die Galerie, von der aus man die Verarbeitungshalle überblicken konnte.

Es herrschte geschäftiges Treiben, fast schon chaotisches Durcheinander. Neugierige – Seeleute, Arbeiter, Händler und Passanten – hatten sich versammelt, um das Schauspiel zu betrachten. Das Tor zur Großen Elbstraße stand weit offen. Pferdewagen, auf deren Ladeflächen sich monströse Fischleiber stapelten, waren vorgefahren. Die Kutschen wurden abgespannt und eine nach der anderen hereingezogen, damit die Riesenfische, von denen jeder einige hundert Kilo wog, direkt auf die Tische gehievt werden konnten. Die frisch gewetzten Messer mit den langen, biegsamen Klingen steckten einsatzbereit in den Messerblöcken.

Die Arbeiter schwitzten und stöhnten. Der größte Thun, der über sechshundert Kilogramm wog, war gerade an der Reihe. Es war kaum möglich, ihn zu bewegen. Um ihn zu anzuheben, wurde ein provisorischer Flaschenzug installiert, dessen Seil über einen der Deckenbalken lief. Das war zwar eine gute Idee, aber es gestaltete sich schwierig, die Riemen unter das Monstrum zu schieben, damit es nach oben gezogen werden konnte. Man beratschlagte, diskutierte und geriet in Streit mit Besserwissern, die unbefugt in die Halle eingedrungen waren. Ein Arbeiter ballte schon drohend die Fäuste, weil ihm die Einmischung zu weit ging.

Greta umklammerte das Geländer der Galerie und beobachtete gebannt und mit wachsender Unruhe das Treiben. Als neben ihr die laute Stimme des Chefs ertönte, zuckte sie zusammen.

»Na Fräulein, mit Gaffen verdienen wir unser Geld aber nicht!«

Sie drückte den Rücken durch und stieg hastig die Eisentreppe hinunter.

»Nehmen Sie sich eine Schürze!«, rief Hesselkamp ihr hinterher.

Unten stand sie mit einem Mal zwischen Männern in Lederschürzen und Handschuhen, die nach den Messern und Hackbeilen griffen. Sie verstellten ihr den Weg. Greta hob die Hand, in der sie den Zettel mit den Anweisungen hielt, und fühlte sich plötzlich schwach und nutzlos. Um sie herum ein einziges Tohuwabohu: Zwei Arbeiter hatten einen Thunfisch an den Kiemen gepackt und zerrten ihn über einen langen Tisch auf Greta zu. Der riesige Fischleib, die Schnauze mit den spitzen Zahnreihen kamen immer näher, ein großes totes Auge glotzte sie an. Die Männer mit den blitzblanken Klingen und Hackbeilen setzten sich in Bewegung, warfen sich Worte zu, die sie nicht verstand. Sie wurde geschubst und nach vorn gedrängt, direkt auf diese schwarze tote Schnauze zu, hinter der sich ein feucht glänzender Leib wölbte.

Ein lauter Befehl, ein zackiges »Hauruck!«, und da rutschte schon der nächste glitschige Riesenleib heran. Scharfe Klingen durchstießen die wulstigen Bäuche und schlitzten sie auf, Blut ergoss sich auf den Boden, Gedärme und Organe wurden von behandschuhten Händen herausgezerrt und beiseitegeworfen. Ein Kopf wurde abgesäbelt, ein Auge fiel zu Boden, wurde achtlos weggekickt. Ein Arbeiter kletterte auf den Tisch, holt mit dem Beil aus und hackt eine klaffende Wunde in das rote Fleisch.

Es war, als würde roter Nebel in ihrem Kopf aufsteigen, und dann war sie nicht mehr sie selbst ...

Die Männer wichen vor ihr zurück.

»Fräulein Greta! Um Himmels willen!«

»Vorsicht!«

»Halt! Was tun Sie denn da?«

»Zurück!«

Stimmen, von weit her, die wie aus einem Tunnel hallten und sich als Echo unendlich vermehrten. Die Umrisse der Menschen verschmolzen zu einer dunklen Wand, aus der Hände und Arme sich nach ihr ausstreckten. Der rote Nebel breitete sich aus, hüllte alles ein, nahm ihr die Sicht, trübte ihre Gedanken, bis sie gar nicht mehr wusste, wo sie war und was sie tat.

Bis der blutrote Schleier sich lichtete und sie mit einem Mal wieder klar sah und wusste, wer sie war. Mit einem Schreckensschrei ließ sie das blutige Messer fallen, drehte sich um und rannte aus der Halle. Suchte Schutz auf dem Kai, zwischen aufgestapelten Säcken, Kisten und Fässern, aufgehängten Fischernetzen und abgelegten Reusen. Fand keinen Unterschlupf und hastete weiter zwischen Karren, Fuhrwerken und Kraftfahrzeugen hindurch. Nur weg, nur weg.

Sie lief und lief. Bis sie irgendwann am Elbstrand ankam, sich in den Sand warf und dort liegen blieb. Die Erschöpfung, die jedem dieser unerklärlichen Anfälle folgte, überkam sie. Regungslos lag sie da, bis die Flut so weit gestiegen war, dass sie nach ihren Füßen griff und Greta aus ihrer Ohnmacht weckte.

Da war es schon dunkel geworden.

Sie weinte hemmungslos.

Wieder so ein Morgen, den man lieber nicht erleben mochte. Nieselregen in der Luft, glitschiger Boden, weil der nächtliche Wind die ersten verfärbten Blätter von den Bäumen gefegt hatte.

Nachdem er bei seiner Ankunft im Stadthaus davon gehört hatte, brach Weber sofort auf und gelangte über den Rödingsmarkt an der Nicolaikirche vorbei auf die dichtbebaute Cremon-Insel. Dort blieb er an einer schmalen Brücke stehen, die über das Katharinenstraßenfleet führte. Das relativ kurze Fleet durchzog die Insel in einem Bogen parallel zum längeren Nicolaifleet, hatte wie dieses seinen Ausgangspunkt im Binnenhafen und führte in den Zollhafen, also von der Elbe in die Elbe. Hochaufragende, fünf- bis sechsstöckige Lagerhäuser aus dunklem Backstein oder altem Fachwerk säumten den Kanal, der so flach und eng war, dass man ihn nur mit kleineren Schuten befahren konnte. Kräne, die unter den spitzen Giebeln hingen, waren dazu da, die Waren auf die Lagerböden zu heben.

Da gerade Ebbe herrschte, lagen die Schuten trocken auf dem schlammigen Untergrund, der hier und da von schmutzigen Pfützen unterbrochen wurde. Jede Menge Unrat kam zum Vorschein, wenn das Wasser abgeflossen war. »Alles, was ein Mensch verlieren kann, findest du im Fleet«, hieß es. Es stank erbärmlich nach Dingen, von denen man sich normalerweise fernhalten sollte.

Unter der Brücke standen einige Männer. Der Oberwachtmeister kletterte eine rostige Eisenleiter hinab und trat auf den morastigen Untergrund. Schade um meine Schuhe, dachte er noch und wurde auch schon angepflaumt.

»Sie schon wieder, Weber?«, rief Kommissar Recknagel, der mit seinen kniehohen Militärstiefeln eindeutig besser ausgestattet war.

»Man hat mich informiert«, sagte Weber. »Das habe ich als Aufforderung verstanden.« Ich wäre ohnehin gekommen, dachte er bei sich.

»Soso«, sagte Recknagel und schrie dann: »Passen Sie auf, Mann!«

Neben Weber fiel ein schwerer Eisenhaken in den Morast. Schlamm spritzte auf und blieb an Webers Mantel kleben. Er bemühte sich, gleichgültig zu erscheinen.

Recknagel schaute nach oben. »He! Was soll das?« Aber in der offenen Luke oben unter dem Giebel war niemand zu sehen. Recknagel schüttelte empört den Kopf. »Das fehlt mir noch, dass hier ein Spartakist sein Mütchen kühlen möchte«, brummte er.

Na, dachte Weber, ein mutwilliger Angriff auf die Staatsgewalt wird das nicht gewesen sein. Aber er sagte lieber nichts.

Außer dem Kommissar waren noch zwei uniformierte Beamte da und Lindgard, der Gerichtsmediziner, ein schmaler, großer, immer gebeugt gehender Mann mit eckiger Brille. Er trug sinnvollerweise einen Kittel, der auch schon sehr verschmiert war. Aus der einen Kitteltasche ragte seine Mütze, aus der anderen – gänzlich überflüssig, wie Weber dachte – ein Stethoskop.

Die Männer schienen nichts zu tun zu haben.

»Wir warten auf den Fotografen«, gab Recknagel mürrisch bekannt. »Ich weiß nicht, was das soll, dass wir neuerdings ausnahmslos alles fotografisch dokumentieren müssen. Und bald kommt die Flut.« Er schaute düster an Weber vorbei auf das Fleet, als würde er jeden Moment eine Flutwelle erwarten.

»Wo ist denn das …?«, fragte Weber.

»Da drin.« Recknagel deutete auf eine Kiste, die hinter dem Mediziner stand. Sicherlich hatten sie hineingesehen, aber anschließend den Deckel wieder ganz ordentlich aufgelegt.

Als hätte er seine Gedanken gelesen, sagte einer der Uniformierten: »Die Kiste lag da vorn an der Hausecke. Der Deckel war abgegangen. Jemand hat sie wohl von der Brücke heruntergeworfen und nicht bedacht, dass das Wasser schon größtenteils abgeflossen war. In der Nacht kann man das nicht so gut erkennen. Vielleicht wurde der Täter auch überrascht und musste schnell handeln.«

»Hat es denn jemand gesehen?«

»Nein.«

»Dann ist das ja Spekulation.«

»Jawohl, Herr Oberwachtmeister.«

Da Recknagel keine Anstalten machte, ihn genauer zu unterrichten, sagte Weber nach kurzem Schweigen: »Machen Sie mal den Deckel auf.«

Die Uniformierten schauten fragend den Kommissar an. Recknagel zuckte mit den Schultern. »Wenn's sein muss.«

»Es muss«, bekräftigte Weber.

Er bereute seine Neugier sofort. Wer wollte schon in eine Kiste starren, in der die Leiche eines Säuglings lag? Noch dazu, wenn dem Kind Arme und Beine abgetrennt worden waren und es blutverschmiert war? Eigentlich sah es gar nicht mehr aus wie ein menschliches Wesen, eher wie die Überreste von etwas grotesk Hässlichem, einem Tier vielleicht, weil die Beinchen und Ärmchen ganz falsch platziert waren. Der Kopf immerhin war noch da, wo er sein sollte. Ein pausbäckiges Puppengesicht. Ein Mädchen. Es war etwas besser genährt worden als der Junge, den sie unter dem Kohlenhaufen gefunden hatten. Es war auch älter.

»Über ein halbes Jahr alt, schätze ich«, sagte der Mediziner. »Vor der Zerstückelung wurde es offenbar erstickt.«

»Und zerteilt wurde es …?«

»Damit es in die Kiste passt, würde ich sagen.«

»Um Himmels willen.«

Alle nickten und schauten irgendwohin, nur nicht zur Kiste. Bis auf Weber, der nun in die Hocke ging und sich das Grauenhafte genauer ansah. »Sonst ist nichts drin?«

»Nur die Leichenteile. Wenigstens ist das Kind komplett«, sagte der Mediziner.

»Und was ist das hier?«

»Da hat jemand ein Kreuz auf den Deckel gemalt, auf die Innenseite. Vielleicht weil es ein Sarg ist«, sagte Recknagel widerwillig. Es schien ihm nicht zu behagen, Weber Auskünfte geben zu müssen.

»Immerhin.«

»Was denn immerhin?«, brummte Recknagel.

»Immerhin scheint das Kind der Person, die es da hineintat, nicht ganz gleichgültig gewesen zu sein. Darauf deutet das christliche Symbol auf dem Sarg hin.«

»Das war wohl der Mörder, sehr wahrscheinlich eine Mörderin.«

»Das wissen wir nicht.«

»Nun kommen Sie mir bloß nicht damit, dass die Täterin Mitleid mit dem armen kleinen Ding gehabt hat«, stieß Recknagel hervor. »Das mit dem Kreuz heißt doch bloß: Ist tot.«

Wenn das Kreuz außen aufgemalt wäre, dachte Weber,

aber wenn es innen ist, beim Kind, dann bedeutet es vielleicht doch mehr. Aber das sagte er nicht, er hätte sich nur lächerlich gemacht.

»Die Flut kommt«, stellte einer der Uniformierten fest und hob demonstrativ die Füße. Tatsächlich kroch das trübe, braune Wasser langsam näher.

»Wir warten nicht mehr auf Hilbrecht«, entschied Recknagel und wandte sich an die Uniformierten: »Los, schaffen Sie die Kiste hinauf.«

Die beiden Beamten legten den Deckel zurück auf die Kiste und schlugen mit den Fäusten darauf, damit die Nägel ihn festhielten. Dann standen sie unschlüssig herum. Anscheinend wollte keiner die Kiste hochheben. Sie war aus dickem Holz und bestimmt schwerer als ihr Inhalt. Dennoch hätte ein Mann sie problemlos tragen können.

»Fassen Sie beide an«, kommandierte Recknagel.

Die Uniformierten schleppten die Kiste zu der rostigen Leiter und zögerten erneut. Zu zweit kam man da schlecht hoch mit einer Kiste. Schließlich stieg der eine hinauf, und der andere hob sie hoch, damit der oben sie in Empfang nehmen konnte. Man sah den Beamten an, dass ihnen das Ganze unheimlich war.

Der Mediziner und der Kommissar folgten den beiden nach oben, Weber war der Letzte.

Nach einer Minute peinlichen Schweigens, während der die Polizisten unschlüssig die Kiste angestarrt hatten, deutete Recknagel auf das Lagerhaus am Fleet und sagte zu den Uniformierten: »Besorgen Sie uns dort ein Transportgerät!« Erleichtertes Aufatmen. Keinem hatte der Gedanke behagt, eine Leichenkiste quer durch die Stadt zu schleppen.

Kurz darauf kamen die Beamten mit einer Sackkarre zurück und hoben die Kiste darauf. Dann wurde das ermordete

Kind durch die Stadt Richtung Leichenhalle geschoben. Als Weber den Polizisten nachsah, dachte er: Der Tod ist doch nichts weiter als eine banale Angelegenheit, sogar in diesem Fall.

Drittes Kapitel:

HINTERTREPPE

Es dauerte drei Tage, bis Greta wieder in der Lage war, mit jemandem zu sprechen. Drei Tage hatte sie in ihrer Dachkammer im Bett gelegen wie im Fieber. Dahl, ihr Vermieter, brachte ihr gelegentlich einen Tee, eine Suppe oder etwas Brot. Sie aß kaum davon. Am vierten Tag stand sie auf, wusch sich, kämmte sich so lange die Haare, bis sie glaubte, wieder wie ein Mensch auszusehen, und ging los, um sich auf die Probe zu stellen. War sie bereit, unter Leute zu gehen?

In einem kleinen bürgerlichen Café am Nobistor setzte sie sich so hin, dass sie sich in einem Spiegel studieren konnte. Wirke ich eigenartig oder normal?, fragte sie sich. Ist mein Lächeln gekünstelt oder natürlich, sehe ich aus, als ob ich Angst oder etwas Schlimmes verbrochen hätte? Sie übte verschiedene Gesichtsausdrücke von böse über nachdenklich bis sorglos und froh und zuckte zusammen, als der Kellner sie dabei ertappte. Freute sich aber, als sie merkte, wie ihr die Röte ins Gesicht stieg. Das war gut, das war echt!

Sie trank heiße Schokolade mit Schlagsahne, um wieder zu Kräften zu kommen, und nahm sich die Zeitungen vor – wegen der Stellenangebote. Sie schrieb sich alles auf, was in Frage kam, bevorzugt Anzeigen, bei denen eine Telefonnummer angegeben war. Eine ähnliche Arbeit wie die, die sie leider hinter sich hatte lassen müssen, schwebte ihr vor, als Angestellte in einem Kontor oder einem Büro. Allerdings achtete sie jetzt darauf, dass keine Fischhandlungen oder Schlachtereibetriebe darunter waren. Handelshäuser, Reedereien, Schifffahrtsgesellschaften boten »erfahrenen Kontoristen« oder »zuverlässigen Kalkulatoren« großartige Zukunftsaussichten. Aber überall, wo sie sich meldete, hörte sie das Gleiche: »Wir suchen einen Mann für diesen Posten, gnädige Frau.« Selbst wenn sie ihre berufliche Erfahrung maßlos übertrieb, nützte es nichts. Spätestens wenn sie ihr Alter nannte, kam die Absage. Sie schaffte es nicht mal, ein einziges Vorstellungsgespräch zu verabreden.

Enttäuscht wich sie auf private Angebote aus, auch wenn sie sich eine Tätigkeit als Dienstmädchen oder Hausdame nicht vorstellen konnte. Als sie schon aufgeben wollte und voller Überdruss ihr wahres Alter angab und sogar, dass sie eigentlich nur im Kontor ihres Vaters als Aushilfe gelernt habe und ansonsten über die Kenntnisse und Fähigkeiten verfüge, die eine junge Frau heutzutage nun mal besaß, klappte es. Es hatte vier heiße Schokoladen gedauert, und ihr war beinahe schlecht geworden.

Am nächsten Tag machte sie sich voller Zuversicht auf den Weg nach Othmarschen, einem Stadtteil von Altona, wo sie nach einer längeren Tramfahrt und einem kleinen Fußmarsch vor einer herrschaftlichen Villa ankam, die inmitten eines parkähnlichen Grundstücks lag, mit einer Kiesauffahrt, diversen Nebengebäuden, je zwei dorischen Säulen rechts und links des runden Portals und einem breiten, barock wirkenden Balkon darüber. Und sehr hohen Fenstern. Aus irgendeinem Grund liebte Greta hohe Fenster.

Ein sommersprossiges Mädchen in Gretas Alter, mit Dutt, züchtigem Kleid, weißer Schürze und einer Haube, unter der widerspenstige blonde Locken hervorlugten, führte sie zur Hausdame, die neben der Küche in einer Kammer am Schreibpult saß, diverse aufgeschlagene Rechnungsbücher vor sich. Das, dachte Greta spontan, wäre doch der rechte Arbeitsplatz für mich. Schade, dass ich noch so jung bin.

Fräulein Schmitt, wie das sommersprossige Mädchen die Hausdame vorstellte, hatte ihre Haare zu einem Zopf geflochten und diesen um den Kopf gelegt. In ihrem schwarzen Kleid, unter dem nur ganz wenig Weiß vom hochgeschlossenen Kragen zu sehen war, wirkte sie beinahe wie eine Nonne. Sie stellte Greta alle zu erwartenden Fragen und schien mit den Antworten zufrieden zu sein.

Es klappte. Knifflig wurde es nur in einem Moment, als es um ihre Unterkunft ging:

»Ähm, ich bin derzeit zur Untermiete bei zwei Damen hinter der Altonaer Grenze untergebracht.«

»Adresse?«

Greta nannte die richtige Straße, entschied sich aber für die Nummer eines größeren Hauses nebenan, wo vielleicht tatsächlich zwei Damen wohnten.

Fräulein Schmitt schüttelte missbilligend den Kopf. »St. Pauli? Das geht natürlich nicht. Wie lange wohnen Sie denn schon dort?« Sie kniff die Augen zusammen bei dieser Frage.

»Seit letzter Woche erst, es soll ja auch nur vorübergehend sein.«

»Wenn Sie hier anfangen, beziehen Sie selbstverständlich eine Kammer im oberen Stockwerk.« Damit meinte sie das Dachgeschoss. Leider. Greta hasste Dachschrägen.

»Ausweispapiere, Schulzeugnisse und Angaben zu ihrer Herkunft ...«

»Ähm, ich komme ursprünglich aus Magdeburg ...«

»So? Das ist doch eine schöne Stadt. Warum sind Sie nach Hamburg gekommen?«

»Als meine Eltern verstarben und mir dort niemand mehr blieb, wollte ich ...«

»Ausgerechnet in eine so große Stadt?«

»Es hielt mich nichts dort und ...«

»Nun gut. Ich will es mal ihrer Naivität und Fremdheit zuschreiben, dass sie sich ausgerechnet am Hamburger Berg eingenistet haben.«

»Das war ein Zufall, sehen Sie, ich war ja in Sorge, ich könnte ...«

»Ist schon recht, Fräulein Wehmann. Mir genügen ja die Papiere und ein Blick in Ihr Gesicht.« Sie schaute sie jetzt tatsächlich forschend an. »Gesichter lügen nicht, wenn man sie nur zu lesen weiß.«

Das glaubte sie wohl wirklich. Greta schenkte Fräulein Schmitt einen offenen, ehrlichen und respektvollen Blick. Ein bisschen zu lange vielleicht.

»Die Papiere, meine Liebe!«

»Oh ja, also ... mein Koffer ... der ist auf dem Weg hierher von der Bahn fehlgeleitet worden. Nach Bremen, hieß es. Morgen oder ... nun ja, bald wird er hier sein.«

Fräulein Schmitts Gesicht verfinsterte sich. »Man gibt doch solche wertvollen Dokumente nicht mit dem Gepäck auf!«, sagte sie entrüstet.

»Ich dachte, dann kann Sie mir niemand vom Leib wegstehlen.«

Fräulein Schmitt musterte sie noch einmal eingehend. Wenn sie wirklich Menschenkenntnis hätte, würde sie mich jetzt durchschauen, dachte Greta.

»Nun gut, das wird sich dann sicher rasch regeln«, sagte Fräulein Schmitt. »Gehen Sie mal zu Paula und lassen Sie sich Ihre Kammer zeigen. Paula ist bestimmt in der Nähe, sie ist sehr neugierig.«

Tatsächlich stand die Sommersprossige im Flur neben der Küchentür und tat so, als würde sie mit einem Staubwedel eine Lampe säubern.

Sie lächelte Greta breit an, was eher wie ein verschlagenes Grinsen wirkte. Greta musterte Paula kurz, bevor diese sich umdrehte und voranging. Sie war fast hübsch, nur eine bisschen kantig und in die Länge gezogen, sowohl das Gesicht wie auch der Körper, aber mit schönen Schultern.

Sie schraken zusammen, als eine zweiflügelige Tür aufging und eine schlanke Dame in einem feinen blauen Kleid heraustrat. Sie nickte Paula zu, die einen Knicks machte. Greta machte es ihr nach und dachte dabei: Das ist ja etwas ganz Neues, dass ich vor jemandem einen Knicks mache. Hinter der Dame stolperte ein Mädchen von ungefähr acht Jahren aus dem Salon. Ihr Kopf war hochrot vor Anstrengung, weil sie ein kleines Kind in den Armen hielt. Ein Junge offenbar, denn er trug eine blau-weiß gestreifte Strickmütze. Der Kleine wehrte sich strampelnd gegen die Umarmung seiner Schwester.

»Guten Tag, Frau O'Leesen«, sagte Paula.

Die Dame erwiderte nichts, sondern schaute Greta forschend an. Sie hatte wunderbare schwarze Locken, wie Greta fand, aber leider ein unvorteilhaftes fliehendes Kinn.

»Ach, äh, das ist Greta«, sagte Paula hastig. »Sie ist neu hier.«

Frau O'Leesen nickte, drehte sich wortlos um, nahm ihrer Tochter den Kleinen ab und ging dann auf die breite Treppe zu, um erhobenen Hauptes in den ersten Stock hinaufzusteigen. Das Mädchen stolperte hinterher.

Sehr gesprächig schien die Herrschaft ja nicht zu sein. Paula machte Frau O'Leesens steife Haltung nach und hielt sich die Hand vor den Mund, um nicht loszuprusten.

»Sie heißt Frigga. Das passt, hm?«, flüsterte Paula.

Greta unterdrückte ein Lächeln.

Paula räusperte sich und wurde wieder ernst. »Die Dienstbotentreppe ist da hinten.« Sie deutete mit dem Staubwedel zu einer schmalen Stiege, die neben der Kellertür nach oben führte.

Sie hat dickere Knochen als ich, dachte Greta, als sie Paulas bestrumpfte Waden vor sich auf der Holztreppe anschaute, aber weniger Muskeln. Und als sie den niedrigen Flur im Dachgeschoss zu ihrer Kammer entlanggingen, stellte sie fest: Sie weiß, wie man sich bewegen muss. So wie sie die Hüften wiegt, hat sie es sich antrainiert. Bestimmt läuft sie nicht so, wenn die Schmitt ihr zusieht. Das Zimmer hatte natürlich eine Dachschräge und eine Luke statt einem Fenster. Greta dachte: Aber was ihre Nase betrifft, hat sie es besser getroffen als ich. Aber wer außer mir verfügt schon über einen so schrecklich spitzen Erker im Visier? Sie lachte in sich hinein.

Paula strahlte sie an. So ganz passten die Sommersprossen und die Stupsnase nicht zu ihrer kantigen Figur.

»Brauchst du Hilfe beim Einrichten oder beim Transportieren deiner Sachen? Ich kann dir helfen.«

»Oh nein, das ist nicht nötig, danke sehr.«

»Einen Handwagen könnte ich dir ausleihen.«

»Muss gar nicht sein, mein Koffer wird noch in irgendeinem Gepäckwagen durch die Gegend kutschiert.«

»Wie du meinst. Aber bestimmt hast du ganz viele Fragen zu deiner neuen Arbeit und den Verhältnissen hier im Haus. Wir könnten eine Limonade trinken.« Paula senkte die Stimme und setzte eine verschwörerische Miene auf. »Oder Bier, Likör … nach der Arbeit, meine ich.«

»Morgen vielleicht. Ich komme ja erst morgen. Also eher

übermorgen, wenn ich mich umgesehen habe. Dann gern ... was auch immer.«

»Verpfeif mich bloß nicht.« Paula lächelte verlegen.

»Bestimmt nicht. Jeder Mensch braucht doch einen Verbündeten.« Greta zwinkerte.

Paula lachte laut auf und klatschte in die Hände. »Also morgen fängst du an?«

»Morgen ziehe ich ein und lasse mir alles zeigen. Von dir, so hat's die Schmitt angeordnet.«

Paula fasste Greta am Arm und zog sie zu sich. Dann flüsterte sie: »Die Schmitt ist eine Ziege und nur deshalb zu ertragen, weil sie die Dümmste von uns allen ist. Alle wissen das, man darf es sie nur nicht merken lassen, dann wird sie fuchsteufelswild.«

»Sie bildet sich was ein auf ihre Menschenkenntnis, was?«

Paula schaute Greta schräg an. »Das hast du schon gemerkt?«

»Mhm.«

»Ich glaube, wir werden Freundinnen. Das sagt mir meine Menschenkenntnis.« Sie packte Greta an den Schultern und gab ihr einen flüchtigen Kuss auf die Wange.

»Paula!«, hörten sie die Stimme von Fräulein Schmitt aus dem Erdgeschoss. »Der Scherenschleifer ist da. Kümmerst du dich bitte darum?«

Paula machte eine Pirouette und sprang zur Tür. »Ich muss dann. Bis morgen. Tschüs!«

Greta hatte ein gutes Gefühl, was ihre neue Anstellung betraf.

Weber war nach einer weiteren erfolglosen Exkursion durch Hafenspelunken und zwielichtige Pensionen gerade im Dienstraum angekommen, hatte Mantel und Hut an den Garderobenhaken gehängt und nach einem freien Pult gesucht, um seinen Tagesbericht zu verfassen, da stand auch schon der Amtsdiener vor ihm. »Inspektor Kunath möchte Sie unverzüglich sprechen!«

Hat der etwa die ganze Zeit am Fenster gestanden und darauf gewartet, dass ich hereinkomme?, dachte Weber. Na, was soll's, den Bericht kann ich auch später verfassen, er wird sowieso knapp ausfallen: Noch immer keine Hinweise bezüglich des Aufenthaltsortes der gesuchten Person.

Aber er hätte schon ganz gern eine Weile neben dem Kanonenofen gesessen und sich gewärmt. Draußen war es feuchtkalt, und er war ziemlich durchgefroren.

Beim Laufen durch die langgezogenen, verwinkelten Flure wurde ihm tatsächlich warm, vor allem, als er vor sich den nicht ganz so eilig gehenden Kommissar Recknagel bemerkte, der offenbar dasselbe Ziel hatte wie er.

So ist es halt immer, dachte Weber, hast du erst mal einen Feind, dann hast du ihn fürs Leben, und das Schicksal stellt ihn dir immer wieder in den Weg.

Zum ersten Mal hatten sich ihre Wege im Juni des vergangenen Jahres gekreuzt. Damals, auf dem Höhepunkt der Hungerunruhen, als immer wieder Fleischfabriken, Großbäckereien und Lebensmittellager von empörten Bürgern gestürmt worden waren, kam es häufig zu gewalttätigen Auseinandersetzungen mit den diversen Ordnungskräften. Von denen gab es viele, denn nach dem Ende des Krieges und der Revolution hatten sich auch in Hamburg verschiedene Kampfverbände formiert oder waren einmarschiert. Neben staatstreuen Truppen gab es Volkswehren, die die Revolution verteidigten, und Freikorps, die die alte Ordnung wiederherstellen wollten. Wer von wem beauftragt wurde und wer welchen Mächten diente, war nicht immer leicht zu durchschauen. Für die Hungernden allerdings war die Sache klar: Wer ihnen verwehrte, sich Nahrungsmittel zu beschaffen, womöglich mit Gewalt, war ihr Feind. Weber, der im vorigen Jahr noch der Schutzpolizei angehört hatte, fand, dass die Polizei in einer demokratischen Ordnung auf der Seite des Volkes zu stehen hatte.

Nicht alle teilten diese Ansicht. Manche stellten das Eigentumsrecht eines Fabrikanten oder Händlers über das Recht auf Brot, das die Massen für sich beanspruchten. Und so kam es, dass ein Trupp der Schutzpolizei im Juni 1919 eine Brotfabrik umzingelte, um deren Plünderung zu verhindern, nachdem eine Horde Jugendlicher dort eingedrungen war und begonnen hatte, Brot und Gebäck kostenlos an Bedürftige zu verteilen.

Kommandant des Trupps war Recknagel gewesen, damals auch noch in Uniform. Er ließ die mit Karabinern ausgerüsteten Polizisten in Stellung gehen und auf die Jugendlichen anlegen, die, bepackt mit Säcken und Kisten voller Brot, aus der Fabrik kamen. Sie hatten Knüppel und Beile bei sich, manche sogar ein Messer im Gürtel. Und sie waren jung und furchtlos. Ihr Anführer, ein etwa siebzehnjähriger schlaksiger Kerl mit vielen Zahnlücken, brüllte: »Das Volk will Brot! Wir bringen es ihm! Nieder mit den Spekulanten!«

Hinter den Polizisten versammelte sich eine Menschenmenge, die mit den jungen Leuten sympathisierte. Es war klar, dass die Polizei in der Unterzahl war und keine Chance hatte, es sei denn, sie würde Schusswaffen einsetzen. Lasst sie doch das Brot verteilen, dachte Weber und wollte schon etwas Entsprechendes zu Recknagel sagen, da merkte er, dass der ganz anderer Ansicht war. »Plünderungen werden nicht geduldet!«, rief Recknagel und forderte: »Lassen Sie Ihre Beute fallen, heben Sie die Hände und kommen Sie einzeln raus!«

»Her mit dem Brot, wir haben Hunger!«, kamen Rufe von hinten.

»Wir bringen den Leuten was zu essen«, sagte der jugendliche Anführer.

Es ging eine Weile hin und her, und am Schluss hieß es nur noch »Nein! Stehen bleiben!« von Recknagel und »Doch! Wir gehen los!« aus dem Mund der Plünderer.

Sie gingen frech grinsend auf die Polizisten zu. Die Menge applaudierte und johlte. Weber hörte, wie Recknagel einem Beamten, der als guter Schütze bekannt war, einen Befehl zuraunte. Dieser trat hinter einen Kollegen, um sich zu verbergen, hob das Gewehr und zielte auf den jugendlichen Anführer. Weber hörte noch, wie Recknagel sagte: »Wenn der weg ist, geben die anderen klein bei.«

Da stellte Weber sich dem Schützen in den Weg. Es war nur ein kurzer Moment, den niemand so recht durchschaute, nur Weber, Recknagel und der Schütze. Der Anführer der Plünderer blieb erstaunt stehen, warf Weber einen feindseligen Blick zu, bemerkte dann aber den Schützen hinter ihm und schien zu verstehen, was los war. Dann ging er weiter, und seine Kumpane folgten ihm. Wäre jetzt nicht alles in Bewegung gekommen, als die hungrigen Menschen sich durch die Polizisten hindurchdrängten, hätte Recknagel vielleicht den Schießbefehl an alle Beamten gegeben. So aber war nichts mehr zu machen.

Der Blick von Recknagel, als Weber sich mit unschuldiger Miene umgedreht hatte, war eindeutig gewesen: Verräter, Staatsfeind, Spartakist! So verschaffte man sich Feinde fürs Leben. Und man traf sich immer zweimal. Nun war Weber Kriminalpolizist und Recknagel sein Vorgesetzter.

Über ihnen stand Kriminalinspektor Kunath als Leiter der Abteilung »Verbrechen gegen das Leben«. Ein altgedienter Beamter, dessen politische Einstellung eher der von Recknagel ähnelte als Webers.

Als Recknagel Schritte hinter sich hörte, blieb er vor Kunaths Tür stehen. Er drehte sich um, trat einen Schritt zur Seite und schien damit andeuten zu wollen, dass Weber anklopfen sollte. Weber tat es. Seine Unterwürfigkeit ging aber nicht so weit, dass er auch noch die Tür für den Kommissar öffnete. Recknagel musste die Klinke also selbst herunterdrücken, nachdem von drinnen der »Herein«-Ruf ertönt war.

Inspektor Kunath lief in seinem Büro auf und ab, leicht nach vorn gebeugt, die Hände auf dem Rücken verschränkt, und blieb nicht stehen, als die beiden eintraten. Sie mussten sich an der Wand aufstellen, rechts und links neben der Tür, um ihrem Vorgesetzten genug Platz zu lassen. Wenn der Inspektor wie ein Raubtier im Käfig herumtigerte, war eine Standpauke zu erwarten. Die kam jetzt auch.

»Die Presse hat Wind von der Sache bekommen!«, stieß Kunath abfällig hervor. »Die ersten Anfragen sind schon eingetroffen. Säuglingsmorde, meine Herren! Das bewegt die Volksseele. Die Verhältnisse haben sich stabilisiert, und jetzt das! Ein potentieller Unruheherd! Aber ...« Der Inspektor blieb stehen. »Ich frage Sie: Wie konnte das überhaupt publik werden?«

»Ich habe nichts herausgegeben«, sagte Recknagel und wandte sich an Weber: »Oberwachtmeister?«

Weber schüttelte den Kopf. »Es ist nicht meine Aufgabe, mit der Presse zu reden, also tue ich es auch nicht. Aber wenn die Leute tratschen, dann bekommen es auch die Zeitungen mit.«

»Ganz genau!« Kunath lief nun mit erhobenem Zeigefinger hin und her. »Die Leute reden! Sie reden gern und viel. Und das, worüber sie reden, wird immer größer und monströser. Bis die Gerüchteküche einen Popanz aufgebaut hat, der kaum noch etwas mit der Wirklichkeit zu tun hat. Aber dann geraten die Menschen in Bewegung! Und sollte das passieren, hätten wir wieder eine solche Situation, wie es sie im letzten Jahr zur Genüge gab, und das wünscht sich keiner zurück, meine Herren!«

»Jawohl«, sagte Recknagel.

Weber schwieg lieber.

»Kindesmorde sind an sich schon eine schlimme Sache. Diese hier sind in den unteren Volksschichten aufgetreten, dort, wo ohnehin Unruhe und Unzufriedenheit herrschen. Sie verstehen, was ich sagen will?«

»Jawohl, Herr Inspektor«, versicherte Recknagel.

Weber zuckte mit den Schultern. Er hätte jetzt gern etwas Konkreteres als hohle Phrasen gehört.

»Wenn ich auf etwas aufmerksam machen dürfte«, sagte Recknagel. »Wir bekamen Meldung, dass eine junge Frau in einem Fischgroßhandel am St.-Pauli-Fischmarkt mit dem Messer auf Arbeiter losgegangen ist. Die Beschreibung passt auf die Gesuchte. Auch die Tatsache, dass sie bei ihrer Einstellung keine Papiere vorweisen konnte.«

»Sie arbeitete dort?«, fragte Weber.

»Ja.«

»Seltsam.«

Kunath ergriff wieder das Wort. »Na bitte, da haben wir sie! Sie lebt mitten unter uns und tarnt sich mit einer bürgerlichen Existenz. Auf St. Pauli, Weber! Unter aller Augen! Wie konnten Sie das übersehen?« Der Inspektor schüttelte missbilligend den Kopf.

Recknagel pflichtete ihm bei: »Wie kann das angehen, Weber!«

»Allerdings«, fuhr Kunath mit bedenklicher Miene fort,

»diese junge Frau, offensichtlich geistesgestört, aber schlau genug, um als Unschuld vom Lande durchzugehen ...«

»Sie kommt aus einer Großstadt«, stieß Weber mit zusammengebissenen Zähnen hervor.

Kunath ignorierte ihn. »... entführt Kinder, tötet und zerstückelt sie. Sie taucht in den Randbereichen der Gesellschaft unter, auf St. Pauli im proletarischen Milieu, wo Abschaum und Gesindel sich untereinander schützen. Und in diesem Milieu sucht sie sich ihre Opfer. Sie zu finden, kann nicht schwer sein, laufen dort doch genügend unbeaufsichtigte Kinder herum, die ...«

»Entschuldigen Sie bitte, Herr Inspektor«, warf Weber ein, »aber die Säuglinge, die getötet wurden, konnten noch nicht laufen.« Er staunte über seine eigene Widerspenstigkeit.

Ein finsterer, tadelnder Blick traf Weber.

»Unbeaufsichtigte Säuglinge, das ist es ja gerade«, sagte Recknagel dienstbeflissen. »In diesen Schichten herrschen mitunter zerrüttete Verhältnisse, und unbeaufsichtigte Kleinkinder sind ...«

Inspektor Kunath unterbrach ihn: »Was soll denn dieser Eiertanz um Worte! Tatsache ist doch, dass diese geistesgestörte junge Frau, die aus einer Irrenanstalt geflohen ist, jetzt in Hamburg ihrer Mordlust frönt. Wir müssen sie schleunigst finden!«

»Ist es denn sicher, dass diese junge Frau aus Magdeburg die Taten begangen hat?«

»Seit sie hier ist, haben wir zwei Säuglingsmorde zu verzeichnen. Und die Messerstecherei am Fischmarkt ist ein weiteres Indiz.«

»Das kann alles Zufall sein, Herr Inspektor.«

Kunath blieb abrupt stehen und schaute seine Untergebenen düster an. Ohne seine üblichen Phrasen zu dreschen, erklärte er ernst: »Die Tat, deretwegen diese Person in eine Irrenanstalt eingewiesen wurde, war von ähnlicher Bestialität wie die Morde, die hier geschehen sind.«

»Von dieser Tat sind mir keine Details bekannt«, sagte Weber forsch. »Können Sie mir die näheren Umstände beschreiben?«

»Man hat die Behörden gebeten, Stillschweigen zu bewahren. Ich weiß selbst nicht mehr als das, was der Staatsanwalt aus Magdeburg mir andeutete. Diese Person soll am Tod einer anderen schuld sein, ein Neugeborenes ist verschwunden, und man muss das Schlimmste befürchten.«

»Das sind vage Andeutungen«, sagte Weber.

»Nun, wir müssen uns mit dem begnügen, was wir bekommen. Die Staatsanwaltschaft scheint bemüht, einen Skandal unter Verschluss zu halten, warum auch immer. Dort haben sie offenbar bessere Möglichkeiten, Gerüchte zu unterdrücken, als wir hier. Womit wir wieder bei unserem Ausgangspunkt wären: Wir müssen diesen Bluttaten der Verrückten so rasch wie möglich ein Ende setzen, sonst riskieren wir einen erneuten Aufstand.«

»Und es kommen unschuldige Säuglinge ums Leben«, bemerkte Kommissar Recknagel.

»Gab es denn beim zweiten Opfer eine Vermisstenmeldung?«, fragte Weber unvermittelt.

»Was hat das denn mit der Suche nach der Täterin zu tun?« Kunath sah ihn irritiert an.

»Wenn eine Mutter ihr Neugeborenes vermisst«, erklärte Weber, »meldet sie das nicht der Polizei, damit wir nach ihm suchen?«

»In diesem Milieu traut man der Polizei nicht.«

»Diese Erklärung ist mir zu einfach. Wir haben zwei tote Säuglinge und wissen nicht, wo die Mütter sind, die sich ganz offensichtlich nicht für das Schicksal ihrer Kinder interessieren. Das wundert mich.«

Recknagel nutzte die Gelegenheit, um Weber abzukanzeln. »Sie sollen sich aber nicht wundern, Oberwachtmeister! Sie sollen die flüchtige Irre finden! Wenn Ihnen das nicht gelingt, können Sie sich ausrechnen, vor welchem Problem wir als Nächstes stehen!«

»Noch so eine Leiche, und der Sturm bricht los«, knurrte Kunath. »Das darf nicht sein, meine Herren!«

»Jawohl, Herr Inspektor«, sagte Recknagel. Und zu Weber: »Der Oberwachtmeister weiß jetzt, was er zu tun hat.«

Armleuchter, dachte Weber und fragte, ohne mit der Wimper zu zucken: »Wie wäre es mit einer Razzia? Wenn es doch so dringend ist.«

»Wie ich schon sagte, die Polizeiführung will keinen neuen Aufstand riskieren«, erwiderte Kunath verbissen. »Aber wenn Sie versagen, meine Herren, wird uns wohl nichts anderes übrigbleiben.«

Recknagel warf Weber einen vernichtenden Blick zu.

»Gehen Sie jetzt wieder an Ihre Arbeit«, befahl Kunath. »Wir brauchen Erfolge.«

Weber ließ Recknagel den Vortritt und sah ihm nach, wie er mit weit ausholenden Schritten durch den endlosen Korridor davoneilte.

Niemand fragte Greta, warum ihr Koffer nicht kam. Nicht einmal Fräulein Schmitt schien es zu bemerken. Da ihr die Arbeitskleidung gestellt wurde – ein langer Rock, eine Bluse mit hohem Kragen, schwarze Strümpfe und Schuhe sowie eine weiße Haube –, fiel nicht weiter auf, dass sie nichts zum Wechseln hatte. An ihrem ersten freien Tag, nachdem sie ihren Wochenlohn in Empfang genommen hatte, fuhr Greta mit der Vorortbahn nach Altona, um in einem Laden für abgelegte Sachen ein schlichtes, gerade geschnittenes Kleid aus warmem Stoff, zwei Paar Strümpfe und eine Strickjacke zu kaufen. Zu mehr reichte es nicht, denn das Goldstück, das sie inzwischen in den Saum ihres Mantels eingenäht hatte, sollte ihr als Notreserve dienen. Sie rechnete schließlich jederzeit damit, in Schwierigkeiten zu geraten.

Man mochte sie nämlich nicht besonders. Zwar verstand sie sich mit Fräulein Schmitt ganz gut und plauderte gern mit Paula, aber die anderen Bediensteten in dem großbürgerlichen Haus schnitten sie. Woran es lag, konnte sie nicht ergründen. Sie war doch zu allen freundlich, zuvorkommend und hilfsbereit. Außerdem hatte sie die Arbeitsabläufe schnell verstanden und legte einen gewissen Eifer an den Tag. Trotzdem blieb Paula die Einzige, die mit ihr scherzte und sie in ihrer Kammer besuchte. So wie an diesem Abend, als sie aus der Stadt zurückkam und ihre neuen Kleider anprobierte. Leider genügte der kleine Spiegel über dem Waschtisch nicht, um sich in voller Größe betrachten zu können.

Als es klopfte, steckte Greta das Medaillon in ihre Bluse, brachte ihr Haar ein wenig in Ordnung, schaffte es aber nicht, die oberen zwei Knöpfe zu schließen, weil sie einfach nicht in die engen Knopflöcher passen wollten. Wie ungeschickt sie sich doch manchmal anstellte!

Sie schob den Riegel zurück und zog die Tür auf, und da stand Paula mit ihren Sommersprossen und den hellen Augen, die ihr mal wasserblau, mal himmelblau erschienen. Paula lächelte verschlagen.

»Guten Abend, Paula.«

»Lass mich schnell rein!«

Greta trat zur Seite, und Paula huschte auf Zehenspitzen

an ihr vorbei. Sie neigte zu Übertreibungen, vor allem bei Heimlichtuereien.

»Was hast du denn da?«, fragte Greta, während sie die Tür schloss.

Paula legte einen Finger auf den Mund. »Pst! Erst den Riegel vorschieben!«

»Man hört doch draußen nicht weniger, wenn der Riegel vorgeschoben ist«, sagte Greta.

Paula prustete los. »Du bist so witzig, Greta, weiß du das?«

Greta verschloss die Tür, und Paula hielt ein kleines braunes Fläschchen hoch. Es war eckig und flach und sah aus, als würde es eine Arznei oder ein Reinigungsmittel enthalten. Kein Etikett, verschlossen mit einem Korken. Greta setzte eine übertrieben neugierige Miene auf, und schon musste Paula wieder lachen.

Sie setzte sich, ohne zu fragen, aufs Bett und sagte: »Rate, was da drin ist!«

»Möbelpolitur.«

Paula machte eine Pantomime, die das Polieren eines Möbelstücks andeutete, und schüttelte den Kopf. »Besser.«

»Lavendelextrakt.« Den mussten sie immer ins Putzwasser geben, damit es im Haus gut roch.

Paula tat so, als würde sie sich etwas Wohlriechendes hinter die Ohren tupfen und schüttelte wieder den Kopf. »Noch besser.«

»Parfüm?«

Paula hob die Flasche hoch und hielt sie ins Licht. Weil sie braun war, konnte Greta nur erkennen, dass eine Flüssigkeit darin herumschwappte.

»Du kommst der Sache näher.«

»Rosenwasser?«, fragte Greta, ohne weiter nachzudenken.

Paula wiegte den Kopf hin und her. »Jetzt trittst du auf der Stelle.«

Greta wurde ungeduldig. »Seifenwasser.«

Paula lachte laut auf. »So ein Quatsch, glaubst du, ich will dich einseifen?«

»Also, was denn nun? Melissengeist?«

»Na, also!«, rief Paula erleichtert, und fügte hinzu: »So dumm bist du doch gar nicht.« Was Greta ziemlich ärgerte. Sie setzte ihren finsteren Blick auf. Paula schien es nicht zu merken, sie entkorkte die Flasche und hielt sie ihr hin. »Riech mal.«

»Ich mag Melisse nicht.«

»Trotzdem.«

Greta schnüffelte am Flaschenhals. »Das riecht nach Karamell oder Früchten«, stellte sie erstaunt fest.

»Nimm einen Schluck, na los.«

Greta nippte. »Das ist Armagnac«, stellte sie zur Verblüffung ihrer Freundin fachkundig fest. »Du bist an das Glas mit den eingelegten Pflaumen gegangen!« Sie ahmte den strengen Ton von Fräulein Schmitt nach: »Wo sind die Früchte, Fräulein Berger? Was haben Sie mit den Früchten gemacht? Doch nicht etwa zurück an den Baum gehängt?«

Paula deutete auf ihren Bauch und brach in brüllendes Gelächter aus. Erst jetzt merkte Greta, dass Paula betrunken war. Außerdem kam ihr der Bauch ihrer Freundin verdächtig rund vor. War sie dicker geworden?

»Trink doch!«, forderte Paula sie auf. Greta nahm einen Schluck und musste husten. Der Alkohol stieg ihr augenblicklich zu Kopf.

»Ammoniak«, sagte Paula kopfschüttelnd. »Was du alles weißt. Ich wusste nicht mal, wie man das ausspricht. Und du konntest es riechen!«

»Na, wegen der Pflaumen.«

Paula schüttelte zweifelnd den Kopf. »Für ein Hausmädchen bist du ganz schön gebildet, das haben die anderen auch schon bemerkt.«

Greta war alarmiert. »Reden die etwa über mich?«

Paula nahm ihr die Flasche ab und trank daraus. »Hier redet doch jeder über jeden.«

»Was sagen sie denn?«

Paula hielt ihr die Flasche hin. »Guck nicht so böse. Trink, Schwesterlein!«

Greta nahm einen kühnen Schluck. »Also?«

»Dass du so einen Kommandoton anschlägst, wenn du mit ihnen sprichst.«

»Kommandoton?«

»Und dass du ganz schön oft alles besser zu wissen glaubst, obwohl du neu bist.«

»Das kann doch nicht sein.«

»Dass du sogar gegenüber der Schmitt manchmal so tust, als wärst du ihr überlegen.«

»Na ja, sie verliert halt hin und wieder den Überblick.«

»Und dass du nicht den Blick senkst, wenn jemand von den Herrschaften reinkommt, sondern sie sogar anlächelst.«

»Ich will doch nur freundlich sein.«

»Freundlich sind die, die es sich leisten können.«

»Aber ...«

»Nur bei den Herren wendest du dich ab, das habe wiederum ich bemerkt«, sagte Paula mit schwerer Zunge.

»Was soll das denn heißen?«

»Als könntest du Männer nicht leiden.«

»Was redest du denn da!«

Paula nahm wieder einen Schluck und hielt Greta die Flasche hin. Viel war nicht mehr drin. Dann deutete sie unvermittelt auf Gretas Halsansatz. »Was hängt denn da, ein Medaillon?«

Gretas freie Hand fuhr unwillkürlich zu der Stelle, an der die Kette aus dem Ausschnitt lugte.

»Ist da ein Bild drin? Von einem Mann?«

»Halt den Mund, das geht dich gar nichts an!«

»He, werd nicht kratzbürstig. Ist ja schon gut.« Paula hob entschuldigend die Hände. »Aber ich will dir mal was sagen, meine liebe Greta«, fuhr sie leicht lallend fort. »Wenn du etwas erreichen willst im Leben, dann ignoriere die hohen Damen und wende dich den hohen Herren zu. Und vergiss deine Ideale.« Sie deutete auf die Kette.

»Wie bitte?« Greta versuchte hastig, die oberen Knöpfe ihrer Bluse zu schließen.

Paula hob eine Hand wie ein Priester in der Kirche. »Höre meine Worte, Greta. Diejenigen unter uns, die den Mut haben, sich den Herren zu nähern, werden Früchte ernten und auf Rosen gebettet – oder zumindest abgefunden – werden.«

Greta ging auf einmal ein Licht auf. Sie bekam einen Wutanfall. »Ist das etwa eine Frucht, die du geerntet hast?« Sie deutete auf Paulas Bauch. »Hast du dich von einem Herrn schwängern lassen? In kalter Berechnung? Das ist ja widerlich!«

»Oho!«, sagte Paula mit glasigen Augen. »Eine Moralapostelin.« Sie brachte das schwierige Wort kaum heraus.

»Glaubst du etwa, so einer von denen da oben heiratet dich deswegen? Das ist lächerlich!«

Paula ließ sich zurückfallen und lag jetzt auf dem Bett. »Greta, Greta, was denkst du nur von mir ... Das Kind hab ich doch von meinem Verlobten! Jedenfalls soll er das glauben. Ich weiß nur noch nicht, wie ich ihm den Zeitpunkt erklären soll. Er war ja nur mal kurz bei mir. Er ist mit dem Freikorps unterwegs, weißt du.«

»Aber ein braver Mann wartet bis nach der Heirat!«

Paula kicherte. »Aber eine unbrave Frau nicht. Und Männer sind schwach.« Sie richtet sich auf. »Was mir übrigens nur recht ist.«

Greta fand dieses Gerede widerlich. Aber sie konnte ihre Neugier nicht unterdrücken. »Und dann wirfst du dich auch noch diesen schnieken Burschen an den Hals, die hier ein und aus gehen?«

Paula machte eine wegwerfende Handbewegung. »Ach die. Das sind doch verklemmte Schnösel. Kein wirklicher Ersatz für einen, der zupacken kann!« Sie legte die Füße aufs Bett und spielte schelmisch mit ihren Schnürsenkeln.

Greta mochte gar nicht, dass Paula die Stiefel auf ihre Bettdecke gelegt hatte. Auch wenn das hier nur eine Dachkammer war, sollten Ordnung und Sauberkeit herrschen! Überhaupt gefiel ihr inzwischen so manches an ihrer Bekannten nicht mehr.

»Tja, was soll ich machen?«, fuhr Paula fort und ließ sich wieder aufs Bett fallen. »Er ist ja nicht da. Muss immerzu diese Revoluzzer abschießen. Im Ruhrgebiet zuletzt. Seine Schlachterei musste er schließen, als sie ihn in den Krieg geschickt haben. Und zwischendrin kam er nur selten nach Hause. Hab ihn seit Monaten nicht gesehen. War lange nicht da. Zuletzt gerade so, dass ich ihm was vorflunkern kann wegen der Vaterschaft, wenn er fragt.« Sie zwinkerte Greta zu. Dann seufzte sie. »Ja, das ist wirklich schade. Aber wir haben Pläne! Wir wollen nach Amerika. Chicago. Da gibt es große Fleischfabriken, die können einen Fachmann wie ihn gebrauchen.«

»Wie willst du denn da rüberkommen? Sparst du drauf?«

»Er wird's mir schon bezahlen, wenn er hört, was ich hier drin habe.« Sie klopfte sich auf den Bauch. »Und er wird sich dran erinnern, wie es war, als er's gemacht hat ... das werd ich ihm schon verklickern.«

Greta war hin- und hergerissen zwischen Bewunderung für so viel Frechheit und Abscheu angesichts dieser Unmoral.

Paula plapperte weiter: »Es ist nur so, dass es nicht ganz passen will. Ich hab rumgerechnet. Jetzt sind's vier Monate. Und er war zuletzt vor sieben Monaten hier. Wenn ich's ein bisschen früher bekäme ... dann würde er nichts merken, oder? Was meinst du?«

Greta holte tief Luft. Es fiel ihr schwer, diese Mischung aus Schäbigkeit und Treuherzigkeit zu verkraften.

»Oder«, überlegte Paula weiter, »ich lass es doch wegmachen. Es ist ja noch klein. Nur ein Ding. Noch nicht mal richtig lebendig. Und schon gar kein Mensch. Eine, die sich auskennt, kratzt's einfach raus, hab ich gehört.«

Greta merkte, wie ihr das Blut aus dem Gesicht wich. Dazu kam ein enges Gefühl in der Brust. Sie schnappte nach Luft und keuchte:

»Raus jetzt! Geh!«

»Was?«

»Du sollst verschwinden. Los!« Sie packte Paula am Arm und zerrte sie vom Bett. Beinahe wäre Paula auf den Boden gestürzt, sie konnte sich gerade noch mit dem freien Arm abstützen.

»He! Was ist denn?«

»Hau ab!«

»Ist ja schon gut.«

Paula stolperte aus dem Zimmer. Greta verriegelte hastig die Tür und sank auf ihren Stuhl. Jetzt nur keinen Anfall bekommen, dachte sie und musste ihre ganze Willenskraft aufwenden, um den roten Schleier zu verjagen, der sich vor ihren Augen zusammenzog.

»Na, Herr Kommissar, darf's noch ein Tropfen von der Mosel sein?«

»Kriminal-Oberwachtmeister«, korrigierte Weber mit schwerer Zunge. »Ich bin immer noch nicht befördert worden.« Er fügte murmelnd hinzu, so leise, dass es keiner hören konnte: »Wird wohl auch nichts mehr werden.«

»Ich könnte Sie ja hier in unseren vier Wänden ein bisschen befördern«, scherzte die Witwe Nielsen, in deren *Weinhandlung und Destillation* Weber gerade saß. Die Wände des Gastraums wurden gesäumt von hohen Regalen, in denen zahllose Weinflaschen nebeneinander standen oder übereinandergestapelt lagen.

»Das wäre Amtsanmaßung und Bestechung, Frau Nielsen, und könnte Sie ihre Lizenz zum Weinausschank kosten.«

Wieso wollen alle Frauen bloß immer, dass ich befördert werde?, fragte sich Weber.

»Sie sind ja heute humorlos«, stellte Frau Nielsen fest, »Herr Kriminal-Oberwachtmeister!« Sie stemmte die Fäuste in die Hüften und schaute ihn missbilligend an.

Da kann einem ja auch das Lachen vergehen, wenn man eine Stecknadel im Heuhaufen sucht und dabei ständig über tote Kinder stolpert, grübelte Weber.

Wie immer trug die Witwe Nielsen ein altmodisches Kleid mit Puffärmeln, das eine diffuse bläuliche Farbe hatte, und darüber eine eng geschnürte, blütenweiße Schürze, die bis zum Hals reichte. Ihr Haar war zu einem strengen Dutt gebunden, und ihr Gesicht mit der kleinen Kartoffelnase wirkte bäuerlich. Sie war, was man zupackend nannte, und es war ihr gelungen, die Weinhandlung nach dem Tod ihres Mannes als Kiez-Institution weiterzuführen. Sie verdiente gut und hatte Pläne. Sie wollte investieren, aber nicht in die Einrichtung, die weiterhin ganz schlicht war, sondern in den Vertrieb.

»Was meinen Sie, Herr Kommissar, Sie kommen doch herum«, hatte sie vor einer Stunde und drei Vierteln Moselwein gefragt, als Weber ihr den Scherz mit dem Kommissar noch durchgehen ließ. »Wenn ich die Destillation ausweite und die Anlage aus dem Keller ins Nebenhaus verlege ... dann müssten die Chancen doch gut stehen, das Geschäft auf dem Kiez zu erweitern. Meine Tochter sagt, die Wirtschaftskrise würde schlimmer werden und viele Lokale würden schließen. Ich meine aber, wenn die Krise kommt, wird erst recht getrunken. Und auf St. Pauli wurde doch immer gefeiert, sogar im Krieg.«

»Manch einer, der kein Brot hat, trinkt Bier, aber keinen Wein.«

»Schnaps, Herr Kommissar, ich spreche von Branntwein!«

»Warum nur St. Pauli?«, fragte Weber. »Wenn der Schnaps gut ist, sollten Sie ihn in der ganzen Stadt verkaufen. Die Reichen saufen immer, die werden niemals arm, es sei denn ...« Er brach ab. Es sei denn, das mit der Revolution geht noch mal von vorne los, und dann richtig, hatte er sagen wollen. Doch für derlei Gedankengänge hatte die Witwe Nielsen bestimmt kein Verständnis. Wer hat, der hat und expandiert, das war ihre Devise. Also hielt Weber lieber den Mund. Einem Staatsbeamten stand es ohnehin nicht an, in der Öffentlichkeit über politische Veränderungen zu philosophieren.

»Ich habe natürlich Erkundigungen eingezogen«, war die Witwe fortgefahren. »Wenn wir den Vertrieb von hier aus organisieren, dann hat das für alle Lokale, ob groß oder klein, den Vorteil des kurzen Wegs und entsprechend geringer Kosten. Es sind auch fast alle bereit, mit uns in Handel zu kommen, nur manche zieren sich oder lehnen es ab, wie zum Beispiel diese Schnepfe vom *Goldenen Anker*.«

Dieser Satz von der Schnepfe war Weber im Ohr geblieben. Was hatte die Nielsen denn gegen die Wirtin in der Kastanienallee?

»Woher die ihren Weinbrand bezieht, möchte man gern mal wissen. Die hat ja bestimmt Kontakte in den Hafen. Wenn man den Zoll umgeht, kann man uns natürlich unterbieten. Was sagen Sie dazu, Herr Kommissar?«

»Dafür ist der Zoll zuständig.«

Die Schnepfe vom *Goldenen Anker*, dachte Weber jetzt, als er den letzten Schluck vom letzten Viertel getrunken hatte. Die Schnepfe mit den blauen Augen. Er stand auf und quälte sich mühsam in seinen Mantel. Er zahlte und verabschiedete sich. Als sein Kopf sich beim Hinausgehen in der Scheibe der Kneipentür spiegelte, sah er, dass er die Mütze schief aufgesetzt hatte, und korrigierte es.

Dann stapfte er mit schweren Schritten die Balduinstraße entlang und starrte die mickrigen Häuser an. Den ganzen Tag war er durch St. Pauli gelaufen, vom Hotel Pontius zur Pension Pilatus, wie er irgendwann missgelaunt gedacht hatte. Außerdem hatte er zahllose Cafés und Speisewirtschaften abgeklappert. Überall hatte er das Foto des Mädchens vorgezeigt. Ohne Erfolg. Wahrscheinlich sah sie längst ganz anders aus. Er hätte jetzt weitermachen und die Lokale absuchen können, die erst abends öffneten, aber er war erschöpft. Frauen vermochten ihr Äußeres doch viel besser zu verändern als Männer, und sogar da hatte er schon die tollsten Sachen erlebt.

Er erreichte die Friedrichstraße. Eigentlich hätte er jetzt über den Wilhelmsplatz zur Reeperbahn gehen und dort in eine Tram Richtung Michel steigen sollen, um sich schleunigst nach Hause zu begeben und neben Mathilde unter die warme Decke zu kriechen. Aber seine Füße führten ihn eigenmächtig nach rechts, und schon überquerte er die Davidstraße, nachdem eine Tram mit lautem Geläute an ihm vorbeigerollt war.

Kastanienallee. Da vorn leuchtete der *Goldene Anker.* Und schon spähte er durch das Fenster hinein, zwischen den Masten eines Segelschiffsmodells hindurch. Da drinnen funkelten irgendwo die blauen Augen von dieser Schnepfe.

Die Tür ging auf, ein Mann in grober Jacke und mit einem Elbsegler auf dem Kopf taumelte heraus. Ein Schwall Bier- und Tabakdunst, Stimmengewirr, Gelächter, Gejohle und Gesinge ergoss sich über Weber. Wenn ich da jetzt reingehe, betrunken, wie ich schon bin, dachte er, dann gehe ich unter, und das darf nicht sein. Sein Herz klopfte. Das kam bestimmt vom Alkohol in seinem Blut.

Er drehte sich um und schritt aufrecht und zielstrebig zum Spielbudenplatz.

Worüber er auf der kurzen Fahrt nach Hause auf der Holzbank sitzend nachgegrübelt hatte, wusste er nicht mehr, als er seine Wohnungstür erreichte.

Ein schmales, einige hundert Jahre altes Fachwerkhaus im Schatten des Michels. Seine Frau wäre hier gerne längst ausgezogen, aber Weber fand es praktisch, dass es bis zur Polizeizentrale im Stadthaus nicht weit war. Früher war er mit Mathilde am Wochenende gelegentlich nach St. Pauli gegangen, um sich in einem der seriöseren Etablissements wie dem *Eden-Theater* oder der volkstümlichen *Wilhelmshalle* zu vergnügen. Am schönsten war es im Sommer im Garten des

Trichters gewesen, unter den bunten Sonnenschirmen, mit einem schäumenden Bier vor und einer lachenden Frau neben sich. Aber das ging ja nun nicht mehr, weil sie ein Kind erwartete und peinlich darauf bedacht war, dem heranwachsenden Leben nicht durch Leichtsinnigkeit zu schaden.

Viel Schlaf war angebracht für eine werdende Mutter, aber Mathilde war noch wach. Obwohl es recht spät war. Weber taumelte, nachdem er die Tür aufgestoßen hatte, auf sie zu.

Strenger, missbilligender Blick.

Oje.

Sie half ihm, den Mantel auszuziehen, und manövrierte ihn in die Stube. Sie setzten sich an den ovalen Tisch mit der Spitzendecke und der Vase mit Trockenblumen.

»Alfred«, sagte sie streng. »Es gehört sicherlich nicht zu deiner Arbeit, dich zu betrinken.«

»Nein«, erwiderte er niedergeschlagen.

»Es steht einem Beamten nicht an, sich so in der Öffentlichkeit zu zeigen.«

»Nein.«

»Ich möchte keinen Ehemann, der sich gehenlässt.«

»Natürlich nicht.«

»Ich möchte nicht, dass du deine Chance auf eine Beförderung verpasst.«

Welche Beförderung? Das würde doch sowieso nichts werden. Aber er deutete ein Kopfnicken an.

»Vergiss nicht, dass du einen Verwaltungsposten anstrebst, Alfred. Warum sollen immer die anderen das Privileg bekommen und die Annehmlichkeiten einer Bürotätigkeit genießen?«

Privileg? Annehmlichkeiten? Er liebte doch das Herumstromern da draußen, auch wenn er heute aus unerfindlichen Gründen vom rechten Weg abgekommen war.

»Du sagtest, ein Wechsel sei möglich«, fuhr seine Frau fort. »Ich sehe doch, dass deine Arbeit in diesem schlimmen Milieu dir zusetzt. Wann wirst du endlich die Versetzung beantragen, wie du es mir versprochen hast?«

»Bald.«

»Wenn du dich weiterhin so gehenlässt, wird es *bald* aber zu spät sein, Alfred.«

»Jawohl.«

»Vergiss das nicht!«

»Können wir nicht mal wieder ausgehen?«, fragte Weber unvermittelt. »Ins Theater oder einfach nur in den *Trichter*, auf ein Konzert, vielleicht ein Speiselokal besuchen oder *Ostermanns* oder das *Café Minerva* …« Er wurde immer kleinlauter.

»Alfred, du weißt doch, dass das nicht sehr rücksichtsvoll ist. Mir ist oft nicht wohl. Du denkst auch immer nur an dein Vergnügen.«

»Entschuldige, ich …«

»Du solltest morgen zu deinem Vorgesetzten gehen, aber nicht zu Inspektor Kunath, du musst gleich beim Kriminalrat anfragen. Gibt es nicht jemanden, der ein gutes Wort für dich einlegen könnte?«

Gab es jemanden? Das war wirklich eine gute Frage.

»Ich bin müde, Mathilde.«

»Ja, wir sollten jetzt dringend schlafen.«

Schlafen? Konnte er das denn? Wo ihm doch die blauen Augen der Schnepfe aus der Kastanienallee durch den Brummschädel geisterten? Und diese wiegenden Hüften und gewisse Konturen …

Weber stand auf und schwankte ins Schlafzimmer. Tatsächlich war es dann ein ganz anderes Bild, das ihn aus dem unruhigen Schlaf schrecken ließ. Das einer jungen Frau, die irre lachend eine Kiste mit einer zerteilten Kinderleiche durch die Stadt trug.

Es war noch stockdunkel, als Greta am frühen Morgen frierend und vom Nieselregen durchnässt zur Villa in Othmarschen zurückkehrte. Eine düstere Nacht lag hinter ihr. Eine lange Nacht. Und wieder einmal konnte sie sich nicht an alles erinnern, was sie in den vergangenen Stunden getan hatte. Zu ihrem großen Schrecken war sie noch immer nicht Herrin ihrer selbst. Aber was war das nur, was sie immer wieder überwältigte? Sie fühlte sich, als wäre sie aus einer Ohnmacht erwacht, nachdem jemand sie bewusstlos geschlagen hatte. Und das Schlimmste war, dass ja gar niemand zugeschlagen hatte.

Sie näherte sich dem Anwesen über den breiten, matschigen Bürgersteig und ärgerte sich, dass ihre Schuhe schmutzig wurden. Das Wort »Anwesen« war durchaus angebracht bei diesem riesigen Grundstück, auf dem hohe Nadelbäume standen und sich eine kleine Hügellandschaft mit englischem Rasen erstreckte. Greta mochte das geräumige Haus, auch wenn die hohe Mauer, die das Grundstück umgab, sie an das Irrenhaus erinnerte. Immerhin wucherten hier jede Menge Rhododendrenbüsche, deren üppiges Grün einen Großteil des Mauerwerks verdeckte. Auf der Seite, die der Straße abgewandt war, gab es nur einen Drahtzaun, hinter dem ein verwildertes Wäldchen lag.

Das Tor zur Einfahrt stand offen, das war schon mal gut. Weniger gut war allerdings, dass direkt vor dem Portal ein Automobil stand. Ein elegantes weißes Gefährt mit einer langen Kühlerhaube, wie sie im Licht der eingeschalteten Außenlampen neben dem Eingang erkennen konnte, sowie vier Türen und einem geschlossenen Verdeck im hinteren Bereich. Eigentlich komisch, dass der Fahrer immer im Regen sitzen musste. Die Türen des Wagens standen offen, daneben Menschen. So früh am Tag schon. Sie versperrten ihr den Weg.

Zum Dienstboteneingang an der Seite des Gebäudes konnte sie nicht ausweichen, denn wenn sie über die Wiese geschlichen wäre, hätte man sie im Schein der Lampen garantiert bemerkt. Und es war nun mal eine Regel, dass die Hausangestellten an ihren freien Abenden spätestens um halb elf Uhr abends in ihren Kammern sein sollten. Nun war es beinahe fünf Uhr in der Früh.

Greta zog sich zurück wie eine ertappte Diebin. Ein Mann und eine Frau in sportlichem Tweed standen rauchend vor dem Automobil, während der Chauffeur die Koffer aus dem Anhänger hob und ins Haus trug.

Das Paar kam Greta unwirklich vor. Dort, wo sie gewesen war, hätte dieses Automobil nicht hingepasst. Es wäre viel zu groß gewesen für die engen, verwinkelten Gassen am Hafen und auf St. Pauli. Und die beiden wären sicherlich ausgeraubt worden. Die Menschen, die in den Gängen dahinvegetierten, hätten sie bewusstlos geschlagen und ihnen die Kleider vom Leib gerissen. Aber die Welten waren ja getrennt, und Greta, die zwischen ihnen hin- und herwanderte, fragte sich manchmal, ob die Armen überhaupt wussten, wie die Reichen lebten und umgekehrt. Vom Elend der Arbeitslosen und dem Überlebenskampf der Tagelöhner und ihrer Familien hatte sie selbst bis vor kurzem keine Ahnung gehabt.

Dass junge Frauen unten am Hafen zehn Stunden am Tag damit zubrachten, Heringe zu kehlen und in Salzfässer einzulegen, und sich danach sogar schämten, schmutzig und übelriechend durch die Gassen zu laufen; dass Kinder in Zigarrenmanufakturen tagein, tagaus im Stehen Tabakblätter zurichteten; dass uralte Frauen an Straßenecken mit dem Verkauf von Zeitungen, die sie kaum tragen konnten, eben genug zum Leben verdienten; oder dass Männer mit dem Handel von Schrott, der diesen Namen wirklich verdiente, ihr Dasein fristeten – all das hatte sie erst erfahren, seit sie in Hamburg die zwielichtigen Viertel nach einem Mann namens Max Klant durchkämmte.

Inzwischen hatte sie gelernt einzustecken. Es machte ihr kaum noch etwas aus, als Flittchen oder Schlampe beschimpft, von den alten Frauen angegiftet oder von den jungen abschätzig taxiert zu werden. Wenn Luden ihr unsittliche Angebote machten oder Kinder sie bestehlen wollten, wenn Mädchen in kurzen Röcken vor Hauseingängen sie fortjagten oder Filous mit schiefen Hüten sie lüstern angrinsten, dann ging sie in der Regel mit einem Achselzucken darüber hinweg. Manchmal schimpfte sie zurück. Die richtigen Ausdrücke kannte sie nun.

Natürlich gab es auch jede Menge anständige Leute in den Gängen. Hafen- und Industriearbeiter, Handwerker mit kleinen Betrieben in Hinterhöfen, Frauen, die schon früh am Tag in die Räuchereien am Hafen aufbrachen, oder junge Idealisten, die die Menschen aufrütteln wollten, damit sie für eine bessere Zukunft kämpften. Wenn nur die Kriegsheimkehrer nicht gewesen wären, diese Bettler, denen Gliedmaßen fehlten und die an den Straßenecken ihr Elend zur Schau stellten, manchmal sogar die nackten Arm- und Beinstümpfe zeigten. Vor ihnen schreckte sie zurück. Wenn sie so einen sah, eilte sie davon. Und natürlich, wenn eine Uniform in Sicht kam. Auch das hatte sie gelernt: rechtzeitig eine Gefahr zu wittern und sich aus dem Staub zu machen …

Die Situation im Augenblick war zwar nicht gefährlich, aber unangenehm. Sie musste dringend ins Haus, sie war hundemüde. Gegen Mittag sollte sie wieder adrett und gutgelaunt dafür sorgen, dass die Tafel im großen Speisesaal perfekt eingedeckt war. Diese Aufgabe hatte Fräulein Schmitt ihr übertragen, weil sie sich in formellen Dingen gut auskannte und nie einen Fehler bei der Anordnung von Geschirr und Besteck beging. Auch kontrollierte sie immer, ob das Silber blitzblank geputzt war und Tücher und Servietten makellos geplättet. Außerdem hatte sich in der Küche herumgesprochen, dass sie gut rechnen konnte, und sie wurde oft aufgefordert, bestimmte Zutatenmengen in Relation zueinander zu berechnen. Das machte sie im Kopf und sehr schnell. »Tu dich nicht so hervor«, hatte Paula ihr einmal zugeflüstert, »die andern mögen das nicht.« Aber sie konnte halt nicht anders.

Greta beschloss, außen um das Grundstück herum zur Dienstbotenpforte in der Mauer zu schleichen und von dort zum Kellereingang, durch den Vorratsraum und die Küche bis zur Hintertreppe und dann nach oben unters Dach.

Die Pforte war tatsächlich offen. Einige Dienstmädchen hatten es so mit dem Gärtner vereinbart, zum Beispiel Paula, die sich nicht genierte, wenn es darum ging, sich Vorteile zu verschaffen. Sogar die Angeln waren gut geölt, die schmale Tür ging lautlos auf und zu. Greta schlich von einem Busch zum nächsten, bis sie an der Hauswand ankam. Die Tür zum Keller war jedoch verschlossen. Das durfte doch nicht wahr sein!

Was nun? Hinterm Haus war es viel dunkler als beim erleuchteten Eingangsportal. Greta stand auf dem Kiesweg, der um das Haus herumführte. Es gab noch einen zweiten Kellereingang auf der anderen Seite. Dazu musste sie allerdings an der Terrasse vorbei. Es knirschte unter ihren Sohlen. Sie zog die Schuhe aus und lief auf Strümpfen über die nassen

Steine. Die Strümpfe gehen doch kaputt, auch das noch, dachte sie verärgert.

Vom Kiesweg führten einige Stufen auf die erhöhte Veranda. Vielleicht ist die Terrassentür geöffnet, überlegte sie. Und schon stieg sie die breite Treppe nach oben, die Schuhe noch immer in der Hand.

Als sie die freie Hand ausstreckte, um nach dem Türgriff zu fassen, flammte im Salon der riesige Kristalllüster auf und tauchte das mit Sofas und Sesseln üppig bestückte Zimmer in grelles Licht, das von goldumrahmten Spiegeln zurückgeworfen wurde. Erschrocken wich sie zurück.

Eine überraschter Ausruf, eilige Schritte, die Terrassentür wurde aufgeschoben, und jemand baute sich vor ihr auf. Der junge Mann, der eben noch neben dem weißen Automobil gestanden hatte. Er war so dicht vor ihr, dass sie nur seine Silhouette erkennen konnte.

»Na, wen haben wir denn da? Eine Einbrecherin?«

Greta starrte ihn gebannt an, stocksteif. Er trug karierte Knickerbocker und Schnürstiefel. Eine Hand hatte er lässig in die Hosentasche gesteckt. Eine Zigarettenspitze glühte auf.

Er bemerkte die Schuhe in ihrer Hand. »Ausgebüxt, was? Kleine Heimlichtuerin!«

»Bitte«, flüsterte Greta. »Ich wohne unterm Dach. Darf ich vorbei?«

»So? Und was haben wir Schlimmes angestellt?«

»Ich … nichts.«

»Na, wer wird denn da lügen, hm?« Er drehte sich um. Hinter ihm im Zimmer war sonst niemand.

»Ich muss doch da rein«, stammelte Greta.

»Ein Pfand?«, fragte der junge Mann grinsend.

Greta erinnerte sich an die Frauen vor den Häusern auf St.

Pauli. Und an das, was Paula manchmal tat, um sich einen Vorteil zu verschaffen. So musste sie es machen. Sie schlang den freien Arm um den Hals des Mannes, stellte sich auf die Zehenspitzen und gab ihm einen harten Kuss. Dann drängte sie sich dicht an ihn und flüsterte heiser: »Ich werde mich erkenntlich zeigen.«

Da ließ er sie vorbei. »Aber gern doch, ich komme darauf zurück«, rief er ihr leise nach.

Greta rannte durch den Salon in den Flur, erreichte die Dienstbotentreppe und hastete nach oben. Als sie in ihrem Zimmer angekommen war und die Tür verschlossen hatte, flüsterte sie atemlos: »So ist das also! So wird man dazu gezwungen. Nicht weil man will, sondern weil einer Macht hat. Pfui Teufel!«

Sie wusch sich den Mund und schaute in den Spiegel. Verzog das Gesicht zu einer bösartigen, hässlichen Grimasse. »Da hast du ja wieder etwas Nützliches gelernt, Greta!«, sagte sie mit verstellter Hexenstimme. Dann fiel sie erschöpft aufs Bett und wälzte sich von einer Seite auf die andere. Dieser Mistkerl, dachte sie angewidert. Nur weil er reich war, glaubte er, sich alles herausnehmen zu können. Als hätten Dienstboten und Arme keine Rechte und keine Ehre, aber das stimmte nicht, wie sie jetzt wusste.

Endlich fiel sie in einen traumlosen Schlaf – bis Frau Schmitt viel zu früh an die Tür hämmerte und sie weckte, damit sie für Paula einsprang, die nirgendwo aufzufinden war.

Ein Arbeiter der *Malzfabrik Naefeke* in Altona unweit des Fischmarktes hatte den Koffer als Erster bemerkt. Ein billiger Reisekoffer aus dünnem Leder, mit Holzleisten zur Verstärkung. Er kam aus Richtung der Dampfmühle und trieb zwischen den Ewern voller Getreidesäcke mit der Flut elbaufwärts Richtung Hamburg. Da er recht tief im Wasser lag, vermutete der Arbeiter, dass er nicht leer war, sondern etwas enthielt, dass ihm womöglich nützlich hätte sein können. Er hatte Pause und stand pfeiferauchend am Kai. Seine Neugier war geweckt, also sprang er auf eine gerade gelöschte Schute, die vor der Mälzerei im Wasser lag, nahm den Peekhaken des Ewerführers und versuchte, den Koffer anzulanden. Leider klappte es nicht. Zwar bekam er den Koffer kurz zu fassen, aber er entglitt ihm wieder. Das schwarze Wasser war kabbelig, weil zahlreiche Dampfboote und zwei große Frachtschiffe unterwegs waren, und dann stampfte auch noch ein Schlepper, aus dessen Schornstein schwarzer Rauch quoll, dicht vorbei und trug den Koffer im Strudel seines Kielwassers davon.

Aber der Arbeiter war jetzt ehrgeizig geworden. Beinahe wäre ihm die Mütze ins Wasser gefallen, als die Schute vom Wellengang hin und her geworfen wurde. Wer weiß, was in dem Ding drin ist!, dachte er sich. Also rannte er an der langgestreckten, hohen Klinkerfassade der Altonaer Fischauktionshalle vorbei bis zum St.-Pauli-Fischmarkt, überquerte eine Eisenbrücke zum Anleger und wartete ab, bis der Koffer längskam. Dann bat er einen Fischer, der dort gerade seine Schollen sortierte, um einen Enterhaken und holte den Koffer heran. Der Fischer half ihm, das Ding aus dem Wasser zu hieven.

Der Koffer war mit groben Seilen zugebunden. Der Fischer reichte dem Arbeiter ein scharfes Messer. Zack, zack, zack waren die Seile durchtrennt, ruck, zuck die Lederschnallen aufgemacht und der Kofferdeckel angehoben. Die beiden Männer, die neugierig hineinstarrten, wurden schlagartig bleich wie die Bäuche der toten Fische um sie herum.

»Genau so hat er es gesagt«, erklärte Weber dem erstaunt

dreinblickenden Hilbrecht. »Und ehrlich gesagt, war er immer noch sehr bleich. Sogar ein bisschen grünlich im Gesicht.«

»Verständlich«, sagte Hilbrecht und zog an seiner Zigarre. »Wer ist schon darauf gefasst, ein totes Kind an Land zu ziehen.«

»Immerhin war dieses hier nicht zerstückelt.«

»Was für ein Trost.« Hilbrecht griff nach seinem Bier.

»Im Koffer lagen ein paar Pflastersteine zur Beschwerung. Katzenkopfsteine, nicht genug. Und innen auf den Deckel war wieder so ein Kreuz gemalt. Wie bei der Kiste, die wir aus dem Fleet geholt haben.«

»Womit?«

»Hm?«

»Womit war das Kreuz gemalt?«

»Mit einem Stück Kohle.«

Zwei Schnapsgläser waren schon geleert. So ein Leichenfund schlug auch erfahrenen Kriminalisten auf den Magen.

Sie saßen in einem namenlosen Frühstückslokal mit einem schmalen, länglichen Schankraum, dessen eine Seite vom Tresen und die andere von Sitznischen eingenommen wurden. Hier machten Fischer und Hafenarbeiter Feierabend und aßen »Frühstück bis 20 Uhr, auch englisch« wie auf einer Wandtafel in schnörkeligen Buchstaben zu lesen war.

Da der Koffer mit dem toten Kind bis Hamburg getrieben war, wurde nach dem Fund gleich die richtige Polizeiabteilung alarmiert. Sonst hätte es womöglich Kompetenzgerangel mit den Kollegen von der preußischen Polizei in Altona gegeben. Niemand, weder Weber noch Recknagel, noch der telefonisch in Kenntnis gesetzte Inspektor Kunath, bezweifelte, dass dieser Fund in Zusammenhang mit den anderen Kinderleichen stand.

Recknagel war nur kurz gekommen und hatte Weber dann das Feld überlassen. Was angenehm war, denn mit Hilbrecht, dem Fotografen, verstand er sich gut. Und außerdem fiel es ihm leichter, mit Fischern und Arbeitern zu reden, wenn sein Vorgesetzter nicht danebenstand.

Viel war allerdings nicht in Erfahrung zu bringen. Die beiden Männer, die den Koffer geöffnet hatten, der Fischer und der Mälzereiarbeiter, hatten ja weiter nichts gesehen als ein dahintreibendes Gepäckstück. Der Fischer war der Ansicht, dass der Koffer möglicherweise erst ein Stück flussabwärts und dann mit der Flut wieder flussaufwärts getrieben war. Der Arbeiter hatte dazu keine Meinung, fand das aber durchaus plausibel.

Hilbrecht, der seine Schirmmütze immer noch verkehrt herum aufhatte, obwohl er mit dem Fotografieren längst fertig war, fragte: »Gab's denn diesmal eine Vermisstenmeldung?«

»Nein. Aber die kann ja noch kommen. Die Leute gehen immer zu spät zur Polizei, warten zu lange. Also wer weiß.« Weber wischte sich den Bierschaum vom Mund.

»Aber bei den anderen beiden gab es auch niemanden, der sich gemeldet hat.«

»Nein.«

»In was für Zeiten leben wir bloß, wenn Kinder verschwinden und die Menschen nichts tun?«

»Wir wissen ja nichts von den Umständen«, meinte Weber. »Und was hier eigentlich los ist.«

»Aber du suchst doch diese Irre. Also gehst du davon aus, dass sie die Mörderin ist.«

Weber malte ein paar Linien in den Kondensfilm auf seinem Bierglas. »Ich wurde beauftragt ...«

»Dazu verdonnert.«

»Nun ja … jedenfalls ist es meine Aufgabe, diese junge Frau zu finden, die nach Hamburg geflüchtet ist.«

»Und Kleinkinder umbringt und immer ein Stück Kohle bei sich trägt. Und aus einem Irrenhaus entlaufen ist. Da hat man sie doch nicht ohne Grund eingewiesen.«

»Die Behörden in Magdeburg halten sich bedeckt. Ich hab mehrmals dort angerufen. Es heißt, ihre Eltern hätten sie einweisen lassen, weil sie eine Gefahr für sich und andere geworden sei. Sie hat anscheinend den Tod eines anderen jungen Mädchens verschuldet. Aber darüber kriege ich keine Informationen. Die niederen Beamten wissen nichts Genaues, und die höheren haben angeblich keine Zeit, mit mir zu reden.«

»Du solltest hinfahren.«

»Sollte ich. Darf ich aber nicht. Recknagel und Kunath sind wirklich keine große Hilfe. Ich kann froh sein, dass ich wenigstens dieses Bild habe.«

»Du hast ein Bild von der Verrückten?«

»Ja. Damit laufe ich die ganze Zeit herum: Kennen Sie dieses Mädchen? Haben Sie diese junge Frau schon mal gesehen? Sie könnte eine andere Frisur haben. Sie könnte sich anderes kleiden. Sie könnte sich älter gemacht haben und so weiter. Sie könnte anschaffen gehen oder auch bei der Heilsarmee gelandet sein. Blablabla. Ich bin's allmählich leid.« Weber holte das Foto aus seiner Jackentasche.

»Hübsch«, sagte Hilbrecht. »Sieht ja ganz harmlos aus. Erinnert mich an diese Kintopp-Schauspielerin, Asta Nielsen. Könnte ihre jüngere Schwester sein. Die Nase ist ein bisschen zu spitz. Und die soll durchgedreht sein?«

»Man sieht es den Verrückten nicht unbedingt an, dass sie's sind. Ich weiß ja nicht, was es mit der ›schrecklichen Bluttat‹ auf sich hat, die in Magdeburg oder dort in der Nähe passiert sein soll. Aber dieses Mädchen ...« Weber tippte energisch auf das Bild. »... hat immerhin einen Pfarrer halb totgeschlagen, um zu flüchten.« Dann zuckte er mit den Schultern, als könnte er das kaum glauben.

»Hast du die Zeitungen angerufen?«, fragte Hilbrecht. »Die müssen doch über diese Bluttat geschrieben haben.«

»Nichts haben sie geschrieben. Ich hab alle Redaktionen abgeklappert und mit den Polizeireportern geredet. Die wussten von der Flucht einer Irren aus der Anstalt, aber nichts von der Bluttat eines minderjährigen Mädchens.«

»Na ja, in diesen Zeiten gehen sogar sensationelle Meldungen im Grauen des Alltags unter.«

»Vielleicht.«

»Hast du eine Spur?«

»Nein, nichts.«

»Und keine Unterstützung?«

»Bin auf mich allein gestellt. Natürlich kämmen die Kollegen die einschlägigen Viertel durch, wegen der Kinderleichen. Aber von mir erwartet man, dass ich das Mädchen finde.«

»Dass der Recknagel dir das Feld überlässt, ist kein gutes Zeichen. Der will die Verantwortung abgeben, und wenn sich jemand blamiert, dann sollst du es sein. Aber pass auf, wenn deine Ermittlungen Erfolg haben, dann wird er ganz schnell wieder neben dir stehen und dir reinreden. Und der Kunath geht vor die Presse und lässt sich feiern.«

»Ist mir doch egal«, brummte Weber, dem das gar nicht egal war. »Ich will eigentlich bloß eins.«

»Na?«

Weber hielt das Foto hoch. »Das Mädchen hier vor sich selbst und vor den anderen retten. Sieh dir doch mal ihre Augen an und ihren Mund. Die ist vielleicht ein bisschen eigensinnig, aber nicht verrückt. Diese geschwungene Stirn deutet zweifellos auf Intelligenz hin. Und in ihrem Blick liegt Lebensfreude ...«

Hilbrecht drehte seine Mütze um, so dass sie wieder richtig saß, und grinste. »Um weibliche Täterinnen hast du dich schon immer besonders gekümmert.«

»Du quatschst eine Menge Blödsinn, wenn der Tag lang ist«, sagte Weber barsch. »Ich bin verheiratet.«

»Man hat schon Pferde kotzen sehen, Alfred.«

Hilbrecht hob das Glas, Weber griff nach seinem, und sie stießen an. Weber lächelte verlegen, als er sich erneut den Schaum vom Mund wischte.

Viertes Kapitel:

MASKERADE

»Das geht aber nicht!«, rief Greta und klatschte zweimal in die Hände. »Wer hat denn das Besteck aufgelegt?«

Paula und Wilhelmine, die gerade Astern und Chrysanthemen schnitten, um sie in die bereitstehenden Vasen zu stellen, schauten auf. Paulas Sommersprossen leuchteten im Licht der Herbstsonne, die durch die hohen Fenster hereinschien. Sie lächelte amüsiert.

»Das Besteck hat Mine platziert«, sagte sie gestelzt im Tonfall der Hausherrin.

»Tja«, sagte Greta. »Dann muss sie wohl noch mal von vorn anfangen.«

Wilhelmine, deren blonder Lockenkopf golden schimmerte, schaute sie verblüfft an. Sie war nur ein Jahr jünger als Paula, wirkte aber viel kindlicher, vielleicht weil sie etwas pummelig war. »Was ist denn falsch?«

»Zum einen liegt hier und da was leicht schief. Das merkt man vielleicht nicht, wenn man auf ein Service schaut, aber insgesamt spürt man, dass etwas nicht ganz korrekt ist.«

»Na ja, ganz korrekt. Was im Leben ist schon ganz korrekt?« Mine verzog den Mund. Manchmal war sie wirklich faul und träge.

»Entweder ganz korrekt oder ganz falsch«, sagte Greta. »Dazwischen gibt es nichts.«

Paula schüttelte noch immer amüsiert den Kopf.

»Außerdem sind da Fingerabdrücke auf den Messerklingen. Und die Gläser sind auch nicht hundertprozentig poliert.«

»Was?« Mine starrte Greta ungläubig an.

»Jede Wette, dass es deine Fingerabdrücke sind!«

Mine kniff die Augen zusammen und suchte nach einer passenden Ausrede.

Paula lachte und sagte: »Aber Mine hat doch gar keine Fingerabdrücke mehr, die musste sie neulich auf der Polizei abgeben.«

Greta warf ihr einen strafenden Blick zu, was Paula nicht weiter beeindruckte.

Mine starrte empört zu den Fenstern. »Das liegt doch nur an dem grellen Licht, dass alles so fleckig aussieht. Wir hätten mal zuerst die Gardinen wieder aufhängen sollen.«

»Darauf wollte ich auch noch kommen«, sagte Greta. »Wäre das nicht deine Aufgabe gewesen? Heute Morgen?« Sie sparte ungerechterweise aus, dass Paula ihr hätte helfen sollen. Aber Paula war ja zum wiederholten Mal zu spät zur Arbeit gekommen und hatte sich eine Ermahnung anhören müssen.

»Mir war schwindelig, und die Leiter ist so hoch«, sagte Mine trotzig.

»Du hast dich wohl gestern betrunken?«

Mine warf Paula einen Blick zu. Waren die beiden zusammen unterwegs gewesen?, fragte sich Greta. Paula hatte sie einige Male aufgefordert, mit ihr auszugehen, aber Greta hatte immer abgelehnt. Offenbar hatte Paula dann die kleine blonde Wilhelmine eingeladen. War ja auch egal, oder? Wieso war sie denn deswegen jetzt missgelaunt?

»Da drüben«, Paula deutete auf die Anrichte, »in der unteren Schublade links sind die Poliertücher. Wie wär's, wenn du alles noch mal auf Hochglanz bringst, während ich mit Greta die Gardinen aufhänge, sobald ich mit den Blumen hier fertig bin?«

Mine nickte dankbar und eilte zu dem wuchtigen Schrank, über dem ein großer goldener Spiegel hing. Als sie merkte, dass sie auf ihr Spiegelbild zuging, wiegte sie sich in den Hüften und setzte einen kecken Gesichtsausdruck auf. Das hat sie wohl von Paula gelernt, dachte Greta. Dann erstarrte sie.

Aus dem Nebenzimmer drang ein grauenerregendes Geräusch.

»Um Himmels willen!«, rief Greta aus.

»Was denn?« Paula schaute sie erstaunt an, während Mine stöhnend die schwere Schublade aufzog.

Das jämmerliche, kratzende Quietschen war erneut zu hören, gefolgt von einem dissonanten Jaulen.

»Das klingt ja zum Gotterbarmen!«

»An diese Folter wirst du dich gewöhnen müssen«, sagte Paula.

Greta horchte. Das Kratzen, Quietschen und Jaulen ging weiter. »Das ertrage ich nicht!«, stieß sie hervor und eilte mit großen Schritten auf die Tür zum Nebenzimmer zu.

»He!«, rief Paula noch, aber da hatte Greta auch schon die schwere Klinke aus Messing und Ebenholz heruntergedrückt und war in das Musikzimmer gestürmt.

Dort stand Brigitte, die achtjährige Tochter des Hauses, neben dem Flügel und starrte unglücklich auf ein zerknittertes Notenblatt. Sie hielt die Violine im falschen Winkel, hatte das Kinn nicht richtig angelegt und die Schulter hochgezogen. Völlig verkrampft. Der geöffnete Geigenkasten lag auf dem Flügel. Brigitte hörte auf, mit dem Bogen die Saiten zu malträtieren. Sie wich zwei Schritte zurück, als Greta auf sie zustürmte, und stieß gegen den Flügel.

»So kannst du doch niemals richtig streichen!«, schimpfte

Greta. »Du musst die Geige ganz anders halten!« Sie streckte die Hände aus und schob das Instrument auf der Schulter des Kindes hin und her. Brigitte wollte nach links ausweichen. Beinahe wäre die Geige auf den Boden gefallen.

»Hast du keinen Schulterhalter?«, fragte Greta. »Hat dein Lehrer dir nicht gezeigt, wie du die Geige halten musst?«

Die Kleine starrte sie mit großen Augen an.

Greta nahm die Geige und legte sie an ihre eigene Schulter. »Sieh mal. So kannst du nicht alle Saiten richtig streichen. Aber so geht es ganz einfach. Und das Kinn genau hierhin. So!« Sie strich einmal über alle vier Saiten und schüttelte den Kopf. »Ehrlich gesagt ... stimmen muss man natürlich auch.« Sie ging alle Saiten durch. Anschließend spielte sie eine Tonleiter. Dann noch mal. Einmal rauf, einmal runter, einmal rauf, einmal runter. Sie hielt dem Mädchen das Instrument hin. »So, jetzt klingt es richtig gut.«

Brigitte schüttelte den Kopf, hob die Schultern.

»Ich zeig's dir noch mal.«

Greta spielte den ersten Satz der zweiten Violinsonate von Beethoven an. Sie hatte die Partitur noch ganz gut im Kopf und konnte sich auch die Klavierstimme dazu denken. Es ging ihr recht leicht von der Hand, obwohl sie eine ganze Weile nicht geübt hatte. Das Instrument taugte nicht viel, aber die Melodie fachte ein Feuer in ihr an, das sie lange nicht mehr gespürt hatte. Sie spielte weiter und merkte nicht, dass sowohl die kleine Brigitte als auch Paula und Mine, die jetzt in der Tür standen, sie ungläubig anstarrten. Erst als sie einen falschen Ton erwischte, brach sie ab und sah auf.

Aber noch ehe sie eine Erklärung abgeben konnte, ging die Tür zum Hausflur auf, und Frigga O'Leesen stürmte herein, auf dem Arm ihren Sohn, der schon genauso schwarze Locken hatte wie seine Mutter.

»Das ist doch …«, sagte Frau O'Leesen und blieb stehen. »Ich dachte mir doch gleich …« Das Kind in ihren Armen begann zu weinen und lenkte sie ab.

Blitzschnell verschwanden Paula und Mine aus ihrem Blickfeld und widmeten sich besonders eifrig den Gardinen.

Greta stand da, die Geige noch angelegt, den Bogen angehoben, als wollte sie jeden Augenblick weiterspielen, nachdem ihre Geigenlehrerin sie gelobt hatte. Nur war das ja gar nicht ihre Geigenlehrerin, sondern die Dame des Hauses, der das strampelnde Kind so zu schaffen machte, dass sie es unbedingt ablegen wollte. Zu Gretas großem Erstaunen legte sie es in den Geigenkasten, wo es weiterstrampelte und schrie. Dann drehte Frau O'Leesen sich um, nahm die drohende Haltung an, die Greta schon kannte, riss ihr die Geige aus der Hand und herrschte sie an: »Was erlauben Sie sich!«

»Ich …« Greta brach ab.

Frau O'Leesen hielt ihr auffordernd die andere Hand hin, und Greta übergab ihr den Bogen.

»Och«, meldete sich die kleine Brigitte zu Wort, die offenbar gern noch etwas von Beethovens Violinsonate gehört hätte.

»Du sei still!«, schimpfte Frau O'Leesen mit ihrer Tochter. »Das gute, wertvolle Instrument in fremde Hände zu geben!«

»Das ist gar nicht …«, protestierte Brigitte.

»Still!«

»Aber …«

In dem Moment schrie der Kleine auf und strampelte. Der Geigenkasten wackelte, als das Kind versuchte, sich auf den Bauch zu drehen. Dann rutschte der Kasten zum Rand des Flügels und kippte. Mit dem darin liegenden Winzling.

Frau O'Leesen stieß einen dünnen Schreckensschrei aus,

behielt aber Geige und Bogen in der Hand und sah stocksteif zu, wie der Geigenkasten mit ihrem Jungen vom Flügel rutschte.

Greta war gerade noch rechtzeitig zur Stelle, um zu verhindern, dass das Kind mit dem Kopf zuerst auf den Boden fiel. Sie fing den Geigenkasten mit dem kleinen Kerl auf und hielt ihn fest.

Starrte das Kind an und hielt den Kasten fest.

Starrte das Kind an und merkte, wie ihr das Blut in den Adern gefror.

Sie drehte sich um, ging in die Hocke, setzte den jauchzenden und sabbernden Winzling behutsam auf den Boden und rannte davon. Ohne ein Wort. Vorbei an Paula und Mine. Riss die Tür des Speisesaals auf, die falsche. Ausgerechnet die Flügeltür, die in den Salon führte.

Dann eben da durch!

Doch das ging leider nicht, denn es stand eine Person im Weg. Der junge Mann, der mit dem Automobil gekommen war. Er trug einen Morgenmantel, rauchte eine Zigarette, die er auf eine lange Spitze gesteckt hatte, und studierte die ledernen Buchrücken, die hinter einer Glastür in einem hohen Schrank aufgereiht waren. Er drehte sich um, und sie stieß direkt gegen seine Brust. Bestimmt war es keine Einbildung, dass er ihr absichtlich den Weg blockierte.

»Hoppla!«, sagte er süffisant lächelnd.

»Entschuldigen Sie bitte«, stieß Greta hervor und wollte vorbei, aber er hielt sie am Arm fest.

»So eilig, junge Frau? Wollten wir nicht noch über mein Pfand sprechen?«

»Was?«

Er steckte sich die Zigarette in den Mund, fasste mit der freien Hand nach ihrer Linken und schob sie unter seinen

Morgenmantel. Sie spürte die Haare auf seiner Brust, die Brustwarze.

»Nein!«

»Hast du heute Abend frei?«

»Nein.«

»Oder am Nachmittag im Garten. Es ist ein milder Tag.« Er paffte, und der Rauch waberte ihr ins Gesicht.

Sie riss sich los, nahm ihm mit einer flinken Handbewegung, die sie selbst überraschte, die Zigarette aus dem Mund, verzog ihr Gesicht zu einer Maske, die sie eingeübt hatte, und zischte: »Lassen Sie mich, oder ich verbrenne Sie!« Sie tat so, als wollte sie ihm die glühende Zigarette ins Auge stoßen.

Er prallte zurück.

Sie warf ihm die Zigarette ins Gesicht.

»Miststück, verfluchtes!«

Sie stürzte an ihm vorbei, stieß die Salontür auf und hastete in den Hausflur.

Schnell zur Dienstbotentreppe! Hoch ins Zimmer und den Riegel vorschieben.

Atemlos und mit Krämpfen im Bauch stand sie vor der Kommode. Wollte sich den Becher nehmen, einen Schluck Wasser aus dem Krug einschenken, um den Ekel herunterzuspülen, merkte, dass sie viel zu sehr zitterte, und rang nach Luft. Da brach der ganze Ekel aus ihr hervor, und sie übergab sich in die leere Wasserschüssel. Würgte und würgte. So lange, bis nur noch ein paar grünliche Tropfen kamen.

Danach legte sie sich ins Bett. Als es klopfte, gab sie keinen Ton von sich.

Sich den Mund fusselig reden. Weber hatte jetzt verstanden, wie man auf diese Formulierung kommen konnte. Er hatte die Kontorhäuser entlang der Fleete abgeklappert, die Gänge in der Neustadt und die Gassen am Hafen, die Hinterhöfe von St. Pauli, das Grenzgebiet zu Altona. Er hatte sein Foto gezeigt und gefragt: »Kennen Sie diese junge Frau? Sie ist jetzt etwas älter und hat möglicherweise ihr Äußeres verändert. Haben Sie sie hier in der Gegend vielleicht gesehen? Sie könnte sich auffällig benommen haben. Womöglich hat sie eine Kiste oder einen Koffer mit sich herumgeschleppt. Zu später Stunde, verdächtig wirkend, ängstlich, verschlagen, jähzornig oder melancholisch ... Ja, eine Kiste, ich weiß, dass junge Frauen selten Kisten mit sich herumtragen. Eben darum frage ich ja, sie müsste aufgefallen sein ... Ich weiß nicht, von woher sie gekommen ist ... Einen Handwagen? Vielleicht hat sie die Kiste auch mit einem Handwagen ... Einen Koffer, ja auch ... Ich kann Ihnen das genaue Datum nennen ... Wieso ich alles so genau weiß, bloß nicht, wo sie ist? Sie ist untergetaucht. Wir fahnden nach ihr. Das nennt man Polizeiarbeit! Wenn Sie mich bitte entschuldigen möchten ... Ja, sie könnte etwas mit den Kindesmorden zu tun haben, aber das ist nicht gesichert ... Jedenfalls ist sie flüchtig und wird gesucht ... Nein, wir haben nichts Besseres zu tun, wir suchen Mörder, stellen Sie sich vor, das ist unsere Aufgabe als Polizei. Tut mir sehr leid, wenn Sie sich dadurch belästigt fühlen, aber wir sind auf die Mitarbeit der Bevölkerung angewiesen ...« Und so weiter und so fort. Tagein, tagaus.

Nasse Füße hatte er sich geholt, das feuchte Laub verflucht, das unter seinen Schuhsohlen und an den Hosenbeinen klebte, den Nieselregen, den Wind, den Nebel am frühen Morgen, die Kälte am Abend. Am meisten jedoch das enttäuschte Gesicht von Mathilde, wenn er mal wieder zu spät zum Abendessen eintraf. Tatsächlich wäre das nicht nötig gewesen, er hätte es an den meisten Abenden durchaus pünktlich schaffen können. Er war ja auf sich allein gestellt, und nur selten beendete er seine Rundgänge im Stadthaus, wo ihn Recknagel oder Kunath mit ihren Gardinenpredigten aufhielten. In Wahrheit vermied er den Gang in die Polizeizentrale genauso wie den nach Hause. Lieber trieb er sich bis spätabends draußen herum mit der Ausrede, dass die Gesuchte bestimmt erst nach Einbruch der Dunkelheit unterwegs war. Ein fadenscheiniger Vorwand, das wusste er. Was war bloß mit ihm los? Wieso hatte er das Gefühl, alles um ihn herum wäre ihm entrückt? Auch das flüchtige Mädchen und die toten Kinder schienen irgendwo außerhalb seiner Wahrnehmung zu liegen. War der Fall so grässlich, dass er unbemerkt einen Schock davongetragen hatte? Er hatte doch schon Schlimmeres erlebt. Aber ihm war, als gäbe es eine unsichtbare Trennwand zwischen Kriminal-Oberwachtmeister Alfred Weber und der Welt. Nein, sogar zwischen dem Kriminal-Oberwachtmeister und dem Weber. Vielleicht sogar zwischen dem Weber und dem Alfred.

In derartige Grübeleien verstrickt, steuerte Weber nun jene Straße an, die er in den letzten Tagen, ohne es sich einzugestehen, ebenfalls gemieden hatte.

Die Kastanienallee.

Der *Goldene Anker.*

Mir ist kalt, ich muss mich aufwärmen, sonst hole ich mir noch eine Erkältung, versuchte er sich einzureden. Diesmal spähte er nicht verstohlen durch die Gardinen über die Segelschiffsmodelle hinweg und zögerte und zauderte. Diesmal ging er einfach rein.

Blieb auf dem frisch gestreuten Sägemehl stehen und schaute sich ganz beiläufig um, als wäre er wie zufällig hereingeschneit. Zwei Tische waren besetzt. An einem saßen zwei zeitunglesende Arbeiter, am anderen vier kartenspielende ältere Männer. Am Tresen hockte ein Mann mit

Schirmmütze vor einem leeren Glas Bier. Die Wirtin stand am Zapfhahn, schaute auf und nickte ihm zu. Ob sie ihn wiedererkannte oder nicht, konnte er nicht sagen. Ich sollte nach vorn gehen und nachschauen, ob ihre Augen wirklich so blau sind, wie ich mir einbilde, dachte Weber. Und setzte sich dann wie beim letzten Mal an den Tisch neben der Tür. Sie musste ja zu ihm kommen.

Sie ließ sich Zeit.

Vor ihm lag die aktuelle Ausgabe der *Hamburger Volkszeitung*. Er blätterte darin. Sah ganz so aus, als würde das Blatt so langsam zur Parteizeitung der Kommunisten, stellte er fest. Einer der Zeitungsleser stand auf, legte Geld auf den Tisch und verabschiedete sich. Beim Hinausgehen legte er seine Zeitung auf Webers Tisch. Das *Hamburger Echo*. Das war schon eher seine Zeitung, auch wenn man bei den Sozialdemokraten nie wusste, ob sie nun den Arbeiterstaat durchsetzen oder den Kaiser wiederhaben wollten. Der andere Zeitungsleser verließ ebenfalls das Lokal, und die nächste Zeitung landete auf Webers Tisch. Der *Anzeiger*. Was dachten die denn von ihm, dass er zum Zeitunglesen gekommen war? War das hier ein Lesesaal?

Er las. In allen drei Blättern waren Artikel zu den ungeklärten Kindesmorden abgedruckt. Die *Volkszeitung* führte sie auf »die bestialischen sozialen Verhältnisse« zurück, das *Echo* beklagte die Misserfolge der Polizei und forderte eine großangelegte Razzia, der *Anzeiger* griff die Polizeiführung an, die in letzter Zeit vor allem ehemalige Offiziere eingestellt und dabei nicht auf die kriminalistische Ausbildung geachtet habe. Dazwischen wurde die Stimmung der Bevölkerung wegen der Kindermorde als »kurz vor einem Panikausbruch« (*Echo*), »empört angesichts des Nichthandelns der Klassenjustiz« (*Volkszeitung*) und »depressiv bis hysterisch«

(*Anzeiger*) beschrieben. Alle drei Blätter waren sich einig, dass die Kriminalpolizei größtenteils von unfähigen Karrieristen durchsetzt war, die keine Ahnung von Verbrechensbekämpfung hatten und nur auf ihre Pensionen schielten. Weber war schlagartig schlecht gelaunt.

Der Mann, der am Tresen gesessen hatte, verabschiedete sich nun ebenfalls. Und endlich bequemte sich die Wirtin an Webers Tisch. Als sie vor ihm stand, wollte er sie anraunzen, warum das so lange gedauert hatte, aber da trafen ihn ihre blauen Augen und das leicht spöttische Lächeln, und er sagte nur: »Da ich ja schon Zeit hatte, mich aufzuwärmen, nehme ich jetzt wohl doch keinen heißen Grog, sondern ein kühles Bier.«

Sie nickte und deutete zum Kachelofen. »Wenn Sie sich aufwärmen wollen, setzen Sie sich doch da hin. Das hier ist sowieso der Zeitungstisch.«

Er stand auf, folgte ihr und fand wieder Gefallen an ihren Hüften.

Und schon standen zwei Bier auf dem Tisch.

»Ich darf mich doch zu Ihnen setzen, Herr Kriminal-Oberwachtmeister?«

»Sie wissen ja noch, wer ich bin.«

»Manche Männer bleiben einem im Gedächtnis«, sagte sie und hob ihr Glas. »Zum Wohl.«

Sie stießen an.

Als sie sich beide mit der gleichen Geste den Schaum von der Oberlippe wischten, trafen sich ihre Blicke. Es war wirklich warm hier vorne neben dem Ofen.

»Immer noch auf der Suche nach diesem Mädchen?«, fragte sie. Ihre Lippen wirkten leicht schmollend, fand er.

»Ja.«

»Immer noch ohne Erfolg?«

»Ja. Die Zeitungen hacken auf uns herum. Ich bin ein unfähiger Karrierist, habe ich gerade gelesen.«

»Machen Sie sich nichts daraus. Die wollen Sie nur anspornen.«

»Es geht nicht um Leibesertüchtigung.«

»Nein, natürlich nicht.«

»Das Problem ist auch nicht die Presse«, sagte Weber und starrte in sein Bierglas.

»Sondern?«

»Für bestimmte Personen im Stadthaus ist es eine willkommene Gelegenheit, mich abzuservieren. Meine Art gefällt manchen nicht.«

»Ihre Art?«

»Ja, aber das ist doch egal«, stieß Weber unwirsch hervor.

»Sie grübeln und Sie zweifeln. Beides passt nicht zu einem Hüter von Recht und Ordnung.«

»Woher wollen Sie denn wissen, dass ich grüble?«

Sie hob die Hand und deutete mit dem Zeigefinger auf seine Stirn. »Da.« Sie senkte den Zeigefinger, verharrte kurz auf der Höhe des linken Auges und deutete dann auf seinen Mundwinkel. »Da. Und da.« Er wusste selbst, dass er ein paar Falten und Furchen hatte. Er wich ihrem Blick aus.

»Es gibt verschiedene Arten von Grübelfalten«, sagte sie. »Manche bedeuten Menschlichkeit, andere Verachtung, wieder andere Enttäuschung oder Verzweiflung, manche sogar Freude.«

»Und wie ist das bei mir?«, fragte er und studierte jetzt ungeniert ihr Gesicht. Enttäuschung, Trauer und Einsamkeit las er an den Krähenfüßen neben ihren blauen Augen ab. Aber es traf ihn wie ein Schlag: Sie war schön. Eine Rose, schon leicht verblüht, aber ... Er atmete tief durch.

»Der Krieg, oder?«, sagte sie. »Und danach Zweifel.«

»Ein Beamter, der am Sinn der Gesetze zweifelt, versündigt sich am Staat, genau wie ein Christ, der am Sinn der Schöpfung zweifelt, sich an Gott versündigt.«

»Sie sind ja katholisch«, stellte sie erstaunt fest.

»Nein, nein, das war einer meiner Kameraden. Nur dass er statt ›Beamter‹ ›Soldat‹ und statt ›Gesetz‹ ’Krieg sagte. Der hat im Schützengraben immer so geredet. Wir hatten ja viel Zeit zum Reden.«

»Ich weiß, das hat mir mein Mann auch geschrieben, bevor er …«

»Ihr Mann ist nicht zurückgekommen?«

»Nein.«

»Das tut mir leid.«

»Danke. Er war auf See. Skagerrak.« Sie schaute ihn mit einem Ausdruck entblößter Wehmut an, der ihn erschütterte. Er hätte sie jetzt gern umarmt. Eine fremde Frau. Um Himmels willen!

Sie stießen verlegen mit den Biergläsern an. Und dann passierte ihnen diese seltsame Geste, mit der sie sich gegenseitig den Schaum von der Oberlippe wischten.

»Entschuldigung«, sagten sie daraufhin beide gleichzeitig.

Weber war im Nachhinein nicht klar, welcher Teufel ihn geritten hatte. Aber er griff unter sein Jackett, knöpfte das Halfter auf, zog seine Pistole heraus und legte sie auf den Tisch.

»Das ist eine amerikanische«, sagte er.

Sie nickte. »Das sehe ich. Eine Browning, genauer gesagt ein Colt M1911.«

Weber sah sie erstaunt an.

»Er hat gern über Waffen gesprochen. Ich hab ihm gern zugehört, egal worüber er sprach.«

Weber wusste nicht, was er darauf erwidern sollte.

»Haben Sie die einem Tommy abgenommen?«, fragte sie.

Weber nickte.

»Und der Tommy ist jetzt tot?«

Weber musste schlucken, bevor er weiterreden konnte. »Meine Luger hatte Ladehemmung. Wir hatten schlechte Munition bekommen. Die Hülsen wurden teilweise nicht ausgeworfen. Ich war praktisch ein toter Mann. Wir standen uns auf einem Hügel gegenüber. Ich war wehrlos, und er schoss viermal vorbei. Dann eine Explosion und die Druckwelle warf uns um. Auf einmal lag die Pistole vor mir. Ich nahm sie, gerade noch rechtzeitig, denn er stürzte sich mit dem Messer auf mich. Ich schoss, traf, und er war tot.«

»Hatte er vorher absichtlich vorbeigeschossen?«

Weber schüttelte energisch den Kopf. »Nein. Ich konnte ihm ansehen, dass er mich tot haben wollte. Er ist ja dann noch mit dem Messer auf mich los.«

»Also hat dir die Browning das Leben gerettet.«

»Ja, und sie erinnert mich daran, wie man sich hinterher fühlt. Nachdem man sie benutzt hat. Wenn der, den man getötet hat, vor einem liegt. Und wie es später ist, wenn man davon träumt. Das sollte ein Polizist nicht vergessen, der in Friedenszeiten mit einer Waffe herumläuft.«

Sie sah ihn nachdenklich an. »Wie wär's mit einem Schnaps?«

»Gute Idee.«

Sie holte eine Flasche Korn. Natürlich nicht von Nielsen.

Zwei, drei Kurze, und ein Bier kam auch noch dazu.

Als Weber merkte, dass ihre Hand auf seiner lag, stand er auf und verabschiedete sich. Sie gab ihm noch einen Kuss auf die Wange, und er verlor sich für zwei, drei Sekunden in ihren blauen Augen.

Der kalte Wind, der draußen um die Hausecken fegte und das welke Laub aufwirbelte, tat ihm gut.

»Greta!«

Frau O'Leesen stürzte ins Studierzimmer, rang die Hände, suchte den Fußboden ab. Greta war gerade dabei, Staub und Spinnweben zu entfernen, um anschließend den Fußboden zu fegen und zu wischen – alles Arbeiten, die ihr überhaupt nicht lagen.

»Gnädige Frau?«

»Haben Sie den Kleinen gesehen? Ich suche meinen Benjamin!«

»Nein, gnädige Frau.« Die höfliche Anrede kam Greta noch immer nicht leicht über die Lippen. »Ist er denn nicht in seinem Zimmer?«

»Eben nicht. Und das Kindermädchen liegt mit Fieber im Bett.«

»Vielleicht hat jemand den Kleinen mit in den Garten genommen. Die Sonne scheint.« Greta spähte durch das Erkerfenster über die Beete hinweg in den Landschaftsgarten, wo aber niemand zu sehen war. Alles war sehr ordentlich da draußen, das Laub zusammengeharkt, die Blumen und Sträucher beschnitten, die Rosen bereits gegen Frost geschützt, die empfindlichen Kübelpflanzen ins Gewächshaus transportiert. Der Gärtner war der Perfektionist unter den Bediensteten. Und Greta natürlich, die stets einen gewissen Ehrgeiz an den Tag legte, sogar beim Staubwischen. Was die anderen Hausmädchen übertrieben fanden, die schon mal etwas unter den Teppich kehrten, im wahrsten Sinne des Wortes. Vor allem Wilhelmine musste immer wieder Tadel von Greta einstecken. Paula konnte man gar nicht tadeln, die war immun dagegen. Sie zurechtzuweisen brachte gar nichts. Abgesehen davon, war Greta ihr in gewisser Weise dankbar, denn sie hatte die Aufmerksamkeit des frechen jungen Mannes auf sich gelenkt, voller Berechnung. Greta war es nur recht, denn nun hatte sie ihre Ruhe vor den Zudringlichkeiten dieses anmaßenden Kerls. Verstehen konnte sie Paula allerdings nicht. Und schon gar nicht ihre Bemerkung »Da freut sich mein neuer Verlobter, wenn ich ihm ein bisschen Extrageld mit nach Hause bringe.« Schon wieder ein Verlobter? Die lebte ja in eigenartigen Verhältnissen!

Während Greta in Gedanken versunken nach draußen spähte, war Frau O'Leesen schon wieder aus dem Studierzimmer gelaufen, hastete durch den ersten Stock und rief ständig nach dem kleinen Benjamin. Greta ging weiter ihrer Arbeit nach und erlaubte sich hin und wieder einen Blick in eins der abzustaubenden Bücher, die auf den hohen Regalen standen. Es waren auch literarische Werke darunter, von Meyer, Storm, Fontane und sogar »Buddenbrooks« von Thomas Mann, ein Buch, das sie sehr liebte. Während sie darin blätterte und sich an den Sätzen erfreute, die sie schon mehrmals gelesen hatte, wurde die Aufregung im Haus immer lauter und hektischer. Schließlich brüllte jemand im Erdgeschoss »Alle ins Dienstbotenzimmer! Alle!« und klatschte in die Hände, schlug sogar gegen einen Topf oder einen anderen metallischen Gegenstand.

Greta, die sich eben noch gefragt hatte, ob sie Frau O'Leesen vielleicht darum bitten könnte, ihr den Roman auszuleihen, stellte das Buch seufzend ins Regal zurück.

Im Dienstbotenzimmer baute sich der Gärtner, der den O'Leesens auch als Chauffeur diente und im Augenblick seine Knickerbocker mit Stiefeln und Lederjacke trug, vor den Bediensteten auf und tat wichtig. Er bildete sich ein, in der Hierarchie der Dienstboten ganz oben zu stehen, was aber niemand anerkannte, schon gar nicht Fräulein Schmitt. Jetzt, wo Paula, Greta, Wilhelmine, der Koch und der Küchenjunge vor ihm standen, konnte er endlich mal zeigen, wer er gern sein wollte. Er sprach von »höchster Alarmstufe«, »einer schlimmen Sache«, »Gefahr für das Kind«, »skandalöser Unaufmerksamkeit«, »düsteren Ahnungen der Hausherrin«, »beängstigenden Nachrichten in der Presse« und »grauenhaften Taten«, die in der Stadt geschehen seien und hoffentlich nichts mit dem »armen kleinen Wurm zu tun haben, den wir jetzt vermissen«.

»O Gott!«, rief Wilhelmine aus und hielt sich theatralisch die Hand vor den Mund. »Vielleicht hat der Kindermörder ihn geholt!«

Der Gärtner warf ihr einen strafenden Blick zu.

Paula, die neben ihr stand, konnte gerade noch ein Grinsen unterdrücken. Greta riss sich zusammen, denn nun stand Fräulein Schmitt in der Tür und übernahm das Kommando.

»Still!«, rief sie und klatschte in die Hände. »Wir wollen keine Gerüchte verbreiten! Auf, auf! Alle durchsuchen jetzt das Haus. Vom Keller bis zum Dachboden. Ihr beginnt im Keller. Paula, Wilhelmine, Greta, jede von euch nimmt sich einen Raum vor und sucht jede Ecke und jeden Zentimeter ab. Systematisch!«

»Und die Herren der Schöpfung machen sich einen faulen Lenz?«, nörgelte Paula und deutete auf die drei anwesenden Männer.

»Unsinn! Wir durchkämmen den Garten. Auf, Männer!«, kommandierte der Gärtner und ging voran. Der Koch folgte mit ernster Miene, der Küchenjunge feixte, als er an den Frauen vorbeiging. Er war noch sehr jung, glaubte aber, unwiderstehlich zu sein.

Die drei Dienstmädchen schauten sich an. Paula grinste wieder. »Auf, Männer!«, rief sie. »Gehen wir in den Keller.«

Die Kellerräume waren vollgestellt mit unendlich viel Krempel. Ausgemusterte Möbel, Kisten, Kästen, Koffer, defekte Geräte aus der Küche, hier eine alte Waage, da ein Waschzuber, dort ein Klavier mit lockeren Tasten, Tische, Stühle und Bänke aus dem Garten. Soll ich jetzt beim Suchen noch mehr Durcheinander verursachen oder gleich ein bisschen Ordnung machen?, überlegte Greta unschlüssig.

Im Raum nebenan fluchte Paula über den Gärtner, der offenbar dort einen weiteren Müllabladeplatz eingerichtet hatte. Aber schlimmer hatte es Mine getroffen, die im Kohlenkeller herumwerkelte, wo alte Öfen und Herde sowie allerlei Gerümpel, das zur Befeuerung des Kamins benutzt werden sollte, neben Kohlebergen, Briketthaufen und Holzstapeln abgeladen worden waren. Irgendwann fiel einer der Holzstapel in sich zusammen, und Mine schimpfte wie ein Waschweib, weil sie plötzlich in einer Staubwolke stand.

»Das ist doch nur ein Vorwand, damit wir uns hier beim Ordnungmachen abmühen«, beschwerte sich Paula.

Durch die Kellerfenster drangen die Rufe der Männer herein, die draußen das Gelände absuchten und offenbar glaubten, der Winzling würde sich mit einem »Hallo, hier bin ich!« melden.

Greta stieß beim Herumschieben und Umräumen des alten Krempels auf einen Notenständer, der umgekippt in einer Ecke lag. Ziemlich verstaubt und ein bisschen schief, aber noch stabil. Das gab ihr zu denken. Wieso stieß sie ständig auf etwas, das mit Musik zu tun hatte? Sie hatte ja jetzt sogar eine Geige in ihrer Kammer.

Die kleine Brigitte war am Nachmittag nach ihrem Zusammentreffen im Musikzimmer ins Dachgeschoss hinaufgestiegen und hatte an Gretas Zimmertür geklopft. Als Greta die Tür öffnete, hielt Brigitte ihr einen Geigenkasten hin. »Das ist meine alte«, sagte sie, »die kannst du haben. Vielleicht willst du ja ein bisschen üben. Ich werde bestimmt nie so gut Geige können wie du.« Damit schob sie Greta die Geige gegen die Brust, und Greta musste sie festhalten, sonst wäre sie heruntergefallen. Und schon war Brigitte durch den schmalen Korridor zur Treppe zurückgerannt und verschwunden.

Greta hatte den Geigenkasten nicht aufgemacht, sondern ihn in die Ecke unter der Dachluke gestellt. Zum einen glaubte sie nicht, dass es ihr erlaubt war, in diesem Haus Geige zu spielen, zum anderen ... nun ja. Hatte sie sich nicht vorgenommen, alles hinter sich zu lassen? Es fiel ihr schwer. Einmal hatte sie das Instrument herausgeholt und die Finger über die Saiten gleiten lassen. Dann schloss sie es schnell wieder ein, stellte den Kasten weg und breitete sogar ein Tuch darüber, um ihn nicht anschauen zu müssen.

Und jetzt der Notenständer. Wieso starrte sie ihn so an? Sie hatte doch gar keine Noten. Doch. Im Kopf. Immer noch. Sie wusste genau, was ihre Finger tun mussten, wenn die Noten vor ihren Augen auftauchten. Sie träumte davon, zu üben. Manchmal. Und wenn schon, für die Noten im Kopf brauchte man keinen Notenständer! Sie kehrte dem Ding in der Ecke den Rücken zu.

Wenig später standen sie unschlüssig vor der Kellertreppe. Die Suche hatte nichts ergeben. Bis auf die Tatsache, dass sie jetzt alle drei völlig schmutzig waren. Oben an der Kellertür erschien die Silhouette von Fräulein Schmitt.

»Nichts gefunden?«, rief Fräulein Schmitt. »Dann herauf! Und weiter, weiter! Wir müssen suchen, suchen!«

Dass die drei völlig eingestaubt waren, ignorierte sie in ihrer Aufregung. Sie scheuchte sie durch alle Zimmer im Erdgeschoss, kommandierte und schikanierte. Dann ging's ein Stockwerk höher, und wieder wurden alle Zimmer durchsucht, auch Schränke und Kommoden, Kisten und Bänke, sogar fremde Koffer und die Bereiche hinter und unter den Möbeln. Es war gut, dass von der Herrschaft niemand außer Frau O'Leesen im Haus war, sonst wäre es bestimmt zu peinlichen Situationen gekommen. Aber die jungen Leute waren mit ihrem Automobil unterwegs, und Herr O'Leesen befand sich in Hamburg im Kontor der Reederei. Eins der regelmäßig stattfindenden, aufwendigen Diners mit Gästen war für heute glücklicherweise nicht geplant.

So konnten Greta, Paula und Mine sich also gründlich durch die Stockwerke arbeiten, angetrieben von Fräulein Schmitt. Gelegentlich tauchte Frau O'Leesen, die kurz vor dem Zusammenbruch war, mit zerknittertem, sorgenvollem Gesicht auf und fragte nach dem Stand der Dinge.

Schließlich kamen sie im Dachgeschoss an. Hier befanden sich die drei Kammern der Hausmädchen, die männlichen Bediensteten wohnten über den zu Garagen umgebauten Ställen.

Unterm Dach gab es außerdem eine Putzkammer, einen Abstellraum sowie eine kleine Toilette und eine verschlossene Kammer, in welcher der Hausherr seine Waffen aufbewahrte, die er einmal im Jahr für die Jagd benötigte. Das alles war schnell durchsucht. Die Waffenkammer durfte allerdings nur Fräulein Schmitt betreten.

»Und nun eure Zimmer«, sagte sie anschließend.

Wilhelmine hatte einen hochroten Kopf. Was regte die sich denn auf, oder lag es an den vielen Treppenstufen?

Paula schimpfte ein bisschen. Sie werde ja wohl nicht der Entführung verdächtigt, oder? Und außerdem durchsuche sie ihre Kammer bitte selbst.

Greta wusste nichts zu sagen.

Fräulein Schmitt befahl, jede solle unter ihren Augen alles in der eigenen Kammer offenlegen. Paula tat es missmutig und betont langsam. Dann war Mine an der Reihe und stöberte eifrig und noch immer mit hochrotem Kopf in den eigenen Sachen. Anschließend musste Greta ihre Tür öffnen und das Gleiche tun.

Schon der erste Blick in ihre eigenen, schrägen vier Wände verunsicherte sie. Wo war der Geigenkasten? Der sollte doch dort in der Ecke unter der Dachluke stehen, unter dem Tuch. Der Platz war aber leer.

Greta zögerte. »Ich … äh …«

»Na los doch! Schubladen aufziehen, Bett aufdecken!«

Noch bevor es passierte, wurde Greta schlecht. Ein Krampf im Magen. Ihre Beine wollten sich nicht bewegen. Dann trat sie doch zwei Schritte vor, auf die Kommode zu. Wurde abgelenkt, weil links von ihr etwas nicht stimmte.

Das Bett.

Etwas bewegte sich.

Ein leises Jammern.

Greta starrte auf die weiße Decke, die anders dalag als heute Morgen, nachdem sie das Bett gemacht hatte – welliger, knittriger, unordentlicher. Vor allem aber bewegte sie sich, und etwas wimmerte.

Greta hörte, wie jemand laut stöhnte, aber erst als sie merkte, dass ihr der Atem stockte, wurde ihr bewusst, dass sie es war.

Fräulein Schmitt stand mit einem Satz neben ihr, packte sie am Arm und schüttelte sie. »Ja … ja, also … das da … was ist das da? Los, aufdecken! Sofort aufdecken!« Sie zerrte Greta so heftig vor das Bett, dass diese stolperte und beinahe darauffiel.

»Aufdecken!« Die Schmitt kreischte es regelrecht.

Es ging ja nicht. Gretas Arme waren so schwer wie dicke Bleirohre.

Da tauchte Wilhelmines grinsendes Gesicht auf, rechts neben ihr am Kopfende, noch immer hochrot, aber triumphierend. Sie schlug die Decke zurück.

Da strampelte der kleine Kerl in seinem Sarg, den ihm die Geige großzügig überlassen hatte, die friedlich daneben lag. Greta musste würgen. Sie hörte Wilhelmines höhnisches Glucksen, sah die Schadenfreude in ihrem Blick. Und da war auf einmal dieser rote Nebel wieder, und Greta sah nur noch dieses hämische Gesicht vor sich und den blassen Hals, um den sich zwei Hände legten, die den Kopf der nun erschrocken nach Luft schnappenden Wilhelmine gegen die Wand drückten. Wessen Hände waren das, die so brutal zupackten? Und wessen Fäuste schlugen jetzt mitten ins Gesicht des vor Entsetzen laut aufschreienden Hausmädchens?

»Greta! Aufhören! Greta!«, hörte sie dicht neben sich Paulas Stimme. Sie spürte, wie zwei Arme sich um sie legten und sie von Wilhelmine fortzogen, der das Blut aus der Nase schoss. Undeutlich sah sie, wie Fräulein Schmitt den kleinen Benjamin schnappte und mit ihm aus dem Zimmer rannte. Greta gelang es, Paula abzuschütteln. Mit einem Wutschrei schleuderte sie sie quer durchs Zimmer. Und schon lag Paula benommen in der Ecke unter der Luke auf dem Boden.

Der rote Nebel lichtete sich, und Greta merkte, dass sie mit dem Fuß ausgeholt hatte, um Paula einen Tritt zu versetzen. Um Himmels willen! Was tue ich denn da?, fragte sie sich erschrocken, während sie in Paulas weit aufgerissene Augen starrte. Einen Moment lang bekam sie keine Luft. Sie stöhnte laut auf, wirbelte herum, riss Mantel und Hut vom Haken an der Tür und stürmte aus dem Zimmer. Auf der

Treppe nahm sie mehrere Stufen auf einmal. Unten angekommen, hastete sie durch den Hausflur, stieß die Tür auf und rannte über den Kiesweg zum Tor, mit Riesenschritten, als hätte sie keine zierlichen Schnallenschuhe, sondern Siebenmeilenstiefel an den Füßen.

Nach dem letzten Verhör starrte Weber auf die Zettel, die vor ihm auf dem kleinen Sekretär im Studierzimmer des abwesenden Herrn O'Leesen lagen. Man hatte ihm den Raum als Arbeitsplatz zur Verfügung gestellt, hier hatte er nacheinander Frau O'Leesen, Auguste Schmitt, Paula Berger und Wilhelmine Deisler befragt. Und sich Notizen gemacht. Für jede Person einen Zettel. Er fing immer oben an, mit großen Buchstaben auf der ersten Seite, merkte dann, wenn er mit immer kleineren Buchstaben die Rückseite vollgeschrieben hatte, dass der Platz nicht reichte, zeichnete da, wo noch Platz war, Kästchen für zusätzliche Informationen ein und endete stets damit, die Ränder rundherum vollzukritzeln. Wozu das Ganze? Er sah sich die Blätter nie mehr an, er behielt ja alles im Kopf. Aber, so glaubte er, würde er die Zettel nicht vollkritzeln, könnte er sich die vielen Einzelheiten auch nicht merken. Man sagte ja auch: Sich etwas hinter die Ohren schreiben.

Ergab sich nun aus den Aussagen der Zeuginnen ein klares Bild? Nein. Zumindest nicht von der Beschuldigten. Es war ja nicht einmal klar, wessen sie beschuldigt wurde. Ging es hier um einen dummen Streich oder um Kindesentführung? War es ein Mordversuch oder nur ein Wutanfall?

Klar war zunächst lediglich dies: Das Kindermädchen, dessen Zimmer im ersten Stock an das des Säuglings grenzte, lag mit hohem Fieber im Bett und hatte nicht bemerkt, wie jemand das Kind aus der Wiege im Nebenraum geholt hatte.

Frau O'Leesen hatte sich, nachdem sie dem Koch in der Küche Instruktionen für die nächsten Tage erteilt hatte, ins Kinderzimmer begeben und die leere Wiege vorgefunden. »Ein so ruhiges Kind, unsere Benjamin«, hatte Frau O'Leesen zu Weber gesagt. »Hätte er doch nur geschrien, als diese Mörderin ihn fortschleppte ...«

»Sie hat ihn doch gar nicht ermordet.«

»Wollte sie es etwa nicht? Sie ist doch die Gesuchte!« Sie drückte das kleine Bündel ängstlich an ihre Brust. Benjamin schlief.

Weber hatte den Frauen sowie dem Gärtner, dem Koch und dem Küchenjungen das Bild gezeigt, und alle hatten bestätigt, dass diese junge Frau seit einigen Wochen im Hause O'Leesen eine Anstellung hatte.

»Sie ist patent«, sagte Frau O'Leesen. »Praktisch veranlagt, begabt und selbstbewusst. Sie könnte es zu etwas bringen ... wenn sie nicht verrückt wäre.« Sie hob die Schultern, als liefe es ihr kalt den Rücken hinunter. »Wie konnte ich bloß darauf hereinfallen ... eine Geistesgestörte in meinem Haus!«

Wenn sie gar nicht geistesgestört ist, dachte Weber, dann sind wir auf etwas anderes hereingefallen. Aber warum nehme ich sie eigentlich ständig in Schutz?

»Sie weiß, wie man einen Haushalt organisiert. Auch in vielen heiklen Kleinigkeiten beweist sie durchaus Geschick. Sie wollte noch Referenzen liefern, aber ich habe ihr schon nach zwei Tagen geglaubt, dass sie Erfahrung hat. Sogar im Rechnen ist sie erstaunlich begabt. Manche behaupten ja, es wäre ein Zeichen von Irrsinn, wenn eine Frau in bestimmten Dingen sehr begabt ist, zum Beispiel Mathematik.«

Weber schüttelte den Kopf. »Ich denke nicht, dass es sich so verhält. Aber sprechen wir lieber von den Tatsachen. Das Kind war in seinem Zimmer, und wo war dieses Mädchen –

Greta Wehmann hat sie sich ja wohl genannt – zu diesem Zeitpunkt?«

»Das weiß ich nicht. Für die tägliche Verteilung der Aufgaben ist Fräulein Schmitt zuständig.«

Eigentlich wusste sie gar nichts, nur dass ihr Kind auf einmal nicht mehr da gewesen war.

»Dann habe ich alle zusammengerufen, um zu fragen, wer das Kind geholt hat. Natürlich hätte ich die betreffende Person ausgescholten. Niemand soll Benjamin nehmen, ohne mich vorher zu fragen! Aber alle behaupteten, das hätten sie nicht getan.«

»Nun gut, sehr geehrte Frau O'Leesen«, hatte Weber sie unterbrochen, als sie in einen ausufernden Monolog über die häuslichen Verhältnisse und die Schwierigkeiten, gutes Personal zu bekommen, die Verpflichtungen einer Bürgersgattin und die Gefahren für kleine Kinder verfallen war. »Gut, gut, lassen wir es dabei bewenden. Ich werde die anderen genauestens befragen, seien Sie sich dessen sicher.«

»Danke, Herr Kommissar!«

»Kriminal-Oberwachtmeister, bitte.«

Die nächste in der Hierarchie war Auguste Schmitt gewesen. »Fräulein Schmitt«, wie sie von allen genannt wurde.

»Ja, sie hat sich als Greta Wehmann vorgestellt. Mir fällt dabei ein, dass der Koffer mit ihren Sachen und Papieren nie angekommen ist. Das haben wir ganz vergessen. Es hätte uns nachdenklich machen sollen.«

Sie fühlte sich offenbar schuldig. »Auf meine Menschenkenntnis bilde ich mir schon etwas ein, Herr Wachtmeister.«

»Oberwachtmeister.«

»Herr Oberwachtmeister. Sie war überaus korrekt, immer anständig gekleidet, schäkerte mit niemandem herum. Achtete auf Details. Seltsam fand ich nur, dass sie, kaum dass sie hier eingetreten war, gelegentlich in einen Kommandoton verfiel gegenüber den anderen Mädchen, die ja schon länger hier sind. Vielleicht brach da ja so etwas hervor ...« Sie schüttelt sich. »So etwas, das in ihr drin rumorte. Einen ungnädigen Ton hatte sie manchmal. Ich sagte ihr, dass das nicht die rechte Umgangsform sei, und sie versprach, sich zu bessern.«

»Klingt doch vernünftig«, kommentierte Weber.

»Ja, im Nachhinein wissen wir, dass ihre Vernunft vorgetäuscht war.«

»Wussten Sie denn, wo sich die Hausmädchen zum Zeitpunkt der ... Entführung befanden?« Weber scheute das große Wort, denn die »Entführung« hatte ja innerhalb des Hauses stattgefunden. »Und wo waren Sie in diesem Moment?«

»Ich kontrollierte die Speisekammer und die Bestände an Getränken im Keller. Anschließend setzte ich mich mit dem Koch zusammen, in der Küche, um eine Liste der notwendigen Besorgungen zusammenzustellen. Paula befand sich im Salon und reinigte die Fenster und Türen, die zum Garten gehen. Wilhelmine polierte das Silber im Speisesaal, damit sie das endlich mal lernt ... es war eine Art Strafe«, fügte sie vertraulich hinzu. »Und Greta machte die Betten.«

»Jede für sich und niemand im Blick der anderen«, stellte Weber fest.

»Tja, aber es ist ja ohnehin klar, wer hier die Täterin ist.«

»Sind Sie sicher?«

»Unbedingt. Denn sehen Sie, bevor Greta hierherkam, ist dergleichen ja nicht geschehen.«

Interessante Logik, dachte Weber, gut dass wir von der Polizei uns die nicht zu eigen machen.

Auguste Schmitt erging sich noch in einigen Betrachtungen über das schauspielerische Talent der Geflüchteten. Sie war sich in einem ganz sicher: »Wenn sie nicht die Schuldige ist, wäre sie nicht geflüchtet. Denn dann wäre sie ja aufrichtig gewesen. Und eine aufrichtige Greta hätte keinen Grund gehabt, die Wahrheit zu fürchten.«

»Eine andere Wahrheit als die, an die wir jetzt denken?«, fragte Weber.

Sie schaute ihn verwirrt an. »Denkbar ist doch nur die echte Wahrheit, oder?«

»Die Wahrheit muss bewiesen sein, sonst ist sie nicht vorhanden«, sagte Weber.

»Nun, dann ist doch alles klar: Sie hat den Kleinen in ihre Kammer gebracht, weil sie verrückt ist und Kinder morden will. Zum Glück konnten wir das Schlimmste verhindern.«

Weber hatte sich bedankt und sie gebeten, Paula hereinzuschicken. Während er wartete, strich er einiges durch, was er sich auf den Zetteln notiert hatte. Energisch und mit ärgerlicher Miene. Was für ein Glück, dachte er, dass wir Polizisten keine Gefühle und keine Meinungen haben dürfen. Nur die Tatsachen dürfen wir sehen, nicht das Drumherum. Sonst geraten wir in Teufels Küche. Nein, in der sind wir schon. Sonst werden wir zu Teufeln in dieser vermaledeiten Küche, zu Komplizen der Vorurteilsbeladenen, die eigentlich nur einen Sündenbock suchen.

Paulas Ansichten allerdings hatten ihn erstaunt. Überhaupt war sie eine erstaunliche Person. Ihre Sommersprossen verliehen ihr ein sehr lebhaftes Äußeres, ihre Bewegungen und die Art, wie sie ihre Hände an ihrem Körper entlanggleiten ließ, vermittelten Weber das Gefühl, es mit einer sinnlichen Person zu tun zu haben. Sinnlich und unberechenbar.

In der Tat war sie die Erste, die Greta verteidigt hatte: »Greta verrückt? Nie und nimmer, Herr Kriminal-Oberwachtmeister.« Sie lachte schelmisch: »Man hat mir gesagt, dass Sie Wert darauf legen, so angesprochen zu werden.« Sie schaute ihn entwaffnend an, brachte den Oberkörper in Positur, um ihre Formen zur Geltung zu bringen.

»Ihrer Ansicht nach war diese Person, die alle für verrückt halten, also ganz normal?«

»Was ist denn normal? Wenn wir alle normal wären, wären wir alle gleich, oder? Sie war ein bisschen vorlaut, wenn es um die Arbeit ging. Und ganz schön verschwiegen, wenn es um sie selbst ging. Hat sie mir etwas über ihre Herkunft erzählt, ihre Familie? Nein. Hat sie mir was von ihren Träumen erzählt? Ja.«

»Von ihren Träumen?«, fragte Weber interessiert.

»Zukunftspläne, meine ich.«

»Die hatte sie?«

»Ja. Ungewöhnlich für eine Verrückte, die damit rechnen muss, ihr Leben in einer Irrenanstalt zu verbringen, nicht?«

»Man muss nicht ein Leben lang ...«

»Wenn man eine Mörderin ist, wohl doch.«

»Ja, nun ...«

»Sie wäre gern Professorin geworden. Aber da habe ich ihr gesagt, das könnte sie vergessen, denn sie müsste ja erst mal ein Abitur haben und auf einer Universität studieren, und das käme für Frauen ja wohl kaum in Frage, jedenfalls aus unseren Kreisen.«

»Das mag sich ändern«, sagte Weber.

»Glaub ich nicht. Und deshalb hat sie etwas anderes in Betracht gezogen: Sie wollte Pilotin werden. Dazu muss man bloß lernen, wie man ein Flugzeug in die Luft bekommt.«

»Und wieder herunter.«

Paula lachte. »Das ist auch wieder wahr.«

»Sie hatte also hochfliegende Pläne?«

»O ja, Herr Oberwachtmeister. Genau das hat sie auch gesagt, als wir über die Fliegerei geredet haben. Sie hätte hochfliegende Pläne. Sie war nämlich ziemlich witzig manchmal, so wie Sie.«

Paula sah ihn jetzt an, wie eine junge Frau einen deutlich älteren Herrn nicht ansehen sollte. Weber war verwirrt.

»Und deshalb frage ich Sie«, fuhr Paula fort, als sie merkte, dass dieser Mann weder ihrem hübschen Knie noch ihren wohlgeformten Schultern oder ihren Sommersprossen besonders viel Aufmerksamkeit widmen wollte, »deshalb frage ich Sie: Kann ein Mädchen mit so hochfliegenden Plänen wirklich böse sein?«

»Aber wer hat dann das Kind in ihre Stube gebracht?«

Paula zögerte kurz und sagte: »Das fragen Sie mal lieber jemand anderen.«

Die Linien auf dem Zettel mit den Notizen zu Paulas Aussage waren Weber weniger zackig, sondern geschwungener geraten. Das hatte er in dem Moment bemerkt, als die letzte zu verhörende Person eingetreten war.

Wilhelmine Deisler interpretierte sein Kopfschütteln offenbar als Missbilligung und setzte einen Schmollmund auf. Dann legte sie ungefragt los: Sie hätte es gleich gewusst, von Anfang an wäre Greta komisch gewesen, verschwiegen, hinterlistig, intrigant. Hätte mal auf Freundin gemacht, mal herumkommandiert. Sie bei der Herrschaft verpfiffen, wenn sie nicht alles gleich perfekt hinbekommen hätte. Jedenfalls könnte sie sich das gut vorstellen. Außerdem hätte Greta beinahe so getan, als wäre sie Fräulein Schmitt persönlich, und das schon nach ein paar Tagen. Aber kratzbürstig hätte sie auch sein können. Und sie wäre ja nachts ausgebüxt und wer weiß, was sie da gemacht hätte ...

»Sie ist nachts weggegangen?«, fragte Weber.

»Ja, ja, ich hab's doch gehört. Mein Zimmer ist neben ihrem.«

»Wann denn zum Beispiel?«

»Na, neulich in der Nacht, bevor mal wieder eine Kinderleiche aufgetaucht ist.« Wilhelmine, die sich nicht gesetzt hatte, sondern beim Reden hin und her lief, stemmte eine Hand in die Hüfte und nickte gewichtig. »Genau. Ich hab das nämlich nachverfolgt. Es war so. In der einen Nacht war sie weg. Und am nächsten Tag stand es in den Mittagszeitungen. Tja.«

»Und da waren Sie alarmiert?«

»Ja, weil sie doch so komisch war.«

»Komisch?«

»Na hier ...« Wilhelmine tippte sich mit dem Finger an die Stirn. »Meschugge. Ging an einem Spiegel vorbei und warf sich selbst böse Blicke zu. Redete manchmal auf der Treppe vor sich hin. Flüsterte, wenn sie allein in einem Zimmer war. Kriegte so Zuckungen. Stöhnte nachts, wenn sie Alpträume hatte, weil ihr da wahrscheinlich die toten Kinder erschienen sind.«

Jetzt übertreibt sie aber gehörig, dachte Weber.

»Sie machte also einen geistig verwirrten Eindruck auf Sie?«

»Und wie!«

»Nur dass die anderen das nicht bemerkt haben.«

Wilhelmine schaute ihn kurz schief an und zuckte dann mit den Schultern. »Die sind ja blind! Es war eindeutig, dass Greta nicht mehr alle Tassen im Schrank hat. Das war spätestens seit der Sache mit dem Geigenkasten klar.«

»Das Kind im Geigenkasten?«

»Ja, ich meine, ist ja auch kein Platz für so 'n Gör.«

»Und dann noch unter der Bettdecke.«

»Nee, nicht in ihrem Zimmer. Die Sache im Musikzimmer.«

Sie erzählte von dem Vorfall, und Weber wunderte sich, dass niemand sonst ihn erwähnt hatte.

»Die hat sich richtig geekelt vor dem Kind. Sah aus, als wollte sie es anspucken. Die ist käseweiß geworden. Und da habe ich mich gefragt, warum wohl.«

»Und?« Weber sah sie auffordernd an.

»Na ja, also ...« Wihelmine trat von einem Fuß auf den anderen. »Da musste ich an die toten Kinder denken und daran, dass sie nachts ständig heimlich weggeht.«

»Ständig?«

»Na ja, bestimmt nicht nur einmal.«

»Gut, danke.«

Auf Webers Zettel war ein wildes, krakeliges Durcheinander entstanden, wie ein undurchdringliches Dornengestrüpp sah es aus. Wilhelmine machte keine Anstalten zu gehen. Weber deutete mit der Hand zur Tür, da stieß das Mädchen atemlos hervor: »Wenn man sich das nur mal vorstellt, wie das geendet hätte, wenn sie sich da oben ans Werk gemacht hätte, direkt neben meiner Kammer, mit dem Messer, und das ganze Blut! Das hätte sie dann in ihrer Waschschüssel nach unten bringen müssen oder in den Ausguss auf unserer Etage gießen, mitten in der Nacht, während wir direkt daneben schlafen! Und was hätte sie wohl mit den Leichenteilen gemacht, und was, wenn ich es gehört hätte und aufgewacht wäre, hätte sie mir dann das Messer in die Brust gestoßen und ...«

»Aufhören!«, hatte Weber sie angeherrscht. »Jetzt ist es aber genug! Das warst du doch! Du hast ihr das Kind unter die Bettdecke gemogelt. Weil du sie loswerden wolltest. Und nun hast du es geschafft, also halt doch endlich den Mund!«

Wilhelmine war knallrot angelaufen und aus dem Zimmer gestürzt.

Weber wunderte sich, wie er darauf gekommen war. Keine gute Polizeiarbeit, eine Zeugin so anzubrüllen, dachte er, während er die vollgekritzelten Zettel zusammenknüllte und in den Papierkorb warf.

Selbst wenn es stimmte, bewies es gar nichts.

Er stand auf und holte die Papierknäuel wieder aus dem Korb. Ich schreibe einen sachlichen Bericht, nahm er sich vor, und dann geht es weiter wie gehabt.

Er verabschiedete sich von Frau O'Leesen. Als er draußen über den knirschenden Kies zur Ausfahrt ging, murmelte er: »Greta Wehmann, warte nur, wenn ich dich zu fassen kriege!«

Fünftes Kapitel:

SCHATTEN

Die Nacht brach herein, und sie hatte sich verirrt. In diesem vermaledeiten Gassendurcheinander. Ihre Füße schmerzten, ihr war kalt. Sie hatte das Gefühl, schmutzig zu sein. Verschmutzt, innerlich wie äußerlich. Kein Wunder, alle hier sahen schmutzig aus. Kohlenschlepper waren unterwegs mit Körben voller Koks, andere schoben Karren mit aufgestapelten Briketts durch die Gegend oder brachten eine Lage Brennholz in ein Haus. Kohlenstaub und Feuchtigkeit ließen einen auf den Pflastersteinen ausrutschen. Männer mit großen Trögen auf dem Rücken schleppten den Müll aus den Hinterhöfen auf die Gasse, wo ein Pferdefuhrwerk wartete. Gestank. Aus einem schmalen Durchgang drang lautes, metallisches Hämmern von einer Schlosserei.

An einer Ecke saß ein blinder Straßenhändler und bot Kurzwaren an. Niemand beachtete ihn, aber sein Hund passte auf, dass keiner sich an der Blechdose mit dem Kleingeld vergriff. Eine uralte Frau an der Ecke gegenüber verkaufte Streichhölzer, während ein betrunkener Krawattentrödler sich den Spaß machte, den jungen Frauen an der Bordsteinkante seine Ware anzubieten, und feixte, wenn er angekeift wurde. Kinder rannten zwischen schlendernden Arbeitern, hastenden Frauen mit Einholnetzen oder langsam schlurfenden alten Leuten herum, jagten Hunde und Katzen und Ratten oder warfen sich einen Ball zu, der aus Lumpen zusammengebunden war. Ein Arbeiter hatte einen Stapel der neuesten Ausgabe der *Volkszeitung* über den Arm gelegt und bot sie lautstark an. Ein Fischhändler mit einem dreirädrigen Wagen, auf dem seine vom Markttag übriggebliebene Ware lag, pries stinkenden Heringe »zum halben Preis und günstiger« an und wurde von Frauen bestürmt, die ihn noch weiter herunterhandeln wollten.

Über allem lag der Geruch von Kohlenrauch, verbranntem Holz, brennendem Öl, und Greta bildete sich sogar ein, ab und zu den Geruch von Gas in der Nase zu haben, das womöglich irgendwo aus einer Leitung austrat. Der Nieselregen, der mit dem beginnenden Abend eingesetzt hatte, vermittelte ihr das Gefühl, dass alle Ausdünstungen des Unrats und der Menschen, Tiere und Maschinen sich verdichteten zu einem Schmutzfilm, der die Luft schwängerte, sich auf alles legte. Als würde er das teils lebhafte, teils verzweifelte Treiben um sie herum einen. Alle hier hatten ihren Platz, so schien es ihr. Nur sie gehörte nirgendwohin.

Gut möglich, dass niemand sie hier finden würde. Aber mittlerweile fürchtete sie, sie könnte sich selbst verlieren. Auf der Suche nach jemandem, den es hier vielleicht gar nicht gab. Max Klant. Wie oft hatte sie heute nach ihm gefragt? Sie war praktisch im Kreis gelaufen und hatte immer wieder die gleiche Frage gestellt: Kennen Sie Max Klant? Und hatte nichts erreicht. Sie besaß nichts, außer dem, was sie am Körper trug: Schuhe, die zu eng waren, einen nassen Mantel, einen Hut und ein paar übriggebliebene Scheine ihres Lohns, den sie als ehrbares Hausmädchen und zuvor als seriöse Kontoristin verdient hatte. Ehrbar und seriös, das war nun offensichtlich vorbei. Vielleicht sollte sie sich an den Bordstein stellen.

Aber als sie sah, wie ein Mann in einem schäbigen zweireihigen Anzug mit zu kurzen Beinen eins der Mädchen ohrfeigte und ein anderes zur Seite stieß, entschied sie, dass sie lieber sterben wollte. Zumal ja deutlich zu sehen war, auf welche Art Kundschaft sie warteten: alte Männer, hässliche Männer, böse dreinblickende Männer, ausgemergelte, kranke, gierige, Zigarre rauchende, höhnische, grölende oder betrunkene Männer. Und vor denen mussten sich diese Mädchen ausziehen. So war es doch wohl.

Wenn jetzt nur nicht wieder diese Dunkelheit von mir Besitz ergreift, dachte sie verzweifelt. Nur das nicht, nicht jetzt, nicht hier, bitte. Ich will mich nicht verlieren, ich will nicht vor die Hunde gehen, ich will doch leben!

Einer sprach sie an, sie keifte zurück, vergrub sich noch tiefer in ihrem Mantel und schob die Hände in die Taschen. Als könnte sie sich auf diese Weise vor der Welt verstecken. Ihre Fingerspitzen stießen an etwas Hartes. Immerhin war da noch das Goldstück von dem Mann mit dem kaputten Gesicht. Solange sie das hatte, war sie nicht ganz verloren. Aber dann strauchelte sie und merkte, wie schwach sie mittlerweile auf den Beinen war. Sie hatte ja den ganzen Tag nichts gegessen. Und nahm nun allen Mut zusammen und betrat eine Eckkneipe. *Winckler's Gaststube Krummer Gang* stand auf einem Blechschild über dem Eingang.

Beschlagene Fenster. Eine Filzdecke hinter der Tür diente als Windfang. Gasfunzeln hingen unter niedrigen Balken, so tief, dass große Menschen Gefahr liefen anzustoßen. Tabakrauch, Grogdampf, Bierdunst, Schnapsgeruch, der Duft nach Rauchwürsten und Frikadellen, Kartoffeln, Kohl und Kraut. Kleine runde Tische mit runden Stühlen und Bankreihen, die rechts und links an der Wand entlangliefen. Wenn es sein musste, fanden hier viele Leute Platz. Im Augenblick allerdings waren nur vier der sechs Tische mit jeweils einem männlichen Gast besetzt, und vor dem Tresen standen zwei Männer und tranken Bier.

Inzwischen wusste sie, dass es kein Problem war, in dieser Gegend als Frau eine Gaststätte zu besuchen. Wohnraum war knapp, die Zimmer eng und mehrfach belegt, Höfe und Gassen dienten als Aufenthaltsraum. Dort saß man herum und unterhielt sich, wenn es das Wetter zuließ, und wer noch ein bisschen Geld in der Tasche hatte, ging in eine Kneipe, um sich aufzuwärmen oder auszuruhen. Das galt für die Mädchen am Straßenrand genauso wie für die Arbeiterinnen oder Hausfrauen. Kinder waren es gewohnt, mit einer Flasche oder einem Krug hereinzukommen, um sich Bier für die Eltern zapfen zu lassen.

Greta bestellte Bratkartoffeln mit Spiegelei. Sie mochte keinen Kohl. Ihr Magen knurrte schon gierig. Ihre zögerliche Kopfbewegung auf die Frage hin, ob sie ein Bier wünschte, hatte der Wirt als Zustimmung gewertet. Das hohe Glas mit der Aufschrift »Bill-Bräu« stand kurz darauf vor ihr. Warum auch nicht, dachte Greta, ich sollte mich betrinken und alles fahrenlassen.

Der Mann ihr gegenüber, ein etwa Vierzigjähriger mit engem Jackett, rundem Hut, spitzer Nase und vorspringendem Kinn, musterte sie immer wieder verstohlen. Am Tisch neben ihm saß ein kräftiger junger Kerl in Matrosenkluft – dunkelblaue Hose mit weitem Schlag, dicker Wollpullover, schwere Stiefel – und las das *Hamburger Fremdenblatt*, eine Zeitung in sehr großem Format. Der blonde Schopf dahinter war nur zu sehen, wenn er eine Seite umblätterte, was aber kaum vorkam, weil ganz offensichtlich sehr viel drinstand.

Der Mann gegenüber von Greta spitzte die Lippen. Das sollte wohl die Andeutung eines freundlichen Lächelns sein, wirkte aber eher anzüglich. Zum Glück kam der Wirt mit den

Bratkartoffeln. »Der da soll mich nicht so anstarren«, sagte Greta leise.

»Die Dame möchte ungestört essen«, sagte der Wirt daraufhin beiläufig und nicht an eine bestimmte Person gerichtet. Der Matrose raschelte mit der Zeitung, der Mann mit dem runden Hut räusperte sich, zog ein Notizbuch aus der Jackentasche und widmete sich irgendwelchen Aufzeichnungen oder Rechnungen.

Greta aß und trank gierig und hatte bald ein zweites Glas Bier vor sich stehen. Der salzige Speck machte durstig. Sie trank weiter.

Ihr Kopf wurde schwer. So schwer, dass sie ihn mit beiden Händen abstützen musste, während sie darüber grübelte, was als Nächstes zu tun war. Hatte sie nicht irgendwo an einer Haustür einen Zettel gesehen mit der Aufschrift »Schlafgast gesucht«? Was blieb ihr denn anderes übrig, als eine zweifelhafte Bleibe zu finden? Ein Hotel wäre zu kostspielig und außerdem riskant, genau wie eine Pension. Da würde die Polizei doch nachfragen. Und sie war fest davon überzeugt, dass nach dem Vorfall in der Villa in Othmarschen nach ihr gesucht wurde. Wenn sich eine Angestellte in einem bürgerlichen Haus etwas zuschulden kommen ließ, dann wurde die Polizei geholt. »Vergehen müssen verfolgt werden!«, pflegte ihr Vater zu sagen. Und ihre Mutter: »Strafe muss sein!« Diese Einstellung hatte Frau O'Leesen garantiert auch. Deshalb tappte Greta nun orientierungslos durch diese tristen Gassen, um sich unter der zerschlissenen, stinkenden Decke des Elends zu verstecken. Aber wie lange noch? Und mit welchem Ziel? Wohin sollte sie denn, und wozu das alles?

Das dritte Bier war ihr geradezu willkommen. Ihr Kopf wurde immer schwerer. Wenn man so müde ist, ist doch alles egal, dachte sie. Wenn ich in einem Bett Zuflucht suchen muss, in dem gerade noch eine andere Person gelegen hat und in dem bald wieder eine andere Person schlafen wird, dann ist das eben so. Einen besseren Schlupfwinkel kann es doch gar nicht geben als eine winzige Stube in einem schiefen Haus im Hinterhof. Unter Flittchen, Dieben und Arbeitslosen. Da gehöre ich hin. Und wenn Strafe wirklich sein muss, dann kann ich mich gleich selbst bestrafen und mich zu einem grauen Dasein in dieser schmutzigen Welt verurteilen. Selbst auferlegt, ja. Eine unsichtbare Existenz in vollkommener Einsamkeit unter Fremden in einer unbekannten Umgebung, das soll mein Fegefeuer sein. Ich muss mich gar nicht dazu entschließen, es ist ja schon so. Vielleicht lege ich mich auch einfach in eine Ecke und schließe die Augen, um sie nie mehr zu öffnen. Vielleicht sterbe ich noch heute Nacht, wenn es kalt genug ist da draußen.

Sie fing an zu weinen. Ganz leise, es sollte ja niemand merken. Sie kapselte sich ein in ihrer Traurigkeit und wäre am liebsten für immer darin versunken.

Dass er neben ihr Platz nahm, merkte sie erst, als er sie ansprach. Der Mann mit dem runden Hut, der aus der Nähe wirklich entsetzlich spitzen Nase und diesem schauderhaften, hervorspringenden Kinn. Greta war so gebannt, dass sie zu keiner Bewegung fähig war. Dieses Gesicht vor ihr redete und bemühte sich um viele verschiedene Gefühlsregungen, die alle falsch und scheinheilig wirkten. Wie einstudiert. Als würde er mit einem Kind sprechen. Er gab vor, sie zu trösten, und benutzte Worte, die man nur unter Vertrauten benutzte. Legte eine Hand auf ihren Arm und wenig später um ihre Hüfte und tat, als wäre er der gute Onkel, an dessen Schulter sie sich ausweinen konnte.

Irgendwann wachte sie auf und sagte mit schwacher Stimme: »Was erlauben Sie sich? Lassen Sie …« Aber er duzte sie und tat weiterhin vertraut. Und sie fand keine Kraft mehr, um etwas dagegen zu unternehmen. Es war ja auch alles so verschwommen. Und einem Schlafgast, war es dem nicht egal, in welches Bett er sich legte? War doch ohnehin alles gleichgültig, vollkommen gleichgültig.

Sie nickte schwach auf eine Frage hin, die sie gar nicht verstanden hatte.

Der Mann ließ sie los. Und schwebte in die Höhe, wobei er einen seltsamen gurrenden Laut ausstieß. Wie eine Taube. Konnte er fliegen? Nein, er fiel wieder herab. Kam unsanft am Boden auf und glotzte verschämt grinsend hoch.

Der Matrose baute sich vor ihm auf und sagte: »Das war die sanfte Art, wie ich saubermache. Die unsanfte kann ich dir auch noch zeigen.«

Der Mann mit der spitzen Nase verzichtete darauf. Er setzte eilig seinen runden Hut auf, der ihm heruntergefallen war, und verließ das Lokal.

Der Matrose ging zurück zu seinem Tisch, wo die ausgebreitete Zeitung lag. Greta erwachte aus ihrer Trance, als der kalte Luftzug sie erreichte, nachdem der zudringliche Kerl durch die Tür verschwunden war. Sie blickte den Matrosen verständnislos an.

»Geh mal lieber nach Hause, Mädchen«, sagte er. »Dir fallen schon die Augen zu.«

»Hab keins.«

»Kein Zuhause? Dann such dir eins.«

»Geht nicht.«

»So was geht immer. Brauchst du Geld?«

Greta schüttelte den Kopf.

»Na dann.« Er hob die Zeitung an, um weiterzulesen.

»Die sind hinter mir her«, sagte Greta, mehr zu sich selbst.

Der Matrose ließ die Zeitung wieder sinken. »Wer denn?«

»Alle.«

»Solange dir nicht die Udels auf den Fersen sind.« Er blätterte mühsam die Seite um.

»Die auch.«

»Ach komm, Kleine.«

»Wegen einer schlimmen Sache.«

»Gib nicht so an.«

»Ganz schlimm.«

»Ich lese.«

»Mord.«

Er senkte die Zeitung. »Solche Sachen würde ich nicht laut ausposaunen. Nachher glaubt's noch einer. Und dann?«

»Mir glaubt keiner was.« Greta ließ sich zurückfallen und schloss die Augen. Sie spürte, dass der Matrose sie anschaute. Sie nickte ein.

Etwas später stand sie mit dem Matrosen draußen in der Gasse und sagte: »Das ist eine schöne hässliche Ecke, da leg ich mich hin.«

»Der miese Wirt hat dir Schnaps ins Bier gegossen. Er wollte Ullrich, diesem schmierigen Kerl mit dem dämlichen Hut, in die Hände spielen.«

Der Matrose hielt Greta fest, weil sie kaum noch stehen konnte.

»Lassen Sie mich los. Ich lege mich in diese kalte Ecke und warte, bis der Tod vorbeikommt. Und wissen Sie, was ich ihm sage?«

»Na, jetzt bin ich aber gespannt.«

»Ich sage ihm: Schnitt, Schnitt.« Greta fuchtelte mit den Händen.

»Das ist ja wirklich originell.«

»Schnitt, Schnitt.«

»Komm mal mit, Mädchen. Ich hab zu Hause eine große

Schüssel mit kaltem Wasser. Da tunke ich deinen hübschen Kopf rein. Damit du wieder zu dir kommst.«

»Ich heiße nicht Mädchen, ich heiße Greta.«

»Umso besser.«

Jedes Mal, wenn Weber die Räumlichkeiten der »Photographischen Anstalt« der Hamburger Polizei betrat, fragte er sich, welcher Vergleich wohl passender war: Glashaus oder Schiffsdeck? Die Anstalt war im Dachgeschoss untergebracht und stellte mit ihren zweihundertzwanzig Quadratmetern sicherlich das größte Fotoatelier der Stadt dar. Durch die hohen Fenster und das schräge Glasdach fiel genügend Licht herein für alle notwendigen Fotoarbeiten, angefangen bei Porträts für die Verbrecherkartei über die Ablichtung von Tatspuren, Beweisstücken und sonstigen Objekten bis hin zur Vergrößerung und Vervielfältigung von Tatort- und Leichenfotos, Dokumenten, Schriftstücken, Grundrissen und Handschriften. Es gab hier zwei Aufnahmeräume, mehrere Dunkelkammern, das Laboratorium, einen Arbeitsraum, eine Registratur und Büroräume sowie einen speziellen Raum für Vergrößerungsarbeiten mit neuester Technik.

Die »Photographische Anstalt« war eine Welt für sich, hoch oben über der Stadt, und Weber beneidete seinen Freund Hilbrecht, weil der in diesen ausgedehnten, hellen Räumlichkeiten arbeiten durfte. Seine eigene Existenz empfand er eher als die einer Wühlmaus: Tag für Tag wieselte er durch endlose Korridore, von einem Büro zum nächsten, oder hockte an einem kleinen Schreibpult in einer Ecke des Dienstraums, eingepfercht zwischen Kollegen, und kritzelte missmutig mit stumpfer Stahlfeder auf gelblichen Vordrucken seine Berichte.

Aber hier konnte man den Himmel sehen! Und wenn, so

wie jetzt, die Wolkendecke aufriss, und das herbstliche Sonnenlicht hereindrang, waren die Sonnensegel unter dem Glasdach aufgespannt, und Weber konnte sich der Illusion hingeben, auf einem Segelschiff zu sitzen, das den Himmel über Hamburg durchpflügte.

Hilbrecht nahm seine diesbezügliche Anmerkung gelassen hin. »Wenn du den ganzen Tag Leichenfotos vergrößert hast, fühlst du dich hier oben auch bei Sonnenschein wie auf einem Totenschiff, mein Lieber.«

»Jeder hat sein Kreuz zu tragen, Gustav.«

»Mein Kreuz ist mein Stativ. So was durch die Gegend zu schleppen ist auch kein Vergnügen.« Hilbrecht deutete auf ein Leiterstativ von gut zwei Metern Höhe, auf dem eine Kamera befestigt war. Weber hatte schon des Öfteren zugesehen, wie der Fotograf hinaufgeklettert war, um ein erhöhtes Objekt zu fotografieren oder eine Leiche am Boden, deren genaue Lage im Augenblick des Funds dokumentiert werden sollte.

»Du hast den Himmel über dir, Gustav, das ist ein Vorteil. Du kannst zusehen, wie die Wolken vorbeiziehen.«

»Wenn ich nicht gerade in der Dunkelkammer hocke. Du hast keinen Grund, mich zu beneiden, dir streicht doch täglich der frische Wind um die Nase.«

»Nicht in den Gassen und Gängen, die ich zur Zeit durchkämme. Und vom Himmel ist da auch nichts zu sehen.«

Hilbrecht hob eine großformatige Fotoplatte aus der Kamera, die er gerade benutzt hatte, um ein Schriftstück abzulichten. »Bist du deshalb gekommen, um poetisch zu werden?«

»Nein, du sollst ein Bild für mich vervielfältigen.« Weber zog das Porträt des gesuchten Mädchens aus der Tasche.

»Gib mal her.«

Weber reichte es ihm, und Hilbrecht befestigte es auf dem Bildschirm, auf den das Kameraobjektiv gerichtet war. Dann schob er eine neue Platte in die Kamera und machte ein Foto. »Wie viele Abzüge brauchst du denn?«

»Ein Dutzend vielleicht? Wir wollen die Zeitungen bitten, es abzudrucken. Und ein Fahndungsplakat drucken lassen.«

Hilbrecht zog die Platte wieder aus dem Apparat. »Die wenigsten Zeitungen verfügen über ein Tiefdruckverfahren. Ein Abdruck wird also in den meisten Fällen nicht besonders deutlich sein. Ob euch das was bringt? Zumal die Verdächtige, wenn sie nicht völlig naiv ist, ihr Äußeres verändert haben dürfte.«

»War ja nicht meine Idee, sondern die von Recknagel.«

»Aha, deshalb blickst du so missmutig drein.«

»Recknagel und Kunath reden nur noch von der verrückten Kindermörderin. Dabei ist überhaupt nicht ausgemacht, dass dieses Mädchen die Taten begangen hat. Oder überhaupt eine Frau.«

»Welchen Grund sollte jemand haben, Säuglinge zu töten?«, fragte Hilbrecht.

»Ja, eben.«

»Hunger, Elend, Verwahrlosung … Meinst du nicht, dass es etwas damit zu tun hat?«

»Mütter geben nicht einfach ihre Kinder auf. Eher sich selbst, um die Kinder zu retten. Und das eigene auch noch zu zerstückeln …?«

»Das spricht dafür, dass hier ein Geistesgestörter am Werke ist.«

»Ich weiß nicht, Gustav. Sicher, im Krieg haben wir schlimme Dinge gesehen und auch getan. Manche haben das nicht so einfach weggesteckt. Manche sind durchgedreht … gestandene Männer.«

»Ja, wir können froh sein, einigermaßen heil da rausgekommen zu sein.«

»Manchmal kommt es mir so vor, als würde der Krieg nun im Innern fortgeführt.«

«Im Innern des Landes? Du meinst die Ereignisse im März, den Putschversuch?«

»Das ganze Jahr 1919 war ein Krieg im Innern. Das halbe Jahr 1920 auch. Jetzt gibt es Fememorde. Wir kommen nicht zur Ruhe. Das wirkt auf das Innere der Menschen. Viele sind wirklich verroht.«

»Es ist doch nicht die Politik, Alfred. Es ist der Hunger, der die Menschen krank macht.« Hilbrecht nahm das Bild vom Schirm und reichte es Weber. »Hier. Ich schicke dir später die Abzüge.«

»Schick sie Recknagel. Ich hab ja das hier.« Weber warf einen Blick auf das Foto der Gesuchten. Verrückt? Hatte sie nicht schon zweimal versucht, sich eine normale Existenz aufzubauen, einmal als Kontoristin, einmal als Hausmädchen? Und war sie nicht beide Male gescheitert? Unter eigenartigen Umständen, gewiss, aber vielleicht war sie einfach vom Pech verfolgt. Und sollte das so sein, wie erging es ihr dann jetzt gerade, nachdem sie schon wieder hatte weglaufen müssen? Ein gewisser Abstieg war nicht zu verkennen. Wer weiß, wo sie mittlerweile gelandet war. Und was sie erdulden musste. Manchmal konnte man das beobachten bei bestimmten Tätern, dass sie ein Stigma hatten oder ein Kainsmal oder einfach nur dazu verdammt waren, immer tiefer in den Schlamassel zu geraten. Und was würde passieren, wenn die ganze Stadt ihren Hass auf diese eine Person richtete, nachdem die Presse sie erstmal als Wahnsinnige beschrieben und zur Jagd aufgerufen hatte?

»Alfred, Alfred, Alfred.« Hilbrecht schüttelte missbilligend den Kopf.

»Was denn?«

»Jedes Mal, wenn du das Bild in die Hand nimmst, fängst du an zu grübeln.«

»Weil ich mehr über sie wissen möchte ... wissen müsste, um sie zu finden.«

»Du solltest ihre Familie befragen.«

»Genau das habe ich Recknagel vorgeschlagen, der damit zu Kunath ist. Aber der hat behauptet, die Magdeburger würden mauern. Ich kann ja nicht einfach so dort hinfahren.«

»Kannst du nicht?«

»Ohne Dienstbefehl? Na, ich danke herzlich. Vorschrift ist Vorschrift.«

»Wohl wahr. Und was sagt deine Frau dazu?«

»Wozu? Dienstreise? Die ist froh, wenn ich keine machen muss.«

»Nein, ich meine zu diesem Mädchen. Ich denke manchmal, dass es ein Nachteil ist, keine weiblichen Kriminalpolizisten zu haben. Die könnten sich besser in eine solche Person hineinversetzen. Denke ich. Aber da das nicht geht, frag doch deine Frau.«

Weber lächelte gequält. »Meine Frau ist nicht gut auf die hier zu sprechen. Weil ich mich die ganze Zeit draußen herumtreibe, um diese Person zu finden. Und außerdem erwartet sie doch ein Kind. Wie soll sie sich da in eine Kindermörderin hineinversetzen? Ich frag sie lieber nicht danach. Sie regt sich nur auf. Und außerdem«, fügte Weber nach kurzem Zögern hinzu, »bin ich wirklich zu viel unterwegs.«

»Du treibst dich herum?«

»Na, das nun allerdings nicht. So drückt sie das aus.«

»Aber du lässt dir Zeit.«

Weber zuckte mit den Schultern. »Zu Hause ist es eng geworden. Es liegt auch daran, dass sie sich irgendwie, na ja, erhöht hat. Als wäre sie durch die Schwangerschaft so etwas wie eine Heilige geworden. Sie redet von nichts anderem als ihrem Gefühl mit dem Kind im Bauch und von der Zukunft des Kindes und ihren Hoffnungen für das Kind und wie bald alles abgestimmt werden muss auf das Kind. Das meine ich mit eng. Da ist kaum noch Platz für mich.«

»Es wird noch enger werden, Alfred, glaub mir. Wir haben zwei Gören, und ich weiß manchmal nicht, wo ich noch hintreten soll.«

»Das meine ich gar nicht mit eng.«

Die Wolken über dem Stadthaus schoben sich wieder zusammen. Schlagartig wurde es dunkler. Ein Schwall Regentropfen prasselte unvermittelt auf das Glasdach. Weber schaute nach oben. Eine ganze Weile. Hilbrecht musterte ihn misstrauisch. Weber bemerkte seinen Blick und zuckte zusammen.

»Du meinst eng in der Birne?« Hilbrecht legte den Zeigefinger an die Stirn.

Weber merkte, wie ihm das Blut in den Kopf stieg. »Ach was.«

»Alfred, ich erlaube mir das nur, weil ich dein Freund bin und weil ich dich gut kenne. Es ist auch kein Rat, nur eine Anmerkung: So wie du redest und wie du mich jetzt anschaust, das kenne ich nur zu gut.«

»Was denn?«, stieß Weber unwirsch hervor.

»An dem Tag, an dem ich dich wiedergefunden habe, in diesem kleinen, verlassenen Dorf, bei dieser Frau, wo du in der Küche gesessen hast …«

»Da war doch nichts!«

»Da war nichts? Du warst drei Tage verschwunden und hast mit einer Französin die Weinvorräte ihres Mannes versoffen.«

»Sie war keine Französin, sondern eine Deutsche, die

einen Franzosen geheiratet hatte. Ich habe also nicht kollaboriert.«

»Getrunken habt ihr … und wer weiß was noch, aber das geht mich nichts an.«

»Wir haben uns unterhalten. Interessante Gespräche geführt.« Und sich gegenseitig Balzacs »Tolldreiste Geschichten« vorgelesen.

»Im Bett.«

»Irgendwo muss man ja schlafen. Außerdem war ich damals noch nicht verheiratet.«

»Das meine ich ja.«

Erneut peitschte ein Schwall Novemberregen auf das Glasdach. Hilbrecht wischte sich mit der Hand über die Stirn und sah nach oben. »Das Dach ist undicht. Hilf mir doch mal die Kamera da wegzuschieben.«

»Guten Morgen, Schnitterin.«

»Was?«

»Guten Morgen!« Die Begrüßung dröhnte durchs Zimmer, anschließend folgte ein herzliches Lachen.

Mühsam schlug Greta die Augen auf. Alles um sie herum war fremd. Ein karg eingerichtetes Zimmer. Sie lag im Bett. Gegenüber auf dem abgesessenen Sofa, das schief vor der Wand mit dem abblätternden Putz stand und dessen rechte Beine durch einen Stapel Backsteine ersetzt wurden, saß der Matrose. Wirre blonde Haare, Bartstoppeln, gerötete Wangen. Dunkelblaue Hose, darüber nur ein Unterhemd. Breite Schultern, sehniger Hals, nackte Füße. Das Fenster neben ihm stand offen, der Lärm des Hinterhofs drang herein. Lautes Hämmern, Kindergeschrei, ein Hund bellte, Frauen riefen sich etwas zu.

Greta richtete sich auf. Die Matratze quietschte leise. Das

Bettzeug war weiß und sauber. Ihre Kleider lagen auf einem Stuhl am Fußende. Hoppla! Sie trug ja nur ihre Unterwäsche! Greta erschrak und tastete ihren Körper ab.

Der Matrose lachte. »Hast du was verloren?«

Es schien alles unverändert. Sie fasste nach dem Medaillon und sagte erleichtert: »Nein, ich glaube nicht.«

»Ich hab dir nichts genommen, Schnitterin.«

»Ich heiße Greta.«

»Ich weiß.«

»Warum nennen Sie mich dann Schnitterin?«

»Weißt du's nicht mehr?«

Sie konnte sich nur vage erinnern, wie sie mit dem Matrosen hierhergekommen war. Die steile Treppe in den ersten Stock. Sie wäre beinahe rückwärts hinuntergefallen.

»Schnitt, Schnitt«, sagte der Matrose.

»Wie bitte?«

Er lachte. »Du bist mir ja eine Marke.«

»Entschuldigen Sie bitte, dass ich Ihnen Umstände gemacht habe.«

»Schon in Ordnung. Wenn man was Hübsches findet, das anscheinend niemandem gehört, nimmt man's erst mal mit.«

»Wie bitte?«

»Wem soll ich dich zurückbringen? Gibt's Finderlohn?«

»Ich verstehe nicht, was Sie meinen. Darf ich mich bitte anziehen?«

»Die Sachen liegen alle da.« Er deutete auf den Stuhl. »Tu dir keinen Zwang an.«

Greta wurde rot. »Aber ...«

»Ich hab dir dein Hemdchen angelassen, Schnitterin. Daran siehst du, dass ich es gut mit dir meine.«

Greta stand auf und benutzte die Bettdecke als Sichtschutz. Der Matrose schaute amüsiert zu. Sie wusste nicht, ob sie zuerst den Rock oder die Bluse nehmen sollte, und stellte sich so ungeschickt an, dass die Decke herunterfiel.

Der Matrose lachte wieder. »Hier standen schon viele, die weniger anhatten als du. Und die haben es nicht so kompliziert gemacht.«

Greta war in wenigen Sekunden fertig angezogen und brachte ihr Haar in Ordnung. Sie wusste, dass sie knallrot war, und ärgerte sich. Außerdem gab es noch ein Problem.

»Äh, ich müsste mal ...«

»Hm.«

»... dringend.«

»Der Pott ist unterm Bett.«

»Aber ... nein, das geht doch nicht.«

»Also hör mal, so viel Aufhebens hat ja noch keine hier gemacht.« Er deutete zum Fenster. »Im Hinterhof ist der Abtritt, wenn dir das lieber ist.«

»Ja, danke.« Sie hastete zur Tür.

»Und beeil dich. Ich hab Hunger!«

Greta rannte die steile Treppe hinunter, stieß die Tür zum Hof auf und sah die zwei Latrinenhäuser. Der Hinterhof war eng und kahl, bis auf ein paar verbeulte Eimer und kaputte Fässer, einen kleinen Handwagen und ein Steckenpferd. Sie achtete nicht auf die Kinder, die dort spielten, sondern wollte sich, so schnell es ging, in der Latrine verbarrikadieren. Aber die hatte nicht mal einen Riegel! Sie musste die Tür von innen zuhalten, während sich die Kinder draußen versammelten und neugierig tuschelten.

»Wer ist das denn?«

»Bestimmt die neue Freundin von Carl.«

»Schon wieder 'ne Neue?«

»Wenn's eine ist, die er bezahlt, kommt sie sowieso nur kurz.«

»Der bezahlt doch nicht. Weil sie ihn nämlich alle mögen.«

»Du auch, was?«

»Spinner!«

Als Greta sich wieder raustraute, standen sie alle da und starrten sie an. Sechs ärmlich, aber sauber gekleidete Kinder zwischen acht und zehn, zwei Jungs, drei Mädchen. Eins der Mädchen hatte einen Säugling auf dem Arm.

Greta starrte den Säugling an. Er schlief, eingemummelt in eine Wolldecke. Ganz friedlich. Aber das war vielleicht auch ein Trugschluss. Vielleicht war das kleine Kind ja schon tot. Es sah so blass aus. Vielleicht verfärbte es sich gleich bläulich, und dann wäre klar, dass es tot war.

Der Säugling schlug die Augen auf. Greta zuckte zusammen. Das Mädchen hielt ihr das Kind hin. »Wollen Sie ihn mal halten? Für 'n Groschen dürfen Sie ihn mal halten.«

Greta wich zurück und stieß gegen die Latrinentür, die zuknallte. Der Säugling fing an zu weinen. Riss das kleine Mündchen auf, kniff die großen Äuglein zu und schrie aus Leibeskräften. Schrie um sein Leben, verlangte, dass jemand sich kümmerte, wollte gerettet werden vor dem Bösen in der Welt.

Das Mädchen hielt ihn immer noch hoch. »Nur 'n Groschen, Fräulein.«

»Nein!«, stieß Greta hervor. Sie bahnte sich einen Weg zwischen den Kindern hindurch und trampelte die Treppe hoch.

»Guten Morgen, Greta«, empfing sie der Matrose.

»Was?«

»Ich dachte, ich versuch's mal mit deinem Namen. Ich bin übrigens Carl. Carl Jensen.« Er hielt ihr die Hand hin.

Sie streckte die ihre aus. »Greta Wehmann.«

»Du zitterst ja. Hunger, was? Kein Wunder, ist schon spät. Gehen wir. Drei Ecken weiter gibt's was Gutes.«

Kröger's Destillation u. Frühstückslocal lag drei Stufen tief im Souterrain. Es roch nach Schnaps, der aus den großen Fässern hinter dem Tresen dünstete, aber auf den Tischen vor dem Fenster waren karierte Decken ausgebreitet. Jensen war hier bekannt und bekam Eier mit Speck, für Greta bestellte er »das Damenfrühstück«.

Als er ihr das Ei köpfte, weil sie immer noch so zitterte, fasste sie Vertrauen zu ihm. Als er ihr das Franzbrötchen in den Tee tunkte, war sie überzeugt, dass er sie liebte, und nahm sich vor, ihm alles zu verzeihen. Schließlich war er ihr Retter!

Er vertilgte sein Essen in Windeseile und warf ihr dabei aufmunternde Blicke zu. Schließlich klatschte er in die Hände und rief: »Dann kann ja das Tagwerk beginnen!« Er stand auf, warf Geld auf den Tisch, wünschte ihr alles Gute und stapfte nach draußen, noch bevor sie wusste, wie ihr geschah. Sie blieb sitzen und musste alle Kräfte aufwenden, um nicht zu zeigen, wie elend sie sich fühlte. Es klappte nicht sehr gut, das merkte sie an den mitleidigen Blicken der Kellnerin, die mit raschelndem Faltenrock hin und her eilte und die Hafenarbeiter bediente, die von der Frühschicht kamen.

Ein uniformierter Wachtmeister betrat das Lokal und bekam am Tresen ein Bier. Greta stand auf und schlich so unauffällig wie möglich hinaus.

Sie irrte ziellos durch die Gassen, verlor die Orientierung, bekam Angst, sie könnte nie mehr aus dem Gewirr hinausfinden, sehnte sich nach dem großen, kräftigen Matrosen und hasste ihn zugleich. Schließlich erreichte sie einen Zeitungsstand, wo sie einen Stadtplan kaufte. Sie biss die Zähne zusammen und faltete ihn auseinander, um ihn so wieder zusammenzulegen, dass nur die Hafengegend mit ihren vielen kleinen Straßen zu sehen war.

Von nun an wollte sie systematisch vorgehen. Solange sie suchte, hatte alles einen Sinn. Wenn sie aber aufgab, dann wäre alles aus. Trotzig schritt sie weiter und fragte Handwerker in ihren kleinen Werkstätten, Passanten in den Gängen, Frauen an Fenstern, Wirte und Kellner in Gaststätten, Verkäufer in Geschäften und Mädchen an Blumenständen nach Max Klant. Immer wieder sagte sie den Namen. Und nie antwortete jemand »Aber ja, den kenne ich!« oder wenigstens »Den Namen hab ich doch schon mal gehört«. Bestenfalls hieß es »Fragen Sie mal den und den da und da, der kennt sich aus«. Mitunter jedoch auch: »Sind Sie sicher, also ich kenne hier so gut wie jeden, aber der Name ist mir noch nie untergekommen. Was macht er denn beruflich? Ach, das wissen Sie nicht? Wieso suchen Sie ihn denn? Geht mich nichts an? Na dann einen schönen Tag auch, Fräulein!«

Sie erreichte eine Grünanlage und saß eine Weile fröstelnd auf einer Bank. Spürte, wie die Beklemmung in ihrer Brust stärker und das Gewicht auf ihren Schultern immer schwerer wurde. Der Abend brach früh herein, und sie entschied, dass es lebenswichtig für sie war, irgendwo im Licht und unter Menschen zu sein. Die Reeperbahn schimmerte jenseits der Grünanlage. Dort war St. Pauli, jene Gegend, in der sie leicht untertauchen, in der Masse der Nachtschwärmer verschwinden konnte. Dort würde sie bestimmt wieder eine diskrete Pension finden, in der man keine zudringlichen Fragen stellte. Zu Dahl und Haselbusch wollte sie lieber nicht. An einen Ort zurückzugehen, wo sie schon bekannt war, wäre zu riskant.

Sie überquerte den Millerntorplatz und hielt auf die Leuchtreklamen vom *Ballhaus Trichter*, vom *Carrousel de Paris* und dem *New Orleans* zu. Doch mit einem Mal kam ihr alles zu grell und lebhaft vor. Sie überquerte die Reeperbahn, stolperte über die Trambahngleise, vorbei an der *Volksoper*, vor deren Kasse sich schon eine Schlange gebildet hatte, und erreichte den Spielbudenplatz. Aber was sollte sie denn mit dem *Opernhaus*, der *Wilhelmshalle* und dem *Panopticum* anfangen, was für einen Sinn ergab es, sich in die *Welt-Bodega* des *Eden-Theaters* zu setzen, jetzt in diesem Moment, wo sie merkte, dass sie am Ende ihrer Kräfte angekommen war? Auch die *Vierländer Bauernschänke* und eine Konditorei waren nicht das Richtige. Sie brauchte Ruhe! Bitte! Und nicht dieses grelle Licht!

Die Rettung in letzter Minute war *Knopf's Lichtspielhaus*. Als sie das Plakat mit der Aufschrift *Rausch* sah und den flammenden Namen ihres Idols Asta Nielsen in großen Lettern, fühlte sie sich erleichtert. Sie eilte zur Kasse, löste eine Eintrittskarte und ließ sich von einer Platzanweiserin in den schon dunklen Saal führen. »Bitte einen Sitzplatz am Rand und möglichst allein«, flüsterte sie und gab ein Trinkgeld. Sie bekam einen Platz in der letzten Reihe, direkt am Mittelgang. Nun konnte sie aufatmen. Der Vorfilm mit dem Titel »Fräulein Seifenschaum« war gerade bei der Schlussszene angelangt, in der eine kesse Friseurin einem zudringlichen Kunden nicht nur Wangen und Kinn, sondern das ganze Gesicht einschäumte. Das Publikum lachte fröhlich. Greta entspannte sich.

Dann ging die Sache doch noch schief, denn der Hauptfilm handelte von einem Schriftsteller, der Frau und Kind verlässt, um mit seiner Geliebten zu leben und das Kind verwünscht, das daraufhin stirbt. Asta Nielsen spielte die Geliebte und litt dramatisch. Greta weinte hemmungslos und verlor sich in einem Anfall von überwältigender Trauer. Die Platzanweiserin musste sie aus dem Kino führen.

Später erinnerte sie sich kaum an das, was sie in den folgenden Stunden getan hatte. Sie war nicht mehr in der Lage, nach einer Pension zu suchen. Sie wusste nicht mal, ob der graue Nebel, der ihre Sicht behinderte, wirklich war oder nur in ihrem Kopf existierte. Jedenfalls wurde er immer dichter, bis sie das Gefühl hatte, von ihm niedergedrückt zu werden.

Sie duckte sich, rannte vor dem Nebel davon und sah nur noch ihre Füße unter sich. Dann gar nichts mehr, bis sie mit schmerzenden Gliedern auf einem Haufen Lumpen in einem finsteren, höhlenartigen Durchgang zu sich kam. Sie war der Verzweiflung nahe. Wie sollte sie das denn aushalten, dieses Wissen, dass ein Dämon in ihr steckte, der ohne Vorwarnung die Macht ergriff und sie Dinge tun ließ, an die sie sich hinterher nicht erinnern konnte? Wenn sie nicht einmal wusste, welcher fremden Macht sie ausgeliefert war – war es da nicht besser, gleich zu sterben?

Nein! Das durfte sie nicht zulassen. Mit einem Mal war bloß noch ein einziger Gedanke in ihrem Kopf: Sie würde diese Nacht nur überleben, wenn sie sich in die starken Arme des Matrosen Carl warf. Andernfalls wäre alles aus, und sie konnte sich gleich der Polizei stellen. Wäre das nicht sowieso besser?, fragte sie sich. Nie und nimmer! Die Gedanken rasten durch ihren Kopf, bis sie irgendwann zu sehr später Stunde endlich den Weg zu *Winckler's Gaststube* und von dort zum Haus von Jensen fand, sich erschöpft die Treppe hinaufschleppte und vor der Tür zusammenbrach, als auf ihr Klopfen hin niemand öffnete.

Jensen kam gegen drei Uhr morgens, schweren Schrittes und vor sich hin summend. Als er Greta sah, lachte er und rief: »Schnitterin, wach auf!«

Sie rührte sich nicht. Er schloss die Tür auf und hob sie

hoch, trug sie hinein, legte sie aufs Bett, stellte fest, dass sie Fieber hatte.

»He, Greta, was ist denn mit dir passiert?«, fragte er und rüttelte sie. »Weißt du eigentlich, dass sie heute ein Bild von dir in der Zeitung gebracht haben?«

Anscheinend hörte sie nicht, was er sagte. »Er hat das Kind verflucht, und dann ist es gestorben«, hauchte sie.

»Ich muss dich wieder ausziehen, Kleine, nimm's mir nicht übel.«

»Ich gehöre dir, Carl, dir ganz allein«, flüsterte sie, als er die Decke über sie zog.

Er ließ sich stöhnend aufs Sofa fallen. »Quatsch mit Soße.«

Die nächsten beiden Tage lag sie krank im Bett. Was Jensen nicht davon abhielt, sich die Nächte um die Ohren zu schlagen. Erst frühmorgens kam er nach Hause und schlief lange, tief und fest. Am dritten Tag schlich sie sich aus der Wohnung und war rechtzeitig zurück, als er die Augen aufschlug.

Sie lächelte verführerisch. Das hatte sie vor seinem kleinen, fleckigen Spiegel geübt, der neben der Waschschüssel lag.

»Was ist denn los?«

»Ich hab uns Franzbrötchen geholt.« Sie beugte sich über ihn. »Mit viel Zimt.«

Er stöhnte. »Mensch, Mädchen, was machst du denn da?«

»Ich heiße Greta, und du sollst mich liebhaben.«

Das tat er. Irgendwann, mittendrin, durchzuckte es sie: Schnitt, Schnitt! Aber dann stöhnte sie auf, und alles war gut.

»Von da oben.« Der Mann deutete den Elbhang hinauf zu einer Gründerzeitvilla mit einem hohen, eckigen Turm. Das

Haus sah aus, als hätte man einen Teil aus einem gotischen Schloss herausgenommen und da oben hingestellt.

»Ich war im Turmzimmer und hatte mein Teleskop auf die Sterne gerichtet. Wir hatten ausnahmsweise eine klare Nacht.« Der Mann sprach mit englischem Akzent und fügte hinzu: »Ich bin bei der Familie Sandvoss zu Gast.«

Weber trat von einem Fuß auf den anderen. Die klare Nacht hatte bewirkt, dass die Temperatur unter null gesunken war. Auf dem Sand am Elbstrand hatte sich eine feine Schicht Raureif gebildet. Weber fror, weil er versehentlich nach der Regenpelerine gegriffen hatte, als Hilbrecht in den Dienstraum gekommen war mit den Worten: »Deine schöne Mörderin hat wieder zugeschlagen.«

Weber war schon durch den Amtsdiener unterrichtet worden. Vom Stadthaus brachte sie ein Kraftwagen nach Neumühlen, wo die Altonaer Kollegen sie empfingen, die ausnahmsweise einmal mitgedacht und eine Verbindung zu den Vorfällen in Hamburg gezogen hatten. Ein preußischer Beamter hatte sie am großen Kühlhaus am Neumühlener Hafen hinter dem Elektrizitätswerk erwartet, war aufs Trittbrett gestiegen und hatte sie Richtung Övelgönne dirigiert. Dorthin, wo der Strand begann, gleich neben dem Industriehafen mit den Gleisen der Hafenbahn und den Flussschiffen, die die Rohstoffe für Hedrichs Dampfmühle anlandeten. Im Sommer trafen sich hier die Altonaer, um zu baden, jenseits des Piers für die Elbdampfer, umweht von Fischgeruch und Kohlenrauchschwaden.

In den Häuschen am Elbhang wohnten ehemalige Kapitäne oder Lotsen und weiter oben die wohlhabenden Bürger in Villen mit Blick aufs Wasser und den Hafen, der ihren Wohlstand mehrte. Zum Beispiel den der Familie Sandvoss.

Der Gast aus England trug einen Tweedanzug, Schnürstiefel, eine karierte Ballonmütze. Obwohl er jünger als Weber war, kam er ihm wie ein Professor auf Urlaub vor.

»Zuerst jedenfalls. Die klare Nacht, meine ich. Am frühen Morgen hat es dann eingetrübt. Und der Mond war aufgegangen und sehr hell, wodurch die Sterne verblassten. Ich wollte aufhören, aber dann ...«

»Wie spät war es?«

»Gegen halb drei.«

»Fahren Sie fort.«

»Gegen halb drei wollte ich aufhören und gerade die Schutzhülle über das Teleskop ziehen, als ich eine Person am Strand bemerkte.«

Weber warf einen Blick hinauf zur Villa. »Von da oben? Das ist aber weit weg.«

»Ja, ganz recht, aber ich hatte ja ein Nachtglas zur Hand. Es gibt verschiedene optische Geräte im Turm. Es ist ein ... Sichtturm?«

»Aussichtsturm.«

»Ja, so etwas. Man kann weit schauen. Ich sah die Gestalt und nahm das Nachtglas. Dann wurde ich neugierig und ...«

»Warum wurden Sie neugierig?«

»Nun, es war Nacht, und da kam eine Frau, da fragt man sich ... Sie war jung ... wenn Sie verstehen ...«

»Sie haben sie also beobachtet.«

»Ja, weil ich verwundert war über ihre Anwesenheit dort um diese Zeit.«

»Gut, und weiter?«

»Sie kniete sich hin und fing an zu graben. Da war ich natürlich noch mehr verwundert. So etwas tut man doch nicht in der Nacht und zu dieser Jahreszeit. Im Sommer, wenn hier Badegäste sind, glaube ich, dann ...«

»Die Frau hat ein Loch gebuddelt?«

»Ja. Und ich sah auch, dass sie etwas dabeihatte. Sie wissen schon, den Sack. Die Polizisten haben ihn ja wieder ausgebuddelt.« Der Engländer deutete zu der Gruppe von Beamten, die neben einer Grube standen. Zwei Schaufeln steckten im Sand, daneben lag ein schäbiger Leinensack. Mit einem aufgemalten Kreuz, wie Weber registrierte.

Hilbrecht war gerade dabei, die Polizisten zur Seite zu dirigieren, damit er genug Platz hatte, den Fundort zu fotografieren. Er hatte eine handliche Kamera aus seinem Fotografenkoffer geholt und auf das Stativ montiert, das er hierhergeschleppt hatte. Nun erklärte er einem Beamten, wie er die Blitzlichtlampe halten sollte. »Vorsicht, nicht dass Sie sich versengen, mein Guter!«

»Sie sahen eine Frau, die einen Sack vergraben wollte?«

»Ja, und da nahm ich das Teleskop und richtete es nach unten. Sie gab sich sehr viel Mühe. Ich will damit sagen, sie grub tief.«

»Mit bloßen Händen?«

»Ja.«

»Keine Schaufel, kein Stück Holz oder sonstige Hilfsmittel?«

»Nein.«

»Das konnten Sie genau sehen?«

»Ja, wegen des Teleskops.«

»Und die Frau?«

»Bitte?«

»Wie sah sie aus?«

»Eine junge Frau.«

»Beschreiben Sie sie.«

»Nun ja, sie trug einen Mantel mit Kapuze, und die ganze Zeit war ihr Kopf auf der anderen Seite, also ich meine, sie schaute zum Fluss, nicht hier hoch.«

»Sie konnten also ihr Gesicht nicht erkennen?«

»Nein.«

»Woher wollen Sie dann wissen, dass sie jung war?«

»Die Hände. Es waren junge Hände.«

»Sie haben ihre Hände studiert?«

»Nun ja. Sonst war ja nichts zu sehen. Sie trug auch eher Schuhe, die eine junge Person trägt. Solche mit Schnallen.«

»Und sonst?«

»Nur dieser Mantel mit Kapuze.«

»Und als sie wegging?«

»Wie bitte?«

»War da immer noch nichts zu sehen?«

»Doch, äh, schlanke Beine. In dunklen Strümpfen. Sand klebte dran. Oder sie waren vielleicht auch kaputt. Das kann ich nicht sagen.«

»Ging sie gebeugt?«

»Gebeugt?«

»Na so.« Weber krümmte sich wie ein alter Mann.

»Nein, anders. Eher so.« Der Engländer duckte sich und rannte ein Stück.

Jetzt spielen wir Freilufttheater, dachte Weber, ach du meine Güte. Der Engländer schien Gefallen daran zu finden und wiederholte seine Darbietung einer geduckten jungen Frau, die am Elbstrand entlanghuschte.

»Aber ihr Gesicht konnte ich nicht sehen, leider.«

»Nun gut, immerhin. Und dann haben Sie die Polizei alarmiert?«

»Nein, gar nicht.«

Weber schaute ihn fragend an.

»Weil es ja nichts Großes war. Oder sagen wir so, ich hatte doch nur eine Frau gesehen, die etwas eingrub. Ich nahm mir vor nachzuschauen, wenn es hell geworden war. Aber als ich es dann beim Frühstück gegenüber der Familie Sandvoss erwähnte, sagte Herr Sandvoss etwas zu seiner Frau über Kindermorde in Hamburg. Davon hatten sie in der Zeitung gelesen. Und dann entschieden sie, die Polizei anzurufen. Die haben den Sack ausgegraben und waren auf einmal sehr aufgeregt.«

»Wissen Sie, was drin ist?«, fragte Weber.

»Knochen, heißt es.«

»Tja.«

Vom Uferweg her kam ein Mädchen angerannt. Dahinter eine große, schlanke junge Frau in schickem Mantel, hohen Stiefeln und einer sportlichen Kappe. Das alles passte nicht so ganz zusammen, als wüsste sie nicht, ob sie reiten gehen oder in die Stadt fahren wollte. Das Mädchen trug einen weißen Wollpullover, darunter ein Matrosenkleid und eine gestreifte Mütze über den blonden Locken.

»Kyri!«, rief die junge Frau hinter dem Mädchen her. »Geh nicht dorthin!«

Aber das Mädchen lief nicht auf die Polizisten zu, sondern Richtung Anlegestelle.

»Kyri!«, rief die junge Frau zornig. »Du gehst mir aber nicht wieder zu den Bootsjungen!«

Das Mädchen rannte weiter.

Hilbrechts Blitzlicht flammte auf.

»Ich werde vielleicht später noch mal auf Sie zukommen«, verabschiedete Weber den Zeugen. Dann ging er zur Fundstelle.

Nachdem Hilbrecht ein zweites Bild gemacht hatte, hielt einer der Altonaer Beamten Weber den Sack hin.

»Verkohlte Knochen, verbranntes Fleisch, Kohlenstücke, rußiges Holz, Asche«, zählte er angewidert auf.

»Menschlich?«

Der Beamte nickte und deutete auf einen Mann, der weiter unten am Wasser stand und auf die Elbe blickte. »Der Leutnant sagt, er hat so was schon mal gesehen. Verbrannte Menschenknochen. Aber von größeren Kindern, sagte er. Die hier sind ja winzig klein. Der Gerichtsarzt war noch nicht da. Der muss es noch bestätigen. Hoffentlich kommt er bald.« Er verzog das Gesicht. »Ist ein komisches Gefühl, mit einem Sack voll Kinderknochen herumzustehen.«

»Wie tief war er vergraben?«

»Na ja, nicht sehr tief. Bei der nächsten Sturmflut wäre er weggeschwemmt worden.«

Hier mordet jemand ohne Sinn und Verstand, dachte Weber.

»Bitte schnellstens einen Bericht ins Stadthaus übermitteln«, sagte er zum Abschied.

»Weißt du was«, meinte Hilbrecht, als sie durch den Sand zurück zum Kraftwagen stapften. »Es gibt mir zu denken, dass nach dem Tod so rein gar nichts vom Menschen übrig bleibt.«

»Wurde ja auch verbrannt.«

»Verbrannt oder nicht. Es bleibt nichts.«

»Nein«, sagte Weber, »es bleibt nichts.«

Aber trotzdem schuften wir uns ab, um Licht in einen Todesfall zu bringen, Licht in eine Angelegenheit, von der nichts bleibt, dachte er.

Ein Schiffshorn ertönte. Ein Ozeandampfer schob sich vorbei, auf dem Weg Richtung Nordsee. Er hieß »Esperanza«. Wie zum Hohn.

Greta war glücklich. War das nicht wundervoll? Jemand hielt zu ihr und kümmerte sich um sie. Führte sie aus. Wie herrlich das war! Ins *Hippodrom*. Große Freiheit! Was für ein bezaubernder Name für eine Straße. Bunte Lichter und Leuchtreklamen, Menschenmassen, die nur eins wollten: Vergnügen. Überall Musik und fröhlicher Lärm. Sie jauchzte auf, als Carl sie mit seinen kräftigen Händen packte und auf ein Pferd setzte. Und schon saß sie hoch zu Ross wie eine Königin, auch wenn es nur im Kreis ging.

Sogar in ein Kaffeehaus führte er sie. Es gab Kuchen. Torte! Sahne! Er lachte, nannte sie Leckermaul und Sahnekätzchen. Legte ihr den schweren Arm um die Schultern, zog sie an sich und sagte: »Wenn du die Udels nicht magst, ist mir das nur recht. Ich kann sie auch nicht leiden. Falls einer dir krumm kommt, dann pusten wir ihn aus der Uniform, was?« Bei allen anderen, den Neugierigen und Zudringlichen, den Schattengestalten und Eckenstehern musste sie nur einen Satz sagen: »Ich gehöre zu Carl Jensen.« Und schon war Ruhe.

Das, so dachte sie selig, ist es doch, wofür Gott den Mann erfunden hat: Du sagst seinen Namen, und der Weg ist frei, du sagst seinen Namen, und dir wird warm ums Herz. Du sagst seinen Namen und breitest die Arme aus, um ihn und die ganze Welt zu umfangen.

Sie konnte gerettet werden. Vielleicht konnte alles noch gerettet werden. Es war längst nicht zu spät. Es gab Hoffnung.

Eine dicke Frau stand vor einem Kramladen mit öffentlichem Telefonanschluss. Sie trug einen langen, weiten Rock und eine fleckige Schürze, hielt den Besen in der Hand und fegte das Pflaster. Da in der Nähe einige der wenigen Bäume standen, blies der Wind immer wieder Blätter vor ihr Geschäft, so dass sie ständig von vorne anfangen musste. Das störte sie offenbar nicht. Sie schien geradezu darauf aus zu sein, ein Schwätzchen zu halten.

»Max Klant? Ja, den kenne ich. Dieser große Gutaussehende mit den schwarzen Haaren, immer gestriegelt und ein bisschen viel Pomade für meinen Geschmack.«

Greta durchfuhr es wie ein Blitz. Ihr Herz fing an zu pochen. Es fiel ihr schwer, sich nichts anmerken zu lassen. »Ja, den meine ich.«

»Der Schnurrbart stand ihm gut, aber jetzt hat er ihn sich abrasiert.«

»Oh.«

»Jeder wie er mag, Fräulein. Sind Sie mit ihm verwandt?«

»Äh, ja, so ungefähr.«

»Dachte ich mir. Sind ja so einige Damen mit ihm verwandt, wie man hört.«

»Ach so.«

»Nicht traurig sein, Kleines.«

»Bin ich gar nicht.«

»Seine eigene, also die Frau an seiner Seite, scheint's auch nicht zu stören. Vielleicht ist es bei denen ja andersrum. Ich meine, als sonst. Dass die Frau den Mann losschickt und das Geld kassiert, wenn du verstehst, was ich meine. Sie ist ja auch schon älter. Jedenfalls ist er es, der sich umtut, und sie dreht Däumchen, wie's scheint. An deiner Stelle würde ich mir den Kerl aus dem Kopf schlagen. Fahr zurück dahin, wo immer du herkommst. So wie du redest, kannst ja nicht aus Hamburg sein. Hab Geduld. Glaub mir, es gibt Männer, die sind es sogar wert.«

»Danke für den Rat, aber wie heißt denn die Frau, mit der er ... in Verbindung steht?«

Die dicke Frau hörte auf zu fegen und stützte sich auf ihren Besen. »Da hab ich dir aber einen Floh ins Ohr gesetzt, was? Das kommt davon, wenn man in Plauderlaune gerät. Schau mal, Kindchen, siehst du einen bestimmten Mann zweimal mit der Gleichen, dann weißt du ja, was es geschlagen hat.

Ich meine, so untergefasst.« Sie tat, als wäre der Besen ihr Begleiter. »Und es gibt ja so einen Blick bei den Damen, der deutlich sagt: Das ist meiner, fass ihn nicht an! So war das bei ihr, auch wenn ich andererseits ja gehört habe, wie er am Telefon mit einer anderen gesäuselt hat, während sie draußen eine Zigarette rauchte. Seine Verabredungen traf er hier am Telefon, wenn du verstehst, was ich meine. Ich hatte den Eindruck, dass sie weiß, was er da tut. Eine erfahrene Frau, das siehst du schon daran, wie sie dasteht und raucht. Nur, als einer von den Udels um die Ecke kam, da hat sie ganz unschuldig getan. So nach dem Motto: Huch, wo bin ich denn hier gelandet? Und sich drüben bei *Leder-Schmitt* die Auslagen mit den Handtaschen angeguckt. Er hat sie dann gerufen: ›Gerlinde‹. Und sie hat ihm ein Zeichen gemacht, dass er vorsichtig sein soll. Hat er auch gleich verstanden, dass da ein Wachtmeister in der Nähe war. Also sieh dich vor, Kindchen, du bist ins falsche Fahrwasser geraten.«

Greta ignorierte den Ratschlag. »Gerlinde? Und weiter?«

»Ach, wenn er mir das doch verraten hätte!«, sagte sie ironisch. »Er hat sie ja leider nicht mit Frau Müller angesprochen, wenn du verstehst, was ich meine.«

»Schade.« G. Hofstedt war als Absender auf dem Briefumschlag an Max Klant angegeben, den sie besaß. Hieß seine Gefährtin also Gerlinde Hofstedt?

»Ich sag ja, lass ihn fahren!«, rief die Dicke aus. »Du handelst dir nur Ärger ein. Was glaubst du, was seine andere Hälfte – und ich sag jetzt absichtlich nicht bessere Hälfte, wenn du verstehst, was ich meine. Was glaubst du wohl, was die mit dir macht, wenn du Ansprüche anmeldest, hm? Und welcher Art sollten die wohl sein?«

»Es geht ja nicht um mich.«

»Aha.«

»Eine Freundin ...« Greta fasste unwillkürlich nach dem Medaillon, das aber unter dem Mantel gut verborgen war.

»Soso ... na ja.« Die Dicke glaubte ihr nicht, aber das war sowieso egal.

»Max Klant nennt der sich übrigens auch nicht immer. Jedenfalls am Telefon. Mal so, mal so. Und wenn du mich fragst, macht der seine Geschäfte nicht hier in der Gegend ... Wie sollte er da denn verdienen? Aber wenn er mit seiner Gerlinde hier in der Nähe haust, dann aus gutem Grund, wenn du verstehst, was ich meine. Neulich ist einer über die Dächer getürmt, als die Kripo ihn hopsnehmen wollte. Von einem Dach aufs nächste kam der schwuppdiwupp bis zum Hafen und auf 'ne Barkasse, und schon war er in Harburg und die Udels: Hastenichtgesehen! So kann's hier gehen.« Sie fing wieder an zu fegen.

»Und diese Gerlinde, wie nennt die ihn?«

Die Dicke schaute Greta verblüfft an, schüttelte den Kopf und lachte vor sich hin. Dann sagte sie: »Das hilft dir auch nicht weiter, Kleine, dass sie immer ›Schatzi‹ gesagt hat.«

Ein Mann, der ein Fahrrad über das löchrige Pflaster schob, kam um die Ecke gebogen. »Achtung, Razzia! Weitersagen!«, rief er mit verhaltener Stimme.

»Na, sach man bloß ...« Die Dicke schaute sich wachsam um.

Zwei Jungs, von denen der eine den anderen in einer Karre zog, kamen um die Ecke, lachten und riefen: »Schupo und Kripo! Die durchsuchen die Häuser.«

Die Dicke stemmte die Fäuste in die Hüften. »Hat man da noch Worte. Lassen die uns denn nie in Ruhe!«

Ein junger Mann in abgetragenem Anzug, mit Schiebermütze auf dem Kopf und Rucksack auf dem Rücken, rannte vorbei.

»He, Hannes, um was geht's denn? Schon wieder die Politischen?«

»Nee«, rief Hannes zurück, ohne stehen zu bleiben. »Die suchen die Kindermörderin!«

Greta zuckte zusammen und schaute sich unwillkürlich nach einem Versteck um.

»Ach, und die wollen sie ausgerechnet bei uns hier finden?«

Der Mann verschwand um die Ecke. Die Dicke zupfte nervös an ihrem Ärmel.

»Ich mach den Laden dicht«, sagte sie nach kurzem Nachdenken. »Wenn es nachher nämlich doch gegen die Politischen geht, weißt du nie, was passiert. Da fliegen dann die Fetzen, und die Scheiben gehen zu Bruch.« Sie drehte sich um und ging zu ihrem Laden. Dann fing sie an, große Holzplatten von der Seite heranzuschleppen, um sie vor den Fenstern anzubringen. Sehr schwere Holzplatten.

Wo ist denn ihr Mann?, fragte sich Greta. Oder ist der auch nicht zurückgekommen? Greta half ihr beim Tragen und Befestigen, so machte es den Eindruck, als würde sie dazugehören.

Als sie gerade dabei waren, das Gitter vor der Tür einzuhaken, kam ein Polizeitrupp um die Ecke. Fünf Mann, vier in Uniform, einer in Zivil mit Mantel und Schirmmütze. Große, ernst dreinblickende, kräftige Männer, mit denen bestimmt nicht zu spaßen war.

»Oh, verdammter Mist«, stieß Greta leise hervor und drängte sich hinter die Ladenbesitzerin, um nicht gesehen zu werden.

Die Dicke schaute sie verkniffen an und sagte: »So ist das also? Na, mach schon. Rein da.«

Sie verschwanden in dem Geschäft. Die Dicke zog das

Rollo herunter. Im Laden war es jetzt fast dunkel. Draußen stapften schwere Stiefel mit knirschenden Sohlen über das Pflaster.

»Danke«, sagte Greta leise.

»Schon gut. Dich werden sie ja nicht suchen. So unschuldig, wie du aussiehst. Tust bestimmt keiner Fliege was zuleide.«

Ach, wenn Sie wüssten, dachte Greta und fühlte sich auf einmal ganz unglücklich.

Die Dicke kochte eine große Kanne Tee und schnitt Kuchen auf, der nach Pappe schmeckte. Sie setzten sich an den Tisch unter dem Telefonapparat, der an der Wand hing, und die Dicke erzählte ihre Lebensgeschichte. Sie war nicht sehr interessant, jedenfalls nicht für Greta, die ganz andere Sorgen hatte. Wann konnte sie zurück zu Carl? Bestimmt wartete er auf sie, und sie kam nicht. Was würde er von ihr denken, wenn sie sich herumtrieb? Hatte er nicht versprochen, mit ihr ins Kino zu gehen? »Aber erst, wenn's dunkel ist, Gretchen«, hatte er gesagt. »Sonst fällt noch einem von den Udels dein hübsches Gesicht auf. Wenn sie dein Foto in der Zeitung gebracht haben, haben sie es auch den Schutzmännern gezeigt. Sieh dich vor! Tagsüber solltest du gar nicht rausgehen.« Hatte sie aber getan. Womöglich war er ihr böse deswegen. Und sie kam auch noch zu spät heim!

Sechstes Kapitel:

ÜBERFALL

Gänge, Gänge, Gänge, es war zum Verrücktwerden. Nichts als Gassen und Hinterhöfe und enge Passagen und winzige Löcher zum Durchschlüpfen. Hier konnte die Polizei nichts ausrichten, schon gar nicht nach Einbruch der Dunkelheit, wenn man das Gefühl hatte, blind durch ein Höhlenlabyrinth zu stolpern.

Geh nach Hause zu deiner Frau, dachte Weber, sie beschwert sich ohnehin Tag für Tag, du hättest keine Zeit für sie. Und hat sie nicht recht? Immerhin ist heute Sonntag. Aber dir ist ein fremdes Mädchen wichtiger. Und rede dir nicht ein, es handelte sich um eine gefährliche Mörderin! Das glaubst du doch selbst nicht. Nein, du glaubst, es steckt etwas ganz anderes dahinter. Aber glauben heißt nicht wissen, und das ist der Haken an der ganzen Sache. Du tappst im Dunkeln.

Im wahrsten Sinne des Wortes. Weber hatte sich von den anderen Polizisten abgesetzt, weil er diese Treibjagd nicht leiden konnte. Seit er in Flandern miterlebt hatte, wie beim systematischen Durchkämmen eines Dorfes zahlreiche Unschuldige willkürlich von seinen Kameraden erschossen worden waren, hatte er eine starke Abneigung gegen solche Aktionen. Ging hier die Polizei nicht wie eine Besatzungsarmee durch das Wohngebiet der Armen und übte rücksichtslos aus, was man »Staatsgewalt« nannte? Aber sei ehrlich, sagte Weber sich, du bist es doch, der hier Schwierigkeiten macht. Wenn die Allgemeinheit der Ansicht war, dass die Polizei so vorgehen sollte, dann ging sie eben so vor. Wo war das Problem?

Seit den endlosen Tagen und Nächten, die er zwischen zahllosen anderen eingepfercht zugebracht hatte, in Baracken, Zelten und Schützengräben, verspürte er einen Widerwillen gegen Menschenhorden und Gruppenzwang. Der Krieg, in dem er nur ein winziges Rädchen im Mordgetriebe gewesen war, hatte ihn zum Einzelgänger gemacht. Er war eigentlich nicht ungesellig. Mit Hilbrecht zum Beispiel trank er gern mal ein Bier. Aber in einer grölenden Masse unterzugehen stieß ihn ab.

Hafennähe. Das Tuten der großen Dampfer war zu hören. Je tiefer der Ton, desto größer das Schiff. Im Laufe der Jahre waren die Töne immer tiefer geworden. Jetzt tuteten sie, weil an der Elbe Nebel aufgekommen war. Der hing nun auch noch über dieser finsteren Gegend.

Weber schlüpfte durch einen engen Gang und erreichte eine schmale Gasse, die in einem leichten Bogen verlief. Spitze Giebel vor dem fast dunklen Himmel. Auch hier hatten irgendwelche Schlaumeier die ohnehin nur spärlich vorhandenen Straßenlaternen zertrümmert. Die Gasse lag in vollkommener Finsternis. Die Bewohner der Fachwerkhäuser hatten die Fensterläden geschlossen, sofern es welche gab. Kaum erleuchtete Fenster und wenn, dann nur schwaches Licht hinter zugezogenen Gardinen und Vorhängen. Es war so ruhig hier, als wäre Karfreitag auf den Totensonntag gefallen.

Wahrscheinlich hatten irgendwelche politischen Aktivisten sich hervortun wollen und Ruhe und Dunkelheit verordnet. Aber die Menschen, die hier lebten, misstrauten der

Staatsmacht ohnehin. Hatte der Staat ihnen den Hunger gestillt, als sie verzweifelt gewesen waren? Nein, der Staat hatte Truppen geschickt, um die Verzweiflung in Schach zu halten. Da musste man sich nicht wundern, wenn die Armen den Spartakisten in Scharen zuliefen.

Recknagel hatte seinen Spaß dabei gehabt, die Aufständischen niederzuschlagen, im Regiment der Bahrenfelder, die keine Skrupel gekannt hatten, gegen die Hungernden mit Waffengewalt vorzugehen. Danach hatte man ihn zum Kommissar gemacht und seinen Kommandanten, den Oberleutnant Kunath, zum Inspektor. So macht man Karriere, Weber, nicht mit Skrupeln!

Schritte. Verhaltenes, zögerliches Trippeln auf glitschigem Pflaster. Weber blieb stehen und horchte. Konnte das eine Frau sein? Das Trippeln hallte leise wider zwischen den Mauern, aber woher es kam, war nicht auszumachen.

Weber ging ein Stück weiter in der krummen Gasse, erreichte eine Durchfahrt, in der ein zweirädriger Karren und ein Handwagen standen, davor ein umgekipptes Fass. War es von dort gekommen? Er ging hindurch. Dahinter verliefen zwei Reihen mit armseligen, einstöckigen Häusern.

Nein, falsch, jetzt war das Geräusch hinter ihm zu hören. Kam offenbar von links. Er ging zurück in die Gasse, ein Stück weiter, und bog in eine Abzweigung. Auch falsch, jetzt war es wieder hinter ihm. Also zurück. Ah, ein Torbogen mit einer Doppeltür aus Holz, die eine Seite geöffnet. Dahinter ein tunnelartiger Durchgang, in dem tatsächlich eine elektrische Funzel brannte. Auf der geschlossenen Türhälfte klebten die Reste eines Plakats: »Arbeiter! Bürger! Soldaten! Die Revolution muss verteidigt werden! Nieder mit der Reaktion!« Weber passierte den Durchgang. Gleich dahinter führte eine enge Gasse zwischen hohen Backsteinmauern nach rechts.

Und von dort kam das Trippeln. Jetzt hörte es auf. Weber hielt inne und verfluchte seine knirschenden Sohlen.

Ein leises Jammern. Vielleicht eine Katze. Nein, das klang wie das Weinen eines Kindes. Und das zischelnde, sanfte Zureden einer Frau. Das Trippeln setzte erneut ein. Weber folgte ihm. Man müsste wirklich andere Sohlen haben! Die Frau ging Richtung Hafen. Da sah er die Gestalt vor sich. Sie trug einen Mantel, hatte sich einen Schal über den Kopf gelegt. Es war ja auch sehr kalt. Das Kind hielt sie vor der Brust und beugte sich schützend darüber. Sie überquerte eine breitere Straße mit Straßenbahngleisen und lief dann zielstrebig eine abschüssige Gasse Richtung Hafen hinunter. Das Tuten war wieder zu hören. Weber kam es vor, als würde aus dieser Gasse der Nebel in die Stadt hereinwabern. Die Sicht wurde schlechter. Das Trippeln verlor sich zwischen den Hafengeräuschen.

Verflixt. Weber beschleunigte seine Schritte. Rannte über die Straße und die Gasse hinunter. Da, die Silhouette. Sie bog nach rechts ab, eilte über eine Brücke, die ein Fleet überspannte, und verschwand zwischen hohen Lagerhäusern und Manufakturgebäuden. Hafenrand. Firmenschilder und Industriereklame. *Lubrovalvin – Zylinder Oele. K. H. T. Ventilatoren. Rohde Galvanisierung.* Es roch nach Chemikalien, ranzigem Öl und modrigem Wasser. Hohe Lampen beleuchteten den Schlamm und Schlick unten im Kanal und was sich sonst noch dort angesammelt hatte.

Was hatte eine Frau mit einem Säugling in dieser Gegend zu suchen? Um diese Zeit? Weber kamen Zweifel. Eine Kindermörderin, die eben am Elbstrand in Övelgönne eine Leiche vergraben hatte, würde sich doch jetzt nicht schon wieder an einem Säugling vergehen, noch dazu inmitten von Fabrikgebäuden.

Jetzt ging er unter einer Überführung hindurch, um eine Ecke herum. Und da war auf einmal noch jemand. Eine andere Person lief von links auf die Frau zu, der Weber gefolgt war. Fasste sie am Arm und zog sie in eine Ecke. Hastiges Flüstern und Zischeln. Ein Aufschrei oder eher ein Aufschluchzen. Die zweite Person packte die Frau mit dem Kind am Arm. Ein Schrei: »Nein! Nicht!«

Die Frau mit dem Kind versuchte, die andere Person fortzustoßen. »Nein! Ich will nicht!« Diese aber wollte ihr offenbar den Säugling entreißen. Wieder ein Schrei: »Nein! Lassen Sie mich!« Die Frau mit dem Kind stolperte und stürzte. Die andere Gestalt beugte sich über sie. Es sah so aus, als würde sie mit dem Arm ausholen, als wolle sie zuschlagen.

Weber, der sich schon längst den Mantel aufgeknöpft und nach seiner Pistole getastet hatte, zog die Waffe aus dem Halfter und stürzte nach vorn. »Halt! Stehen bleiben! Polizei!«, wollte er rufen, kam aber nicht dazu. Etwas Hartes traf ihn am Kopf, und er stürzte. Ein schwarzer Schatten flatterte durch sein Gehirn. Ein paar Sekunden lang wusste er nicht, wo er war und warum. Dann realisierte er, dass er benommen und bewegungsunfähig mit der linken Wange auf dem rauen Steinpflaster lag und mit dem Oberkörper auf seiner Hand, die noch immer die Waffe umklammerte. Eilige Schritte entfernten sich. Zorniges Murmeln und Zischeln. Ein leises Schluchzen. Dann Stille. Ein Mann, den er vorher nicht bemerkt hatte, beugte sich über Weber, tastete ihn ab, schob die Hände in seine Manteltaschen, fand die Polizeimarke, zog sie heraus, betrachtete sie und murmelte: »Verdammter Scheiß!« Ließ die Marke fallen, die klimpernd auf dem Pflaster landete, und rannte weg.

Bohrender Schmerz im Hinterkopf. Als hätte jemand ein Loch hineingeschlagen. Mit einem Schlagring. Irgendwann war Weber wieder in der Lage, sich zu regen. Er wälzte sich auf die Seite. Sein Arm, auf den er gefallen war, schmerzte. Glücklicherweise war die Pistole gesichert gewesen, sonst hätte er sich beim Hinfallen womöglich selbst in die Brust geschossen. Er setzte sich auf und betastete seinen Hinterkopf. Kein Loch, kein Blut, aber eine dicke Beule. Also ein Sandsack, kein Schlagring. War das ein Raubüberfall gewesen? Oder hatte der Mann zu einer der Frauen gehört? War die zweite Gestalt überhaupt eine Frau gewesen?

Weber war sich nicht sicher. War sich über gar nichts mehr im Klaren. Steckte die Waffe zurück ins Halfter. Dachte an den Tommy, dem er den Colt abgenommen hatte. Den toten Tommy. Schüttelte den Kopf. Verzog das Gesicht, als er den bohrenden Schmerz spürte. Fragte sich, wo er jetzt hingehen sollte. Nach Hause natürlich, wohin denn sonst? Aber dort würde ihm seine Frau bestimmt wieder endlose Vorwürfe machen. Er stöhnte. Die Wirtin vom Goldenen Anker fiel ihm ein. Die hätte bestimmt genügend Eis im Keller, um ihm einen Beutel davon auf den Hinterkopf zu legen. Aber bis dorthin war es viel zu weit. Und was für ein abwegiger Gedanke!

Greta tauchte ihre Hände in das eiskalte Wasser der Emailleschüssel und erschauerte. Jensens Wohnung war völlig ausgekühlt, und sie trug nur ihr Hemdchen. Sie griff nach der Bürste und begann, die Hände zu säubern, zuerst die Innenflächen, dann die Handrücken. Sie seifte sie großzügig ein und schrubbte so gründlich, dass ihre Finger bald schon rot waren. Sie rieb derart fest, dass sie trotz der Kälte beinahe ins Schwitzen geriet.

»Du wäschst dir ja oft die Hände.«

Sie zuckte zusammen, als sie die laute, tiefe Stimme hörte.

Sie hatte gedacht, Carl würde noch schlafen. Er war ziemlich spät nach Hause gekommen, nach ihr.

»Man macht sich ja auch ständig schmutzig«, sagte sie leichthin.

»Beim Schlafen?« Er lachte.

»Red nicht so.« Sie drehte sich um und warf ihm einen finsteren Blick zu.

Jensen grinste breit. »Du kriegst noch Falten da oben, wenn du andauernd so guckst.« Er deutete auf ihre Stirn.

»Und wenn ich Falten wie ein Elefant kriege, ich gucke, wie ich will«, sagte Greta trotzig.

»Meinetwegen.« Er gähnte lautstark und streckte sich. »Aber ein Elefantenmädchen wäre nichts für mich, das steht mal fest.«

Sie verschränkte die Arme. »Soso, du kennst dich wohl aus.«

»Mit Mädchen oder mit Elefanten?« Er lachte.

Greta warf die Bürste nach ihm. Sie traf ihn am Kopf. Glücklicherweise mit der Borstenseite. Jensen verzog das Gesicht und rieb sich die Schläfe.

»Du bekommst gleich eine Kopfnuss von mir, Elefantenmädchen, wenn du dich nicht benimmst.«

»Ich benehme mich, wie ich will!«

Jensen ging nicht darauf ein. Offenbar war ihm etwas eingefallen. »Apropos Kopfnuss«, sagte er. »Das erinnert mich an diese komische Szene gestern Nacht.«

»Ach, sieh mal an, du hast was erlebt«, sagte sie und tat eingeschnappt.

»Ja … zwei Frauen und ein Mann …«

»Das ist ja eine Schweinerei. Hast du etwa …?« Ihre Augen funkelten drohend.

»Quatsch! Lass mich mal ausreden. Zwei Frauen treffen

sich mitten in der Nacht, die eine hat ein kleines Kind dabei. Die andere will es ihr wegnehmen. Da rennt ein Mann auf sie zu und zieht eine Pistole ...«

»Du warst wohl im Kintopp. Das klingt nach was Amerikanischem.«

»Nee«, sagte Jensen, »das war kein Kintopp. Und wenn, dann bin ich selbst drin aufgetreten.«

»Wieso eine Frau mit einem Kind mitten in der Nacht?«, fragte Greta zögernd. »Hast du sie erkannt?«

»Es war dunkel, und ich war ziemlich benebelt.«

»Übrigens trinkst du zu viel.«

Jensen fasste sich an die Stirn und kniff die Augen zusammen. »Jetzt, wo du es sagst ...« Dann verzog er das Gesicht. Wenn er so verschlagen grinste – lächeln konnte man das nicht nennen –, sah er aus wie ein kleiner Junge, der gerade bei einem Streich ertappt worden war, und ihr wurde warm ums Herz.

»Deshalb hab ich wohl auch diese Dummheit begangen.«

»Mit den Frauen?«, fragte sie provozierend.

»Nein, mit dem Mann.«

Jetzt flog das Stück Seife durch die Luft, prallte dicht neben Jensens Kopf gegen die Wand und brach in zwei Teile. »Du willst mich wohl veräppeln!«

Jensen griff nach den Seifenstücken und warf sie zurück. Sie verfehlten ihr Ziel. Das eine landete im Wasser, das andere im Briketthaufen neben dem kalten Ofen. Ein paar Wasserspritzer trafen Gretas Arme und das Hemdchen. Sie schüttelte sich. »Du dummer Kerl.«

»Ja, es war dumm. Ich hab ihm eins über den Schädel gezogen. Und dann festgestellt, dass es ein Kriminaler war.«

»Du hast einen Polizisten verprügelt?«

»Tja, sieht so aus.«

»Warum denn?«

»Wenn ein Mann mit 'ner Knarre auf zwei Frauen losgeht, mitten in der Nacht, was denkst du denn da?«

»Dass er was im Schilde führt?«

»Na siehst du ... das hat er nun davon, der dumme Udel«, sagte Jensen und schien wieder mit sich selbst versöhnt. »Wieso stehst du übrigens da so herum und frierst?« Er schlug die Decke zurück.

Sie nahm das Angebot an und sagte, als sie sich an seine breite Brust kuschelte: »Da führt übrigens noch einer was im Schilde.«

»Du?«

»Nein, der Mann mit der spitzen Nase und dem runden Hut.«

»Der Uhlrich? Der Ernst? Hat er dich schon wieder belästigt? Dann geb ich ihm eins auf die Nase!«

»Nicht direkt belästigt, aber angesprochen.«

»Lass dich nicht beirren, das ist nur ein Schnacker.«

»Er hat behauptet, er sei Impresario.«

»Nennt man das jetzt so?«

»Er sagte, er würde Künstlerinnen vermitteln, und wollte wissen, ob ich was kann.«

»Hätte er auch mich fragen können«, lachte Jensen. »Ich weiß ja, was du kannst.«

Greta boxte ihn. »Er meinte was Künstlerisches.«

»Soso.«

»Ob ich singen kann, hat er gefragt, oder tanzen.«

»Kannst du?«

»Ich kann Geige spielen, hab ich ihm gesagt.«

»Donnerwetter.«

»Er würde da ein Damenorchester kennen, hat er behauptet.«

»So wie ich den kenne, meint er das Damenorchester, in dem die Musikerinnen keinen Frack tragen.«

»Deshalb frage ich dich ja. Wenn er so was von mir will ...«

»Seine Stella bringt ihm nichts mehr ein, das ist es«, sagte Jensen.

»Wer ist das denn?«

»Stella Maris ist eine Tänzerin. Sie wohnt bei ihm. Oder er bei ihr. Was nicht heißt, dass er nicht noch andere Pferdchen laufen lässt.«

Greta schüttelte sich. »Wie du redest.«

»Ich rede, wie hier alle reden. Du redest manchmal komisch.«

»Ich bin eben gebildet«, sagte sie schnippisch.

»Hab ich nichts gegen. Deine Bildung kommt mir gut zupass. Ich hab schon Mädchen gekannt, die wussten nicht so genau, wie man sich im Bett zurechtfindet.«

Sie richtete sich empört auf und gab ihm scherzhaft eins auf die Nase. Er hielt ihre Hand fest und zog sie an sich.

»He! Jetzt sag mir erst mal, was ich mit dem Uhlrich machen soll.«

»Gib ihm auch eins auf die Nase, und sag ihm, das nächste Mal kriegt er meine Faust ins Gesicht. Stella Maris hat er als Schönheitstänzerin in einem Lokal an der Großen Freiheit untergebracht. Den Namen hat sie bekommen, weil sie dort einen Unterwasser-Schleiertanz vorgeführt hat. Die Dekoration war eine Schau. Aber sie ist ihm immer weggelaufen, in die Schmuckstraße, um sich Opium zu besorgen. Und so einer wie der Uhlrich, der ist nicht dafür geeignet, eine Frau vor dem Unglück zu bewahren, eher im Gegenteil. Sie ist dann in der Schmuckstraße gelandet, in einem Souterrainlokal von einem Chinesen. Da tanzt sie immer noch, aber ohne Unterwasser-Dekoration und mit viel weniger Schleiern als vorher. Meistens aber ist sie so benebelt, dass sie zu nichts mehr zu gebrauchen ist. Und da verdient er nichts. Also braucht er eine neue Stella. Er hat kein Glück mit den Künstlerinnen, deshalb impresioniert er auch andere Mädchen für weniger künstlerische Dinge. Pass auf, wenn er dir verspricht, dich zum Kintopp-Sternchen zu machen.«

»So einer ist das also.«

»Tja.«

»Da bin ich aber froh, dass ich dich habe.« Greta ließ ihre Fingerspitzen über seine Brust gleiten und zog gelegentlich ein bisschen an den Haaren.

»Das kannst du auch sein. Die Mädchen stehen nämlich Schlange bei mir«, sagte Jensen großspurig.

»So? Warum denn?«

»Soll ich dir zeigen, warum?«

»Was soll das schon sein?«, sagte sie und schnurrte wie ein Kätzchen.

»Pass auf ...«

Es dauerte nicht lange, da hörte das Kätzchen ein lautes Brüllen wie das eines Löwen auf freier Wildbahn.

Hinterher, als er wieder eingeschlafen war, lag sie da und starrte ihre Hände an. Nach einer Weile schlüpfte sie aus dem Bett, wusch sich und zog sich an. Dann kniete sie sich vor den Ofen, füllte ihn mit Holz und Briketts und griff nach den Streichhölzern. Sie merkte nicht, wie sie sich die Finger verbrannte. Und auch nicht, dass der Qualm aus dem Ofen ins Zimmer drang.

Erst als Jensen hustend aufwachte, sie laut schimpfend vom Ofen wegzerrte und ihre Hände in das kalte Wasser tauchte, kam sie wieder zu sich.

»Mensch, Mädchen! Was ist denn jetzt wieder in dich gefahren!«

Später, als sie steif wie ein Brett im Bett lag und ihre Hände wie Feuer brannten, erkannte sie, dass sie eine Gefahr für sich selbst darstellte. Das Gefühl vollkommener Hoffnungslosigkeit schnürte ihr die Kehle zu. Die Verzweiflung nahm überhand. Aber tief in ihr, wie aus weiter Ferne, meldete sich eine bekannte Stimme zu Wort: Lass dich nicht unterkriegen, Greta! Du musst kämpfen!

»Moin!«

Weber zuckte zusammen. Er hatte es mit Müh und Not ins Stadthaus geschafft. Seine Frau hatte ihn bedrängt, krankzufeiern. Aber er hatte abgelehnt und Pflichtbewusstsein vorgeschoben.

In Wahrheit war ihm die Vorstellung, den ganzen Tag zu Hause sitzen zu müssen und von ihr verhätschelt zu werden, einfach zuwider gewesen. Sie hätte ihn gezwungen, im Bett zu bleiben, sie hätte ihm Kräutertee gekocht und sich auf die Bettkante gesetzt, um ihm von ihrer Vorfreude auf das gemeinsame Kind zu erzählen. Womöglich stundenlang.

Ich bin ein schlechter Mensch, dachte Weber, ich weiß eine gute Frau nicht zu schätzen. Und dabei habe ich doch alles: Sie, bald das Kind, eine Wohnung, eine Anstellung. Was ist es nur, das mich so selbstsüchtig macht? Diese Rastlosigkeit, dieser Drang, mich in den Straßen herumzutreiben, am liebsten bei Nacht, dieses Bedürfnis, wie ein Jäger durch die engen Gassen zu schleichen, auf der Suche nach ... Ja, um Himmels willen! Er erschrak vor sich selbst: Sollte er etwa den Drang haben, diese junge Frau wie ein Stück Wild zu erlegen? Was für ein scheußlicher, abwegiger Gedanke! Das mussten die Kopfschmerzen sein. Er hatte ja ganz schön was abbekommen. Da konnte einer zuschlagen. Aber wer? Und warum? Was war da überhaupt vor sich gegangen? Seine Frau hatte wissen wollen, warum er sich zu nachtschlafender Zeit in dieser Fabrikgegend herumgetrieben hatte. »Ich bin meiner Arbeit nachgegangen, wir hatten eine Razzia« war alles gewesen, was ihm dazu eingefallen war.

Die Razzia hatte nichts gebracht. Der ganze Aufwand war umsonst gewesen. Und deshalb wurde er jetzt von einem zackigen Amtsdiener mit Kaiser-Wilhelm-Bart ins Büro von Recknagel zitiert.

»Herr Kriminal-Oberwachtmeister, der Kommissar erwartet Sie, jetzt sofort!«

»Ja doch, ich weiß den Weg. Gehen Sie ruhig.« Nichts war schlimmer als ein Diener, der sich als Herr aufspielte! Oder ein Vorgesetzter, der seine Macht demonstrieren wollte. Recknagel. Und ich mit diesem Brummschädel, dachte Weber. Als hätte ich gestern Abend ein Fass Bier geleert.

Recknagels Bürozimmer hätte auch als Gefängniszelle durchgehen können. Fehlte nur noch die Holzpritsche. Er hatte nicht mal ein Schreibpult, nur einen simplen Tisch mit Stuhl und daneben ein schlichtes Regal, auf dem sich Akten stapelten. Das Gemeine war, dass es auch keinen Stuhl für den Besucher gab, sondern nur einen Hocker, der zudem zu niedrig war, um vernünftig darauf sitzen zu können. Weber ignorierte also die Aufforderung, sich zu setzen. So war Recknagel gezwungen, ebenfalls aufzustehen, damit sein Untergebener nicht auf ihn herabblicken konnte.

»Die Razzia war ein Misserfolg.« Recknagel blickte Weber anklagend an.

»Scheint so.«

»Inspektor Kunath ist außer sich.«

Der soll sich mal nicht so haben, dachte Weber und sagte nur: »Jawohl.«

»Die Zeitungen werfen uns Versagen vor.«

»Wir tun unser Bestes«, sagte Weber, um irgendetwas zu erwidern. »Aber eine Stecknadel im Heuhaufen ...

»Andererseits ist die Presse auch keine große Hilfe. Die abgedruckten Fotos – größtenteils unbrauchbar, kaum etwas darauf zu erkennen. Gerade mal zwei Blätter haben halbwegs brauchbare Porträts veröffentlicht.«

»Das ist ein drucktechnisches Problem, nach Ansicht von Hilbrecht ...«

»Sicher, sicher, aber uns hilft diese Einsicht wenig.«

»Wie wäre es mit einem Steckbrief?«, schlug Weber vor.

»Die Arbeiter in der Druckerei streiken.«

»Oh, könnte man nicht eine andere, kleinere Firma beauftragen?«

»Nun, da wir ein Amt sind, ist das nicht so einfach, man müsste zuerst eine Eingabe machen ...«

»Aha.«

»Aber das lassen Sie mal meine Sorge sein.«

»Jawohl, Herr Kommissar.«

»Gleichwohl ist es nicht gut, wenn wir uns lächerlich machen. Im kommenden Februar stehen Bürgerschaftswahlen an.«

Aha, dachte Weber, da liegt der Hase im Pfeffer. Wollte Recknagel sich in der Politik engagieren? Zu den Deutschnationalen hätte er gut gepasst. Oder liebäugelte er mit dieser neuen »Partei der Exekutivbeamten der Polizeibehörde«, zu der auch sein Vorgesetzter, Inspektor Kunath, gehörte? War da nicht so was gemunkelt worden? Manche waren ja der Ansicht, dass ein Polizeistaat die bessere Alternative zu einer Militärdiktatur à la Kapp und Lüttwitz wäre. Da passte es nicht so gut, wenn die Polizeibehörde schon bei der simplen Suche nach einer angeblichen Irren versagte.

»Wie dem auch sei, Weber. Diese Verrückte muss gefunden werden! Die Presse macht uns die Hölle heiß. Die Bevölkerung ist beunruhigt. Vor allem der weibliche Teil. Hysterie und Panik können wir jetzt wirklich nicht gebrauchen!«

Braucht man eigentlich nie, hätte Weber beinahe gesagt.

»Die Menschen in den armen Vierteln fühlen sich von uns gegängelt. Und die Spartakisten nutzen den Missmut für ihre Propaganda. Einen Aufstand in den Gängen gilt es absolut zu verhindern, Weber!«

»Jawohl, Herr Kommissar!« Wenn es einen Aufstand gibt, dann doch wegen des Hungers, nicht wegen der Unfähigkeit der Polizei, dachte Weber bei sich. Und vielleicht warteten ja manche von der Rechten sogar darauf. Damit sie reingehen und ihre Diktatur errichten konnten.

»Dieses bestialische Monstrum muss gefunden werden!«

»Wir wissen doch gar nicht …«

»Dieser Stachel im Fleisch der Volksgemeinschaft muss entfernt werden! Und ich will es mal so ausdrücken, Oberwachtmeister Weber: Ein Erfolg wird sich sehr positiv in Ihrer Akte auswirken. Und wie ich höre, liebäugeln Sie ja mit einer Versetzung in den Innendienst.«

»Wie bitte?«

»Ihre Frau hat neulich meine Gattin auf dem Schaarmarkt getroffen … Sehen Sie, eine Beförderung könnte ja auch in diese Richtung erfolgen …«

Und dann bist du mich los, du Schuft, dachte Weber zornig. Das könnte dir so passen.

»Da hat Ihre Gattin aber etwas missverstanden, Herr Kommissar. Ein Büroposten käme für mich überhaupt nicht in Frage.«

»So?« Recknagel kniff die Augen zusammen. Sein Blick war durchdringend. Weber hielt ihm stand.

»Als Amtsschimmel würde ich nur versauern. Lieber

bleibe ich mein Leben lang Wachtmeister. Das habe ich Inspektor Kunath auch gesagt.« Letzteres stimmte gar nicht, der Satz war Weber einfach so über die Lippen gekommen.

Die Enttäuschung war Recknagel deutlich anzusehen. »Nun gut«, sagte er barsch, »was auch immer Sie in Ihrer Laufbahn erreichen, Oberwachtmeister Weber, hängt von Ihrem baldigen Erfolg bei der Fahndung nach dieser gemeingefährlichen Irren ab. Wenn Sie verstehen, was ich meine.«

»Jawohl, Herr Kommissar.«

»Ich stelle Ihnen, wenn nötig, Assistenz zur Verfügung.«

Eine Frau wäre gut, aber weibliche Kriminalbeamte haben wir ja nicht, dachte Weber. Und wäre es nicht auch kurios, wenn man als Paar auf Streife ginge? »Nein danke, das ist nicht nötig. Mit großer Präsenz haben wir ja bisher nichts erreicht.«

»Wie Sie wollen. Sollten Sie Ihre Meinung ändern, geben Sie Laut.«

»Jawohl.«

»Und vergessen Sie nicht, was auf dem Spiel steht. Noch eine Kinderleiche, und die aufgebrachte Masse stürmt womöglich das Stadthaus.«

»Jawohl.«

»Das wäre dann alles, Oberwachtmeister.«

»Jawohl, Herr Kommissar.«

Götz von Berlichingen, dachte Weber, als er Recknagels Büro verlassen hatte und durch den Korridor stiefelte. Er stellte verwundert fest, dass seine Kopfschmerzen verschwunden waren. Nanu, hatte er sich etwa so aufgeregt, dass die Wut den Schmerz verdrängt hatte? Der Scharlatan Dr. Recknagel heilte nicht durch Handauflegen, sondern durch Kommandogebell.

Auf dem Treppenabsatz auf halbem Weg ins untere Geschoss wurde ihm aber klar, was hier eigentlich vor sich ging: Kunath und Recknagel wollten ihn blamieren und anschließend eiskalt abservieren. Ein Sozialdemokrat weniger, der ihnen im Weg stand. Das war ihre Strategie. Es wird ihnen aber nicht gelingen, dachte Weber grimmig. »Partei der Exekutivbeamten der Polizeibehörde« – das war ja lachhaft! Und mit Genugtuung nahm er zur Kenntnis, dass sie wieder da war, seine Wut.

Seine Kopfschmerzen leider auch.

»Ein Herr Klant und seine Frau Gerlinde.«

»Und wer will das wissen?«

»Mein Name ist Greta Wehmann.«

»Aha.« Der hagere Mann hinter dem halbaufgezogenen Schiebefenster blickte sie feindselig an.

»Ich bin mit ihnen bekannt und habe gehört, sie seien hier abgestiegen.«

»Von wem haben Sie das gehört?«

»Freunde haben es mir gesagt.« Greta nickte zur Bekräftigung ihrer eigenen Aussage. Sie hatte zum wiederholten Mal alle Straßen und Gassen zwischen Schaarmarkt und Herrengraben abgeklappert. Nun stand sie in dieser Pension, die versteckt in einer Sackgasse namens Herrenweide zwischen einem Kleider-Magazin und einer Lederhandlung lag. *Gasthaus Knecht* stand in fahlen Buchstaben auf einem Metallschild über dem Eingang. Man sah sofort, dass die Gaststube schon seit längerem nicht mehr benutzt wurde, die Fenster waren mit Zeitungen zugeklebt. Aber als Absteige schien das Gasthaus noch zu dienen, auch wenn der abgelaufene Teppich und die verstaubte Treppe im Hausflur ebenso wie der Mann in der behelfsmäßigen Portierloge keinen sehr einladenden Eindruck machten. Der Mann zog an seiner krummen Zigarette, als hinge sein Leben davon ab. Hinter seinem Ohr steckte schon die nächste Selbstgedrehte, vor ihm lag eine verbeulte Zigarettendrehmaschine.

»Soso.« Der Mann blätterte mit gelben Fingern in seinem Gästebuch, ohne hineinzusehen. Dann sagte er: »Jemanden namens Klant haben wir hier gar nicht.«

»Dann vielleicht eine Frau Hofstedt mit Begleitung?«

»Was für eine Begleitung sollte das sein?« Er blätterte noch hastiger in seinem Buch herum.

»Ein Herr Klant, der sich gegebenenfalls als Herr Hofstedt einträgt.« Greta warf einen neugierigen Blick auf das Gästebuch.

»Soso.« Der Zeigefinger des Mannes glitt über die Eintragungen. Dann legte er eine Hand auf den unteren Teil.

Greta zog einen Geldschein aus der Manteltasche und legte ihn hin.

Der Schein verschwand, und der Mann tat ganz überrascht: »Tatsächlich, eine Frau Hofstedt mit Ehemann ist hier vermerkt.«

»Sie wohnen bei Ihnen?«

»Nicht mehr ...«, sagte der Mann zögernd. »Das hier war vor einem Monat. Da sind sie dann ausgezogen, schätze ich.«

»So ein Pech«, sagte Greta niedergeschlagen. »Und sie haben nicht gesagt, wohin sie umgezogen sind?«

Der Mann blätterte in seinem Gästebuch vor und zurück. »Ganz genau. Unsere Gäste verlassen das Haus manchmal unvermittelt.«

Greta nickte, als sei das selbstverständlich. Sie hatte den Zettel mit der Aufschrift »Vorkasse erbeten« neben dem Schiebefenster schon bemerkt.

»Schauen Sie doch noch mal genauer nach.« Greta zog einen zweiten Schein aus der Manteltasche und legte ihn hin. Auch der verschwand blitzschnell.

Der Mann befeuchtete Daumen und Zeigefinger und blätterte wieder herum. Dann schaute er auf und schüttelte den Kopf. »Es ist nichts verzeichnet. Wir legen selbstverständlich Wert auf Diskretion. Aber ...« Er senkte verschwörerisch die Stimme. »Jetzt erinnere ich mich wieder. Warten Sie.«

Greta legte noch einen Schein hin. Ruck, zuck war er weg. »Ich habe gehört, wie sie miteinander sprachen«, sagte der Mann. »Sie wollte, dass er mit ihr eine Wohnung auf St. Pauli bezieht. Möbliert. Er musste wohl überredet werden. Aber vielleicht hat er sich ja breitschlagen lassen. Von einer Fischerstraße war die Rede. Ja, ganz genau. Vielleicht versuchen Sie dort mal Ihr Glück.«

»Die Nummer?«

»Keine Nummer.«

»Vielen Dank.« Greta verabschiedete sich. Kaum hatte sie die Pension verlassen, wurde sie wütend. So viel Geld für eine so magere Auskunft, dachte sie, ich mache mich ja lächerlich. Ein Glück, dass Jensen so großzügig war. Dennoch durfte sie das Geld nicht so verschleudern.

Auf dem Schaarmarkt geriet sie in ein fürchterliches Gedränge, wurde hin und her geschubst. Sie gebrauchte ihre Ellbogen, um sich durchzukämpfen. Trotz aller Rohheit steckte sie irgendwann fest. Und erspähte über den Stand eines Klamottenhökers hinweg Carl Jensen, der aus einem Lokal mit der Aufschrift *Café & Destillation, Clubräume* kam. Sie wollte schon rufen, da hängte sich eine junge Frau in elegantem Mantel und mit Federhütchen bei ihm ein.

Was will die denn von ihm?, dachte Greta zuerst. Und als Nächstes: He! Was will er denn von ihr? Einen Moment lang war sie verwundert, dann kam Angst dazu und schließlich Wut.

Aber da waren die beiden schon um eine Hausecke verschwunden. Als Greta die Stelle endlich erreicht hatte und um die Ecke spähte, sah sie nur ein Straßenschild mit der Aufschrift *Venusberg*. Die Schrift verschwamm, weil ihr Tränen in die Augen schossen.

Sie atmete tief durch, schüttelte sich und machte sich auf den Heimweg. Als sie an *Winckler's Gaststube* vorbeikam, stand dort Ernst Uhlrich neben dem Eingang und unterhielt sich mit einem Mann mit Gehstock und Zylinder, der einen abgetragenen Anzug trug. Als Uhlrich sie sah, gab er seinem Gesprächspartner einen Knuff in die Seite und marschierte direkt auf sie zu. Sie ging schneller, wollte aber nicht rennen, um sich nicht lächerlich zu machen oder auf dem Pflaster auszurutschen. Und schon war er neben ihr.

»Fräulein Greta, auf ein Wort!«

»Lassen Sie mich! Ich bin kein Flittchen.«

»Aber, aber, ich bitte Sie. Sie unterschätzen meine Seriosität.«

»Da dürfte es kaum etwas zu unterschätzen geben.«

»Eine seriöse Stellung. Für Sie, gnädiges Fräulein.«

»Ich tanze nicht auf Bühnen!«

»Nicht doch, davon ist gar nicht die Rede. Was halten Sie von einer Anstellung in einem Büro? Sagten Sie nicht, Sie hätten Kontorerfahrung?«

Sie blieb stehen und schaute ihn abschätzig an. »In welchem Theaterstück kommt dieses Büro denn vor? Oder handelt es sich um eine Filmaufnahme?«

Uhlrich lächelte überlegen. »Keineswegs. Es geht um eine ganz reelle Sache. Der Verwalter des *Trichters*, mit dem ich zufälligerweise gut bekannt bin, sucht jemanden, der mit Zahlen und Posten, mit Abrechnungen und Buchhaltung umgehen kann. Für den gastronomischen Bereich. Aufsicht über

Vorratshaltung und -beschaffung. Sie sagten doch, sie hätten Erfahrungen im Fischgroßhandel gesammelt.«

Greta stemmte eine Hand in die Seite, neigte den Kopf und verzog zweifelnd den Mund. »Meinen Sie das etwa ernst?«

»Seriös und ernst, real und reell. Bei meiner seligen Großmutter! Lediglich ihr Organisationstalent und ihre arithmetischen Kenntnisse werden verlangt. Ich schwöre!«

»Der *Trichter*?«

»*Ballhaus Trichter*, ehemals *Hornhards Etablissement* am Millerntor, gnädiges Fräulein. Eine gute Adresse, gediegen, bürgerlich und weltoffen, fast ein wenig mondän. Stellen Sie sich nur die Aufstiegschancen vor.« Er sah demonstrativ nach oben.

»Wie heißt denn der Verwalter?«, fragte sie, noch immer skeptisch.

»Oh, sehen Sie, das wollte ich hören. Hier.« Er zog einen Zettel aus der Tasche. Darauf standen der Name Friedrich Schösel und eine Telefonnummer. »Sie können ihn anrufen oder gleich persönlich hingehen. Er erwartet Sie. Ich habe ihm von Ihnen erzählt.«

»Von mir erzählt? Was denn?«

»Nur das Beste. Dass Sie so hübsch wie kompetent sind.«

Greta schaute ihn verwundert an. Wieso machte Uhlrich ihr Komplimente? Wieso wollte er ihr eine seriöse Anstellung vermitteln? Was steckte dahinter? Sie nahm den Zettel und sagte: »Na schön, mal sehen. Ich überlege es mir.«

»Gute Bezahlung, Fräulein Wehmann.«

»Ja, ja.«

»Und darf ich Sie zur Feier des Tages auf ein Tässchen Kaffee einladen?«

»Es gibt doch gar nichts zu feiern.« Greta wandte sich ab. »Auf Wiedersehen. Und besten Dank auch.«

Sie schritt durch den Torbogen in den Hinterhof und dachte: Männer sind doch eigenartige Wesen.

Was ihr am Abend bestätigt wurde, als Carl Jensen, nach Parfüm und Cognac duftend, nach Hause kam, genau in dem Moment, wo sie aufbrechen wollte.

»Moment«, sagte er mit schwerer Zunge. »Wo willst du hin?«

»Geht dich das was an?«

»Wohl schon.«

»Wohl kaum. Wer war denn die Dame mit dem Federhütchen?«

»Geht dich das was an?«

»Sag ich doch, dieses geht dich nichts und jenes geht mich nichts an. Also tschüs!«

»Momentchen.« Er hielt sie fest. Sie wehrte sich. Gerangel. Bis er sie wie ein Schraubstock umklammerte und sagte: »Du ziehst umher und suchst nach Leuten. Was soll das?«

»Ist doch egal.« Sie machte sich frei.

»Ist es nicht.«

»Doch!«

Ein lautstarker Streit entbrannte, der so lange ging, bis die Nachbarn nach Ruhe brüllten und mit Besenstielen oder Fäusten gegen die Wände und Decken schlugen.

Die Auseinandersetzung endete mit einem Lachanfall der beiden, eine Flasche Whisky fand sich. Greta trank ihn mit Wasser verdünnt, Jensen pur. Scherzhaftes Raufen folgte, und sie landeten im Bett.

Ist doch egal, wer diese dumme Frau mit dem Federhütchen war, dachte Greta, bevor sie einschlief.

Und versäumte, sich auf den Weg in die Fischerstraße zu machen, wie sie es eigentlich vorgehabt hatte.

Siebtes Kapitel:

PHANTOM

Weber spürte Mathildes vorwurfsvollen Blick, noch bevor sie gesprochen hatte.

»Alfred, du grübelst wieder.«

»Ach was!«

Sie saßen in der guten Stube. Der Kachelofen verbreitete eine angenehme Wärme, die schläfrig machte. Ein leichter Regen prasselte gegen die Fenster, aber die Welt draußen schien weit entfernt. Mathilde wippte mit ihrem Schaukelstuhl ganz leicht vor und zurück und – wie konnte es anders sein? – häkelte ein winziges Jäckchen für das Kind, das in ihrem runden Bauch wuchs.

»Doch, du grübelst. Und sicher hat es wieder etwas mit deiner Arbeit zu tun.«

Nein, mit deiner, dachte Weber unwillkürlich und schreckte vor seiner eigenen Boshaftigkeit zurück. Aber vielleicht war er gar nicht so gemein – das Kinderkriegen war schließlich eine Arbeit für die Frauen, oder nicht?

Er saß am Tisch. Auf der Leinendecke mit dem Blumenmuster stand das Teeservice aus fein verziertem, blau-weißem Porzellan. Zu gern hätte er einen ordentlichen Schuss Rum in die Tasse gegeben, aber das traute er sich nicht. Der Rum stand in der Küche, oben im Schrank ganz hinten. Da hatte Mathilde ihn hingestellt, nachdem die Flasche mit dem vierundfünfzigprozentigen Jamaikaner innerhalb von zwei

Tagen halb leer geworden war. Es lag nur an diesem verflixten Fall, dass er trinken musste. Wenn er nicht bleischwer ins Bett fiel, blieb er die ganze Nacht wach. Und Bleischwere erzeugte man am besten mit Alkohol. Dazu war er doch da, oder nicht?

»Wenn es nur um Diebstahl oder Erpressung oder Raub ginge, um eine normale Gewalttat, Totschlag, Mord meinetwegen – man hätte eine Vorstellung, ein Motiv womöglich, aber hier ...« Er brach ab, als sie aufsah.

»Für euch sind Mord und Totschlag normal. Das ist etwas, das mich an euch Polizisten erschreckt, Alfred.«

»Normal ist das alles leider für die Menschheit. Sieh dir doch die Geschichte an. Von Krieg will ich gar nicht reden. Aber allein schon die Bibel. Wenn du in der Kirche den Predigten zuhörst – es sind Geschichten von Mord und Totschlag.«

»Jetzt wirst du blasphemisch.«

»Aber nein, es fängt doch gleich so an: Kain und Abel. Und vorher Adam und Eva, na ja ...«

Ihre Augen blitzten missbilligend auf. »Du lenkst ab. Damals gab es gar keine Polizisten.«

»Nein, nur Gott. Der war Gesetzgeber und Richter und Polizist und Henker in einem. Von Gewaltenteilung keine Spur.«

»Alfred!«

»Entschuldige.« Er griff nach der Teetasse, die für seine Begriffe einfach zu klein und zierlich war. Meine Hände sind für Biergläser gemacht, dachte er.

»Schmeckt dir der Tee?«

»Ausgezeichnet.«

»Aus England. Das ist doch mal etwas anderes als der ostfriesische, nicht?«

»Zweifellos ...«

Webers Blick blieb an den beiden Gemälden über dem Sofa hängen. Sie zeigten jeweils ein Schiff, einen Dampfer im Hamburger Hafen, einen Riesen mit dem bezeichnenden Namen »Imperator«, und eine Viermast-Bark der Reederei O'Leesen, die auf den Namen »Anastasia« getauft war. Der Dampfer durchpflügte träge die Elbwellen, während der Windjammer auf hoher See über stürmische Wellen glitt. Beide waren Geschenke von Webers Schwiegervater, der für die Hamburger Hafengesellschaft arbeitete und gern in Seefahrtsabenteuern schwelgte. An der Wohnzimmerwand fuhren die beiden Schiffe aufeinander zu. Der Dampfer passt zu mir, das Segelschiff zu Mathilde, überlegte Weber, aber nebeneinander sehen sie unpassend aus. Wir sollten die Bilder vielleicht weiter auseinanderhängen.

Gerade als er den Vorschlag machen wollte, sagte Mathilde: »Vielleicht tue ich dir unrecht?«

Weber war verblüfft. »Wie das denn?«

»Du setzt dich ein für den inneren Frieden. Bist sozusagen ein Soldat der Volksgemeinschaft.«

»Lieber nicht. Ich bin froh, dass ich keine Uniform mehr trage.« Auch wenn ich leider noch immer Befehle befolgen muss, ergänzte er im Stillen.

»Schmuck warst du doch, als du loszogst ...« War da ein wehmütiger Klang in Mathildes Stimme?

Schmuck war sie auch gewesen, als sie ihn frisch verheiratet verabschiedet hatte. War sie es nicht noch? Aber er sah sie nicht mehr so. Der Krieg hatte alles verändert und das meiste zerschlagen, jedenfalls die Illusionen, welche auch immer sie sich gemacht hatten, alle, das ganze Land. Und nun? Hatten sie einen unterschwelligen Bürgerkrieg, der gelegentlich ausbrach, wenn die Lava des Aufstands aus dem Vulkan der Revolution schoss. Und darüber hinaus die ganz normalen

Verbrechen des Alltags. Es nahm nie ein Ende. Was war der Mensch doch für ein eigenartiges Tier. Gab es Verbrechen unter Tieren, abgesehen von Jagd und Raubzügen?

»Alfred!«

»Was denn!«

»Ich rede mit dir.«

»Ja doch.«

»Ich sagte: Hast du schon an einen Namen gedacht?«

»Einen Namen?«

»Für das Kind.«

»Ach«, entfuhr es Weber. »Das sind doch ungelegte Eier!«

Der Blick, der ihn nun traf, drang bis tief in sein Herz. Er schreckte zusammen und spürte, wie ihm das Blut in den Kopf stieg. Suchte fieberhaft nach einer Entschuldigung, aber es war zu spät.

Eine jener Klage- und Schimpftiraden begann, mit denen Mathilde ihn in den letzten Monaten immer wieder überzogen hatte. Einer dieser vorwurfsvollen Monologe über seine Rohheit, sein Unverständnis und sein Desinteresse, die immer in einem Heulkrampf endeten.

Musste das eigentlich so sein, dass ein Mädchen, wenn es zur Frau wurde und einen Ehemann bekam, notwendigerweise die Verkörperung von Biederkeit und Vorwurf wurde? Gehörte das zum Weiblichen dazu, dass die Frauen nur so lange lustig und leichtfüßig waren, wie sie nicht in den Hafen der Ehe eingelaufen waren? Er schaute das Bild mit dem Segelschiff an. War diese souveräne Eleganz vielleicht nur vom Maler in das Bild hineingelogen worden? Und der Dampfer? Nichts als ein stählerner Koloss, der träge und schwer seinen vorgeschriebenen Weg entlangstampfte, unfähig zu raschen Manövern. Der Fahrplan musste eingehalten werden. Beim Menschen war es der Lebensplan.

Weber ließ die Tirade über sich ergehen wie einen Wolkenbruch und dachte schon wieder an die Rumflasche hinten im Küchenschrank.

Die Hausklingel ertönte, und Weber sprang auf. Der Klingelzug unten an der Haustür wurde mehrmals betätigt. Weber lief zum Fenster, um es aufzustoßen, und bemerkte auf dem Weg den düsteren Blick seiner Frau. Ja, es stimmte ja auch, jede Unterbrechung war ihm jetzt willkommen!

Unten stand ein uniformierter Polizist neben einem Fahrrad. Das Straßenpflaster glänzte im Licht der Gaslaterne. Als er Webers Gesicht sah, salutierte er. »Entschuldigen Sie bitte, Herr Oberwachtmeister, guten Abend.«

»Ich komme nach unten.«

Weber zog das Fenster zu, murmelte einige kaum verständliche, entschuldigende Worte und rannte so, wie er war, in Pantoffeln und Hausmantel, hinunter.

Der Schutzmann salutierte, als Weber die Tür aufriss und die wenigen Stufen zur Straße hinunterstieg.

»Polizeiwachtmeister Goldbach, Herr Oberwachtmeister.«

»Schon gut. Was gibt es denn so Dringendes?«

Der Wachtmeister senkte die Stimme. »Eine Meldung von einem Vertrauensmann.«

»Ah, na, kommen Sie mal kurz herein.«

Wachtmeister Goldbach lehnte sein Fahrrad an das Geländer vor dem Haus, schaute sich skeptisch um und folgte Weber in den Hausflur. Die Tür ließ er vorsichtshalber offen stehen, um seinen Drahtesel im Blick zu behalten.

»Also?«

»Der Portier in einer Pension in der Herrenweide beim Schaarmarkt hat die Verrückte gesehen.«

»Sie meinen die junge Frau, nach der wir suchen?«

»Ja, die Irre aus Magdeburg, die die Kinder mordet.«

Weber ging über diese forsche Beurteilung hinweg, obwohl er die Gewissheit seines Kollegen keineswegs teilte. Der spähte schon wieder ängstlich nach draußen zu seinem Fahrrad, was Weber ärgerte. Erstens war dies hier keine unsichere Gegend, und zweitens war allgemein bekannt, dass ein Polizist hier wohnte, und drittens genoss er auch unter zweifelhaften Existenzen einen Ruf, der dafür sorgte, dass sein Eigentum oder das seiner Gäste nicht angetastet wurde.

»Können Sie mit ein wenig mehr Einzelheiten aufwarten, Wachtmeister?«

»Der Portier meldet uns regelmäßig gewisse Vorkommnisse. Es ist auch weniger eine Pension als eine Absteige für Menschen, die sich verbergen wollen. Daher unser Interesse.«

»Das *Gasthaus Knecht* also«, stellte Weber fest.

»Ja«, bestätigte Goldbach überrascht.

»Was hat denn nun der Portier erzählt? Ich nehme an, es handelt sich um Henry Frenzel?«

»Telefoniert, Herr Oberwachtmeister. Er hat von dort aus angerufen. Kommissar Recknagel hat den Anruf entgegengenommen und mich anschließend gleich zu Ihnen geschickt. Bin sofort los.«

»Soso.«

»Der Frenzel hat die Frau auf dem Foto erkannt«, fuhr Goldbach fort »Wir hatten es ja verteilen lassen in bestimmten Kreisen. Hotels, Pensionen, Absteigen, Wohnheimen.«

»Ich weiß.«

»Er habe sie eindeutig erkannt, sagt er. Sie sehe allerdings älter aus als auf dem Bild.« Goldbach schaute wieder zu seinem Fahrrad.

»Und weiter?«

»Kommissar Recknagel lässt ausrichten, dass es pressiert.«

»Keine weiteren Informationen?«

»Nein.«

»Gut, ich werde mich sofort darum kümmern. Richten Sie das dem Kommissar aus.«

»Jawohl, Herr Oberwachtmeister.«

»Oh, Ihr Fahrrad ...«

Goldbach riss den Kopf herum und starrte nach draußen.

»... ist recht neu, nicht? Kommen Sie gut zurück, Goldbach.«

»Jawohl. Guten Abend.«

Oben angekommen, kleidete Weber sich in Windeseile an, schnürte die Stiefel, legte den Pistolengurt um, zog den Mantel an, die Mütze auf und stapfte nach draußen, nachdem er sich knapp von Mathilde verabschiedet hatte, deren traurigen Blick er beim Hinausgehen im Rücken spürte.

Der Schaarmarkt lag nur einige Straßenecken entfernt. Weber ging mit weit ausholenden Schritten und einem gewissen Hochgefühl durch das dunkle Viertel. Dies könnte ein entscheidender Wendepunkt sein. Was für ein Glück wäre es doch, wenn er Recknagel und Kunath schon bald die Verdächtige präsentieren würde. Wenn er die ungeduldigen Blicke und abkanzelnden Reden seiner Vorgesetzten nicht mehr ertragen müsste.

Wenn ich ihr erst gegenüberstehe, was dann?, fragte er sich. Na, was schon. Eine Festnahme war eine Festnahme, ganz gleich, um wen es sich handelte. Nun gut, ich gebe zu, ich bin neugierig auf sie, dachte er.

Er überquerte den Schaarmarkt, passierte die Warmbadehalle, in der er gelegentlich ein Vollbad nahm, wenn es seine Zeit erlaubte. Nur wenige Gestalten waren hier und da zu sehen, Silhouetten, die durch den Lichtkegel einer Straßenlaterne huschten und gleich darauf von tiefdunklen Schatten aufgesogen wurden. Ein mächtiger, hochaufragender, langer Schatten – das war der Glockenturm von St. Michaelis, dem immer wachsamen Bezwinger des Bösen, Schutzpatron der Soldaten und Polizisten. Der mit dem Schwert. Na dann hilf mir mal, alter Freund.

Herrenweide. Hätte Weber das *Gasthaus Knecht* nicht schon gekannt, wäre es ihm jetzt mitten in der Nacht sicher schwergefallen, das verblichene Schild über der Tür ausfindig zu machen. Ein hohes, schmales Haus mit Anbau links, wo die Gaststube mal gewesen war, sich jetzt aber nur dunkle Fenster befanden. Nicht der geeignete Ort für ein junges Mädchen aus der Provinz. Irgendwo fauchte eine Katze, und undefinierbares Rumpeln war zu hören.

Die Tür war nicht verschlossen, auf dem abgetretenen Teppich vor der Portierloge lagen Stummel von Zigarren und Zigaretten.

»'n Abend, Henry«, sagte Weber.

»Ah, der Kommissar von der schnellen Truppe.«

»Oberwachtmeister.«

»Ist auch recht. Sie haben sich wohl gleich auf die Socken gemacht. Zigarette?«

»Nein, danke.«

Frenzel schob die Scheibe der Loge ein Stückchen weiter auf, und eine Mischung aus kaltem und warmem Zigarettenrauch strömte heraus. Dazu der Mundgeruch eines Mannes mit Magenproblemen, als der Portier sich nach vorn beugte. Er trug Ärmelschoner über dem gestreiften Hemd.

Weber holte das Bild der Gesuchten aus der Manteltasche. Es war inzwischen schon ziemlich verknittert. »Diese Person war also heute hier?«

»Ganz genau.« Frenzel zog an seiner Zigarette und atmete tief ein.

»Was wollte sie?«

»Auskünfte.«

»Über Ihre Gäste?«

»Ganz genau.«

»Keine Spielchen jetzt, Henry! Um wen ging es?«

»Ein Pärchen. Er heißt Klant, sie heißt Hofstedt. Manchmal nennt er sich auch so.«

Weber zückte sein Notizbuch. »Vornamen?«

»Max und Gerlinde.«

»Wie stehen die beiden zueinander?«

»Das ist aber eine sensible Frage, Herr Oberwachtmeister.«

»Na los doch!«

»Ein Paar, könnte man schon sagen, ganz genau. Aber sie ist die Ältere. Und er hat andere ... Kontakte, dann und wann. Das scheint teilweise auch von ihr erwünscht zu sein. Andererseits gibt es immer wieder Streit. Wenn er längere Zeit hier wohnt, holt sie ihn ab. Bleibt auch mal.« Frenzel drückte seine Zigarette aus, warf einen argwöhnischen Blick in das verstaubte Treppenhaus, zog die nächste Zigarette hinter dem Ohr hervor und schnippte ein Feuerzeug an. »So wie jetzt.«

»Sie sind hier?«

»Ganz genau.«

»Wieso hast du das nicht gleich gesagt?«

»Ich musste ja erst Ihre Fragen beantworten, Herr Oberwachtmeister.«

»Welches Zimmer?«

»203, zweite Etage.«

»Was tun sie da?«

»Na hören Sie ... Sie besucht ihn. Versöhnung? Jedenfalls hatten wir das schon. Sie hat eine Wohnung auf St. Pauli, soweit ich weiß. Das hab ich der Kleinen auch gesagt. Aber nichts davon, dass er mal wieder hier abgestiegen ist, und zwar allein. Er war sowieso gerade nicht da. Und man will so ein junges Ding ja nicht gleich in die Arme von jemandem wie diesem Klant treiben, nicht wahr.«

»Ganz genau.«

Frenzel kniff die Augen zusammen. »Veräppeln kann ich mich selber.«

»Hat sie dir Geld gegeben?«

»Ich nehme doch kein Geld für Auskünfte. Alles freiwillig und immer nur für euch Udels. Ehrensache.«

»Na klar.«

»Eben.«

»Ich geh jetzt nach oben. Und du machst keine Meldung, verstanden?«

»Na, Haustelefon haben wir nicht, wir sind ja nicht das *Atlantic*.«

»Umso besser.« Weber war froh, ein wenig Distanz zwischen sich und die verräucherte Portierloge zu bringen. Er ging auf die Treppe zu.

»Falls Sie den Aufzug suchen, Herr Oberwachtmeister«, rief Frenzel ihm nach. »Der ist auch im *Atlantic*!« Hämisches Lachen. Das Schiebefenster ratschte zu.

Weber stieg in die zweite Etage. Ein kurzer Korridor ging nach rechts ab. Ein abgelatschter Sisalläufer, zwei funzelige Leuchter an den Wänden, die mit einer verblichenen gestreiften Tapete beklebt waren. Es gab es gerade mal vier Zimmer. Bei 203 fehlte die Null zwischen den anderen beiden Ziffern.

Weber knöpfte den Mantel auf, entfernte den Sicherungsriemen an seinem Pistolenhalfter unter dem linken Arm und klopfte an.

Rascheln, Klimpern, ein Quietschen. Leise Schritte. Dann eine weibliche Stimme direkt hinter der Tür: »Ja, bitte?«

»Polizei, gnädige Frau, wir suchen nach einem jungen Mädchen.«

»Einen Moment, bitte. Ich bin gleich so weit.«

Wieder Rascheln, mehrmaliges Knarren, ein Schaben, ein Klicken. Webers Hand glitt unwillkürlich zum Halfter.

Die Frau hinter der Tür stöhnte. »Ach herrje, zu so später Stunde noch.«

Die Tür ging auf.

Gerlinde Hofstedt hatte sich den Wintermantel um die Schultern gelegt. Darunter trug sie nur ein Unterkleid. Es schien sie nicht zu genieren. Sie war barfuß und bemühte sich, auf den Zehenspitzen zu balancieren. Es sah aus, als hätte sie sich gerade das wellige dunkelbraune Haar gekämmt. Und Schminke aufgelegt. Jedenfalls waren ihre Lippen sehr rot.

»Guten Abend. Ein junges Mädchen ist hier allerdings nicht«, sagte sie schelmisch.

»Frau Hofstedt?«

»Ganz recht. Sie kennen mich?« Sie tat kokett. Weber fand sie zu alt dafür. Sie mochte wohl Ende dreißig, Anfang vierzig sein.

»Eigentlich dachte ich, ich würde hier einen Herrn Klant antreffen.«

»Mit einem jungen Mädchen?«

»Nein. Es ist auch eher so, dass wir von einem jungen Mädchen wissen, das auf der Suche nach Herrn Klant ist.«

»Na, sagen Sie mal. Wollen Sie nicht hereinkommen?«

»Gern.«

Das Bett war notdürftig gemacht, eine grüne Tagesdecke halb darübergelegt. Die Vorhänge waren zugezogen. Eine Lampe mit Keramikschirm, ein Schminktisch, ein Kleiderschrank, ein Tisch und zwei Stühle. Immerhin ein Waschbecken mit fließendem Wasser. Die Durchgangstür zum Nebenzimmer war verschlossen.

»Darf ich?« Sie schloss die Zimmertür und ging dicht an ihm vorbei. Ein Hauch von Parfüm. »Ich möchte mich nur ungern so exponieren.« Sie lachte und deutete auf ihre Kleidung. Hielt es aber nicht für nötig, den Mantel zu schließen.

»Mein Max, also Herr Klant, mit einem jungen Mädchen? Das kann ich mir gar nicht vorstellen.« Gerlinde Hofstedt ging zum Nachtschränkchen, nahm sich eine Zigarette und zeigte ihre Beine.

»Sie wissen also nichts von einer jungen Frau, die ihn sucht?«

»Nein.«

Weber zog das Foto des Mädchens, das sich Greta Wehmann nannte, aus der Tasche. »Ist Ihnen diese Person bekannt?«

Frau Hofstedt nahm es mit auffälligem Desinteresse in Augenschein. »Gänzlich unbekannt.« Sie verzog den Mund. Vielleicht, weil sie eine Konkurrentin witterte, die jünger war als sie, vielleicht aber auch, weil sie das Gesicht wiedererkannte. Der Mantel rutschte von ihrer Schulter.

Weber schaute sich um. Auf der Kommode lag ein Lederkoffer. Darauf eine Schirmmütze und Handschuhe. Ein Rasiermesser auf dem Waschbecken, ein Bottich mit Seife.

»Wo ist Herr Klant denn gerade?«, fragte Weber.

Der Mantel der Frau war noch tiefer gerutscht. Weber war kurz von den üppigen Formen irritiert, die sich unter dem Unterkleid abzeichneten.

»Ziehen Sie bitte den Mantel über«, sagte er.

Gerlinde Hofstedt trat ans Fenster und hob die Arme. »Ich zeige Ihnen, wo er ist.« Sie öffnete die Vorhänge, mit einer durchaus anmutigen Bewegung. Weber folgte ihrem Blick nach draußen, trat zwei Schritte vor und spürte den Lufthauch, als die Verbindungstür aufschwang.

»Da«, sagte Frau Hofstedt.

Weber wirbelte herum.

»Da«, sagte auch der Mann, der vor ihm stand und einen Revolver hochhielt. Ein ziemlich schweres Ding, wie sich gleich darauf herausstellte, als es gegen Webers Schläfe prallte. Weber taumelte zur Seite, stolperte über ein ausgestrecktes Frauenbein, bekam einen Schubs und fiel zu Boden.

Im Fallen sah er kurz ein paar abgenutzte braun-weiße Halbschuhe vor sich, dann bekam er einen Schlag auf den Hinterkopf.

Er hörte noch ihre Worte: »Ich dachte, du wolltest mit ihm reden.«

Das Letzte, was ihm durch den Kopf schoss: Armleuchter!

Nahe der Altonaer Grenze, auf dem Weg vom Paulsplatz Richtung Wilhelmsplatz, blieb Greta verwundert stehen. Etwa zwanzig Meter vor ihr an der Ecke Fischerstraße befand sich ein Laden. Über dem Eingang ein Schild, auf dem ein Wappen mit dem Kopf eines Ochsen und darunter zwei gekreuzten Schlachterbeilen zu sehen war. Ein kleines Geschäft mit schmalem Schaufenster, innen gekachelt, mit einer Verkaufstheke aus Zink und einem Marmortresen an der Wand dahinter, über dem Schlachterhaken hingen. Theke und Haken waren leer.

Aus der Tür trat Paula. Mit einem Säugling auf dem Arm.

Sie trug einen Hut mit schmaler Krempe, der verrutscht war, so dass ihre widerspenstigen Locken gut zu sehen waren, und einen schäbigen Mantel. Sie herzte das kleine Kind und unterhielt sich lachend mit einer dicken jungen Frau, die kleiner war als sie und nicht so fröhlich aussah.

»Den Laden werden wir bald neu eröffnen«, sagte Paula.

Greta drückte sich in eine Mauernische. Was erzählte Paula denn da? Hatte sie nicht nach Amerika auswandern wollen? Und was war das für ein Säugling? Hatte sie etwa schon ihr Kind bekommen? Nein, das konnte nicht sein. Greta war sich unschlüssig, was sie jetzt tun sollte.

Paula übergab der Frau das Kind und schloss die Ladentür ab. Dann verabschiedete sie sich von der anderen, die erleichtert wirkte und hastig davonging.

Paula drehte sich um. Sie sah jetzt sehr unzufrieden aus. Sie warf noch einen Blick durch das Schaufenster der Schlachterei und ging dann los. Direkt auf Greta zu. Der Gedanke an ein Zusammentreffen mit dieser unmoralischen Person, mit der sie einmal – vor langer Zeit, wie ihr schien – freundschaftlichen Umgang gepflegt hatte, war ihr unangenehm. Aber da hatte Paula sie auch schon bemerkt.

»Greta! Wo glotzt du denn hin? Kennst du mich nicht mehr?«

Greta brachte keinen Ton heraus.

»Du bist ja ganz blass.«

Greta schüttelte den Kopf. »Ist schon gut.«

»Na, sag mal.« Paula stemmte die Hände in die Seiten. »Eigentlich müsste ich doch so ein Theater machen. Oder hat es dich etwa auch erwischt?« Sie lachte gezwungen.

Wie konnte sie nur so leichthin über derartige Dinge sprechen? Greta schüttelte erneut den Kopf. Sie wusste nicht, wo sie hinschauen sollte. Sie starrte über Paula hinweg in den grauen Himmel. Winzige Schneeflocken tänzelten herab. Die ersten in diesem Herbst.

»Na, dann geht's ja schnell vorbei, hm?«

»Ist schon besser«, sagte Greta widerwillig.

»Ich hab ein bisschen Zeit. Gehen wir eine Tasse Kaffee trinken?« Paula kramte in ihren Manteltaschen. »Ich hab Geld, ich kann spendieren.«

Greta verzog gequält das Gesicht.

Paula knöpfte sich den Mantel zu. »Na komm schon! Eine heiße Schokolade bringt dich wieder auf die Beine.«

Greta war sich da nicht so sicher, ließ sich aber von Paula unterhaken.

»Was für ein verrückter Zufall, dass wir uns wiedersehen!« Paula zog sie mit sich und plapperte, als wären sie innig miteinander vertraut. Ihr Mantel roch nach Mottenkugeln.

»Du«, sagte Greta. »Es tut mir leid, dass ich dir weh getan habe … aber das mit dem Kind unter der Bettdecke …«

»Ach was«, sagte Paula, »manchmal muss man Dampf ablassen. Ich kenne das doch. Schwamm drüber … Das war übrigens der Laden von meinem Verlobten. Wir wollen ihn verkaufen. Amerika wartet, du weißt schon!«

Hatte sie nicht eben zu dieser Frau gesagt, sie wollte den Laden bald neu eröffnen?

»Wenn ich in Amerika ankomme, werde ich mir einen neuen Namen geben«, redete Paula weiter. »Das kann man machen, wenn man einwandert, weißt du. Aber ich mache bestimmt nicht O'Berger draus.« Sie lachte. »An Berger hänge ich nämlich nicht. So hieß mein Vater, den ich nie gesehen habe. Ist schon komisch, dass ich seinen Namen trage und nicht den meiner Mutter, die mich großgezogen hat. Aber wie auch immer …«

Paula wechselte das Thema, sprach über das Wetter und

die mehr oder weniger passende Kleidung von Personen, denen sie begegneten, und andere Banalitäten.

Sie gingen ein Stück die Reeperbahn entlang, wechselten auf die andere Straßenseite und betraten das *Promenaden-Café*, ein Kaffeehaus mit eleganten, viereckigen Säulen, reichlich Stuckverzierung und exotischen Palmen in Kübeln. Weiße, runde Tische und kleine Speisenkarten, die in silbernen Haltern steckten.

Paula wählte einen Platz, und sie setzten sich über Eck, so dass sie durch die hohen Fenster nach draußen sehen konnten. Ab und zu fuhr ein Kraftwagen vorbei oder eine Kutsche mit Bierfässern, manchmal ein Lastwagen. Wind war aufgekommen, die Passanten gingen gebeugt und hielten sich die Hüte fest.

»Ach, ich liebe das hier«, schwärmte Paula. »Wie gern würde ich jeden Tag hier sitzen. Manche Frauen tun das. Ich hab das bemerkt. Ich komme täglich vorbei.«

»Wer weiß, wie die ihr Geld verdienen«, sagte Greta düster.

»Ist das nicht ganz gleich?«, meinte Paula. »Ich frage mich wirklich …«

Ein hochnäsiger Kellner kam, und sie bestellten heiße Schokolade.

»Das Beste ist«, sagte Paula, als die Tassen vor ihnen standen, »wenn man zuerst einen weißen Bart bekommt von der Sahne und dann einen braunen von der Schokolade. Es sei denn, man rührt um. Nein, tu's nicht!«

Nach einigen Bemerkungen von Paula über das eher spießige Publikum fragte Greta: »Du bist also nicht mehr bei den O'Leesens beschäftigt?«

»Nein. Ach …« Paula machte eine abschätzige Geste. »Ich hätte mir denken können, dass Mine mich verpfeift.«

»Dieses Miststück.« Greta lief ein kalter Schauer über den Rücken, als sie daran dachte, wie sich plötzlich unter der Bettdecke in ihrer Kammer etwas bewegt hatte.

»Allerdings«, sagte Paula mit verächtlichem Unterton. »Dabei hat sie selber …«

»Was hat sie?«

»Na … mit dem Friederich. Der heißt tatsächlich so. Mit einem extra e. Diese Olsens haben wirklich eine Meise mit Namen.«

»Olsens?«

»Olsen wie O'Leesen. Die haben ihren Namen veredelt. Damit es englisch klingt und die Reederei mehr hermacht oder was sie sich da vorgestellt haben. Eigentlich heißen sie Olsen. Und der Cousin mit dem weißen Automobil heißt Friederich. Die haben doch nicht mehr alle Tassen im Schrank!«

»Dieser aufdringliche Kerl?«

»Aufdringlich? Ja, ja. Egal wie sie heißen, sie wollen doch alle dasselbe. Die dumme Wilhelmine hat sich wer weiß was darauf eingebildet. Aber ich hab's mir bezahlen lassen. Man hat ja schließlich Ehre im Leib.«

»Du hast es für Geld …?«, flüsterte Greta und schaute sich argwöhnisch um.

»Eine Frau ist eine Frau, oder? Die einen machen's für Pelzmäntel, die anderen für Geldscheine.« Sie zupfte unzufrieden an ihrem schäbigen Mantel, den sie über die Stuhllehne gehängt hatte. »Man muss schon sehen, wo man bleibt. Und auf diesem Rücksitz mitten in der Nacht, das war ja nicht gerade bequem.«

»Aber das ist doch …« Das Wort »unmoralisch« kam Greta nicht über die Lippen. Paula gegenüber kam es ihr inzwischen ziemlich lächerlich vor. Und ihr eigener Lebenswandel war ja auch nicht gerade makellos.

»Und dann war sie wohl eifersüchtig, die Mine, und hat mich verpfiffen. Bei der Schmitt. Und die hatte ja nur auf eine Gelegenheit gewartet. Ich bin hochkant rausgeflogen. Stell dir vor: Keine Arbeit mehr und keine Unterkunft. Das ist kein Spaß. Kurz musste ich sogar bei meiner Mutter unterkriechen. Und das war wirklich kein Vergnügen. Diese Hexe! Dann lieber mit einem Mann, in gegenseitigem Einvernehmen, wenn ich es mal so nennen darf. Na ja ...« Sie klopfte sich auf den Bauch. »Wenn das hier nicht wäre, das blöde Ding ... Die Männer wollen immer, das steht fest.« Und düster fügte sie hinzu: »Zumindest was das betrifft, hat die Hexe recht.«

Greta schaute sie entgeistert an. »Aber ...«

»Ja, aber ... man müsste es wegmachen.«

Greta rückte ein Stück von ihr weg.

»Andererseits«, redete Paula ungeniert weiter. »Manche Leute wünschen sich ja ein Kind und kriegen keins. Vielleicht kommt mir das noch zupass.«

Greta stand auf. »Danke für die Schokolade.« Sie konnte ihre Abneigung kaum noch unterdrücken.

Paula schien das nicht zu bemerken. »Musst du schon gehen? Schade. Aber sag doch: Wo wohnst du denn jetzt?«

»Nicht hier«, sagte Greta unwirsch. »Mehr Richtung Neustadt.«

»Allein?«

»Sei nicht so neugierig!«

Paula lachte. »Du schweigst? Das sagt alles.«

Greta verabschiedete sich mit einem knappen »Adieu!« und verließ das Café.

»Aber Greta! Bleib doch!«, rief Paula hinter ihr her.

Die unangenehme Begegnung in der Pension hatte Weber verschwiegen. Zwar war das falsch, aber er wollte seinen Vorgesetzten und den Kollegen nicht noch mehr Angriffsfläche bieten. Zweifellos hätte er sich Vorwürfe anhören müssen und wäre womöglich an die Decke gegangen. Wütend war er vor allem auf sich selbst.

Nicht mal diesen hinterlistigen, nach Rauch stinkenden Frenzel konnte er belangen, ohne sich lächerlich zu machen. Dieser scheinheilige Gauner hatte ihm Eisbeutel auf den Kopf gelegt und mitleidig getan, nachdem er ihn im Zimmer von Klant und Hofstedt bewusstlos aufgefunden hatte. Weber hatte darauf verzichtet, ihn zu fragen, warum er verschwiegen hatte, dass das Paar zwei Zimmer angemietet hatte. Es war offensichtlich, dass Frenzel sich für solche Gefälligkeiten bezahlen ließ.

Die Beulen an seinem Kopf konnte er vor seiner Frau nur verheimlichen, weil sie ihn ohnehin nicht ansah. Recknagel und Kunath ging er aus dem Weg. Wie man das bewerkstelligte, hatte er mittlerweile gelernt. Was die Suche nach dieser Greta Wehmann betraf, so hatte er vollkommen den Faden verloren. Kein Wunder, dass er nun auf Abwege geriet.

Nach einem zähen, nicht enden wollenden Arbeitstag mit nichts als Zettelwirtschaft stellte Weber fest, dass er schnurstracks am Michel vorbeimarschierte und gar nicht das Bedürfnis verspürte, links abzubiegen, um nach Hause zu gehen. Die Ausrede, dass er sich in den Wallanlagen ergehen wollte, um die muffige Büroluft aus den Kleidern zu vertreiben, funktionierte nur bis zum Millerntor. Hier hätte er sich nach rechts wenden müssen. Geradeaus begann St. Pauli mit der Reeperbahn.

Straßenbahnen ratterten bimmelnd und mit kreischenden Rädern von der Eimsbüttler Straße und der Glacischaussee heran, rumpelten in den Millerntordamm oder am neu eröffneten *Ballhaus Trichter* vorbei in die Sylter Allee. Rechts ragte der Gebäudekomplex der *Centralhalle* auf – das ehemalige *Konzerthaus Ludwig* bot jetzt Operetten und Volksopern dar. Einen Wasserfall hatten sie dort im Wintergarten, das erinnerte Weber noch. Er hatte Mathilde ins Konzerthaus ausgeführt, an einem der wenigen Tage, die ihnen nach der Hochzeit geblieben waren, um sich zu vergnügen. Die Kaiserbüste in der Grotte unter dem Wasserfall und das Militärkonzert im Biersaal waren ihm damals völlig normal erschienen. Nach dem Stahlgewitter in Flandern wurde ihm beim Klang von Marschmusik heute nur noch übel.

Dass er nun ausgerechnet in einer Behörde gelandet war, in der das Militärische hochgehalten wurde, grämte ihn genauso wie die bürokratischen Zwänge. Ob Einbruch, Raub, Überfall, Erpressung, Diebstahl, Hehlerei oder eine Leichensache – stets mussten zahllose Vordrucke ausgefüllt und Berichte verfasst werden, bevor die träge Maschinerie der Polizei in Bewegung kam. Dabei lief es doch immer darauf hinaus, dass Leute wie er sich die Nächte um die Ohren schlugen und bei Wind und Wetter den Moloch Großstadt durchsuchten nach Hinweisen, Spuren, Aussagen oder sonstigen Zeugnissen, die zur Aufklärung führten – und zum Ausfüllen neuer Formblätter. Und dann beklagte sich auch noch irgend so ein Idiot von Archivar bei Recknagel, Weber hätte eine unleserliche Handschrift und solle doch bitte Kanzleischrift oder Druckbuchstaben verwenden. Zur Hölle mit diesem Pack!

Da hatte man ja wohl noch das Recht, Kleider und Gedanken ein bisschen auszulüften. Und was die Gedanken betraf: Das Gehirn benötigte ebenfalls von Zeit zu Zeit einen Durchzug, zum Beispiel indem man eine Komödie in einem Lichtspielhaus besuchte. Etwas wirklich Albernes wäre jetzt genau das Richtige, mein Lieber, entschied Weber, als er vor dem Aushang bei *Knopfs* angekommen war. »Die Austernprinzessin«, das klang schon dämlich genug. Egal, und wenn es dumm war! Wenn die Kollegen in Amtsblättern ersticken wollten, wenn Mathilde in ihrer mütterlichen Ernsthaftigkeit versinken wollte, sei's drum! Er wollte lachen, wenn's sein musste über etwas Idiotisches. Weber löste eine Eintrittskarte und betrat das Kino.

Es war wirklich zum Lachen. Zum Brüllen komisch. Er bekam Bauchschmerzen und konnte sich kaum halten. Er grölte, bellte, prustete vor Lachen. Tränen liefen ihm über die Wangen. Er kam ganz aus der Puste vor lauter Gelächter. Wie gern wäre er dieser Mr Quaker gewesen, der Austernkönig von Amerika, der mehrere Dutzend Sekretärinnen hatte, um seine Bürokratie zu erledigen. Da würde er glatt eine Tochter wie diese Ossi in Kauf nehmen, die in einem Tobsuchtsanfall mal kurzerhand die ganze Palasteinrichtung zertrümmerte, weil sie keine Lust hatte, den Schuhcremekönig Mr Blackpott zu ehelichen. Weber nahm sich vor, den Satz »Das imponiert mir nicht« von diesem reichen Amerikaner mit den gigantisch dicken Zigarren zu übernehmen – das würde Eindruck machen bei Recknagel und Kunath! Er stellte sich vor, eine Foxtrott-Epidemie würde das Stadthaus erfassen und er, Weber, könnte im Rhythmus des amerikanischen Jazz seine Vorgesetzten ohrfeigen wie dieser Orchestermusiker im Film seinen Kollegen ... Und was wäre, wenn Mathilde sich Boxhandschuhe überstreifte, um gegen eine Widersacherin in den Ring zu treten ...?

Der Film war zu Ende. Welche Widersacherin? Weber dachte an die Wirtin im *Goldenen Anker*. So ein Unsinn, die war doch Jahre älter als er!

Trotzdem bog er, nachdem er zwei Gläser Bier im *Gasthaus*

Oberbayern gekippt hatte, in die Taubenstraße ein, beschwingt und in leicht verwegener Stimmung, nicht zuletzt deswegen, weil zu der Maß noch zwei Obstbrände gekommen waren. Brand – löschen, Brand – löschen.

An der Ecke zur Kastanienallee bemerkte er eine junge Frau mit einem kleinen Kind auf dem Arm und stutzte. Mittlerweile war es ein bisschen spät für einen Abendspaziergang. Die Frau ging die Taubenstraße entlang, dann rechts in die Bernhardstraße und weiter Richtung Pinnasberg. Sie hatte es eilig. Die Straßenbahn schien sie nicht zu interessieren. Am Fischmarkt vorbei ging's in die Kleine Fischerstraße, Lucianstraße, Dreierstraße. Und von dort nicht etwa zur Elbe hinunter, um das Kind zu ertränken, wie Weber es sich schon ausgemalt hatte, sondern zur Haustür eines schiefen Backsteinhäuschens, wo sie den Türklopfer betätigte. Als die Tür aufging und eine ältere Frau erschien, brach die Jüngere in Tränen aus. Weber hörte nur Wortfetzen:

»... habe alles abgesucht ...«

»Aber Kindchen, doch nicht auf St. Pauli und noch mit dem Balg.«

»Er wird alles vertrinken!«

»... gewarnt ...«

»... werden verhungern ... die Wohnung verlieren!«

»... kommen sehen!«

»... steckt eine andere dahinter ...«

»... dass dein Vater das regeln soll!«

»Er soll ihm aber nicht weh tun!«

»Nu komm erstmal rein!«

Die Tür fiel zu, und Weber fühlte sich in mehrerer Hinsicht ernüchtert. Austernprinzessinnen gab es in seiner Welt nicht. Auch keine Foxtrott-Epidemien. Nur Traurigkeit und Elend. Falsche Spuren. Und einen Oberwachtmeister, der es perfekt beherrschte, sich lächerlich zu machen. Aber vielleicht lag es ja auch nur an den schmerzhaften Beulen an seinem Kopf.

Vor dem Durchgang zum Hinterhof stand Ernst Uhlrich mit hochgestelltem Mantelkragen, den runden Hut tief ins Gesicht gezogen, die Hände in den Taschen. Zigarette im Mundwinkel. Hochgezogene Schultern. Er fror. Offenbar stand er schon eine ganze Weile da. Das laute Hämmern eines Schmieds hallte durch die Gasse, und ein Mann zog eine Karre mit leise scheppernden Blechwaren um die Ecke. Ein kleiner Hund bellte ihn an, und der Mann schimpfte.

Greta kam von der Arbeit. Natürlich war es schon dunkel. Die Funzel an der gegenüberliegenden Straßenecke konnte sich kaum gegen die Nebelschwaden durchsetzen, die so feucht waren, dass sie schon beinahe wie Nieselregen herabsanken.

»Guten Abend, Fräulein Greta.« Uhlrich lüpfte den Hut. Für seine Verhältnisse war er erstaunlich höflich und zurückhaltend. Lächelte weder süffisant noch höhnisch, hatte eher einen mitleidigen Zug um den verkniffenen Mund. Was will er denn jetzt schon wieder von mir, dachte Greta mit einem Anflug von schlechtem Gewissen. Sie erwiderte nur knapp seinen Gruß. Er trat ihr in den Weg.

»Herr Uhlrich, hören Sie, ich bin schrecklich müde.«

Uhlrich sprang zur Seite, als eine Frau einen Eimer mit Schmutzwasser in die Gasse leerte. Greta wollte die Gelegenheit nutzen und wandte sich zum Gehen. Er hielt sie am Ärmel fest.

»Was erlauben Sie sich.«

»Ich bitte um Entschuldigung. Ich dachte nur … Wie gefällt Ihnen Ihre neue Arbeit, Fräulein Greta?«

»Gut, ja durchaus. Sogar sehr gut. Noch bin ich ja nur zur Probe. Habe aber schon eigenverantwortlich Kalkulationen angestellt und Bestellungen für einige Waren auf den Weg gebracht … wenn es das ist, was Sie interessiert?«

»Ich frage nur … weil ich mich doch für Sie verwendet habe.«

»Ich danke Ihnen und bin sicher, niemand wird sich bei Ihnen über mich beklagen. Man hat mir Aufstiegschancen versprochen, wenn ich mich gut anstelle. Sie sagen, ich hätte eine Gabe für komplizierte Berechnungen und einen Sinn für größere Zusammenhänge. Der *Trichter* ist ja ein so großes Unternehmen mit vielen verschiedenen Abteilungen. Ein Ballhaus! Café, Bar, Kabarett, Restauration, Bierlokal, Tanzboden und Separées für die Bürgerlichen und die Geschäftsleute. Künstler von internationalem Ruf treten auf. Stellen Sie sich vor, sogar aus Paris sollen bald welche kommen!«

»Es gefällt Ihnen also?« Er hielt sie immer noch fest.

Sie riss sich los. »Ja, sehr. Weil es wie eine abgeschlossene Welt ist, verstehen Sie? Wie eine Burg oder besser ein Palast … es ist prächtig dort, ja, das ist es. Im großen Saal gibt es sogar Logen wie in einem Theater! Aber am schönsten ist der riesige Kristallleuchter … Es ist, als hätte man ein Schloss gebaut, aber für die einfachen Leute, nicht für Könige. Damit jeder Mensch ein König oder eine Königin sein kann … für einen Nachmittag oder Abend nur …«

»Und Sie, Fräulein Greta, sind die Prinzessin«, sagte Uhlrich, verschluckte sich und musste husten.

»Nein«, sagte sie schnippisch, »ich arbeite dort ja nur. Und zwar tagsüber. Nicht zu später Stunde, wenn es etwas frivoler zugeht. Aber ich danke Ihnen nochmals für die Vermittlung. Guten Abend.«

Damit ließ sie ihn stehen. Was sollte denn auch dieses Gerede? Sie musste dem Kerl ja nicht auf die Nase binden, dass sie sich jetzt schon, nach so kurzer Zeit, Hoffnungen machte, in die Verwaltung des Theaterbereichs im *Trichter* aufgenommen zu werden. Dann hätte sie mit Schauspielern und Tänzern und Künstlern aller Art zu tun – und ein kleiner, nur winzig kleiner Teil des Glanzes würde auf sie abstrahlen. Aber jetzt war Feierabend. Deshalb Schluss damit! Sie hatte schließlich ein Privatleben. Carl wartete bestimmt schon auf sie.

»Fräulein Greta! Gehen Sie nicht hinauf!«

Nun war sie erstaunt. Dieser flehentliche Ton passte wirklich nicht zu dem Filou mit der spitzen Nase, der ständig sein abschätziges Grinsen zur Schau stellte. Sie ahnte schon, worum es ging. Und spürte, wie ihr Herz sich ängstlich zusammenzog und sich alles in ihr verkrampfte. Sie ging schneller.

»Fräulein Greta!«

Sie riss die Haustür auf und wäre am liebsten lautstark die Treppe hinaufgetrampelt, um zu zeigen, dass sie hier die Herrin im Haus war. Aber dann, ohne nachzudenken, zog sie die Schuhe aus und schlich auf Strümpfen die Stufen hoch.

Hätte sie doch lieber Lärm gemacht! Der Anblick dieser üppigen Blondine, die in ihrer ganzen obszönen Nacktheit und voller Lust auf Jensen thronte und Kopf und Brüste hin und her warf und stöhnte, während er unter ihr schrie wie ein Tier, war wie ein Faustschlag ins Gesicht und ein zweiter in die Magengrube.

Jensen sah, wie sie eintrat, verstummte, starrte sie an, hörte aber nicht auf. Die Blonde merkte nichts. Jensen breitete die Arme aus und grinste, als wollte er sagen: So geht's halt, Kleine, es gibt einfach zu viele Frauen auf der Welt! Dann schloss er die Augen und schrie wieder auf.

Das Letzte, was sie wahrnahm, waren die Schweißtropfen auf seiner Brust und auf ihrem Rücken, der Geruch von animalischer Lust und die Hitze des Bollerofens, dann drehte sie sich um und lief die Treppe hinunter. Rutschte auf den Strümpfen aus, stürzte, rappelte sich auf und rannte über den Hof und durch die Toreinfahrt, an Uhlrich vorbei, der ihren Namen rief.

In *Winckler's Gaststube* kam sie wieder zu sich, nachdem sie den Schnaps gekippt hatte, den der Wirt ihr hingestellt hatte.

Uhlrich setzte sich zu ihr und hielt ihr die Schnallenschuhe hin, die sie im Laufen verloren haben musste. »Sie sollten sich Stiefel anschaffen«, sagte er unbeholfen. »Es wird doch Winter.«

Greta spürte ihre nassen Strümpfe. Sie zitterte, aber nicht vor Kälte, sondern vor Wut. »Das wird er mir büßen!«

»Aber Fräulein Greta!«

»Lassen Sie mich!«

»Wo wollen Sie denn jetzt hin?«

Eine gute Frage. Es lief darauf hinaus, dass sie nach dem dritten Schnaps und dem zweiten Bier bereit war, das Angebot von Uhlrich anzunehmen, auf der Chaiselongue in seiner Küche zu übernachten.

Da lag sie dann zu später Stunde, allein und vollständig angezogen, bis auf die nassen Strümpfe, die über einer Stuhllehne hingen, und die Schuhe, die vor dem Herd standen. Sie fror trotz der beiden Wolldecken, weil das Feuer ausgegangen war.

Sie döste ein und schreckte hoch, als die Tür aufgeschoben wurde, das elektrische Licht aufflammte und eine orientalische Prinzessin eintrat. Sie schien über den Boden zu gleiten. Ein Anblick wie in einem Traum. Glatte schwarze Haare rahmten ihr rundes, asiatisch wirkendes Gesicht ein. Lange

Wimpern, große Augen, volle Lippen. Aber ganz blass und unter den Augen dunkle Schatten. Sie trug einen Kimono. Sie war mindestens zehn Jahre älter als Greta oder sah so aus.

Stella Maris ging zum Küchenschrank, ohne Notiz von Greta zu nehmen, holte einen Pappkarton heraus und setzte sich an den Küchentisch. Im Karton befanden sich ein Apothekerfläschchen, eine Spritze und ein Gummizug. Sie zog die Flüssigkeit aus dem Fläschchen auf die Spritze und band sich den linken Arm ab, nachdem sie den Ärmel hochgeschoben hatte. Dann stach sie mit der Spritze in den Arm.

Greta stöhnte leise auf, ihr wurde übel, und sie musste wegschauen.

Stella zog die Spritze aus dem Arm, krempelte den Ärmel herunter und saß da, als würde sie auf etwas warten. Dann packte sie die Utensilien in den Karton und stellte ihn zurück in den Küchenschrank.

Sie setzte sich zu Greta auf die Chaiselongue und begann mit monotoner Stimme zu sprechen, wobei sie maskenhaft lächelte. Sie erklärte, ohne die kleinste Gefühlsregung zu zeigen, dass sie eine Abmachung mit Uhlrich getroffen habe: »Er sorgt für meine Medizin, und ich sorge für seine Kundschaft. Es ist ein Arrangement, das ich niemandem wünsche. Aber ich werde dir die Augen auskratzen, wenn du versuchst, meine Stelle einzunehmen. Ich kann dir versichern, dass du früher oder später das Morphin bräuchtest. Bei mir war es andersherum, aber das spielt keine Rolle. Er behauptet, er könne für uns beide sorgen. Was er so sorgen nennt. Sollte es ihm gelingen, nicht nur mich, sondern auch dich zu versklaven, dann sei dir gewiss, dass du als blinde Hure enden wirst. Oder als tote Unschuld, wenn es das ist, was dir vorschwebt. Hat er dir solche Grillen in den Kopf gesetzt? Ich weiß, was er meint, wenn er von Liebe spricht. Er meint ein Gefängnis, und er ist der Wärter. Sei dir gewiss, dass es mir egal ist, ob dieses Gefängnis oder ein anderes, ob dieser Wärter oder ein anderer. Aber dir ist es vielleicht nicht egal. Also gehst du besser. Den Ritter spielt er nur einmal. Er hat einen guten Schlaf und steht nicht vor dem Mittag auf.« Damit erhob sie sich und verließ die Küche. Wieder schien es, als würde sie über den Fußboden gleiten.

Greta brauchte eine Weile, bis sie ihre Worte in einen Zusammenhang gebracht hatte. Bis zum frühen Morgen lag sie wach. Als sie hörte, wie draußen die ersten Arbeiter zur Frühschicht aufbrachen, stand sie auf, zog die Strümpfe an, nahm die Schuhe in die Hand und schlich aus der Wohnung. Erst unten vor der Haustür zog sie die Schuhe an.

Sie ging Richtung Millerntor. Am Zeughausmarkt fand sie ein Frühstückslokal, in dem sie bei mehreren Tassen Tee auf den Beginn ihrer Arbeitszeit im Trichter wartete.

Alle, mit denen sie an diesem Tag zu tun hatte, fragte sie nach einer Unterkunft in der Nähe. Mit Erfolg. Am Abend bezog sie, dank der Vermittlung einer Wäscherin, ein möbliertes Zimmer bei einer älteren Dame in der Adolfstraße, nahe beim Brunnenhof. Mit Biedermeiermöbeln und einem Bild von einem röhrenden Hirsch auf einer Waldlichtung. Sie war geradezu erleichtert. Nun hatte sie so etwas wie eine bürgerliche Existenz aufgebaut. Ihre Suche aber war noch nicht beendet.

Achtes Kapitel:

VARIETÉ

Mit einer gestandenen Frau über diese Frauensache reden. Das war sein Gedanke gewesen, als er sich auf den Weg in die Kastanienallee gemacht hatte. Inzwischen ging auch er davon aus, dass hinter den Kindermorden eine Frau stecken musste. Eine Erkundung der Abgründe der weiblichen Seele, vielleicht kam es darauf an? Das Unvorstellbare ergründen. Eine Frauensache, und Polizisten waren nun mal keine Frauen. Also musste man eine fragen, eine, die sich im Leben auskannte. Klar wie Kloßbrühe, dachte Weber.

Wenn es nun aber doch keine Täterin war? Vielleicht ein geisteskranker Mann? Seit dem Krieg sah Weber die Menschen in einem anderen Licht. Alles war denkbar in diesen irrwitzigen Zeiten, vor allem das Schlechte. Also doch keine Frauensache? Dann ging er besser nicht da rein. Er legte die Hand auf die Türklinke, starrte den Anker an, der goldgelb in die grünlich-blaue Scheibe der Eingangstür eingelassen war. Erst jetzt bemerkte er, dass zu dem Bild noch mehr gehörte: Der Anker hing an einer Kette und lag auf dem Meeresgrund. Fische, ein Seestern, Sand. »Fallen Anker!« waren die letzten Worte seines Großvaters gewesen, der zur See gefahren war. Was einem nicht so alles durch den Kopf ging. Wie auch immer, ein Bierchen konnte nicht schaden.

Zigarrenrauch und Grogdunst kamen ihm entgegen. Aus irgendeinem Grund roch es hier dennoch besser als in den meisten Gaststätten. Er setzte sich an den kleinen runden Tisch neben dem Kachelofen und ließ seinen Blick über die Schiffsmodelle unter der Decke schweifen. Tat so, als wüsste er gar nicht, in wessen Lokal er sich hier befand. Versuchte, sie zu ignorieren, obwohl das nicht leicht war. Heute trug sie kein Schwarz, sondern ein Kleid aus leichtem, rotbraunem Stoff, das ihre Rundungen zur Geltung brachte. Eine Schürze um die Hüften. Die hochgesteckten Haare gaben den Blick auf ihren schlanken Hals frei, und die Haube auf ihrem Kopf wirkte kein bisschen altmodisch oder betulich. Sie wusste sich so zu bewegen, dass die Männer ihr Bewunderung und Respekt gleichermaßen entgegenbrachten. Ein dunkler Lippenstift und etwas Rouge auf ihren Wangen.

Als sie sich vor ihm aufbaute, kam es ihm vor, als hätte sie bemerkt, dass er die ganze Zeit absichtlich weggeschaut hatte. Jedenfalls legte sie, fast schon kokett, eine Hand an die Hüfte und stellte sich so vor ihn hin, dass der Stoff ihres Kleids auf eine besondere Weise ihren Körper umfloss. Weber strich sich mit der Hand über den Kopf, drückte gegen seine schmerzenden Beulen und verzog das Gesicht.

»Na, Herr Kriminal-Oberwachtmeister, durstig?«, fragte sie.

Das Wort »durstig«, ausgesprochen von diesen elegant geschwungenen Lippen, bewirkte, dass er sich schlagartig wie ausgetrocknet fühlte.

»Gern«, sagte er linkisch.

»Also eine Tulpe Holsten.«

Dem einen Bier folgte bald das nächste. Weber zog irgendwann das Jackett aus und hängte es über die Stuhllehne. Nahm sich eine Zeitung und las oberflächlich darin. Kam mit einem Nieter und einem Schauermann ins Gespräch, setzte sich an ihren Tisch, drosch eine Runde Skat mit ihnen, weil der dritte Mann nicht gekommen war, und nahm, nachdem sie gegangen waren, wieder an dem kleinen runden Tisch neben dem Ofen Platz.

»Na, Herr Kriminal-Oberwachtmeister, hungrig?«

»Und ob.«

»Rundstück, Soße, Extra-Soße« stand auf einer Tafel an der Wand.

Die Wirtin folgte seinem Blick und schüttelte den Kopf. »Heute nicht. Heute bleibt die Küche kalt. Ein Schinkenbrot kann ich anbieten.«

»Warum nicht.«

Sie lachte. »Warum nicht, kann ich Ihnen nicht sagen, aber wenn Sie es haben wollen, sagen sie einfach ja.«

»Ja, gern.«

»Es dauert einen Moment. Aber Sie haben doch Zeit, Herr Kriminal-Oberwachtmeister?«

»Hab ich.«

Ihre blauen Augen leuchteten auf. »Na fein.«

Das mit den Hüften, tut sie das für mich, fragte sich Weber, als er ihr nachsah.

Sie machte sich hinter dem Tresen zu schaffen. Hin und wieder kassierte sie einen Gast ab, der sich verabschiedete. Das Lokal leerte sich, während sie sein Brot belegte. Mit einem Brotmesser schnitt sie eine dicke Scheibe von einem Laib Graubrot ab, den sie sich vor die Brust hielt, mit einem anderen Messer säbelte sie Scheiben von einem großen Stück Katenschinken, legte Gurken aus einem Fässchen daneben, Perlzwiebeln aus einem Glas, pellte ein hartgekochtes Ei und legte es dazu. Etwas Remouladensoße auf das Eigelb, ein wenig Senf auf den Tellerrand, der wegen der Größe der Schinkenscheiben kaum zu sehen war. Weber lief das Wasser im Mund zusammen.

Als nur noch zwei ältere Männer übriggeblieben waren, stellte sie den Teller endlich vor ihn hin und legte Messer und Gabel auf eine karierte Serviette daneben.

»Hat etwas gedauert, ich bin ja allein.«

»Nicht schlimm.«

»Das Messer ist frisch geschärft.«

»Na dann.«

»Greifen Sie zu.« Sie starrte ihn an.

»Sieht ja sehr appetitlich aus.«

»Mit Liebe gemacht.«

Er griff nach dem Besteck. Schaute ihr nach, als sie mit diesen wiegenden Hüften hinter den Tresen ging. Sie zapfte zwei Bier und sah mal hierhin, mal dahin, dabei gab es nichts zu sehen.

Weber aß das leckerste Schinkenbrot seines Lebens.

Der letzte Gast zahlte und ging.

Sie brachte den leeren Teller weg, kam zurück und stellte zwei Gläser mit Bier auf den Tisch. »Darf ich mit Ihnen auf meinen Feierabend anstoßen, Herr Kriminal-Oberwachtmeister?«

Eine gewisse Nervosität erfasste Weber, eine Art Lampenfieber. Er nickte nur.

Sie zog einen Schlüssel aus der Schürze, ging zur Tür, schloss ab. Kam zurück, setzte sich ihm gegenüber und schlug die Beine übereinander. Weber bemerkte, dass einige Knöpfe an ihrem Ausschnitt aufgegangen waren. Na so was.

Sie schaute ihn lächelnd an. Auffordernd, fragend, amüsiert – was denn nun?

»Ich wollte Sie … oder mit Ihnen …« Weber stockte. Was wollte er denn? Seinen Fall besprechen? Mit ihr? Wieso das denn?

»Sehen Sie ... bei meiner Arbeit ist es manchmal ...«

Sie hob eine Hand. »Halt! Wir wollten doch anstoßen, Herr Kriminal-Oberwachtmeister.«

»Also jetzt reicht es aber!«, entfuhr es ihm. »Nennen Sie mich doch nicht immer so!«

»Sondern?« Sie hob die Schultern und setzte einen gespielt ratlosen Gesichtsausdruck auf.

»Alfred.«

»Alfred?« Sie legte den Kopf ein wenig schief und schaute ihn an, als wollte sie prüfen, ob der Name zu ihm passte.

»Ja!«

Sie hob das Glas. »Lorenza.«

»Oh ...«

»Mein Vater war ein italienischer Seemann.«

»Lore.«

»Wenn du es kürzer magst.«

Er verlor sich in ihren blauen Augen.

»Stoßen wir jetzt an, Alfred?«

»Entschuldige.«

Die Tulpen erklangen, und Weber sah zu, wie sie ihr Glas in einem Zug leerte.

»Mein erstes heute. Lass du dir ruhig Zeit, du hast ja einen Vorsprung.«

Sie sprang auf und zapfte sich ein neues. Weber genoss es, ihr dabei zuzusehen. Schürze und Haube flogen in eine Ecke.

Beim nächsten Mal kam sie mit zwei Gläsern zurück.

Der Gedanke, ernsthaft über seine Arbeit mit ihr zu sprechen, war verflogen. Stattdessen erzählte er Anekdoten aus dem Polizeialltag. Sie steuerte ein paar Kneipengeschichten bei. Irgendwann als es ihr zu mühsam geworden war, ständig aufzustehen und neu zu zapfen, holte sie einen »Schatz« aus einem Versteck unter dem Tresen: einen Rum aus Martinique. Er schmeckte so, wie Weber sich das Aroma ihrer dunkelroten Lippen vorstellte.

Er erinnerte sich an den Film, den er gesehen hatte, und erzählte ihr die ganze Geschichte von der »Austernprinzessin«. Als er bei der Foxtrott-Epidemie angelangt war, sprang sie auf, holte ein Grammophon und legte eine Platte mit Tanzmusik auf.

Weber konnte keinen Foxtrott tanzen, aber das war egal. Er nahm es hin, dass sie sich etwa dreimal so schnell bewegte wie er. Den Calypso, von dem sie meinte, er würde viel besser zum Rum passen, tanzte sie allein. Die geschmeidigen Bewegungen ihrer Hüften brachten ihn beinahe um den Verstand. Wäre er nicht vom Alkohol benommen gewesen, hätte er sich auf sie gestürzt.

Als das Stück zu Ende war, setzte sie sich auf seinen Schoß.

Er sagte: »Du bist wie eine Tulpe.«

»Nein, bestimmt nicht.«

»Doch, man muss nur ein paar überflüssige Blätter abnehmen, dann kommt die Tulpe zum Vorschein.«

Es war das erste Mal, dass Weber so frivol zu einer Frau sprach. Es war auch das erste Mal, dass eine Frau sich vor seinen Augen entkleidete. Und es war das erste Mal, dass er vollkommen nackt vor einer Frau stand, die eine Tulpe darstellte.

Was danach kam, war wild und sicherlich verboten, jedenfalls für einen Beamten der Hamburger Polizeibehörde, dessen Ermittlungen in Bezug auf die Abgründe der weiblichen Seele aus dem Ruder gelaufen waren.

Greta saß in ihrem möblierten Biedermeierzimmer am Tisch, schob die Vase mit den Nelken beiseite, faltete das

Spitzendeckchen zusammen und legte es auf den freien Stuhl. Sie hatte ihre Vermieterin um Briefpapier, Tinte und Federhalter und eine Schere gebeten. Nun tauchte sie die Feder in das Tintenfässchen und begann zu schreiben:

Liebe Rieke,

ich hoffe, es ist anders, als sie sagen, und es geht dir gut. Vielleicht ist es ja sogar schön. Du hättest es jedenfalls verdient. Ich habe es auch ganz gut getroffen, wenn man bedenkt, dass ich auf der Flucht bin. Es gibt überall nette Menschen, die nicht allzu viele Fragen stellen, sondern gerne helfen. Eine Großstadt hat wirklich enorme Vorteile. Du kannst in der Masse untertauchen, unsichtbar werden wie ein Fisch in einem Schwarm. Das ist großartig. Und in einem Viertel wie diesem sind die Menschen allerhand gewöhnt. Sie akzeptieren diejenigen, die ein schlimmes Schicksal erlitten haben, und stellen keine neugierigen Fragen. Sie tolerieren Leute, die anders sind oder sich anders benehmen, weil hier alle ein bisschen anders sind. Wenn ich als junges Mädchen abends durch die Straßen gehe, in denen das Laster wohlfeil ist (Du verstehst schon, was ich meine), dann schaut mich keiner schief an. Ich könnte ja dazugehören. Da, wo ich arbeite, in diesem Etablissement, das alle den »Trichter« nennen wegen der Form des Dachs, geht es zu später Stunde auch recht freizügig zu, und die Tänzerinnen zeigen mehr als nur ihre Beine, aber das finden alle ganz normal. Versteh mich bitte nicht falsch, ich bin nicht gefallen, nur ein bisschen gestolpert, aber das sehr gern ... Wie kann man in Hamburg einem Seemann widerstehen? (Ich scherze.) Nun aber habe ich mich in eine möblierte Stube gerettet, zu einer adretten älteren Dame, die mich unter ihre Fittiche genommen und mir mit einem knappen Satz zu verstehen gegeben hat, dass ihr Leben auch nicht gerade verlaufen ist. »Lass dich nur nicht benutzen, Kindchen«, hat sie gesagt, nachdem ich (ohne Gepäck angereist, wie ver-

dächtig!) mit Handschlag den Untermietvertrag besiegelt hatte. »Nie die Achtung vor dir selbst verlieren und ordentlich Paroli bieten, wenn dir einer krumm kommt!« Ich werde ihren Ratschlag beherzigen.

Aber genug davon, das ist es doch gar nicht, was Du wissen möchtest. Du willst erfahren, ob ich meiner Pflicht nachkomme und den Auftrag erledige, den Du mir erteilt hast. Ich kann dir versichern, dass ich das tue. Auch wenn ich vorsichtig sein muss, weil man mich sucht (sogar ein, zum Glück unscharfes, Bild von mir wurde in den Zeitungen veröffentlicht), ich bin ihm doch auf den Fersen. Im Übrigen habe ich gleich damit angefangen. Zu Hause in unserer kleinen Stadt der Einfältigen hätte ich ihn beinahe zu fassen bekommen! Und wenn sie mich nicht am selben Abend abgeholt hätten, wer weiß. Aber der Reihe nach: Leicht fiel es mir nicht gerade, ihn ausfindig zu machen. Ich musste meine Nachforschungen ja auch noch vor den Eltern verbergen! Konnte also nur am Tage unterwegs sein. Ich suchte die Orte auf, von denen Du mir erzählt hattest: die hübsche Stelle mit der versteckten Bank am Elbufer, die Badeanstalt, das Café, in dem es die Sahnetorten gibt. Aber versuche einmal, jemanden wiederzuerkennen, den Du nur ein einziges Mal gesehen hast! Geholfen hat mir, dass er diese extravaganten, braun-weißen Schuhe trägt. Und an den braunen Anzug mit den Kreidestreifen konnte ich mich auch noch erinnern. So viele verschiedene Kleider hat er offenbar nicht. Schon das hätte dich skeptisch stimmen müssen, aber ich will jetzt nicht wieder zu schimpfen anfangen. (Nie mehr, Rieke, nie mehr möchte ich dieses schreckliche Gefühl von Einsamkeit erleiden müssen wie damals, als Du mir den Rücken zugekehrt hast. Es war so furchtbar. Nicht nur wie ein Loch, das sich in Deinem Herzen auftut, sondern wie ein Vakuum um Dich herum ... aber das hast Du ja dann auch empfinden müssen. Du kennst den Schmerz besser als ich, verzeih mir.)

Im Park habe ich ihn dann gefunden. Nachdem ich an der Pferderennbahn gesucht hatte, wo Du ihn ja kennengelernt hast (eine Bekanntschaft, die Du mir viel zu lange verheimlichtest!), bin ich in den Biergarten gegangen. Es war ein komisches Gefühl, dort allein zu sitzen – inzwischen bin ich daran gewöhnt, mich in verräucherten Bierlokalen herumzutreiben, Du würdest mich nicht wiedererkennen. (Sowieso habe ich inzwischen Dinge getan, die Du mir nie zugetraut hättest, und ich stelle fest: Es ist erstaunlich, wie stark man werden kann, wenn man erstmal zulässt, etwas Böses und Verbotenes zu tun. Aber das muss ich Dir nicht erzählen, nicht wahr?) Dort im Biergarten, inmitten der Sommerfrischler mit den hellen Kleidern und Sonnenschirmchen (und ich mit meinem Strohhut, den Du mir immer abschwatzen wolltest), sah ich ihn. Natürlich hatte er wieder eine im Schlepptau. Ich habe mir einen herrenlosen Schirm geschnappt (Du siehst, ich kenne mich gut aus auf der schiefen Bahn!), um mich zu verbergen, und sie verfolgt. Unter der Blutbuche (Du weißt schon) fing er dann an, Süßholz zu raspeln. Am liebsten wäre ich dazwischengegangen, um sie zu warnen. Aber ich hielt mich zurück und folgte ihnen weiter. Er hat sie dann an der Tram verabschiedet und ist in die andere Richtung gefahren. Ich hinter ihm her. Hinter dem Nordfriedhof dann, in der Neustadt, in einer schmalen Straße mit hohen Bürgerhäusern, steuerte er einen Hauseingang an, und jetzt war ich bereit! Ich klappte den Schirm zusammen und legte ihn auf ein Mäuerchen. Ich brauchte ja meine freie Hand, um die Pistole aus der Handtasche zu nehmen. (Später haben sie mir das angekreidet: »Wie konnten Sie sich an der Dienstwaffe eines Reserveoffiziers vergreifen!« Dabei war es doch bloß die olle Luger von meinem Vater, der hatte die doch längst vergessen.) Hast Du dir mal überlegt, wie Du jemanden ansprichst, den Du mit einer Pistole bedrohen willst? Es war eine eigenartige Situation. Dass mein Herz raste und mir die Brust beinahe zerspringen wollte, muss ich Dir nicht sagen. Wie habe ich gezittert! Und rannte trotzdem los. Während er den Schlüssel aus der Jackentasche zog und aufschließen wollte. Er hörte meine Schritte, drehte sich um, und in dem Moment knickte mein rechter Fuß um. Ich strauchelte. Er erkannte mich und sah auch die Pistole in meiner Hand. Warf sich gegen die Tür und fiel praktisch ins Haus. Ich rannte los. Aber vielleicht hätte ich besser abgewartet. Hätte die Pistole erst im Haus herausziehen sollen. Wie dumm man doch ist, wenn man sich aufregt! Er warf die Tür hinter sich zu, und durch die Milchglasscheibe sah ich seinen Schatten im Hausflur verschwinden. Ich betätigte sämtliche Klingeln. Ich war wie im Rausch. Als die Tür endlich aufging, war von ihm nichts mehr zu sehen. Am anderen Ende des Flurs, gegenüber der Haustür, führte eine Tür in den Garten. Dort grenzte eine Wiese an den Bahndamm, und dazwischen lief ein Weg entlang. Wahrscheinlich war er dorthin gelaufen.

Ich war in einem eigenartigen Zustand, wie Du dir denken kannst. Etwas trieb mich an, ohne dass ich darüber nachdachte, was ich tat. In dem Haus befanden sich drei Pensionen. Ich klapperte sie ab. Fragte nach ihm, beschrieb ihn. In der dritten Etage hatte ich Erfolg. Eine Frau öffnete. Ich war kurz davor, zusammenzubrechen. Ich heulte ihr etwas vor. Erzählte ihr Deine Geschichte und gab vor, es wäre meine. Ich war so von Sinnen, dass es anscheinend vollkommen glaubwürdig wirkte. Ich war die schmählich Verlassene. Sie ließ mich warten. Aber er kam nicht zurück. Sie gab mir ein freies Zimmer und versprach, mich zu wecken, wenn er käme. Er kam nicht. Ich durchwachte die Hälfte der Nacht und schlief die andere Hälfte wie ein Stein. Am Morgen war er immer noch nicht da. Ich musste nach Hause, zeigen, dass ich noch lebte. Und wurde von meiner Mutter auf das Grauenhafteste zurechtgewiesen. Sie war kurz davor gewesen, die Polizei zu alarmieren. Trotz Verbots schlich ich mich abends wieder aus dem

Haus und suchte die Pension auf. Er war noch immer nicht erschienen.

Noch einen Tag und einen weiteren ging ich hin. Er blieb verschwunden. Beim vierten Mal sagte mir die Zimmerwirtin, es sei ein Brief von ihm gekommen. Darin bat er um Zusendung seiner persönlichen Sachen in dem Koffer, den er zurückgelassen hatte, und hatte wohl auch etwas Geld in den Umschlag gelegt. Die Wirtin zeigte mir den Brief, und ich las den Absender: »G. Hofstedt, Postlagernd Poststelle Emma Mencke, Karpfangerstraße 14a, Hamburg«. Dorthin sollten auch seine Sachen geschickt werden. Also war er nach Hamburg geflüchtet!

Ich nahm mir vor, ihm sofort zu folgen, fragte die Wirtin noch, ob ich ihm den Koffer nicht persönlich überbringen solle. Das lehnte sie ab. Auf dem Weg nach Hause ging ich am Hauptbahnhof vorbei und fragte am Schalter nach den Zugverbindungen nach Hamburg. Wenn ich mich beeilte, würde ich dort noch vor dem Koffer ankommen und könnte in der Poststelle warten, bis der Koffer abgeholt wurde. Ich würde mein Erspartes dafür opfern müssen, das war klar.

Doch bevor ich mich mit dem Sparbuch auf den Weg zur Bank machen konnte, war alles vorbei: Zu Hause erwartete mich die Polizei. Man hatte die Leiche gefunden. Und in meiner Handtasche war noch immer die Pistole!

Aber ich bin ihnen entkommen. Und ihm dicht auf den Fersen. Ich werde den Auftrag, den Du mir erteilt hast, zu Ende bringen. Großes Ehrenwort!

Sei ganz herzlich und innig gegrüßt, wo auch immer Du jetzt bist.

Deine Greta

Greta stand auf und lief im Zimmer auf und ab. Es war kalt, und sie fröstelte. Sie hatte den Ofen nicht angeheizt, weil es sich so spät kaum lohnte. Die knappe Zeit vor dem Zubettgehen konnte sie auch im Mantel verbringen. Sie trat vor den runden Spiegel, der neben dem Bild mit dem röhrenden Hirsch hing. Erst haben sie mich wie eine Verbrecherin abgeführt und dann für verrückt erklärt und in die Anstalt gesperrt, dachte sie. War sie eine Irre? Kannte ein Wahnsinniger den Unterschied zwischen Wahn und Wirklichkeit? Sie erschauerte. Nach allem, was ich getan habe, muss ich verrückt sein, sagte sie sich. Sie kniff die Augen zusammen und verzog das Gesicht zu einer Grimasse. Du bist böse, Greta, sehr böse. Du hast schlimme Dinge getan, das stimmt. Und nun trauen sie dir alles zu. Du möchtest gern schreien, wenn du an das Unrecht denkst, das Rieke widerfahren ist und nun dir widerfährt. Aber du darfst ihre Aufmerksamkeit nicht auf dich ziehen.

Sie drehte sich um, griff nach der Schere, die auf der Kommode neben Nadel, Zwirn und Knöpfen lag, und ging zurück zum Tisch.

Sie zerschnitt den Brief und warf die Schnipsel in die leere Obstschale, nachdem sie die Streichholzpackung herausgenommen hatte. Nahm ein Streichholz und zündete die Papierschnipsel an. Sie flammten auf, es rauchte. Die geschriebenen Worte verfärbten sich schwarz und zerfielen.

Einige Minuten später, Greta starrte noch immer auf die verkohlten Reste, klopfte es an der Tür.

»Machen Sie jetzt noch Feuer, Fräulein Greta?«

»Nein, nein, ich habe nur einen Brief verbrannt.«

»Dann tun sie das doch bitte das nächste Mal im Ofen.«

»Ja, mache ich. Entschuldigen Sie bitte.«

Sie zerbröselte die Asche, nahm ihre Kette mit dem Medaillon ab und öffnete es. Dann streute sie die Asche auf das Bild im Anhänger und klappte ihn wieder zu. Ein klein wenig rußiger Staub blieb in der Schale zurück. Wie viele Worte waren das wohl? Und welche?

Er hörte ein schnaufendes Atmen. Es pochte in seinem Schädel, gleichmäßig wie eine Dampframme bei Straßenbauarbeiten. Die Dampframme arbeitete in seinem Kopf und erzeugte Kopfschmerzen, aber das Schnaufen kam von außen. Ein erschöpftes Seufzen war zu hören und das leise Stöhnen einer Frau. Ein bekanntes Stöhnen, nur: Mathilde hatte nie so gestöhnt.

Weber schlug erschrocken die Augen auf und starrte zur Zimmerdecke. Sie war ihm fremd. Die Dampframme nahm Tempo auf, pochte stärker. Der Schmerz in seinem Kopf steigerte sich. Noch schneller, und sein Herz würde stolpern. Mit einem Mal erkannte er: Nicht sein Herz war gestolpert, sondern er selbst. Das war ja ungeheuerlich!

Er erinnerte sich an eine freundschaftliche Unterhaltung, an Gläser, die gegeneinanderstießen, Köpfe die sich einander näherten, Lippen, die sich trafen, und an etwas, das ihm jäh vor Augen stand und unendlich peinlich war. Aber warum denn? Es handelte sich doch um einen ganz alltäglichen Vorgang. Einen banalen Sachverhalt, um es juristisch auszudrücken. Beischlaf, um es in der Polizistensprache zu formulieren. Aber konnte denn Liebe ein Sachverhalt sein?

Liebe?

Jetzt bekam er Angst. Kalter Schweiß brach ihm aus. Ich bin ja hier ganz falsch!, dachte er. Ich liege im falschen Bett. Es ist ein Fehltritt, ein Betrug, ein Skandal! Ich riskiere meine Stellung, meine Existenz ... Ich werde lügen müssen, wenn ich nach Hause komme.

Er fing an zu zittern, obwohl ihm nicht kalt war.

Etwas Fremdes, Ungewohntes zitterte mit. Es lag genau da, wo eigentlich nichts liegen sollte, fasste etwas an, das eigentlich niemand anfassen sollte außer ihm. Webers Hand glitt über seinen Oberkörper nach unten. Sie stieß gegen einen Unterarm, ertastete eine Hand und schob sie ganz vorsichtig über seinen Oberschenkel zur Seite. Dann versuchte er ruhig zu atmen. Im Rhythmus des Atems neben ihm. Wie er es in schlaflosen Nächten zu Hause tat, wenn er das gleichmäßige Atmen seiner Frau imitierte. Auch dies kam ihm wie ein Verrat vor. Er drehte sich vorsichtig zur Seite.

Da war sie. Der Wirtin des *Goldenen Ankers* fielen die schwarzen, mit grauen Strähnen durchzogenen Haare in das hübsche, leicht aufgedunsene und ein wenig gerötete Gesicht. Ihr Hals wirkte faltig, ihre schweren Brüste lagen da wie zwei Hefebrötchen. In der Nacht hatten sie ihn fasziniert, aber jetzt sahen sie banal aus. Doch diese Frau musste etwas Besonderes sein. Wie sonst hätte ihm das passieren können? Lag es an ihren geschwungenen Lippen? Daran, wie ihre Hüften sich wiegten? Sie an den Hüften zu fassen war einfach wunderbar gewesen, hatte sich nach Freiheit angefühlt.

Vorsichtig drehte er sich um und starrte unvermittelt auf ein helles Fenster. Hinter den Scheiben eine diffuse hellgraue Fläche. Es war schon Morgen, zweifellos.

Das war schlimm.

Er schmeckte das Bier und den Schnaps, den Rauch der Zigarre, die sie ihm angedreht hatte. Eine Havanna. Eine Tulpe und noch 'ne Tulpe ... »Ich bin die einzige Frau, die Männern Blumen schenkt ... ausschenkt«, hatte sie mit schwerer Zunge gesagt, »du hast schon einen ganzen Strauß intus.« Als ob sie die einzige Wirtin auf St. Pauli wäre. Na, so schlecht war der Witz nun auch wieder nicht gewesen.

Er rollte sich aus dem Bett und kam auf die Füße. Sein Kopf war so schwer, als hätte jemand einen schweren Steinbrocken anstelle des Gehirns hineingelegt.

Er bückte sich und griff nach der Hose, verhedderte sich in den Hosenträgern, mühte sich mit Hemd und Kragen ab, fand, dass es sich viel zu laut anhörte, als er in den Ärmel seiner Jacke fuhr. Die Stiefel stellte er auf den Bettvorleger, damit er sie leise anziehen konnte. Der Mantel hing wahrscheinlich noch unten in der Gaststube an der Garderobe neben der Tür.

Er schlich über die leise knarrenden Dielen. Beinahe hätte er den Tisch mit der Waschschüssel umgestoßen. Der Schwamm lag noch im Wasser. Damit hatte sie ...

Als er die Klinke herunterdrückte, hörte er ein wohliges Stöhnen hinter sich, dann ihre rauchige Stimme: »Für einen Udel kannst du ganz gut schießen, Alfred ...«

Weber drehte sich um und sah, dass sie sich auf den Ellbogen stützte und leicht aufrichtete. »Du hast es aber eilig«, sagte sie.

Er zögerte. Das war keine Art. So stahl man sich nicht davon, nachdem man ... nun ja: Aufnahme in den Armen einer noch blühenden Schönheit gefunden hatte. So war sie ihm vorgekommen. Und jetzt machte er bestimmt auch keinen frischeren Eindruck als sie. Er ging zurück zum Bett. Gab ihr einen Kuss, spürte ihre warme Hand im Nacken.

»Sei nicht traurig, es war doch schön«, sagte sie. »Schau mal wieder rein, hm? Oder bleib noch ...«

Das wäre gar nicht gut! Er richtete sich auf und ging zur Tür.

Sie rief: »Ach, ihr Männer!« Dann schlug die Tür hinter ihm zu.

Weber stieg vorsichtig die steile Treppe ins Erdgeschoss

hinab, durchquerte den Gastraum, fand Mantel, Schal und Mütze an der Garderobe neben der Tür, machte sich nicht die Mühe, den Mantel zuzuknöpfen, schob den Filzvorhang beiseite, entriegelte die Tür und schlich hinaus.

Er hätte sich gar nicht so ducken müssen. Niemand war zu sehen. Sogar der goldene Anker, der direkt über ihm hing, war kaum zu erkennen. Die roten Backsteinfassaden der Kastanienallee waren trotz der Helligkeit nur Schemen. Alles verlor sich im Nebel.

Na, ein Glück.

Eine eigenartige Leichtigkeit hatte Greta erfasst, ein Gefühl, wie sie es lange nicht gekannt hatte. Was für ein Glück sie doch mit ihrer neuen Anstellung hatte! Man durfte nicht immer nach dem ersten Eindruck gehen. Wie leicht war ein Vorurteil für immer gefestigt und eine Ungerechtigkeit getan. Dieser Uhlrich – hatte sie ihm nicht die niedersten Motive unterstellt, als er sie angesprochen hatte? Hatte sie ihn nicht sofort verdächtigt, ein gemeiner Lude zu sein? Nur wegen seines komischen Huts und der spitzen Nase? Und nun hatte sie dank ihm eine seriöse Anstellung. Stella Maris mochte es ja schlecht getroffen haben, aber sie war schwach, und man durfte ihr nicht trauen.

Mit weit ausholenden Schritten lief Greta die Kleine Freiheit entlang und bog in den Durchgang zur Großen Freiheit ein. Nach wenigen Schritten wunderte sie sich über den Dunst, der ihr entgegenkam. Hoppla! Was für ein Nebel! Er schien alles zu verschlucken. Von der Großen Freiheit, die nachts von bunten Lichtergirlanden und üppig dekorierten Varietéportalen in einen lebendigen Glanz getaucht wurde, war rein gar nichts mehr zu sehen. Der Nebel hatte alles verschluckt. Und nun wurde auch sie verschluckt.

Sie blieb stehen. Sie hörte ein Röcheln, ein gurgelndes Stöhnen, ein Würgen. Aber woher? Irgendwo anders ein Klopfen, als würde jemand mit einem Stock auf Metall schlagen. Ein dumpfer Schlag und ein leiser Aufschrei. Woher genau die Geräusche kamen, war in dieser milchigen Suppe nicht auszumachen. Im Nebel schienen die Töne andere Wege zu nehmen. Sie machte sich Mut: Du wirst dich sicher nicht verirren, du bist doch schon oft dort langgegangen. Andererseits, man sah gar nicht, was rechts und links und vorn und hinten vor sich ging. Wenn mich einer schnappt und wegzerrt, wird es keiner merken, überlegte sie. Von den Chinesen drüben in der Schmuckstraße hieß es doch, sie würden mit »weißem Fleisch« handeln und hätten Verschläge in ihren labyrinthischen Kellern, in denen ... Ach hör doch auf!

Irgendwo vor ihr fiel krachend etwas zu Boden. Ein Pferd wieherte. Wo war eigentlich das *Hippodrom*, rechts oder links?

Greta trat den Rückzug an. Ich kann doch auch die Reeperbahn hochlaufen, dachte sie. Aber als sie am Nobistor herauskam, stand sie wieder in der Suppe. Wo waren denn die Straßenbahnen? Fuhren die heute nicht? Dann fiel ihr die Sperre ein. Ach ja, die Baustelle. Sie hatten die Reeperbahn aufgerissen, weil da irgendwelche Rohre verlegt wurden. Da musste sie wohl einen Umweg machen.

Also lief sie geradeaus, folgte der Straße, die leicht nach unten führte, bis sie merkte, dass sie am Pinnasberg stand, und das war nun wirklich verkehrt. Ich falle noch ins Wasser, wenn ich so weitermache, dachte sie. Vor ihr lagen die beiden großen Fischauktionshallen, das war ihr schon klar, aber erkennen konnte sie sie nicht. Irgendwo im diffusen Grau rumpelte ein Lastkraftwagen vorbei. Es roch nach Fisch.

Sie meinte sich zu erinnern, dass sie über den Pinnasberg in gerader Richtung den Circusweg erreichen müsste, und von dort wären es nur noch einige hundert Meter bis zum Trichter. Also los.

Es waren nicht sehr viele Leute unterwegs, und wenn ihr jemand begegnete, war er kaum zu erkennen. Die Hafenarbeiter waren sicher längst mit ihren Barkassen auf die andere Elbseite übergesetzt, oder sie hatten heute frei wegen des Nebels. Seeleute sah man um diese Zeit ohnehin nicht, die schliefen bis mittags oder länger ihren Rausch aus, das kannte sie ja von ihrem treulosen Matrosen, der um diese Zeit wie ein Walross zu schnarchen begann. So ein gemeiner Schuft, dachte sie, aber gleichzeitig wurde ihr warm ums Herz.

Der Weg stieg leicht an, rechts und links Häusersilhouetten. Sie erreichte oben den Kirchhof und schrak zusammen, als das durchdringende Dröhnen eines Schiffshorns vom Fluss herüberschallte. Irgendwo im Nichts tuckerten leise Motoren, dumpfe mechanische Geräusche verhallten. Der Nebel roch nach Kohlenrauch.

Nur weiter, sonst kommst du noch zu spät, ermunterte Greta sich selbst. Wie willst du diesen Umweg denn erklären? »Ich habe mich verlaufen«, kommt nicht in Frage. Die haben dich eingestellt, weil du ein »patentes Mädchen« bist. Sie überquerte die Davidstraße, als dicht vor ihr eine Tram mit beschlagenen, gelblich schimmernden Fenstern vorbeirumpelte. Dahinter ein Automobil, das sich offenbar drangehängt hatte, um sich nicht zu verfahren. Aufgepasst, der hätte dich beinahe erwischt!

Und weiter und weiter. Vielleicht die nächste Straße schon links? Greta ging auf die andere Seite. Den unförmigen Schatten, der auf sie zutaumelte wie ein aus dem Zirkus entlaufener Tanzbär, bemerkte sie erst, als er schon ganz dicht vor ihr war.

Der Tanzbär brummte vor sich hin und lachte unfroh. »Eine Tulpe, gib mir noch eine Tulpe, Lorenza! Herrgott, was habe ich getan?«

Greta wollte zur Seite springen, glitt aber auf dem Pflaster aus, stolperte über einen vorspringenden Stein und prallte gegen die Brust der klobigen Gestalt.

Der Mann schrie erschrocken auf. Es klang weniger wie ein Brummen als wie das Japsen eines Affen. War der ausgestopfte Gorilla von *Umlauffs Weltmuseum* etwa wieder zum Leben erwacht? Greta stemmte die Hände gegen die Brust des Mannes, um ihn wegzustoßen. Er verlor das Gleichgewicht, hielt sich an ihr fest und zog sie mit sich. Für einen kurzen Moment fürchtete sie, ihre Köpfe könnten gegeneinanderstoßen. Greta sah ein aufgedunsenes, rötlich angelaufenes Gesicht mit Bartstoppeln. Nur eine Sekunde lang, dann knickte er zur Seite weg. Sein Atem roch nach Bier, Schnaps und Tabakrauch. Sie hörte, wie er einen erstaunten Laut von sich gab. Dann landeten seine Pranken auf ihren Schultern. Er will mich festhalten!, dachte sie panisch. Das lasse ich nicht zu!

»Du …«, sagte er mit gepresster Stimme. Sein Gesicht kam wieder näher. Mit der einen Hand fasste er sie im Nacken. Seine Fingernägel glitten über ihre Haut.

»Was soll das!«, schrie sie und stieß ihn weg.

Es fühlte sich an, als hätte er ihr eine Schlinge um den Hals gelegt und würde daran zerren, während er ihr gleichzeitig die Haut aufkratzte. Ein schmerzhaftes Ziehen, ihr blieb die Luft weg, dann ein Ruck. Er prallte zurück. Sie verlor das Gleichgewicht, ihr rechtes Knie landete schmerzhaft auf dem nassen Pflaster, sie musste sich mit beiden Händen abstützen.

Und dann war es wie früher bei den Leibesübungen in der Schule. Startposition. Ein Knall. Sie schnellte hoch. Und rannte.

Den Knall hatte ihr Angreifer verursacht, als er mit dem Hinterkopf gegen eine Haustür geprallt war. »Halt! Nein ... hör doch ...«, ertönte die Stimme des Mannes hinter ihr.

Wäre sie noch in der Schule gewesen, bei dem zackigen Herrn Meininger mit den O-Beinen, hätte sie zweifellos den Rekord gebrochen. Greta war noch nie so schnell gerannt. Als wären ihre Beine doppelt so lang geworden.

Mit hechelndem Atem flog sie den Circusweg entlang. Als sie sich dem Millerntor näherte, wo die Umrisse des *Trichters* aus dem Dunst auftauchten und die längliche Turmspitze mit ihrem Kranz aus Leuchtbuchstaben schimmerte, Passanten, Automobile und Trambahnen sich wie Silhouetten in einem Schattenspiel hin und her bewegten, blieb sie keuchend stehen. Ihr war, als hätte ein einziger Krampf ihren gesamten Körper erfasst. Lunge, Zwerchfell und Magen schmerzten, ihre Beinmuskeln bebten. Sie schnappte nach Luft, fuhr sich mit der Hand an den Hals, um den Kragen ihrer Bluse zu lockern, aber der war abgerissen.

So konnte sie niemals zur Arbeit gehen! Für den Bruchteil einer Sekunde wurde ihr eiskalt, und sie stand da wie in Schockstarre, dann tastete sie panisch Hals und Brust ab. Das konnte doch nicht sein! War dieses dumme Ding etwa irgendwo hineingerutscht? Hastig zog sie Mantel und Strickjacke aus, fühlte, ob der Kragen irgendwo war, vollführte die seltsamsten Verrenkungen, um am Rücken zu suchen. Aber da war nichts. Nur dieses Brennen an ihrem Hals, da, wo nicht bloß Haut abgerissen war, sondern auch ihre Kette fehlte. Und das Medaillon. Ihr Bild. Das Einzige, was ihr von Rieke geblieben war.

Greta vergrub das Gesicht in den Händen und fiel auf die Knie. Versuchte vergeblich, das Schluchzen zu unterdrücken. Ihr Oberkörper krümmte sich, sie beugte sich so tief hinunter, dass ihre Stirn beinahe das Pflaster berührte. Sie schluchzte einmal laut auf und weinte dann leise vor sich hin wie eine Büßerin vor einem unsichtbaren Altar.

»Verräterin!«, stieß sie hervor. »Du hast versagt!«

Neuntes Kapitel:

SCHERBEN

Eine Tür schlug zu. Ging wieder auf. Schlug erneut zu. Ein sanfter Windhauch wehte über Webers Gesicht. Seine Augenlider waren schwer wie Blei. Und warum auch die Augen öffnen? Er wusste ja nicht einmal, wo er war. Wahrscheinlich in einem Traum. Anscheinend hatte ihn jemand gefesselt. Wie Gulliver in Lilliput. Jedenfalls konnte er sich nicht bewegen. Bleischwere. Er sollte es besser gar nicht versuchen. Eine Bewegung hätte sicher üble Folgen, denn dann könnte der Steinbrocken in seinem Schädel ins Rollen kommen und diese bohrenden Kopfschmerzen verstärken. Und noch stärkere Schmerzen ... das hielte ja keiner aus!

»Alfred!«

Verrückt, dass hier in Lilliput jemand die Stimme seiner Frau imitierte.

»Alfred!«

Die Zwerge packten ihn an den Schultern und rüttelten ihn. So heftig, dass man meinen konnte, es wäre ein zweiter Riese, der an ihm zerrte. Zwei Riesen in Lilliput? Das war nicht vorgesehen. Und sowieso war er nicht Gulliver, und das war die Stimme seiner Frau.

»Alfred!«

»Mathilde ...«

»Um Himmels willen, Alfred, ich dachte schon, du wärst tot.«

Schön wär's.

»Wie siehst du überhaupt aus! Was haben Sie denn mit dir gemacht?«

Was hatte sie denn gemacht, diese verführerische Tigerin?

»Du bist ja ganz schwarz im Gesicht!«

Unsinn.

»Und stinkst wie ein Tier! Mein Gott, Alfred, du hast dich betrunken!«

Wenn es nur das wäre, oje ... Ein kleiner Schock war es schon, als ihm die Tragweite seines nächtlichen Abenteuers klar wurde.

»Und was ist das hier?« Sie riss an seiner Hand.

Er schlug die Augen auf. Es ging leichter, als er vermutet hatte. Er lag auf dem Sofa in der Stube. Grellweißes Licht kam durch die Gardinen. Es war ziemlich kalt. Sein Rücken tat weh. Kein Wunder, so krumm, wie er dalag. Das Sofa war ja zu kurz. Er hatte den Mantel über sich gezogen. Und immerhin die Stiefel ausgezogen, wie er spürte. Seine Füße waren eiskalt.

»Das hier!« Mathilde fuchtelte mit einer Hand vor seinem Gesicht herum. Etwas schlug gegen seine Wangen, peitschte in sein linkes Auge. Das tat weh. Er kniff die Augen zusammen, rappelte sich zornig auf.

»Wer ist das?«

Weber schaute sich im Zimmer um. Da war niemand. »Wer denn?«

»Hier!« Sie wedelte wieder mit der Hand vor seinem Gesicht herum. Er hielt sich das schmerzende Auge zu. Mit dem anderen sah er, dass sie das Medaillon in der Hand hielt. Das Goldkettchen hing herab. Es war zerrissen. Mathilde hatte den weißen Porzellandeckel mit der blauen Lilie aufgemacht.

»Hör auf!«, sagte er zornig und hielt ihre Hand fest.

»Wer ist das?«, fragte sie.

»Wer ist was?«

»Das Mädchen!«

Es durchzuckte ihn wie ein elektrischer Schock. Wusste sie etwa von seinem Abenteuer? Sie drehte das Schmuckstück um, und jetzt sah er auch, was sie meinte. Da war ein verschmutztes kleines Porträtfoto eingelassen. Das Bild eines Mädchens, schwarz verschmiert. Ein unbekanntes Mädchen. Er nahm ihr das Medaillon aus der Hand und schaute es genauer an. Wischte den Ruß weg, um das Gesicht besser sehen zu können. Ein blondes Mädchen mit einem Zopf. Ziemlich jung, vielleicht siebzehn Jahre alt.

Weber schüttelte den Kopf. »Wie kommt das denn da rein?«

»Und wie kommt das Medaillon in deine Hand, Alfred?«

Er erinnerte sich wieder: Als er schon auf dem Sofa lag, hatte er es geöffnet, und schwarze Asche war ihm ins Gesicht gefallen. Er war zu müde gewesen, um aufzustehen und sich zu waschen, und hatte sich den Ruß mit der Hand weggewischt. Wohl eher verschmiert.

»Du siehst aus wie ein Schornsteinfeger. Und wie nachlässig du gekleidet bist!«

Ja, das Hemd hing ihm aus der Hose. Der Gürtel war falsch geschlungen. Ein Knopf am Hemd fehlte auch, wie er merkte, als er es zuknöpfen wollte.

»Rieche ich da Parfüm?«

»Hör doch, Mathilde, es war eine Razzia.« Diese Notlüge kam ihm erschreckend leicht über die Lippen.

»Eine Razzia, bei der man sich betrinkt und sich von jungen Mädchen beschenken lässt?«

»Das war eher danach ...« Gleich würde er sich in unentwirrbare Widersprüche verstricken, er sah es kommen.

»Du hast dich von so einer Hure einwickeln lassen! Hat es denn Spaß gemacht? So ein junges Ding. Das ist doch ein Verbrechen. Und du bist Polizist, Alfred!«

»Das siehst du ganz falsch.«

»Und an mich hast du gar nicht gedacht?«

Tatsächlich nicht. »An dich denke ich immerzu.«

»Na, dann hoffe ich, dass deine Gewissensbisse dir den Spaß verdorben haben!«

»Aber Mathilde ...«

»Glaube bloß nicht, dass ich jetzt weinen werde!«

»Bitte ...«

»Oder dir eine Szene machen.«

»Hör doch ...«

Sie drehte sich um und verließ das Zimmer. Kaum war die Tür hinter ihr zugefallen, hörte er ein lautes Aufschluchzen und dann einen so jammervollen, leiderfüllten Ton, dass ihm selbst zum Heulen zumute war.

Aber du musst realistisch bleiben, Alfred, sagte er sich. Sie grämt sich wegen etwas, das überhaupt nicht stattgefunden hat. Von der anderen Sache weiß sie nichts. Also ist es im Grunde völlig unsinnig, was sie da empfindet. Mich trifft keine Schuld. Sie glaubt, ich hätte mich von einer minderjährigen Hure bezirzen lassen. So etwas würde ich nie tun. Wie kann sie das von mir denken! Na, es wird sicher nicht so schwer sein, dieses Missverständnis aus der Welt zu schaffen. Sie ist nah am Wasser gebaut und schnell wieder zur Versöhnung bereit. Alles wird sich geraderücken, redete er sich ein.

Nur: Wer war dieses Mädchen auf dem Bild im Medaillon?

Aus dem Nebel seiner Erinnerung tauchten Bruchstücke der morgendlichen Begegnung auf: Das war sie doch gewesen. Seine Irre. Die Verrückte aus Magdeburg, die er suchte. Kurz hatte er sie zu fassen bekommen. Und dann war sie ihm entglitten. Kreuzdonnerwetter, was für eine Blamage! Und verflucht ärgerlich. Was war er doch für ein Idiot und Versager! Hatte er wenigstens irgendeinen neuen Hinweis, eine Kleinigkeit, ein Detail erhaschen können? Wo zum Teufel war die denn so früh am Morgen hingegangen? Weber starrte das Medaillon an. Immerhin. Das hatte sie um den Hals getragen. Es musste ihr wichtig sein. Er schaute das Bild eingehend an. Ein lächelndes junges Mädchen mit Zopf. Daran war nichts Besonderes. Kein Geheimnis. Kein verstecktes Zeichen. Vielleicht auf der Rückseite.

Weber stand auf und ging auf Strümpfen zur Anrichte, zog eine Schublade auf und nahm ein spitzes Messer heraus. Damit löste er das Bildchen aus dem Medaillon. Hinten drauf stand etwas in hübschen geschwungenen Buchstaben: *Rieke für Greta. Immer!*

Eine Jugendfreundin. Sicher aus Magdeburg. Wurde es nicht Zeit, dorthin zu fahren und mit Freunden und Angehörigen zu sprechen, egal ob das der Polizeibehörde, der Justiz und der Familie passte? Weber nahm sich vor, dieses Anliegen mit aller Dringlichkeit bei Recknagel und Kunath vorzubringen.

Aber zunächst musste er Mathilde beruhigen. Er ging in die Küche, wo sie gerade einen Hefeteig knetete. Vielleicht würde es ja Butterkuchen geben, dachte Weber hoffnungsfroh.

Er trat neben sie und sagte: »Du siehst das ganz falsch.« Umfasste ihre Hüfte, dachte kurz, wie anders sich das doch anfühlte als bei der … anderen, und begann dann, eine Geschichte aus diversen Versatzstücken zusammenzubasteln, die alle irgendwie wahr waren, aber mit dem Geschehen der letzten Nacht nichts zu tun hatten. Je mehr er sich an das hielt, was er tatsächlich irgendwann einmal erlebt hatte –

leichte Mädchen, die ihm geschmeichelt hatten, schwere Jungs, die ihm Angebote gemacht hatten –, umso mehr glaubte er selbst an seine Unschuld. Das, was wirklich geschehen war, stand auf einem anderen Blatt, war völlig irrelevant. Und ohnehin von einem Schleier aus Trunkenheit und massivem Katergefühl verhüllt. Während er redete, entfernte sich das alles immer weiter von ihm.

Er schmiegte sich an seine Frau und schnurrte ein bisschen, versuchte, ihr einen Kuss zu geben, bis sie ihm lachend eine leichte Ohrfeige verpasste und ihm den Rat gab, sich erst mal zu waschen und die Zähne zu putzen.

Im Badezimmer starrte er in die aufgedunsene Visage eines Mannes, dessen Gesicht sich von der vielen Lügerei schwarz verfärbt hatte. Aber das kam nur vom Ruß. Er wusch ihn ab.

Wieso war eigentlich diese Asche im Medaillon gewesen?

Mit blutigen Händen stolperte Greta durch das Labyrinth der Gänge. Es schneite, die Dämmerung brach herein. Überall Dreck, das Pflaster war glitschig. Graue Gesichter unter Hutkrempen, die sich desinteressiert abwandten, blasse Fratzen unter Mützen, die sie neugierig anstarrten. Wer ihre besudelten Hände bemerkte, schreckte zurück. Der Gedanke, sie in den Manteltaschen zu verbergen, kam ihr nicht. Die nackte Angst trieb sie an. Sie irrte ziellos umher. Und in ihrem Kopf suchte sie nach der Erinnerung an das, was mit ihr geschehen war. Denn sie wusste es nicht mehr. Wenn sie sich zu erinnern versuchte, gaukelten nur fratzenartige Gesichter in ihrem Kopf herum, die höhnisch grinsten und sich dann in leblose Totenmasken verwandelten. Waren das die Dämonen, die sie beherrschten, oder, schlimmer noch, Abbilder realer Personen, die sie auf dem Gewissen hatte?

Immer wieder kam sie an denselben Ecken vorbei, las dieselben Schilder, sah dieselben Personen. Als würde sie von einer unsichtbaren, aber unerbittlichen Hand vorwärtsgestoßen. Gleichzeitig hatte sie das Gefühl, ihre Füße liefen ihr davon. Dieses gottverdammte Labyrinth wollte sie nicht loslassen. Alles um sie herum drehte sich, als wäre die Welt ein Karussell und nirgendwo ein ruhiger Platz, um zu verschnaufen und das Tosen in ihren Ohren loszuwerden.

Vor *Winckler's Gaststube* am Krummen Gang packte sie jemand am Arm und hielt sie fest. »Fräulein Greta!«

Sie wollte schon weiterstürmen, fortstürzen, hielt aber inne, als eine Naht im Stoff ihres Mantels zu reißen drohte.

»Lassen Sie …« Sie machte sich frei, doch der Mann packte sie an den Schultern und schüttelte sie.

»Fräulein Greta, was ist denn los mit Ihnen?« Ernst Uhlrich mit seiner spitzen Nase und dem dämlichen runden Hut.

Sein Blick fiel auf ihre Hände, und er sagte: »Oh, oh, oh …« und schaute sie erschrocken an.

»Wo ist Carl?«, stieß sie wütend hervor. »Wo ist Jensen?«

»Oh, ja … nun … hören Sie …«

»Wissen Sie's?«

Uhlrichs Blick wanderte zum Eingang der Kneipe. Erst jetzt wurde Greta klar, wo sie sich befand. Aus den beschlagenen Fenstern drang gelbliches Licht. Hinter den Gardinen bewegten sich undeutliche Schatten.

»Er ist da drin«, stellte Greta fest, riss sich los und ging auf die Tür der Gaststube zu.

Uhlrich lief hinter ihr her. »Fräulein Greta, nicht doch, das haben Sie nicht nötig. Sie haben doch mich. Ich kann … alles … für Sie tun.«

Aber sie hatte schon die Tür aufgerissen, den dicken, filzigen Vorhang beiseitegeschoben und war eingetaucht in den stickigen Kneipendunst und das tosende Stimmengewirr. Arbeitete sich zwischen den schweren Leibern hindurch, wie ein Maulwurf, der sich durch den Untergrund wühlte.

Jensen lümmelte an einem runden Tisch in der hintersten Ecke und spielte Karten mit zwei anderen Matrosen. Viele leere Bier- und Schnapsgläser standen auf ihrem Tisch, der Wirt schien mit dem Abräumen und dem Nachschub nicht hinterherzukommen. Neben Jensen saß die Blondine, deren blonde Locken sich über ihre Schultern bis ins großzügige Dekolleté schlängelten. Sie stützte sich mit einer Hand auf Jensens Schulter ab und hielt in der anderen eine Zigarre, an der sie lasziv saugte, um sie anschließend Jensen in den Mund zu stecken. Auf Jensens Kopf saß schief eine Elbseglermütze, die zu klein für seinen Schädel war, aus der Brusttasche seiner Jacke ragten Geldscheine. In der Hand hielt er einige Karten. Offenbar pokerten sie, und er hatte gewonnen.

Als er Greta sah, verzog er den Mund, ob zu einem genüsslichen oder abfälligen Grinsen, konnte sie nicht sagen. Es war ihr auch egal. Sie stürzte zum Tisch, ignorierte die anderen, stützte sich auf eine Stuhllehne und starrte über den Rücken des darauf sitzenden Mannes in Jensens Gesicht. Flehend, mit bebenden Lippen.

Jensen paffte Zigarrenqualm.

»Carl, bitte ...« Ihre Lippen bewegten sich, aber es war nichts zu hören.

Jensen kniff die Augen zusammen und paffte weiter. Die Blondine zupfte selbstbewusst ihr Dekolleté zurecht, als wären ihre Brüste der Einsatz, den sie im Spiel um Jensens Gunst zur Geltung bringen wollte. Ihre Hand wanderte unter Jensens Jacke.

Greta ließ die Lehne los, stolperte einen Schritt beiseite und streckte die Arme aus. Wie eine Bettlerin. »Carl ...«

Die Blondine riss erschrocken die Augen auf. Jensen nahm die Zigarre aus dem Mund und legte sie in den Aschenbecher. Er schaute ihre blutigen Hände an und runzelte die Stirn. Dann warf er die Karten auf den Tisch, schüttelte die Blondine ab und stand auf. Die Blondine schmollte.

»Mensch, Mädchen«, sagte Jensen, als er vor Greta stand. »Du musst dir dringend mal die Hände waschen.«

Greta schaute ihn wortlos an, die Hände immer noch vorgestreckt.

»Carl«, sagte die Blondine mit schwerer Zunge, »lass doch die Hände von dieser Unschuld …«

Jensen fasste Greta am Arm und zog sie mit sich.

»Carl! Du falscher Hund!« Die Blondine sprang auf, knickte auf ihren hohen Absätzen um und fiel ungelenk auf den Stuhl zurück. Jemand lachte.

Jensen schob Greta durch den Vorhang nach draußen.

In seiner Bude sah es aus wie auf einem Schlachtfeld. Zweifellos die Folgen einer Nacht oder eines Tages mit dieser Blondine, aber das war Greta egal. Sie zog ihren Mantel aus, schob die Ärmel hoch und tauchte die Hände in die Waschschüssel mit dem Wasser, das Jensen extra für sie in einem Kochtopf auf dem Ofen warmgemacht hatte. Sie seifte Hände und Arme ein und rieb und rieb und rieb. Das Wasser färbte sich rot.

Als sie fertig war, nahm Jensen die Schüssel und trug sie in den Flur, wo er das schmutzige Wasser in den Ausguss kippte. Greta setzte sich erschöpft auf den Rand seines Bettes, mit hängenden Schultern und erloschenem Blick.

»Was ist denn passiert?«, fragte er. »Ich dachte, du hättest es gut getroffen, nachdem du hier ausgebüxt warst.«

»Ausgebüxt?«

»Bloß weil die Blonde mal für einen Abend angeheuert hat.«

»Heute ist schon ein anderer Abend.«

»Na, wenn du nicht weggerannt wärst …«

»Ich kann mein eigenes Leben leben!«

»Klar, hat Uhlrich mir erzählt. Eine anständige Arbeit. Der muss ja mächtig in dich verknallt sein, dass er auf einmal seriöse Posten vermittelt.«

»Carl, du redest dummes Zeug.«

»Stimmt. Also raus mit der Sprache: Wie ist das Blut an deine Hände gekommen?«

Greta musste eine Weile überlegen. Was genau war ihr eigentlich zugestoßen? Stimmten denn die Bilder, die sie im Kopf hatte, mit der Wahrheit überein, oder machte ihr Gedächtnis Kapriolen?

»Ich mag ja Tinte«, sagte Greta leise. »Blaue am liebsten, aber auch schwarze. Es gibt auch grüne. Aber rote mag ich nicht …« Wie sollte sie das alles nur erklären? Konnte man einen Alptraum überhaupt schildern?

»Na schön. Und weiter?«

»Rote Tinte ist minus … und wer will schon minus machen? Aber im *Trichter* musste ich nicht mit roter Tinte schreiben. Nur bei den Abrechnungen der Künstler und der Tänzerinnen wurde rot geschrieben. Dafür war ich nicht zuständig. Ich hab nur die Kalkulationen für die Gastronomie durchgeführt. Schwarz auf weiß. Fertig. Kein Rot. Rot ist eine böse Farbe.«

Das Blut war an ihren Händen gewesen, also war der Alptraum doch real. Greta nickte, wie um sich ihre Erkenntnis zu bestätigen. Wenn sie von Rot sprach, anstatt von Blut, war es nicht ganz so schlimm.

»Wo kam denn das ganze Rot dann her?«, fragte Jensen.

»Ich weiß nicht, warum ich das Messer genommen habe. Ich weiß es einfach nicht …«

»Mensch, Mädchen, du hast doch nicht wirklich jemanden abgemurkst?«

»Ja, wo es doch ein Verbrechen ist, nicht? Und man versteht auch, warum. Es ist ein eigenartiges Gefühl, wenn so eine scharfe Klinge durch Fleisch schneidet. Ich weiß auch nicht, warum da so viel Blut ist im Fleisch. Das soll doch in den Adern fließen und im Herzen, aber doch nicht überall. Wieso ist das Fleisch so rot? Es färbt ja ab. Wie rote Tinte. Ich mag rote Tinte gar nicht. Wirklich, ich bin froh, dass ich keine roten Zahlen schreiben muss.«

Sie musste würgen und hielt sich die Hand vor den Mund. Beim Gedanken an das Blut wurde ihr schlecht.

»Um Himmels willen, Greta!«

Sie riss sich zusammen und sprach weiter: »Im Lastwagen bin ich gefahren. Das hab ich noch nie vorher gemacht. Kutsche ja, aber so ein Kraftwagen ... Wir hätten auch liefern lassen können, aber es herrschte dringender Bedarf. Man hat mir vertraut, ich sollte in bar bezahlen. Man kann mir auch vertrauen, ja, bei Geld und bei Zahlen kann man mir vertrauen. Der Fahrer fand das eigenartig ... der hat mich so angesehen ... so einer ...«

»War's der Fahrer? Was hat er gemacht?«

»Beklagt hat er sich, dass er die ganze Schlepperei allein machen muss. Musste er dann wohl auch. Als ob es im Schlachthof keine Arbeiter gäbe.«

»Im Schlachthof?«

»Ja, da sind wir hin. Wegen dem halben Ochsen, den wir brauchten. Das Bankett am Abend! Kurzfristige Buchung. Und es waren noch Rechnungen offen, die erst bezahlt werden mussten. Wir hatten eine ganze Kiste Papiermark bei uns. Der Fahrer hatte sogar eine Pistole dabei. Hat er mir gezeigt.«

»Hat er dich bedroht?«

Greta sah Jensen erstaunt an. Einen Moment lang hatte sie den Faden verloren. Dann stand das Geschehen wieder bruchstückhaft vor ihren Augen, und sie schüttelte den Kopf. »Der Fahrer doch nicht. Der Ochse!«

»Was?«

Es musste heraus, es musste alles heraus. Wenn sie ihm jetzt nicht alles gestand, würde sie es nie mehr über die Lippen bringen. Greta beeilte sich weiterzusprechen: »Wir haben das Geld im Kontor abgegeben und wurden dann in die Schlachthalle geschickt. Ich weiß nicht, warum ich mitgegangen bin. Ich hab einfach die Orientierung verloren ... die vielen Treppen und Korridore ... alles mit Kacheln und ... Der Fahrer ist einfach losgerannt, als sei ich ihm lästig. Ich wusste gar nicht, wohin ... und bin zwischen den ganzen Schweinen gelandet. Die kamen auf mich zu. Die kamen auf mich zu. Wie kann man denn da weglaufen? Es war wie in einem Spiegelkabinett, wo Leichen aufgehängt sind und die kommen auf dich zu, während du versuchst, den Ausweg zu finden, aber es ist keiner da, überall nur Spiegel mit kaltem, totem Fleisch. Ich musste durch, nach rechts, nach links, schneller, einen Haken schlagen, um die Ecke, da rüber, schnell, noch mehr, so viele, da rein, wo ist er denn jetzt, durch die Tür in die andere Halle ... Dachte noch, das wäre die Rettung, aber da waren sie gerade mit dem Zerteilen beschäftigt ... mit dem Zerteilen beschäftigt ... mit dem Zerteilen ...«

Erschöpft brach sie ab.

»Greta!«

Sie holte tief Luft und sprach mit gepresster, heiserer Stimme weiter, musste ihre ganze Kraft aufwenden, um die Sätze zu formulieren. Endlich kam ihr das grässliche Wort über die Lippen. Sie war so froh darüber, dass sie es gleich mehrfach aussprach: »Und das Blut und das Blut und das Blut! Und ich kam da nicht durch. Und der Boden war so glitschig. Blutige Schmiere und Gedärme! Und ich hab gegen diese Toten geschlagen, weil da kein Durchkommen war, die rutschten ja alle auf mich zu, an diesen Haken, die mit einem schrillen, metallischen Kreischen über die Schienen unter der Decke glitten ... Riesige Leiber! Hilfe! Eine Wand aus blutigem Fleisch! Und ein Messer! Und ich schnitt mir den Weg frei. Lasst mich durch! Lasst mich frei! Schnitt, Schnitt! Ich hab mir den Weg gebahnt! Schnitt, Schnitt! Und dann sind sie mir entgegengekommen, diese Männer in den blutigen Kitteln. Und wollten mich zurückdrängen. Zurück zwischen die Toten! Und der Fahrer stand vor mir. Die Leiche auf dem Rücken ... Er lachte ... ich weiß nicht, warum ... Und weil er so lachte, bin ich mit dem Messer auf ihn los ...« Erneut brach sie ab. Ihr Magen rumorte, ihre Kehle war trocken und rau. Sie hustete.

»Hast du ihn ...?«

»Er hat den Toten fallen lassen und ist ausgewichen. Und ich durch das Tor, da war endlich das Tor! Und raus und weiter.«

»Hast du jemanden verletzt?«

»Ja, die vielen Toten, die da hingen, ich hab sie alle verletzt. Darf man Tote verletzen? Darf man das? Ich meine, sie sind doch schon tot. Wenn man einen toten Leib zerschneidet, ist das eine schlimme Sünde ... wenn er doch schon tot ist?«

Jetzt war es heraus. Endlich war es heraus! Die Sünde war gebeichtet. Aber wo blieb die Erleichterung? Immerhin, der Kloß in ihrem Hals schien weg zu sein. Sie sah, wie Jensen ungläubig den Kopf schüttelte.

»Hör auf, Greta! Das waren doch nur Tiere.«

Jetzt wurde sie zornig, spürte eine andere Art von Abscheu. »Ja, Tiere!«, stieß sie hervor. »Du bist auch ein Tier ... und diese Blonde ... So wie ihr's gemacht habt, war's wie bei den Tieren.« Sie schaute ihn mit bösem Blick an. »Ich weiß auch nicht, ob wir nicht einfach alle Tiere sind, und wenn es so wäre, dann hätten wir doch gar keine Schuld an unseren Untaten, oder? Und wenn ...«

Sie redete weiter. Solange sie redete, so schien es ihr, konnte sie den Schrecken und den Ekel im Zaum halten. Sie wollte nicht mehr aufhören. Bis Jensen ihr eine Ohrfeige verpasste. Sie hielt sich die Wange und redete trotzdem weiter. Warum sollte immer nur sie Schuld empfinden, wo er doch auch schuldig war? Er gab ihr noch eine Ohrfeige auf die andere Wange. Sie fiel aufs Bett und blieb regungslos liegen, die Augen starr zur Decke gerichtet. Stellte sich tot. Sollte er doch sehen, was er von einer Toten hatte. Der Toten war es egal, dass er ihr die Schuhe auszog und sie zudeckte.

Als sie nach einer Stunde immer noch zur Decke starrte, träufelte er eine Flüssigkeit auf einen Löffel mit einem Zuckerstück. Sie schluckte es und drehte sich zur Wand.

»Fass mich nicht an!«, sagte sie. »Ich blute nämlich.«

Dann schlief sie ein.

Es war noch stockdunkel, aber eine Flut von Menschen strömte an dem wulstigen Gebäude der St.-Pauli-Landungsbrücken vorbei. Das Zifferblatt der Uhr oben am Turm zeigte sechs Uhr siebzehn, die Pegelanzeige mittleres Hochwasser. Die Arbeiter mussten zur Schicht auf die andere Elbseite. Wer sich nicht in eine der überfüllten Fähren zwängen wollte, eilte auf den Kuppelbau zu und quetschte sich in einen der Körbe des Aufzugs im Zugangsschacht zum Elbtunnel oder trampelte die endlos lange Treppe in den Untergrund hinab.

Weber und Hilbrecht ließen sich mit dem Menschenstrom in einen der Käfige schwemmen, und schon ging's hinab unter die Elbe. Hilbrecht hatte sein Stativ über die Schulter gelegt und hielt den Koffer mit der Fotoausrüstung in der linken Hand, Weber trug die Kamera, die ihm erstaunlich schwer vorkam. Die Arbeiter um sie herum waren recht schweigsam. Einige rochen nach Zwiebeln, andere nach Kohldunst, manche nach Tabakrauch. Aber sauber gewaschen waren sie alle. Wenn sie später zurückkamen, würden Hände und Gesichter dunkel und verschmiert sein von Öl, Ruß, Staub und Dreck. Dann würden die reinlicheren unter ihnen eines der öffentlichen Wasserbecken aufsuchen, um die gröbsten Spuren der Knochenarbeit auf der Werft zu beseitigen.

Unten angekommen, folgten alle dem schwarzen Pfeil auf der großen Tafel mit der Aufschrift »Durchgang Hier!« und trotteten wie eine Viehherde durch die rechte Tunnelröhre, einen halben Kilometer weit, vorbei an Keramiktieren, die hier und da die Kachelwand des langen Gangs mit dem bescheidenen Jugendstildekor zierten.

Hilbrecht war leider einer jener munteren Frühaufsteher, die schon um diese Zeit gerne redeten. Er musste unbedingt loswerden, dass ein Onkel von ihm als Arzt bei den Tunnelarbeiten 1907 bis 1910 eingesetzt gewesen war. »Stell dir das bloß mal vor, Alfred! Arbeiten in dreiundzwanzig Meter Tiefe unter der Elbe. In Druckkammern mit 2,8 Atmosphären, bei 25 Grad Celsius. Zwar gab es Druckluftschleusen, aber für so was ist der menschliche Körper nicht gemacht. Da sind einige, wenn sie wieder hochkamen nach ihrer Neuneinhalb-Stunden-Schicht, bewusstlos zusammengebrochen. Helden des Fortschritts! Vor allem Russen, Polen, Italiener. Gibt's hier ein Denkmal für sie? Ach was, man hat sie längst vergessen!«

»Ja, ja.«

Auf der anderen Seite ging's wieder rauf. Die Arbeiterströme verteilten sich in verschiedene Richtungen, Fahrradklingeln wurden betätigt, Flüche waren zu hören, wenn jemand stolperte oder angerempelt wurde, die Geschäftigkeit des neuen Tages hatte begonnen.

Weber und Hilbrecht mussten sich in der Dunkelheit erst mal orientieren. Jenseits der von Laternen beleuchteten Wege nur Schatten und Schemen. Abweisende Verwaltungsgebäude aus Backstein, mickrige Schuppen, Zäune und Wege, die in alle möglichen Richtungen abzweigten, beleuchtete Stahlbrücken, die über Werftbecken und Kanäle führten, Silhouetten von Kränen und die Aufbauten der Schwimmdocks, dazwischen Brachland. Links ging's zur Stülckenwerft, rechts zu Blohm & Voss.

Ein Beamter der Hafenpolizei mit Schirmmütze tauchte vor ihnen auf und salutierte. »Kommissar Weber?«

»Oberwachtmeister.«

»Jawohl, Herr Oberwachtmeister. Guten Morgen.«

»Guten Morgen. Das hier ist mein Kollege Hilbrecht, der Fotograf«, sagte Weber. »Wo ist denn Kunath? Und Recknagel, der Kommissar?«

»Es ist noch niemand aus dem Stadthaus eingetroffen, bis auf den Gerichtsarzt, der gerade die Leiche untersucht.«

»Na, die lassen sich ja Zeit«, murmelte Weber.

Der Beamte war verwirrt. »Sind Sie denn nicht zuständig?«

»Indirekt schon«, sagte Weber vage. Er merkte gerade, dass ihm die Müdigkeit noch in den Knochen steckte.

»Jetzt ist er sogar direkt zuständig«, klärte Hilbrecht die Situation. »Auf geht's. Zeigen Sie uns den Fundort. Komm, Alfred.«

Der Hafenpolizist schaute die beiden skeptisch an und ging dann voraus, auf einen Schuppen zu, hinter dem der

Schatten eines riesigen halbfertigen Schiffsrumpfs aufragte. Dröhnendes Hämmern, das Jaulen von elektrischen Antrieben, das Wummern von Dampframmen und Klappern von Motoren waren zu hören.

Die Tore des Schuppens standen weit offen, dahinter waren große Kisten zu sehen und kompliziert aussehende Maschinen mit Rädern und ohne, deren Zweck Weber nur erahnen konnte. Sämtliche Lampen im Lagerraum waren eingeschaltet, grellweißes Licht drang heraus. Es sollte eine Stelle rechts neben dem Gebäude beleuchten, eine dunkle Ecke, ein Stück weit entfernt von den wenigen vorhandenen Laternen. Dort standen vier Beamte in der Uniform der Hafenpolizei, offenbar um den Fundort zu sichern.

Der Beamte, der sie führte, hielt an, nickte seinen Kollegen zu und drehte sich zu Weber und Hilbrecht um. Er sah unglücklich aus. »Es ist ... sehr ... unschön«, sagte er.

Die Polizisten standen vor einem wirren Gestrüpp. Dahinter war Schutt aufgehäuft worden, und es war eine kleine Kuhle zu sehen, die jedoch weitgehend im Schatten lag. Vor der Kuhle kniete eine Gestalt im weißen Kittel. Lindgard, der Gerichtsmediziner.

Als Lindgard die Schritte hörte, die sich knirschend näherten, sah er auf und rückte seine Nickelbrille zurecht. Er trug weiße Handschuhe. »Ah, Weber, guten Morgen. Herr Hilbrecht.«

Sie grüßten zurück.

Vor Lindgard stand ein billiger Reisekoffer aus Pappe. Er war aufgeklappt. Was sich darin befand, war nicht zu sehen.

»Ein Mädchen«, sagte Lindgard. Sein Gesicht war aschfahl. »Zehn, elf Monate alt, schätze ich. Vielleicht auch älter. Unterernährt, womöglich stark unterentwickelt.« Er zwinkerte nervös.

»Zerstückelt?«, fragte Weber und kam sich wie ein Barbar vor.

»Nein, diesmal nicht«, sagte Lindgard.

Weber hatte das Gefühl, dass Hilbrecht neben ihm leise aufatmete.

»Ist sonst noch was im Koffer?«

»Nein, nur die nackte Leiche und ein zerschlissenes, blutiges Handtuch.«

»Ein aufgemaltes Kreuz, innen oder außen?«

»Nein.«

»Hm«, machte Weber nachdenklich.

Hilbrecht begann, das Stativ aufzubauen.

»Es ist ...«, setzte Lindgard an.

»Ich schau mir das mal an«, sagte Weber.

Lindgard hob eine Hand. »Warten Sie ... es ist ...«

Weber blieb neben dem Schutthaufen stehen. »Was denn?«

»Bissspuren!«, stieß Lindgard hervor. »Die Leiche ist angefressen ...« Er schaute bekümmert drein.

Weber stieg in die Kuhle und trat hinter den Gerichtsarzt. Er starrte in den Koffer. Seine Frau hatte ihm mal erzählt, dass sie gelegentlich, wenn Sie in die Vitrine eines Schlachterladens schauen müsse, ein Gefühl von Unwohlsein verspüre. »Es ist natürlich lächerlich, Alfred, und bestimmt hat es mit meinen besonderen Umständen zu tun, aber dieses zerhackte Fleisch von toten Tieren ...«

Was aber war mit dem angenagten Leib eines Menschenkindes, dem Anblick zerbissener Beinchen und Ärmchen? Weber war froh, dass er an diesem Morgen noch nichts gegessen hatte.

»Ich möchte nicht vorgreifen, aber es könnte sich um einen Fall von Kannibalismus handeln«, sagte Lindgard mit verzerrter Miene.

Weber merkte, wie jemand ihm die Kamera aus der Hand zog, und ging zur Seite. Starrte in den Schutt, wollte gar nicht mehr woanders hinsehen.

Hilbrecht montierte die Kamera auf das Stativ.

Installierte das Blitzlicht.

Bat Lindgard, beiseitezutreten.

Es blitzte.

Dann noch mal.

Das mechanische Dröhnen, das Hämmern, Rumpeln und Rattern auf den Docks wurde intensiver, verdichtete sich zusammen mit dem Tuckern und Tuten der Fähren und Barkassen, dem Schnaufen der Dampfboote, dem Rasseln und Knirschen der Kräne und dem Zischen der Schweißbrenner zu einer Industriesinfonie, die angesichts dieser grausigen Tragödie eines jungen Menschenlebens von der vollkommen Gleichgültigkeit einer Zivilisation in manischer Betriebsamkeit kündete.

Dicke, feuchte Schneeflocken fielen senkrecht herab. So dicht, dass es aussah, als würde jemand ein Tuch über der ganzen Stadt ausbreiten. Ein Tuch, das nach wenigen Minuten auf dem Boden oder auf den Dächern dahinschmolz, woraufhin neue Flocken folgten, die auch verschwanden. Sie waren flüchtig und von unendlicher Zahl. Sie dämpften das Leben auf Straßen und Plätzen, in Gängen und Gassen, und schränkten den Blick ein. Ein Vorhang aus Weiß, dazwischen dunkle Umrisse und Gestalten.

Greta lief dort entlang, wo es besonders dunkel war, vorbei an Toreinfahrten, Durchgänge, Nischen, Ecken und Winkeln. Vor einem Torbogen mit einem zweigeteilten Türchen, dessen obere Hälfte geöffnet war, blieb sie stehen. Sie schaute auf die dahinterliegende Terrasse mit zweistöckigen Häusern. Dort war die Silhouette einer schwangeren jungen Frau mit einem Kleinkind auf dem Arm zu sehen. Die Frau drehte den Kopf in den schwachen Lichtschein, der aus einem Küchenfenster fiel.

Greta erkannte Paula und trat in den Durchgang. Sie hatte sie gesucht und gefunden. Paula musste ihr helfen. Vielleicht wusste sie ja, wo sie unterkommen konnte, wenn Greta ihre Miete für die kommende Woche nicht bezahlen konnte. Wenn sie doch nur ihre Anstellung im *Trichter* nicht verloren hätte ... Wenn sie doch bloß nicht immer diese Anfälle bekäme ... Wenn doch alles ein Ende hätte ...

Sie hatte versucht, ihr Goldstück zu verkaufen, aber der Mann im Pfandladen wollte ihren Ausweis sehen. Jetzt hatte sie Angst, einen weiteren Laden aufzusuchen. Es könnte ja jemand Verdacht schöpfen und die Polizei rufen. Oder ihre Notlage ausnutzen und sie betrügen.

Immer wieder hatte sie die Straße mit dem kleinen Schlachterladen aufgesucht und in dem Kaffeehaus an der Reeperbahn gesessen oder davorgestanden und auf Paula gelauert. Sonst hatte sie nach Max Klant und Gerlinde Hofstedt gesucht, was ihr immer sinnloser erschien. Wäre es nicht an der Zeit aufzugeben? Nur, was sollte sie dann tun? Es gab kein Zurück. Aber ein Vorwärts gab es auch nicht. Nur dieses sinnlose, zermürbende Weitermachen. Eine Alternative gab es nicht. Eine Kapitulation wäre das Ende. Und das kam nicht in Frage! Wie sollte sie nach dem letzten Atemzug ihrer Freundin Rieke gegenübertreten – etwa mit den lapidaren Worten »Tut mir leid, ich hab's nicht geschafft«? Ausgeschlossen.

Und nun ging es ja doch weiter. Da war Paula. Hinter dem niedrigen Torbogen. Wieder mit einem Kind auf dem Arm. War es dasselbe wie beim letzten Mal? Arbeitete sie als Kindermädchen, in dieser Gegend? Eigenartig.

Greta wollte schon das Tor auf der anderen Seite des Durchgangs aufschieben, um auf die mit glitschigen Steinplatten verlegte Wohnterrasse zu treten, da stutzte sie. Paula war verschwunden. Wie vom Erdboden verschluckt. Das lag bestimmt an dem Schneetreiben. Sie trat auf die Terrasse und versuchte, etwas zu erkennen.

Zwei eintönige Häuserreihen mit schmalen Türen und kleinen Fenstern. Wegen der Schneeflocken sah alles verwaschen aus. Ein Eisengeländer war zu sehen. Treppen führten in Keller oder Souterrains.

Was tun? Greta stand minutenlang frierend im Schneetreiben. Da erschien Paulas Kopf über der Kellertreppe. Sie schaute sich um, zögerte einen Moment hinter dem Eisengitter, das die Treppe einrahmte. Sie sah aus, als hätte sie etwas zu verbergen oder ein schlechtes Gewissen. Ach, wie schnell man doch misstrauisch wurde! Greta wich zurück in den Durchgang. Verbarg sich in einer dunklen Nische im Mauerwerk. Ihr gegenüber stand ein kleiner zweirädriger Leiterwagen.

Vorsichtige Schritte näherten sich. Paula huschte durch den Torbogen. Das Kind hatte sie nicht dabei. Greta folgte ihr.

Ein paar triste Ecken weiter ein enger Platz, auf den mehrere Gassen zuliefen, mit Fachwerkhäusern, deren Wände teilweise aus Backstein waren. Keins der Gebäude schien einen rechten Winkel zu haben. Sie hockten dicht beieinander, als müssten die schiefen Wände der benachbarten Gebäude einander stützen.

Vor einem schmalen hohen Haus, dessen spitzes Dach die anderen Gebäude überragte, standen einige Menschen, Paula grüßte nach rechts und links und eilte in das Haus mit einer Selbstverständlichkeit, die darauf hindeutete, dass sie dort regelmäßig ein und aus ging.

Greta näherte sich zögernd. Sie wusste nicht mehr genau, was sie eigentlich bezweckte. Wollte sie Paula um Hilfe bitten, oder wollte sie sie ausforschen? Ihre Unschlüssigkeit und ihr misstrauischer Blick wurden von einer der älteren Frauen vor dem Haus bemerkt.

»Suchen Sie was, Fräulein?«, fragte sie.

»Ich?« Greta blieb stehen.

»Sehen Sie noch ein anderes Fräulein hier?« Die Frau lachte und deutete auf die Umstehenden, die alle deutlich über sechzig waren.

»Ach, äh, nein, aber ... war das nicht Paula Berger, die da eben reingegangen ist?«

»Paula? Ja. Aber der Nachname ... Wieso wollen Sie das denn wissen?«

»Sie ist ... war eine Arbeitskollegin. Als Hausangestellte ... und jetzt habe ich sie zufällig gesehen und dachte ... Aber sie ist jetzt ja da drin ...«

»Schauen Sie doch nach. Sie besucht wahrscheinlich ihre Mutter.«

»Ach, so ist das.«

»Oben im zweiten Stock, die rechte Wohnung. Gerlinde Hofstedt.«

Greta spürte, wie das Blut aus ihrem Gesicht wich, aus all ihren Gliedmaßen zurück zum Herzen floss, aber es schien gar nicht da anzukommen, sondern in einem tiefen Schacht in ihrem Magen zu verschwinden.

»Geht's Ihnen gut?« Das Gesicht der alten Frau näherte sich. Argwöhnischer Blick.

»Ihre ... Mutter ...?«

»So wird's jedenfalls behauptet. Aber der Kerl, der bei ihr wohnt, ist bestimmt nicht der Vater.«

»Ein Mann ...?« Greta erinnerte sich an das, was Paula ihr

erzählt hatte: *An Berger hänge ich nämlich nicht. So hieß mein Vater, den ich nie gesehen habe. Ist schon komisch, dass ich seinen Namen trage und nicht den meiner Mutter, die mich großgezogen hat.*

»Ja, aber vor dem halten Sie sich mal besser fern, wenn ich Ihnen einen Rat geben darf.« Eine andere Alte, die mitgehört hatte, lachte hämisch.

»Ein … ein … Mann?«, stotterte Greta. »Heißt der … etwa Max … Klant?«

»Max, ja, ja, den Namen hat sie oft genug durchs Treppenhaus gebrüllt. Den Nachnamen kenne ich nicht. So lange wohnen die ja auch noch nicht hier.«

»Klant steht doch auf dem Papierschnipsel überm Briefschlitz«, mischte sich die andere Alte wieder ein. »Ich bin extra hoch, um nachzuschauen, weil der Postbote neulich fragte. Man will ja keine falsche Auskunft geben. Hofstedt und Klant, das sind die Namen, die daraufgekritzelt sind.«

»Dann wohnt die Tochter da aber nicht, wenn die Berger heißt …«

»Nach einem Berger hat der Postbote auch nicht gefragt …«

»Berger ist doch der Name der Tochter …«

»Ist die anderweitig verheiratet?«

»Mutter und Tochter werden wohl kaum den gleichen Ehemann haben …«

»Na, hör mal …«

»Die Berger hab ich mit einem älteren Mann gesehen. Viel zu alt für sie. Der hat sie so umgefasst, als hätte er einen Anspruch. Aber das ist ja mitunter auch bloß kurzfristig … aber ich will nichts unterstellen, zumal sie nicht hier wohnt.«

Greta starrte die alten Frauen an. Sie waren schwarzgekleidet. Sogar ihre Kopftücher waren schwarz, und sie wirkten wie zerzauste Krähen, die sich krächzend unterhielten.

Paula mit Gerlinde Hofstedt und Max Klant unter einem Dach? Oder zumindest miteinander verbandelt. Was sollte das? Wie konnte das sein? Wollte sich hier jemand über sie lustig machen? Oder sie auf eine falsche Fährte locken? Oder spielte ihr Gehirn verrückt, und sie hörte Worte aus den verkniffenen Mündern dieser alten Frauen, die sie in Wahrheit gar nicht aussprachen?

Paula Berger, Gerlinde Hofstedt und Max Klant – das konnte nur eine Wahnvorstellung sein. Anstatt sich darüber zu freuen, dass sie die lange Gesuchten nun endlich gefunden hatte, glaubte Greta, einer Verschwörung zum Opfer gefallen zu sein. Einem perfiden Plan, den entweder ihr Unterbewusstsein oder das Schicksal für sie gestrickt hatte, um sie in den Wahnsinn zu treiben. Sie musste an die Irrenanstalt denken, an die hohen Mauern, den tristen Garten, die Zimmer, die wie Gefängniszellen waren. Dahin wollte sie auf keinen Fall zurück.

»Also, gehen Sie nun rein?«, fragte die eine Krähe. »Oder hat's Ihnen die Sprache verschlagen?«

»Bist weiß im Gesicht, Kindchen.«

»Na, Fräulein, was ist?«

Greta starrte nach oben zum zweiten Stock. War da ein Lichtschimmer, ganz schwach, hinter dem einen Fenster? Ein Kopf hinter der fleckigen Scheibe? Die Gardine wurde jetzt beiseitegezogen, und ein Gesicht erschien.

Greta trat dicht an die Hauswand, um nicht in seinem Sichtfeld zu stehen.

Er war es. Kein Zweifel! Da oben stand Max Klant und schaute zu ihr herunter. Greta drückte sich an die Hauswand und schlich davon. Hastete um eine Ecke, fing an zu rennen, rutschte auf dem Schneematsch aus und fiel hin. Aufs Knie. Es tat schrecklich weh. Und sie hatte ein Loch im Strumpf.

Sie stand auf, drehte sich um und ging zwei Schritte zurück, auf die Ecke zu, die zwischen ihr und dem hohen, schmalen Haus lag. Kurz wagte sie einen Blick. Ja, da oben stand er. Hinter dem Fenster. Rauchte eine Zigarette. Stieß das Fenster auf und warf den Stummel nach unten. Eine der Krähen schaute missbilligend zu ihm hinauf. Er nahm sie nicht zur Kenntnis, sondern schloss das Fenster wieder.

Sie hatte ihn gefunden. Jetzt durfte er ihr nicht entkommen. Nur, was war mit Paula? Was war das für eine eigenartige Verstrickung? Wie konnte das sein?

Nur nicht zu viel darüber nachdenken, sonst verlor sie den Verstand. Es musste alles kaltblütig geplant werden. Sie durfte keinen Fehler begehen. Und noch eine Sache war ganz wichtig: Sie musste Riekes Medaillon wiederfinden, unbedingt!

»Du behauptest, du wärst glücklich, mich zu sehen, und schaust dabei aus wie ein Trauerkloß.«

»Ja.«

»Vielleicht solltest du nicht mehr kommen.«

Er schwieg. Es war schon kurz vor Mitternacht, und er saß im *Goldenen Anker*, allein mit der Wirtin, alle anderen Gäste waren gegangen. Draußen stürmte es, aber es war wärmer geworden. Der Wind heulte im Kamin, doch es schneite nicht, nur ab und zu ergoss sich ein Regenschauer über der Stadt.

»Lore«, sagte er und schaute in ihre blauen Augen. Ihm schwindelte. »Ich muss doch zu dir kommen.«

»Ja, sicher«, sagte sie achselzuckend.

»Du nimmst es mir übel.«

Sie lachte. »Ich soll dir übelnehmen, dass du mich gern hast und dass ich dich gern habe?«

»Ja, eben.«

»Für einen Polizisten bist du wirklich sehr naiv.«

War ihr Lächeln ironisch oder verführerisch oder einfach nur freundlich? Webers Gedanken waren mindestens so durcheinander wie seine Gefühle. »Naiv ist man doch immer, wenn es um so etwas geht wie … wie Sympathie.«

»Schön gesagt, Alfred.«

»Und ein Mann, der Sympathie empfindet, empfindet wie eine Frau …«

»Das will ich nicht hoffen«, sagte Lore. »Und um ehrlich zu sein, meine Erfahrung sagt mir etwas anderes. Und das ist auch gut so. Was sollte das denn sonst alles?«

»Was?«

»Mit Männern und Frauen.«

»Das frage ich mich auch.«

Lore lachte. Dann wurde sie ernst. »Deine Frau würde sich bestimmt freuen, wenn du solche Gespräche mit ihr führen würdest.«

»Das glaube ich nicht. Sie wollte einen Soldaten.«

»Und bekam einen Polizisten.«

»Ich weiß nicht mehr, ob ich das wirklich bin. Meine Vorgesetzten bezweifeln das. Sie wollen Erfolge. Stattdessen liefere ich Ihnen nur Leichen. Kinderleichen. Inzwischen ist sogar von Kannibalismus die Rede.«

»Ich hab's in den Zeitungen gelesen. Grauenhaft.«

»Sie werden mich von der Sache abziehen, denke ich.«

»Aber du sollst doch nach dieser Verr… Verschwundenen suchen.«

»Ja, aber sie soll ja die Täterin sein. Noch immer glauben Recknagel und Kunath, sie stecke hinter allem. Und weil ich versage, bin ich daran schuld, dass die Zeitungen die Polizei für unfähig erklären. Inspektor Kunath hat den Polizeipräsidenten davon überzeugt, dass es hilfreich ist, die Presse mit ins Boot zu nehmen. Das heißt, sie wollen eine Kampagne starten. Wie in Amerika, so sagt Kunath. Alle Blätter sollen sich beteiligen.«

»Eine Hetzjagd also.«

»Weil alle Razzien nichts gebracht haben.«

»Und du glaubst nicht an den Erfolg?«

»Ich glaube, dass der Fall ganz anders liegt.«

»Waren denn die anderen Leichen auch ... ich meine, hatte da auch jemand ... das mit dem Kannibalismus, meine ich.«

»Nein. Und es stimmt auch gar nicht. Der Gerichtsarzt hat längst festgestellt, dass die Bissspuren von einem Hund stammen. Sie sind der Leiche nach dem Tod zugefügt worden. Nur dass Kunath und Recknagel das nicht weitergegeben haben. Meine Vermutung ist, dass sie den Fall aufbauschen wollen, damit überall in der Stadt Misstrauen herrscht und dadurch die Täterin aufgescheucht wird. Wer weiß, was dann passiert. Vielleicht kommt es zu Lynchjustiz. Und hinterher stellt sich heraus, dass sie unschuldig war. Denk dir nur, was passiert, wenn die aufgepeitschte Menschenmasse sich auf die vermeintliche Kindermörderin stürzt. Vor allem, wenn sie glauben, sie wäre eine Kannibalin.«

»Du hast Mitleid mit ihr, Alfred. Du bist wirklich ein eigenartiger Polizist. Wie ein Jäger, der darunter leidet, dass er sein Gewehr auf ein Reh richten muss.«

»Muss ich vielleicht nicht mehr lange. Sie werden mich bestimmt bald von dem Fall abziehen. Sie halten mich für kriegsversehrt. Innerlich. Also im Kopf. Für unfähig, hart und konsequent durchzugreifen. Sie wollen mich wegen Unfähigkeit in den Innendienst versetzen. Ich weiß, dass sie eine entsprechende Eingabe gemacht haben. Was für ein Schicksal erwartet mich dann? Ich werde jeden Tag um die gleiche Zeit ins Büro gehen, immer denselben Weg. Ich werde mittags zu Hause speisen und abends stets um die gleiche Zeit nach Hause gehen, um zu Abend zu essen. Ich werde dick und behäbig werden. Es sei denn ...«

»Was?«

»Es sei denn, ich riskiere, dass sie mich ganz rauswerfen, indem ich alle Vorschriften verletze und eigenmächtig handle.«

»Tu's«, sagte sie, beugte sich über den kleinen Tisch und blitzte ihn aus ihren blauen Augen an. »Sei eigenmächtig, Alfred!«

Sie legte eine Hand auf seinen Arm.

»Ich habe es mir schon überlegt«, sagte er zu ihrem wogenden Busen. »Ich war sogar am Hauptbahnhof. Wegen einer Zugverbindung nach Magdeburg. Es ist ja auch ganz klar, dass es jemand tun muss. Sieh mal: Ich habe zwei Fotos von jungen Mädchen. In einer relativ kleinen Stadt wie Magdeburg werde ich mit diesen beiden Fotos bestimmt etwas erreichen. Dass sie etwas miteinander zu tun haben, steht außer Frage. Ich weiß einiges über die Familie der Verdächtigen, es wird leicht sein, sie ausfindig zu machen. Und dann kommt es darauf an, sie zum Reden zu bringen.«

»Was sagen deine Vorgesetzten denn zu dem Foto im Medaillon?«

Weber starrte ihr ins Gesicht und schwieg. Verlor sich in ihren blauen Augen und wäre gerne für immer dort geblieben.

»Alfred?«

»Ja ... na ja ...«

»Du hast schon eigenmächtig gehandelt.«

Das doch sowieso, dachte er.

»Du hast das Medaillon für dich behalten.«

»Ja.«

»Zeig es mir!«

Er zögerte, dann holte er es aus der Innentasche seines Jacketts. Sie klappte es auf und schaute das Bild des Mädchens mit dem blonden Zopf an. Dann ihn.

»Eine Menge Frauen spielen eine wichtige Rolle in deinem Leben, Alfred.«

»Unsinn ... was redest du da ...«

Sie klappte das Medaillon zu und gab es ihm zurück.

»Hättest du es auch verschwiegen, wenn das Bild eines Jungen da drin gewesen wäre?«

Lag es nicht vielleicht daran, dass seine Frau ihm eine dumme Szene gemacht hatte wegen dieses Bildes? Einfach deshalb?

»Aber es ist ja auch egal«, lenkte Lore ein. »Wenn du deinen Fall lösen willst, musst du nach Magdeburg. Fahr hin! Ich fürchte allerdings, dass das für uns bedeutet ...« Ihr Blick verdüsterte sich.

»Was denn?« Nun bilde du dir nicht auch noch irgendwelche Affären mit jungen Mädchen ein, dachte Weber.

»Alles verändert sich schnell, vor allem das mit den, wie du sagst ... Sympathien.« Jetzt lächelte sie wieder.

»Aber doch nicht zwischen uns!«, rief er aus. Und wunderte sich augenblicklich über seine Entschiedenheit.

»Das klingt sehr schön«, sagte sie, »auch wenn es nicht wahr ist.« Sie nahm seine Hand. »Dann wird das also unsere Abschiedsnacht.«

»Abschied?«

»Morgen fährst du nach Magdeburg, Alfred.«

Er schaute sie verblüfft an. Und dachte dann: Aber ja, genau so muss es sein. Morgen. Eigenmächtig. Ohne Rücksicht auf Verluste. »Ja gut ...«

Sie stand auf und zog ihn hoch. »Und was den Unterschied zwischen Mann und Frau betrifft, Alfred …«

»Ja?«

»Ich bestehe darauf!«

Wieder heulte der Wind im Kamin. Sie schafften es nicht mehr bis nach oben in den ersten Stock. Wer hier Jäger und wer Beute war, hätte weder er noch sie sagen können.

Greta lag auf der Bank in Jensens Küche und rührte sich nicht. Zum einen fürchtete sie, sie könnte von ihrer schmalen Bettstatt fallen, zum anderen hielten die beiden Wolldecken sie nur notdürftig warm. Wenn sie auch nur ein klein wenig verrutschten, wurde ihr kalt, obwohl sie ihre Kleider und sogar den Mantel trug. Der Herd, der die kleine Zweizimmerwohnung nur notdürftig heizte, war kalt. Durch das kleine Fenster konnte sie sehen, dass es draußen noch ganz dunkel war. Aber das Getrappel von nietenbeschlagenen Stiefelsohlen war zu hören, und das Trampeln kräftiger Männerbeine, die durch die Treppenhäuser auf die Straße eilten, um zur Arbeit zu gehen.

Diesmal hatte Carl es wirklich übertrieben. Wie hatte er zwei Frauen hier anschleppen können, noch dazu solche Schlampen? Eine Schwarzhaarige und eine Brünette. Die Schwarzhaarige war irgendwann halbnackt in der Küche aufgetaucht und hatte versucht, Greta dazuzuholen. »Willst du nicht mitspielen?« Sie hatte Greta mit ihren langgliedrigen Fingern begrapscht. »Wir haben Etsch zum Rauchen. Das macht dich glücklich.« Als ihre Hand unter die Decken glitt, hatte Greta ihr eine Ohrfeige verpasst. Danach war die Frau verlegen lachend weggegangen. Kurz darauf waberte ein ekliger süßlicher Duft in die Küche, und Greta hatte den Kopf unter der Decke vergraben.

Jetzt stand sie auf, ging auf Wollsocken zur angelehnten Tür und horchte. Der eklige Geruch hing immer noch in der Luft. Schnarchen war zu hören. Sie schob die Tür auf. Die drei lagen nackt im Bett und schienen völlig betäubt zu sein. Opium. Wahrscheinlich hatten sie das Zeug von Uhlrich gekauft. Carl war manchmal völlig inkonsequent, tat an einem Tag etwas, das er an einem anderen kategorisch ablehnte. War manchmal ein guter Mensch, der schützend seine Hand über sie hielt, und dann wieder unberechenbar und eigensinnig und unmoralisch. Wenn Greta eines gelernt hatte auf ihrer Flucht, dann, dass die Menschen gerne viele Gesetze machten und sie alle ständig übertraten.

Das gilt allerdings auch für mich, dachte sie, als sie auf dem Boden eine geöffnete Handtasche entdeckte, darin zusammengerollte Geldscheine. Hatte Carl diese Frauen etwa bezahlt? Aber das war egal. Greta ging in die Hocke und griff nach den Bündeln. Mit diesem Geld konnte sie sich ein eigenes Zimmer leisten, für eine Woche oder zwei.

Frei und unabhängig würde sie sein und müsste sich nicht mehr diese leidigen Wortgefechte mit Carl liefern. Sie schaute zum Bett. Zwei Frauenarme, der eine von links, der andere von rechts, lagen auf seiner Brust. Es versetzte ihr einen Stich ins Herz. Wie gern hätte sie ihren Kopf dort hingelegt, gespürt, wie sein Brustkorb sich hob und senkte, ihre Hand über seine Muskeln gleiten lassen und sich angesichts dieser fühlbaren männlichen Stärke sicher gefühlt.

Er hatte sie betrogen, und deshalb war das hier kein Verbrechen, sondern bestenfalls Notwehr. So ein dummer Kerl! Sie hätte ihm eine richtige Braut sein können. Hätte auf ihn gewartet, wenn er wieder an Bord gegangen wäre – bald sollte es ja so weit sein. Vielleicht war er deshalb so unberechenbar. Verstehe ich ihn einfach nicht?, fragte sie sich. Die

Aussicht auf eine monatelange Reise, ohne eine Frau, ohne mich. Das hat ihn vielleicht so traurig gemacht, dass er das Etsch nehmen musste.

Nein! Sie stand auf. Zuerst einmal ging es um ihre Mission. Und sie stand kurz davor, sie zu Ende zu bringen. Sie steckte das Geld in die Manteltasche, schlich in die Küche, schlüpfte in ihre Schuhe und verließ die Wohnung.

Ein paar Häuser weiter, an der Ecke unter einem Erker, stand Stella Maris mit offenem Mantel, hochgezogenem Kleid und zeigte viel Bein. Glaubte sie etwa, so hohlwangig, bleich und mit tiefdunklen Ringen unter den erloschenen Augen würde sie früh am Morgen einen Freier finden? Greta wollte hastig vorbeigehen, da hauchte Stella ihren Namen.

Sie blieb vor ihr stehen. »Willst du denn nicht nach Hause gehen? Deine Lippen sind ganz blau, du frierst ja.«

»Hast du Geld? Ich brauch was ... dringend«, sagte Stella mit tonloser Stimme und ausdrucklosem Gesicht.

»Nein.«

»Uhlrich hat mein ganzes Etsch verkauft und ist auf und davon. Sagt, er erträgt mich nicht mehr. Sieh mal.« Sie hob die Hand. Der Ärmel ihres Mantels rutschte zurück und entblößte einen mageren Arm. Hand und Arm zitterten. Sie hob die andere Hand, die zitterte noch heftiger. Stella verzog das Gesicht zu einem verzerrten Lächeln. »Es wird immer schlimmer. Ich werde wohl hier im Stehen sterben.«

Greta griff tief in die Manteltasche, zögerte, rechnete und zog eins der Geldbündel heraus. »Hier.«

Stellas Augen leuchteten auf wie die der Mumie Mâ in der ägyptischen Grabkammer. Mit einer unendlich langsamen Handbewegung nahm sie das Geld entgegen.

Sollte ich sie nicht nach Hause bringen?, dachte Greta.

Aber wer weiß, was Uhlrich mit mir macht, wenn ich mitkomme. Sie gab ein knappes »Tschüs« von sich und ging eilig weiter.

In den Gassen von St. Pauli wurde es hell. Der Wind half mit, indem er die Wolken vertrieb. Die Krähen standen bereits vor dem Haus und tratschten. Eine der alten Frauen trug einen Korb mit Eiern, eine andere hielt ein Tragenetz mit drei Brotlaiben in der Hand, die dritte hatte einen Bollerwagen mit Briketts dabei.

Die drei alten Frauen schauten sie neugierig an. Ich muss es riskieren, dachte Greta, es muss rasch gehen.

»Guten Morgen«, sagte sie forsch. »Ich suche eine Wohnung hier in der Nähe, und zwar ab sofort. Ich kann im Voraus zahlen.«

Die drei Krähen schauten einander an und sagten: »Tja ... nu ... tscha ...« Offenbar genügte das, um sich abzusprechen, denn nun wandte sich die mit dem Bollerwagen Greta zu und sagte mit schnarrender Stimme: »Eine Kammer hätte ich. Geht nach vorne raus. Aber ohne Ofen. Feldbett und Spind. Ist ja eher was für 'n Mann, aber das Fräulein ist ja noch jung.« Sie deutete auf das zweistöckige Haus gegenüber dem, wo Max Klant und Gerlinde Hofstedt wohnten. »Unterm Dach. Du hättst nur diese eine Luke da, aber immerhin 'n büschen Licht.«

Die Dachluke befand sich ungefähr auf gleicher Höhe wie die Fenster von Max Klant und Gerlinde Hofstedt. Und die würden gar nichts von ihr sehen, weil es ja bloß eine Luke war, durch die sie ihre Beobachtungen anstellen würde.

»Es muss nicht bequem sein. Hauptsache, ich komme unter und kann mir eine Arbeit suchen.«

»Aber Sie zahlen im Voraus?«

»Ja, eine Woche, wenn Sie wollen.«

Die alte Frau hielt ihr die Hand hin. »Nu denn … Ich bin Frau Möhl.« Greta schlug ein. »Greta Wehmann.«

»Schön, Fräulein Wehmann, dann ist das ja unter Zeugen perfekt. Bringen Sie das Geld und Ihr Gepäck.«

»Das Geld habe ich dabei, und Gepäck gibt es keins.«

»Frei wie ein Vogel«, sagte die eine Krähe. »Beneidenswert.«

»Mein'twegen«, sagte Frau Möhl. »Dann komm man mit.«

»Darf ich Ihnen den Bollerwagen abnehmen?«, fragte Greta.

»Ach was.«

Zehntes Kapitel:

DIRNENTRAGÖDIE

Sanftes Rucken. Ein kontinuierliches Stampfen. Regelmäßiges Rattern. Etwas klimperte. Eine Stimme sagte: »Oh.« Jemand räusperte sich. Dann noch mal.

Widerwillig schlug Weber die Augen auf. Die ältere Dame gegenüber lächelte nachsichtig. Der Mann im Zweireiher neben ihr blickte so eisern drein wie die Statue des ehemaligen Reichskanzlers am Hamburger Hafen, nur dass er sich nicht auf ein Schwert stützte.

Weber kam nur langsam zu sich. Gepolsterte Sitze, D-Zug-Abteil zweiter Klasse, Nichtraucher.

Die nachsichtig lächelnde Frau hielt ihm ihre Hand hin. »Ist das Ihre Tochter?«, fragte sie.

Weber war versucht, neben sich zu schauen, ob da vielleicht jemand saß, der gemeint sein könnte. Es gelang ihm, die Hand der Frau zu fixieren. Darauf lag das aufgeklappte Medaillon mit dem Bild des Mädchens mit den blonden Zöpfen.

»Das ist Ihnen aus der Hand gefallen«, sagte die Frau.

Aus der Hand? Wieso hab ich es in der Hand gehalten?, fragte sich Weber und stellte fest, dass er so müde war wie schon lange nicht mehr. Das hatte angenehme und weniger angenehme Gründe und war insgesamt recht problematisch.

»Ist das Ihre Tochter?«, wiederholte die Frau ihre Frage.

Weber starrte das Medaillon an. Sah, wie seine eigene,

grobschlächtige Hand das kleine Schmuckstück packte und zuklappte.

»Nein, nein.«

»Eine Nichte …?«

Weber starrte auf das Medaillon mit der blauen Lilie auf dem weißen Porzellandeckel.

»Nein«, sagte Weber und steckte es in die Manteltasche. »Das hat etwas mit meiner Arbeit zu tun.«

»Ah, Sie sind also Goldschmied«, sagte die Frau ungläubig und lehnte sich zurück. Schaute gezielt an ihm vorbei. Ein Goldschmied, der ein Medaillon angefertigt hätte, würde es doch nicht ohne Schatulle bei sich tragen, hielte es nicht in einem Zugabteil in der Hand, ließe es fallen, und vor allem: Er hätte doch nicht das Bild eines Mädchens hineingesteckt, das wäre Aufgabe des Käufers.

Ich habe mich verdächtig gemacht, dachte Weber. Aber was denkt sie sich auch so viele unnütze Sachen aus. Außerdem bin ich der Polizist. Und was ich tue, geht die gar nichts an.

»Vielen Dank«, sagte er.

»Bitte.« Die Frau war jetzt sehr schmallippig.

Es ist offenbar so, dass etwas an mir die Frauen irritiert, überlegte Weber. Zuerst denken sie: Oh, wie interessant! Aber dann bleibt die Irritation. Eine, die weiß, was sie will – Lore zum Beispiel –, nimmt sich trotzdem, was sie will. Und da sie weiß, dass nichts von Dauer ist, genießt sie den Augenblick und ist glücklich damit. Großartig. Wenn mir das doch nur vergönnt wäre. Andere – nun ja, nehmen wir Mathilde als Beispiel – machen es sich ganz besonders schwer. Denken sich unnütze Sachen aus, so wie die da gegenüber.

Wie hatte seine Frau denn auf die abwegige Idee verfallen können, dieses junge Ding auf dem Bild im Medaillon müsste so etwas wie eine ... Affäre sein? »Wenn du gefallen bist, Alfred, dann sagst du es mir besser!« Was für eine verrückte Formulierung. Genauso verrückt wie der Verdacht, die rötliche Spur an seinem Hals und der leichte Hauch von Eau de Cologne in seinem Hemd wären der Lippenstift und das Parfüm eines Backfischs von siebzehn Jahren. Eigentlich eine Frechheit, ihm zu unterstellen, er würde mit einer minderjährigen Unschuld mit blondem Zopf verbotene Dinge tun. Also wirklich!

Das hatte er Mathilde sehr deutlich gesagt, mit der Empörung eines zu Unrecht Verdächtigten. »Auch wenn ich beruflich auf St. Pauli zu tun habe und nachts dort meinen Dienst ableiste, weil dies nun mal nötig ist, dann bedeutet das gewiss nicht, dass ich mich in ein Milieu hineinziehen lasse, das keine Moral kennt. Ich bin Kriminalbeamter, Mathilde!«

Sie hatte sich entschuldigt. Aber ihr Misstrauen war geblieben. Das mit dem Lippenstift war auch wirklich zu ärgerlich gewesen. Tatsächlich aber gab es hier gar nichts zu kritisieren. Lore existierte doch in einer anderen Welt als Mathilde. Die eine hatte mit der anderen überhaupt nichts zu tun. Was konnte er dafür, dass bestimmte Spuren einer nächtlichen Zusammenkunft zufällig von einem Universum ins andere gelangt waren? Bloßer Zufall. Und wenn es ihn, Weber, doppelt gab, wenn er in zwei Welten auf zwei unterschiedliche Arten lebte, was konnte er dafür? Schicksal. Das mit Lore war ohnehin nicht von Dauer und eine sehr spezielle Sache. Eine gewisse Verwandtschaft. Eine vertraute Melancholie. Eine ähnliche Art, diese Traurigkeit zu bekämpfen. »Ich werde dich hart rannehmen«, hatte Lore gesagt. Wenn Mathilde davon erführe, würde sie nichts verstehen. Gar nichts. Zwei Welten eben. Nur dass es ihn leider nicht wirklich doppelt gab. Zwar war er der einen Welt überdrüssig, aber die andere war eine Unmöglichkeit. Doppelt schade.

Es half, wenn man eine Aufgabe hatte. Ironischerweise ging es auch dabei um zwei weibliche Wesen. Das war offenbar sein Schicksal. Er sollte es annehmen. Wem sonst könnte es gelingen, diesen mysteriösen Fall aufzuklären? Allen großspurigen Reden zum Trotz war doch die Kriminalpolizei gar nicht in der Lage, die Angelegenheit zu Ende zu bringen. Vielleicht bildete sich der Polizeipräsident in seinem Büro im Stadthaus ja ein, alles im Griff zu haben. Vielleicht glaubte der Polizeisenator im Rathaus ja, nach dem Ende der politischen Unruhen hätte sich alles wie von allein geordnet. Hatte es aber nicht. Im Stadthaus ging es drunter und drüber. Planloses Vorgehen und Ratlosigkeit. Kunath und Recknagel stocherten wie Blinde in einem Heuhaufen und konnten eine Stricknadel nicht von einer Hutnadel unterscheiden. Inspektoren und Kommissare? Schwätzer und Blender! Ihre sogenannten amerikanischen Methoden hatten versagt. Und ihre Untergebenen tappten genauso blind mal hierhin, mal dahin. Wie Hunde, die bloß so taten, als hätten sie eine Spur gefunden. Natürlich lag es auch daran, dass in dieser Stadt und in diesem Land die einfachen Menschen keine Lust hatten, mit einer Staatsmacht zusammenzuarbeiten, die sie zutiefst enttäuscht hatte.

Trotzdem war Weber Polizist und zur Aufklärung verpflichtet. Aber wenn sie im Stadthaus herausfänden, wo er gerade war, würden sie ihn degradieren. Hätte er Erfolg, käme er vielleicht damit durch. Wenn nicht, müsste Mathilde wieder weinen.

Und was sollte er zu dem Mädchen mit dem blonden Zopf sagen, wenn er ihm gegenüberstand?

»Nächste Station Wittenberge! Reisende nach Magdeburg, Leipzig, Dresden bitte umsteigen!«

Weber stand auf, zog den Mantel über, setzte die Schirmmütze auf, hob seinen kleinen Koffer aus dem Gepäcknetz und schob die Abteiltür auf. »Auf Wiedersehen.«

Der Mann im Zweireiher räusperte sich unbestimmt. Die Frau neben ihm schaute angestrengt durchs Fenster.

Eine diffuse graue Mischung aus Kohlenrauch und Wasserdampf waberte vorbei.

Weber war auf einmal völlig grundlos zuversichtlich.

Ein kargeres Zimmer hatte sie nie bewohnt, außer vielleicht ganz zu Anfang in der Irrenanstalt. Eine Pritsche zum Schlafen, ein Schemel zum Sitzen, eine Truhe, um die Kleider hineinzulegen. Die allerdings müsste sie erst mal kaufen, denn das wenige, das sie besessen hatte, lag in dem möblierten Zimmer in der Adolfstraße. Vielleicht hob es die alte Dame ja auf. Vielleicht konnte sie es eines Tages abholen. Im Grunde war es unwichtig.

Es gab noch ein Tischchen mit Waschschüssel und Wasserkrug und ein Handtuch. Keinen Spiegel. Gretas wichtigstes Utensil aber war das Fernrohr, das sie in einem Trödelladen mit maritimem Krempel erstanden hatte. Damit konnte sie durch die Dachluke zum gegenüberliegenden Haus spähen und Max Klant und Gerlinde Hofstedt im Auge behalten. Viel mehr als Schattenspiele hinter den Gardinen war meist nicht zu sehen, aber sie war ja auch gerade erst eingezogen. Es galt, einen Plan zu schmieden. Nur, wie sollte sie die beiden konfrontieren? Wie befragen? Sollte sie ihnen drohen? Sie erpressen? Drohen, die Wahrheit publik zu machen, auch wenn sie dazu gar keine Möglichkeit hatte? Wäre es nicht besser, sie besäße eine Waffe?

Es war wohl vernünftiger, sie wartete ab, bis sie die Wohnung verließen, und drang dann ein, durchsuchte alles. Das wäre ein erster Schritt. Danach ... Nun, unter Umständen musste sie jemanden um Hilfe bitten. Jemanden, der kräftig war, der drohen konnte und nicht davor zurückschreckte, Gewalt anzuwenden. So jemanden wie Carl Jensen. Aber mit dem war sie entzweit. Vielleicht sollte sie den zwielichtigen Ernst Uhlrich um Hilfe angehen. Der hatte doch Verbindungen in Verbrecherkreise. Der Zweck heiligte die Mittel, oder?

Zunächst aber kam es darauf an, Klants und Hofstedts Gewohnheiten auszuspionieren und eine Gelegenheit abzupassen, ihre Wohnung zu betreten. In dem Trödelladen hatte sie den Besitzer, einen alten Mann, der mal zur See gefahren war, gefragt, was er täte, wenn er den Schlüssel zu seiner Wohnungstür verloren hätte. Der Alte hatte ein Metallteil zurechtgebogen und gesagt: »So einen Dietrich würde ich nehmen.«

Sie hatte schon geübt. Ihre Zimmertür konnte sie damit aufschließen. Die meisten Wohnungstüren hier in der Gegend hatten auch keine besseren Schlösser.

Immer wieder stellte sie sich auf den Schemel, schob die Luke auf und spähte nach drüben. Das Fernrohr war von sehr guter Qualität. Sogar wenn es fast schon dunkel war, funktionierte es ausgezeichnet. Wenn es nicht um Leben und Tod gegangen wäre, Greta hätte es als Spaß empfunden, ihre Umgebung heimlich zu beobachten. Zum Beispiel die alten Krähen, die den ganzen Tag ein und aus gingen, umherliefen, tratschten, Dinge besorgten und über alles schimpften, was ihnen in den Sinn kam, angefangen beim Wetter bis hin zu den Missetaten der Nachbarn. Oder die Frauen, die sich spätestens in der Dämmerung an den Ecken aufstellten und auf Kunden warteten. Oder die Männer mit tief ins Gesicht gezogenen Schirmmützen, die sich scheinbar zufällig trafen und Päckchen oder Geldscheine oder Informationen austauschten.

Hier war immer was los: Arbeiter eilten morgens Richtung Hafen und trotteten abends müde und schmutzig heim. Männer mit Bauchläden verkauften nützliche Kleinigkeiten, Blechschmiede boten ihre Waren auf Karren feil, Scherenschleifer gingen von Haus zu Haus, Kinder sprangen umher, warfen mit Bällen aus Stofffetzen oder spielten Fangen und Verstecken und verschwanden wieder, genau wie die Hunde und die Katzen. Zu später Stunde waren im Licht der Laternen die Ratten zu sehen. Eine geriet Greta ins Visier, und sie konnte zuschauen, wie sie sich mit den kleinen Vorderpfoten die Schnauze putzte.

Ein weiterer Vorteil des Hauses, in dem sie wohnte, war die Hintertür. Sie führte auf einen engen Hof, und von dort zweigten zwei schmale Gänge ab, die wiederum in andere Gänge und Gassen mündeten. Zum Beispiel in die Gasse mit dem Torbogen, durch den man auf die Terrasse gelangte, wo Paula regelmäßig ein und aus ging. Greta hatte Paula inzwischen öfters beobachtet. Jedes Mal hatte sie ein Kind auf den Armen getragen. Oder sie war mit einer Milchkanne und einem gefüllten Einkaufsnetz gekommen. Anscheinend wohnte sie dort. Aber woher kamen die Kinder? Es waren mehrere gewesen, alle klein, aber nicht gleich alt, wenn Greta das richtig gesehen hatte. Paulas eigenes konnte nicht darunter sein, denn man sah deutlich, dass sie noch schwanger war.

Als Greta am Nachmittag des zweiten Tages wieder an der Luke Posten bezogen hatte, sah sie Paula um die Ecke kommen und auf das schmale hohe Haus mit dem spitzen Dach zugehen. Sie humpelte ein wenig. Ein kleines Kind hatte sie nicht dabei. Sie verschwand durch die Eingangstür, und kurz darauf tat sich etwas hinter den Gardinen im zweiten Stock rechts. Es sah aus, als würden zwei Personen sich heftig gestikulierend unterhalten. Offenbar Paula und Frau Hofstedt.

Mutter und Tochter. Schließlich beruhigte sich das Schattenspiel, und Paula kam wieder aus dem Haus.

Greta sprang von ihrem Schemel, griff hastig nach ihrem Mantel und rannte aus dem Zimmer, die Treppe hinunter zur Hintertür. Rechts-links-rechts-geradeaus-rechts, in die Gasse und dann in gemächlichem Schlendergang direkt auf die Ecke zu, um die Paula kommen musste.

Da war sie auch schon. Leicht humpelnd, mit verschränkten Armen, missmutig auf das Pflaster starrend.

»Guten Tag, Paula!«

Die Angesprochene blickte erschrocken auf.

»Na, so ein Zufall!«, sagte Greta munter. »Dass wir uns schon wieder über den Weg laufen. Was …?« Sie stockte.

Dass Paula einen zerschlissenen Mantel anhatte und darunter ein nicht gerade sauberes Kleid, war nicht verwunderlich. Die Menschen in dieser Gegend kleideten sich oftmals nachlässig und schäbig. Dass sie zu leichte Schuhe für das nasskalte Wetter trug und keinen Hut und kein Kopftuch, war schon eher beunruhigend. Ihre blonden Locken standen struppig ab. Vor allem aber waren es die roten Striemen und blauen Flecken in ihrem leicht angeschwollenen Gesicht, die Greta erschreckten. Paula, die ihr immer wie ein Ausbund von Übermut und Fröhlichkeit vorgekommen war mit ihren lustigen Sommersprossen, sah jetzt gequält und todunglücklich aus.

»Aber … was ist denn mit dir passiert?«

»Oh, Greta … Ach, lass doch, es ist nichts.« Paula lächelte schief und verschämt, was früher gar nicht ihre Art gewesen war.

»Was ist denn mit deinem Gesicht? Hat dich jemand geschlagen?«

»Ach, nein, das war nur … Weißt du, manchmal bin ich so

ungeschickt. Eine Tür ist mir ins Gesicht geschlagen. Und schon hat man ein Veilchen. So ein Pech.«

»Eine Tür?«

»Ja, ja, es war einfach nur dumm.«

»Hast du hier in der Gegend zu tun?«

»Oh, na ja, ich wohne jetzt hier. Nicht weit entfernt. Unterm Dach. Eine Bruchbude, aber was soll man machen.«

»Unterm Dach?«

»Ja, was ist daran verwunderlich? Das ist nun mal günstiger. Ich habe keine Arbeit ... Wie sieht es eigentlich bei dir aus?«

Greta, die noch darüber nachgrübelte, wieso Paula neulich aus dem Keller gekommen war, wenn sie doch unterm Dach wohnte, murmelte: »Oh, ich? Na ja, eigentlich auch nicht so gut.« Ihr kam ein Gedanke: »Wir könnten uns zusammentun, die Miete teilen, gemeinsam Arbeit suchen.«

Paula sah sie erschrocken an. »Oh, nein, das geht nicht. Ich hab dir doch erzählt, dass ich mit einem Mann zusammenlebe.«

»Ja, richtig. Ist er nett?«

»Er ist schon älter. Ein Bekannter meiner Mutter. Ich führe ihm den Haushalt. Er ist ... manchmal ein bisschen jähzornig. Außerdem will er ... glaubt er, weil er zahlt ...« Sie starrte kurz zu Boden, verzog das Gesicht und schaute zornig auf: »Aber das bleibt so nicht! Das mach ich nicht lange mit. Da geh ich wieder weg. Ganz weg, bald ist es so weit.« Sie schaute sich erschrocken um, als befürchtete sie, jemand könnte mitgehört haben.

»Dann hast du was in Aussicht?«, fragte Greta.

Achselzucken.

»In dem Haus mit dem hohen Dach?«

»Was?«

»Ich hab gesehen, wie du herauskamst.«

Paula lachte hämisch. »Arbeit!«

»Kennst du die Leute, die dort im zweiten Stock wohnen?«, fragte Greta und fügte hastig, um ihre Neugier zu begründen, hinzu: »War das Kind, das du neulich bei dir hattest, von ihnen?« Fragen, aber nicht verraten, warum man fragte, die Neugier verbergen – das war gar nicht so einfach, stellte Greta fest.

Und sie hatte genau falsch gefragt. Paulas geschundenes Gesicht verdüsterte sich. Dann schrie sie empört: »Du spionierst mir nach! Das ist es also! Deshalb treffen wir uns so zufällig. Du bist ja eine ganz hinterhältige Schlange, du!«

»Aber nein, Paula, hör doch!«

»Lass mich vorbei! Lass los!«

»Paula!«

»Wenn ich dich noch mal hier erwische, kratze ich dir die Augen aus!«

»Aber was hast du denn?«

»Bleib da stehen! Keinen Schritt weiter! Geh dahin, wo du herkommst, und lass mich in Ruhe! Wehe, du bewegst dich! Ich mein's ernst!«

»Ich will dir doch gar nichts Böses.« Greta machte zwei Schritte auf sie zu.

»Bleib da! Zurück!«, herrschte Paula sie an und hob drohend die Fäuste.

Greta blieb stehen. Paula warf ihr einen wütenden Blick zu, drehte sich um und hastete davon.

»Und deshalb haben Sie sich extra hierherbemüht?« Der Kriminalinspektor schüttelte den Kopf. Er hieß Müller und sah auch so aus, fand Weber. Als hätte er sich ein bisschen Mehl in den Haarkranz auf seinem Kopf und den Knebelbart an seinem Kinn gestreut. Er hatte ein rosiges Gesicht, und seine fleischigen Hände ruhten selbstzufrieden auf seiner enormen Wampe. Die Knöpfe seines Jacketts drohten abzuplatzen, und der Kragen des Hemds schnitt in seinen wulstigen Nacken. Die Nickelbrille war viel zu klein für sein breites Gesicht.

Im Amtszimmer roch es nach Zigarrenrauch, ein Kanonenofen summte vor sich hin. Durch ein hohes, schmales Fenster waren die Dächer der Innenstadt von Magdeburg zu sehen. Schneeregen peitschte über sie hinweg. Weber, der den Weg in die Polizeizentrale zu Fuß gegangen war, fröstelte bei diesem Anblick. Er trug noch immer seinen feuchten Mantel, da der Inspektor ihm zwar einen Stuhl angeboten, ihn aber nicht zum Ablegen aufgefordert hatte. Die durchnässte Schirmmütze lag auf seinen Knien. Der Inspektor besaß einen sehr schönen Garderobenständer mit vielen verschnörkelten Haken, an denen aber nur sein eigener Mantel und seine Melone hingen. Und ein Gurt mit einem leeren Pistolenhalfter.

»Ich bin Ihnen sehr dankbar, dass Sie mich empfangen, Herr Inspektor.«

»Wir hätten die Angelegenheit aber doch telefonisch erledigen können oder via Telegramm.«

Gab es so wenig zu sagen, dass ein Telegramm genügt hätte?, wunderte sich Weber.

»Es war kein Durchkommen, zumal die Leitungen offenbar während der Unruhen in Mitleidenschaft gezogen wurden.«

Inspektor Müller deutete lässig auf den Telefonapparat auf seinem Schreibtisch – ein großer schwarzer Kasten, augenscheinlich nagelneu: »Diese Leitung funktioniert ganz vorzüglich. Mag sein, dass bei Ihnen in Hamburg noch so einiges im Argen liegt.«

Tatsächlich war es Weber mit einigem Aufwand durchaus gelungen, per Telefon bis zur Polizeizentrale in Magdeburg vorzudringen, und er war auch mit verschiedenen Untergebenen von Müller verbunden worden. Die aber hatten sich außerstande gesehen, ihn zu ihrem Vorgesetzten durchzustellen, und fadenscheinige Ausreden gefunden. Einer hatte angedeutet, dass »ein Austausch auf angemessener Ebene« angestrebt werden sollte. Der Inspektor telefonierte nicht gern mit niederen Rängen, das hatte Webers Kriegskamerad, ein Kriminaloberwachtmeister wie er, bei ihrem zweiten Telefonat durchblicken lassen. Solche Auskünfte mochten vielleicht manche Menschen entmutigen, bei Weber jedoch hatten sie den gegenteiligen Effekt.

Dass Weber nun hier saß, war dennoch reines Glück. Er hatte einfach sämtliche Korridore abgesucht, bis er Müllers Büro gefunden hatte. Die Sicherheitssperre am Haupteingang zu passieren war ganz einfach gewesen. Er hatte dem wachhabenden Beamten seine Marke hingehalten und zackig erklärt: »Inspektor Kunath wünscht mein Gespräch mit Inspektor Müller!« Der Beamte hatte das so interpretiert, dass Weber dieser Inspektor Kunath wäre, und ihn salutierend eingelassen. Hierarchien hatten manchmal durchaus Vorteile.

»Kommen wir doch gleich zum Anlass Ihres Besuchs, Oberwachtmeister. Die Mordsache Brunner.« Müller schlug die Akte auf, die vor ihm lag, blätterte darin herum, las hier und da ein wenig und machte insgesamt den Eindruck, als würde er sich mit der Angelegenheit gar nicht auskennen.

»Es ist also eine Mordsache?«, fragte Weber ungeduldig.

Müller befeuchtete die Fingerspitzen und blätterte weiter. »Zunächst war es eine Mordsache, ja. Dann wurde die Angelegenheit als Totschlag eingestuft. Vor Gericht als fahrlässige Tötung verhandelt. Schlussendlich wurde ein Unfall mit Todesfolge angenommen. Die Beweislage war dünn. Es gab keine Zeugen. Bis auf die Angeklagte natürlich. Aber die schwieg. Und so kam die Staatsanwaltschaft über Spekulationen nicht hinaus. Wären nicht so viele Gerüchte kolportiert worden, weil es sich um Töchter angesehener Familien handelte, hätte es vielleicht gar keine Verhandlung geben müssen. Aber die Zeitungen ... nun ja ... Früher hätte man aus Vernunftgründen geschwiegen, hätte abgewogen, ob ein Skandal wirklich von Nutzen wäre. Heute heißt es freie Meinungsäußerung, die Presse pocht auf dubiose Rechte, und alles ist erlaubt. Vielleicht sogar erwünscht. Wenn das Volk herrscht, und das tut es doch angeblich, blüht der Neid auf, und der Hass sucht sich seinen Weg in die Öffentlichkeit. Wie auch immer ...«

Müller brach ab, las interessiert in den Akten und schien Weber darüber zu vergessen.

»Was ist denn nun eigentlich geschehen?«, fragte dieser schließlich und bemühte sich, nicht ungehalten zu klingen.

Müller blickte auf und rückte seine Nickelbrille zurecht.

»Sie wissen um Ihre Verschwiegenheitspflicht als Kriminalbeamter, davon gehe ich aus, Oberwachtmeister Weber. Und da Sie, wie Sie einführend bemerkt haben, eine Mordserie zu bearbeiten haben, in welche die Geflüchtete ganz offensichtlich verstrickt ist, wie ich Ihren Ausführungen entnehme ...« Müllers Blick verlor sich wieder in den Akten.

»Ja!«

»Nun ... also ... Friederike Brunner war siebzehn Jahre alt, als sie schwanger wurde, und sie starb wenige Tage vor ihrem achtzehnten Geburtstag.«

»Friederike Brunner?«

»So hieß die Verstorbene. Eine tragische Geschichte mit

üblem Beigeschmack. Und das in tadellosen bürgerlichen Kreisen.«

»Brunner-Nähmaschinen, ich verstehe.«

»Ganz recht. Im Krieg wurden die Werke auf die Produktion von kriegsnotwendigen Gütern umgestellt, aber inzwischen geht es wieder um Nähmaschinen.«

»Und Friederike ...«

»Die Tochter der Familie Brunner. Einziges Kind. Umso tragischer, das Ganze.«

»Wie sah sie aus?« Weber tastete in seiner Manteltasche nach dem Medaillon. Aus irgendeinem Grund widerstrebte es ihm, es herauszunehmen. Das war auch gar nicht nötig, er musste die Bilder nicht vergleichen. Das Foto, das Müller ihm hinhielt, war eine Vergrößerung des Miniaturporträts, das im Medaillon steckte. Das Mädchen mit den blonden Zöpfen.

»Man glaubt es nicht«, sagte Müller. »Man kann es nicht glauben.«

Weber schaute ihn fragend an.

»Ein Kind aus bester Familie ...« Müller legte das Foto vor sich hin, machte eine Geste, die wohl Bestürzung ausdrücken sollte. »... kommt vom rechten Weg ab, fällt tief, und dann ...«

»Sie wurde also schwanger? Da muss es doch einen Verursacher gegeben haben.«

»Tja, sehen Sie, das ist nun eine unklare Sache. Die Gefallene ist ja nicht mehr da ...«

»Die Gefallene«? Weber musste unwillkürlich an den Krieg denken. Offenbar gab es für Männer und Frauen verschiedene Arten des Fallens. Und verschiedene Schlachtfelder.

»Es gab nur Gerüchte. Aber die Person, die in diesem Zusammenhang vage erwähnt wurde, war nicht auffindbar, als die Polizei die Ermittlungen in ihre Richtung lenkte. Es ging ja auch zuvörderst nicht um Unzucht, sondern um Ermittlungen in einer Tötungssache.«

»Noch dazu ein Doppelmord«, sagte Weber, dem die umständliche Art seines Gegenübers zunehmend auf die Nerven fiel.

»Doppelmord? Oh nein. Sie meinen das Kind? Das hat ja überlebt.«

»Friederike Brunner hat das Kind bekommen?«

»Bekommen ist nicht der rechte Ausdruck.« Müller verzog das Gesicht. »Das Kind wurde geboren, ja. Und das Mädchen kam in der Folge ums Leben.«

»Und wieso sprechen wir dann von einer Mordsache?«

»Sie haben mir nicht zugehört, Oberwachtmeister. Es gab Ermittlungen in Sachen Mord, aber schlussendlich wurde auf Unfall plädiert. Von allen Seiten.«

»Immerhin ist das Kind am Leben«, stellte Weber fest und merkte, dass ihn das eigenartigerweise erleichterte. »Und die Familie hat zwar eine Tochter verloren, dafür aber ein Enkelkind ... ein schwacher Trost vielleicht, aber immerhin.«

»Oh nein«, widersprach Müller und hob eine Hand. »Das Kind lebt nicht bei der Familie. Tatsächlich ist es verschwunden.«

»Verschwunden?« Wieso wissen wir denn nichts davon, hätte Weber beinahe noch hinzugefügt, und sich gern empört: Was seid ihr hier in Magdeburg eigentlich für ein müder Haufen! Aber er riss sich zusammen.

»Gleich nach der Geburt. Entführt womöglich. Der Vater vielleicht. Niemand weiß es.«

»Wurden denn nicht alle Hebel in Bewegung gesetzt? Wo es sich doch um eine angesehene Familie handelt.«

»Unsere Ermittlungen verliefen im Sande.« Müller zuckte mit den Schultern. Wirklich bestürzt schien er doch nicht zu sein. »Und die Familie … hat deutlich gemacht, dass sie an dem Spross kein Interesse hat. Und so … wurde der Mantel des Schweigens über die Angelegenheit gebreitet.«

»Aber was hat das alles mit meinem Fall zu tun?«, murmelte Weber, der nun doch etwas verwirrt war. »Welche Rolle spielt Sieglinde Meyerhoff in diesem Zusammenhang?«

Müllers Augen hinter der Nickelbrille musterten ihn missbilligend. »Ich dachte, das wüssten Sie?«

»Nein.« Weber war schlagartig schlecht gelaunt.

»Sieglinde Meyerhoff wäre wahrscheinlich wegen fahrlässiger Tötung verurteilt worden, wenn nicht zwei Umstände dagegengesprochen hätten. Zum einen die Tatsache, dass auch sie einer angesehenen Familie entstammt …«

»Meyerhoff-Zucker?«, sagte Weber müde.

»Ganz recht. Und zum anderen wurde sie für unzurechnungsfähig erklärt und in eine Irrenanstalt eingewiesen.«

»Damit konnte die Familie verhindern, dass es zu einer Verurteilung kam.« Wie Recknagel gesagt hat: Lieber eine Irre als eine Mörderin in der Familie, ergänzte Weber innerlich.

»Es war selbstverständlich die Staatsanwaltschaft, die nach Hinzuziehung eines medizinischen Sachverständigen darüber entschied.«

»Sicherlich.«

»Und letzten Endes ist es doch nur von Bedeutung, dass die Gesellschaft eine gefährliche Person unschädlich macht, ganz gleich, hinter welchen Mauern man sie verwahrt.«

»Aber was ist mit dieser Bluttat, die man ihr zur Last gelegt hat? Ich verstehe den Zusammenhang nicht. Ist Sieglinde Meyerhoff nun am Tod von Friederike Brunner schuldig oder nicht?«

Inspektor Müller ging noch einmal alle Blätter durch. »In

der Akte Brunner ist hierzu nichts mehr ... ist hierzu nichts vermerkt.« Er klappte die Akte zu, schob sie beiseite und schlug die darunterliegende Kladde auf. Er stutzte kurz und schüttelte dann bedauernd den Kopf: »Tja ... hier auch nicht.« Er hob den Ordner an, um zu zeigen, dass es der richtige war. »In Sachen Sieglinde Meyerhoff« stand darauf. »Hier ist nur ein Blatt.« Er reichte es Weber.

Weber musste nur einen kurzen Blick auf den Zettel werfen, er kannte ihn schon. Eine Kopie davon lag im Hamburger Stadthaus in der Fahndungsmappe. Nur dass er auf seinem Blatt die Angabe *letzter Aufenthalt: Kliekow, Sanatorium* durchgestrichen und verbessert hatte: *jetziger Aufenthalt: Hamburg, Adresse unbekannt, mutmaßlich St. Pauli.*

»Sucht die Familie denn nicht nach ihr?«, fragte Weber.

Müller nahm den Zettel wieder entgegen. »Ob es eine private Initiative gibt, weiß ich nicht. Ich denke, sie sind so vernünftig, auf die Arbeit der Behörden zu vertrauen.«

Das klingt aber eher nach dem Gegenteil, dachte Weber. Vielleicht sind sie ja froh, wenn sie nie mehr auftaucht.

Dann mutmaßte er: »Es könnte einen Grund geben, warum dieses Mädchen ausgerechnet nach Hamburg gegangen ist.«

»Solche Mädchen wissen schon, wo sie hingehören«, sagte Müller harsch.

»Also ich weiß herzlich wenig von ihr, zumal niemand mir etwas sagen will!«, brach es aus Weber hervor. »Bluttat! Ich höre immer nur Bluttat! Aber niemand will mir etwas Konkretes mitteilen.« Weber holte tief Luft, um sich zu beruhigen, als er sah, wie auf Müllers Stirn zornige Falten erschienen. »Herr Inspektor, nur ein Hinweis. Auch wir ermitteln in Mordfällen. Kindermorde! Wenn dieses Mädchen dahintersteckt, dann ist jede noch so winzige Einzelheit wichtig!«

Müller schüttelte den Kopf. »Spekulation ist nicht meine Sache. Ich muss mich an die Aktenlage halten. Und auch Sie sollten bei Ihren Ermittlungen berücksichtigen, dass ganz allein die Tatsachen zählen. Wie schon gesagt, es wäre nicht nötig gewesen, dass Sie sich hierherbemühen. Bei Weiterungen setzen Sie uns bitte in Kenntnis. Und ich rate Ihnen dringend, sich von den Familien des Opfers und der Täterin fernzuhalten! Sie sind hier nicht befugt. Ansonsten wünsche ich Ihnen viel Erfolg. Guten Tag, Oberwachtmeister Weber.«

Einige Sekunden lang saß Weber da und hatte das Gefühl, sein feuchter Mantel hätte zu dampfen begonnen. Vielleicht war es der Ärger, der ihm aus den Poren drang.

Er stand auf und verließ mit einem knappen Gruß das Büro. Auf dem Weg durch den langen Korridor zum Ausgang dachte er: Es sind diese Müller, die die Mühle am Laufen halten und für die es keine Rolle spielt, ob ein Mensch im Getriebe zermahlen wird. Für sie zählt nur das große Ganze. Aber für mich ist das große Ganze der einzelne Mensch. Und wer weiß denn, ob dieses Mädchen, das wir jagen wie ein angeschossenes Reh, nicht doch unschuldig ist? Und selbst wenn sie eine Mörderin wäre, hätte sie das Recht, vor noch schlimmerem Leid bewahrt zu werden. Dafür sind wir doch da, um das Schlimme zu verhindern. Oder es zumindest zu versuchen. Vielleicht bin ich ein Träumer, aber es gibt einen Unterschied zwischen einem Weber und einem Müller.

Was für ein dummer Gedanke.

Draußen auf der Straße schlug ihm der eisige Schneeregen ins Gesicht. Er zog die Mütze in die Stirn und stapfte los, auf der Suche nach einer Droschke.

Der Droschkenfahrer war erstaunt, dass er eine so weite Fahrt machen sollte. Und Weber dachte, als er fröstelnd auf dem Polster unter dem Verdeck Platz genommen hatte: Ich ruiniere mir meine Gesundheit und meine Finanzen, aus Mitleid mit einer Mörderin.

Die »Hauskrähe«, wie Greta ihre Vermieterin klammheimlich nannte, stand in der Küche im Erdgeschoss und rührte in einem Topf mit Hafergrütze. Anscheinend aß sie nur Breie und Suppen, deren Gemüse sie durch ein Sieb presste. Kein Wunder, sie besaß ja kaum noch Zähne.

»Na, Fräulein, schon Arbeit gefunden?«

»Noch nicht, Frau Möhl, aber bestimmt bald. Ich bin ganz zuversichtlich.«

»Na fein. Aber lass dich nur nicht von diesen Ludenbengeln bequasseln. Da bleibt nur Schaden nach.«

»Keine Sorge, Frau Möhl.«

»Wie man allerdings Arbeit finden will, wenn man die ganze Zeit in der Bude hockt ...«

»Ich bin auch fleißig unterwegs, Frau Möhl.«

»Na schön. Hast du Hunger, Fräulein?«

Greta warf einen skeptischen Blick in den Topf mit der Hafergrütze. Appetitlich sah das nicht aus. »Och, nee ... ich bin ...«

»Ach was, mit 'n büschen Rot aufe Wangen findst besser Arbeit.«

»Ich wollte eigentlich ...«

»Nu setz dich mal da hin, min Deern! Und zieh den Mantel aus, das ist so ungemütlich.«

Kaum saß Greta, wuchtete die Krähenfrau den Topf mit der Grütze auf den Tisch und rief: »Fofftein!«

Zwei Teller und zwei Löffel kamen dazu. Der zähe Brei wurde mit einem Holzschöpfer aufgetan. Greta bekam ungefähr dreimal so viel wie die Krähe und musterte die hellgraue Masse kritisch. Die Krähe schob ihr eine geöffnete Blechdose hin, darin steckte ein Löffel. »Greif zu, Zimtschnute!«, lachte die Alte, und ihre Augen leuchteten auf.

Mit Zucker und Zimt schmeckte der Haferbrei erstaunlich gut. Greta leerte gierig ihren Teller und lehnte sich aufatmend zurück.

»Siehste, Fräulein«, sagte die Krähe. »Jetzt sind die Wangen rot!«

Frau Möhl beugte sich über ihren Teller, den sie nur halb geleert hatte, und setzte eine verschwörerische Miene auf. »Aber nu sach ma, Fräulein: Was hast du eigentlich mit der Hofstedt von gegenüber am Hut?«

»Was?« Greta merkte, wie sie rot wurde.

»Oder geht's um den Kerl, den sie sich wie'n Hund hält?«

»Wie bitte?«

Frau Möhl hob beschwichtigend die Hand: »Geht uns ja nix an, was die miteinander ausklamüsern, aber ich mein ja nur ... eine tüchtige Deern wie du ...«

»Ich hab doch gar nichts ...«

»Du hast sie auf'm Kieker! Erkundigt hast du dich nach denen. Und durch die Luke spähst rüber. Mach mir doch nichts vor!«

Greta gelang es trotz ihrer Verblüffung, eine ärgerliche Miene aufzusetzen. »Ich hab mit denen überhaupt nichts zu schaffen. Es geht um was ganz anderes.«

»Aha, und ich dachte schon ... Weil sie doch Hebamme ist, wie es heißt, oder war.«

»Ich brauch keine Hebamme«, stieß Greta zornig hervor.

Frau Möhl blieb unbeeindruckt. »Na, dann is ja gut. Und guck man nich so böse. Ich hab das Leben kennengelernt! Und so manche gekannt, die zu 'ner falschen Hebamme gegangen ist, wenn du verstehst, was ich meine. Aber jetzt scheint ja eher ihre Tochter mit Kleinkindern zu tun zu haben. Man sieht sie da immer.« Die Alte schaute Greta auffordernd an, als hoffte sie auf neuen Tratsch.

»Sie meinen Paula Berger?«

»Für wen interessierst du dich denn nun, die Junge oder die Alte? Wenn ich mal so frech fragen darf.«

Greta setzte ein unglückliches Gesicht auf, eine tragische Miene, die sie mal mit einem Bild von Asta Nielsen vor dem Spiegel geübt hatte: die arme Jenny aus dem Hinterhaus. Damals, als sie noch gedacht hatte, Kintopp-Schauspielerin wäre ihr Lebensziel. »Sagen Sie denen nichts ... ich bitte Sie ... Es geht nicht um mich, sondern ... etwas ... Bedeutendes ...«

Die Krähe nickte bedächtig. »Ich hab viel gesehen. Ich kann schweigen. Aber nur so lange, wie niemand zu Schaden kommt. Dann schweige ich nicht mehr.«

»Danke, Frau Möhl.« Greta stand auf. »Und vielen Dank auch für das Essen. Es war köstlich!«

Frau Möhl lachte krächzend. »Köstlich? War doch nur Grütze. Weißt du, wie man verhindert, dass ein Brei überkocht?«

Greta schaute sie irritiert an.

»Du machst ihn ganz dick. Dann klebt er im Topf fest. Kann nicht mehr überquellen. Höchstens verbrennen. So ist das im Leben, min Deern. Entweder es kocht über, oder es brennt an. Später weißt du dann, wie's richtig geht. Aber dann bist du zu alt, und es schmeckt dir nicht mehr.«

»Es hat aber gut geschmeckt.«

»Ja, ja.«

Greta nahm ihren Mantel und zog ihn wieder an, während sie nach oben in ihr Zimmer ging. Dort stieg sie auf den Schemel und spähte durch das Fernglas zum Haus gegenüber. Es tat sich nichts. Kein Licht hinter den Gardinen, die Wohnung wirkte verlassen. Sie tastete nach ihrer Manteltasche und spürte den Dietrich darin.

Da, Paula! Wieder einmal kam sie, um ihre Mutter und deren Freund zu besuchen. Ging geduckt wie eine Gedemütigte oder ein geprügeltes Tier. Anscheinend war sie das ja auch. Hatte sie nicht gesagt, ihre Mutter hätte sie an einen älteren Mann vermittelt, dem sie mehr als nur den Haushalt führte? Und er prügelte sie! Was war das für eine Mutter, die ihre Tochter zu so etwas zwang? Und was für eine Frau gab sich überhaupt mit einem schäbigen Charakter wie diesem Max Klant ab? Einem Lügner und Betrüger. Die war doch garantiert genauso schlimm wie er.

Greta bebte innerlich vor Wut. Ihr Herz pochte. Sie umklammerte das Fernrohr so fest, dass ihr die Finger weh taten. Sollte sie nicht einfach hinübergehen und diese Bande von Verbrechern zur Rede zu stellen? Sie hatte sie gefunden, jetzt war es an der Zeit!

Sie sprang vom Schemel, trampelte die Treppe hinunter, stürzte an der Küchentür vorbei, hörte nicht, was Frau Möhl ihr hinterherrief, überquerte mit weit ausholenden Schritten den Platz und kam vor dem Haus mit dem spitzen Dach an. Schon streckte sie die Hand nach dem Türgriff aus, da wurde oben ein Fenster aufgestoßen, und eine herrische Frauenstimme rief: »Paula! Paula!« Gleichzeitig waren Schritte im Haus zu hören, jemand kam die Treppe herunter.

Greta drehte sich um und verschwand blitzschnell um die Hausecke.

Paula trat aus der Tür, wütende Flüche ausstoßend. Der herrischen Stimme ihrer Mutter schenkte sie kein Gehör, als sie störrisch über den Platz lief und in der Gasse verschwand, in der Greta sie neulich getroffen hatte.

Ich muss ihr hinterher, dachte Greta, ich muss sie konfrontieren. Jetzt ist sie mit ihrer Mutter zerstritten. Und wütend. Sie wird sich hinreißen lassen, wenn ich es schlau anfange, und Dinge preisgeben, die sie sonst nicht sagen würde.

Greta rannte über den Platz, ins Haus, wieder an der Küche von Frau Möhl vorbei, nun aber nicht die Treppe hinauf, sondern zur Hintertür und in den Hof, durch die schmalen Gänge auf die Gasse, um Paula wie zufällig entgegenzukommen.

Vor dem Torbogen, der zu der Terrasse führte, wo Paula wohnte, stand eine junge Frau. Schäbiger Mantel, hochgestellter Kragen, verbeulter Hut, tief in die Stirn gezogen, den Schal über die untere Gesichtspartie geschlungen. Vor der Brust ein Bündel, in eine Wolldecke gewickelt. Als sie Paula kommen sah, rannte sie auf sie zu.

Paula bemerkte sie und blieb stehen. Die fremde Frau hielt Paula das Bündel hin. Gleichzeitig fing sie an zu schluchzen. Paula nahm das Bündel und sah dabei aus, als wollte sie es wegwerfen. Die weinende Frau zog einen Umschlag aus der Manteltasche und legte ihn auf das Bündel. Er rutschte herunter und fiel aufs Pflaster. Sie hob ihn auf und steckte ihn unter die Decke, in die der Säugling eingehüllt war.

Greta drückte sich hinter die Hausecke und schaute zu, wie die beiden zum Torbogen gingen. Die fremde Frau schluchzte immer mehr. Rang verzweifelt die Hände. Paula schrie sie an. »Nun geh doch endlich, geh!« Stieß sie von sich. Die andere Frau drehte sich um und rannte weinend davon, hielt kurz an, um noch einen Blick zurückzuwerfen, aber da war Paula unter dem Torbogen verschwunden. Die Fremde rannte weiter.

Gretas Wut war verflogen. Sie lehnte an der feuchten, bröckeligen Backsteinwand und wusste nicht, was sie tun sollte. Sie zitterte am ganzen Körper und fühlte sich mit einem Mal sehr schwach.

»Gehen wir in den Garten«, hatte der Irrenarzt vorgeschlagen. Als hätte er gemerkt, dass Weber sich in dieser Anstalt für Geisteskranke sehr unwohl fühlte. Die gelblich-grün gestrichenen, kahlen Korridore, die vielen Türen, die gedämpften Schreie und Klagelaute, das Untersuchungszimmer des Arztes, in dem eine Liege stand, an der Hand- und Fußfesseln befestigt waren. Weber hatte erleichtert zugestimmt. Dann lieber raus in die Kälte.

Der Garten war kahl und matschig, aber es gab Plattenwege. »Garten« konnte man es eigentlich nicht nennen. Es war ein Hof, in dem die Insassen der Anstalt täglich für eine festgelegte Zeit hin und her gehen durften wie in einem Gefängnis.

Dr. Calinski, ein Mann mit kantigem, zerfurchtem Gesicht und einem wirren weißen Haarschopf, führte Weber zu einer Stelle an der Mauer. »Hier«, sagte er. »Der Beweis, dass sie es geplant hatte.« Er deutete auf das Mauerwerk. Einige Steine fehlten. Wenn man geschickt war, konnte man die Löcher benutzen, um nach oben zu klettern.

Calinski schaute hinauf. »Wir werden dort Stacheldraht verlegen. So etwas darf nicht wieder vorkommen.«

»Ist es denn nötig, Kranke wie in einem Gefängnis einzusperren?«, hörte Weber sich sagen. Diese Umgebung schlug ihm auf den Magen. Er stellte sich das Mädchen vor, diese Sieglinde Meyerhoff, wie sie hier im Garten ihre Runden gedreht hatte, wie sie mit bloßen Händen den Mörtel aus dem Mauerwerk gekratzt hatte, um sich einen Fluchtweg zu verschaffen.

»Krank?«, erwiderte der Arzt. »Diese Menschen hier sind keineswegs krank. Das wäre eine Verniedlichung. Wenn wir einmal von einigen speziellen Nervenkrankheiten absehen, die hin und wieder auftreten, haben wir es bei diesen Irren durchweg mit angeborenen Defekten zu tun. Eine Person wird nicht verrückt, es sei denn, sie hat die Anlagen dazu. Man wird so geboren. Das hat die Wissenschaft zweifelsfrei festgestellt. Wie sollte ein solcher Defekt auch sonst entstehen? Der Gedanke, dass es Krankheitserreger geben könnte, die einen Menschen in den Wahn treiben, ist absurd, da werden Sie mir als Laie zustimmen. Nein, nein, mit den Irren ist es wie mit den Verbrechern – etwas in ihnen ist von Grund auf verdorben. Und es bahnt sich früher oder später seinen Weg und verändert die Persönlichkeit. Deshalb ist es notwendig, solche Individuen von der Gesellschaft fernzuhalten. Alles andere wäre fahrlässig, denn sie sind eine Gefährdung für den Volkskörper. Das, so könnte man bestenfalls sagen, ist der Krankheitsfaktor: dass verdorbene Menschen die Gemeinschaft schädigen durch ihr angeborenes Fehlverhalten.«

Weber schaute wieder die Mauer hoch. Winzige Schneeflocken senkten sich auf sein Gesicht. Der Himmel war eine dunkelgraue Decke, die sich schwer über das Land legte, kalt und erbarmungslos, und alles Leben erstickte. Endlose Tage, die gleichförmig aufeinanderfolgten, gelegentliches Tackern von Maschinengewehren, eine dumpfe Explosion, ein Kanonendonner – Stellungskrieg. Das war unser Irrenhaus, dachte er. Und wir die Verrückten, die orientierungslos durch Gräben rannten wie verängstigte Tiere.

Er schnappte nach Luft und fragte: »Aber dieses Mädchen, Herr Doktor, handelt es sich nun um eine Verrückte oder um eine Verbrecherin?«

»Sie haben mich nicht richtig verstanden, Herr Oberwachtmeister«, sagte Dr. Calinski tadelnd. »Das sind zwei Seiten derselben Medaille. Ob verrückt oder verbrecherisch – eine solche Person ist prinzipiell minderwertig.«

»Aber sehen Sie, Herr Doktor, mit einer allgemeinen Einordnung ist mir nicht geholfen. Ich bin Kriminalist. Ich gehe immer von einem konkreten Einzelfall aus. Es ist nicht meine Aufgabe, das große Ganze zu sehen. Ich bin kein Wissenschaftler, sondern Polizist.« Weber kam ein eigenartiger Gedanke: Wenn die Gesellschaft so eine Anstalt wäre, wäre ich dann Arzt oder Wärter? Dummes Zeug!

»Ich verstehe.« Dr. Calinski lächelte herablassend. »Sie möchten sich dem Problem auf die Ihnen bekannte Art nähern. Nun gut, dann lassen Sie es mich in Ihrem kriminalistischen Sinne formulieren: Sieglinde Meyerhoff ist eine Mörderin. Sie hat ihre Freundin Friederike Brunner auf geradezu bestialische Weise umgebracht.«

Weber versuchte, sich sein Erstaunen nicht anmerken zu lassen. »Aber wie denn?«

»Sie hat sie aufgeschlitzt.« Dr. Calinski verzog angewidert das Gesicht.

Weber starrte ihn an. »Wie und warum?«, stieß er dann hervor.

Calinski zögerte. Dann sagte er: »Hm, ich nehme an, Sie müssen das wissen, Sie sind mit dem Fall betraut. Sie sollen dieses Mädchen einfangen. Dementsprechend ... Zu Diskretion sind Sie von Amts wegen verpflichtet ...«

»Selbstverständlich.«

»Friederike Brunner wurde im Alter von siebzehn Jahren schwanger. Die Umstände tun nichts zur Sache. Jedenfalls hatte die Familie Maßnahmen ergriffen. Die Geburt sollte an einem geheimen Ort stattfinden. Das Kind sollte unmittelbar danach zur Adoption freigegeben werden. Sofort, damit keine unerwünschte Bindung zwischen der viel zu jungen Mutter und dem Bastard entstünde. Das Mädchen hätte die Chance gehabt, alles zu vergessen, und niemand hätte mehr darüber gesprochen. Eine vernünftige Strategie also, nur wurde sie durchkreuzt von Sieglinde Meyerhoff. Ihr gelang es, die hochschwangere Freundin zu entführen …«

»Sie hat sie entführt?«, rief Weber erstaunt aus.

»Mag sein, dass ein gewisses Einverständnis vorhanden war, aber die Schwangere war kaum noch zurechnungsfähig. Sie neigte ja inzwischen zu hysterischen Anfällen und Wutausbrüchen.«

»Also sind die beiden zusammen weggelaufen?«

»Es herrscht die Ansicht vor, dass die Meyerhoff ihre Freundin mindestens überredet hat. Aus eigenem Interesse, wie sich später dann zeigte.«

»Eigenem Interesse?«

»Ich will es kurz machen: Den beiden gelang die Flucht, und sie fanden Unterschlupf in einer Hütte im Wald. Und dort, nun ja, hat die Meyerhoff ihre Freundin getötet und sich des Kindes bemächtigt.«

»Wie?«

»Ich sagte es ja bereits: Aufgeschlitzt. Womöglich hatte sie das die ganze Zeit schon geplant. Sehen Sie, es gibt dieses Phänomen, dass Frauen Säuglinge stehlen, aus einem übertriebenen mütterlichen Instinkt heraus, einer krankhaften Sehnsucht … wie auch immer man es beschreiben möchte …«

»In so jungem Alter?«

»Nun, es ist geschehen, nicht wahr? Die Meyerhoff hat ihre Freundin in dieser Hütte sterben lassen und ist mit dem Kind davongelaufen. Sie wollte es offenbar taufen. Jedenfalls wurde sie vor einer Kapelle nahe des Waldes von einem Gendarmen überrascht. Ihn hätte sie auch beinahe umgebracht in ihrem Wahn. Sie fiel ihn an wie ein wildes Tier. Er zog sich bei dem Versuch, sie zu überwältigen, einige Schnittwunden zu. Er musste ihr Fesseln anlegen, und selbst da gab sie noch keine Ruhe.«

»Und das Kind der Friederike Brunner wurde dann der Familie übergeben?«

»Nein. Das Kind war verschwunden. Es wurden nur Blutspuren auf dem Weihwasserbecken gefunden. Der Gendarm sagte, das Blut sei frisch gewesen, als er es bemerkte. Die Meyerhoff hatte aber keine Verletzungen.«

»Das Blut der toten Freundin?«

»Die Meyerhoff hatte sich in einem Bach im Wald gewaschen. Es wurde an der betreffenden Stelle nahe der Hütte auch ein Stofffetzen gefunden, den sie zum Waschen benutzt hatte. Der Gendarm hat auch keine Blutspuren an ihr gesehen, als sie auf ihn losging.«

»Wo ist das Kind also abgeblieben?«

»Das ist ein Rätsel, das bisher niemand klären konnte. Die Meyerhoff schwieg verstockt. Wenn sie darauf angesprochen wurde, bekam sie einen hysterischen Anfall. Sowohl auf der Polizeistation als auch hier bei uns. Wir mussten ihr Morphium zur Beruhigung verabreichen. Leider haben wir es zu früh reduziert. Ihr kranker Wille war noch nicht gebrochen. Das ist ärgerlich, denn nun haben Sie viel Arbeit mit ihr.«

»Wir haben auch fünf Kinderleichen«, sagte Weber düster.

»Gegen manche Teufel kommt selbst ein braver Christenmensch nicht an.«

»Sie sind Christ?«

»Nein, ich bin Wissenschaftler. Das sagte der Pfarrer, nachdem sie ihn halb totgeschlagen hatte.«

Lautes Geschrei ertönte vom Haus her. Eine Tür wurde aufgestoßen, und ein Mann rannte heraus. Etwas an ihm war seltsam. Nicht die Tatsache, dass er eine zugeschnürte Zwangsjacke trug. Auch nicht, dass er laut brüllte wie ein Stier, der abgestochen werden sollte. Er lief irgendwie seitlich, grotesk humpelnd und hüpfend, mit eigenartig schief liegendem Kopf. Erst als er näher kam, konnte Weber erkennen, was an ihm nicht stimmte: Er hatte nur noch ein halbes Gesicht. Anscheinend wollte er sich auf Dr. Calinski stürzen, aber bevor er bei ihnen angekommen war, setzte einer der Wärter zu einem Hechtsprung an und warf ihn zu Boden. Sie packten den zappelnden und brüllenden Mann an der Jacke und den Füßen und schleppten ihn mühsam zum Haus zurück.

»Ein Kriegsveteran«, sagte der Arzt. »Hat seine Verletzung nicht verkraftet. Die Fähigkeit zum Heldentum scheint nicht mehr weit verbreitet in unserer Zeit.«

Weber starrte die Mauer an, über die das Mädchen geklettert war, und holte tief Luft, bevor er fragte: »Sind Sie im Krieg gewesen, Herr Doktor?«

»Nein.«

»Schade.«

Elftes Kapitel:

VIER TEUFEL

Sie waren im Morgengrauen gekommen. Greta war erwacht, als sie draußen Stimmen gehört hatte. Verhaltene Rufe, knappe Befehle, erstaunte Schreie, wehleidige Klagen. Fenster wurden aufgestoßen, Türen geöffnet, neugierige Stimmen ertönten und immer wieder: »Was ist denn los? Was geht da vor?« Und: »Die Udels sind da drüben rein! Was wollen die denn hier?«

Greta hatte die Bettdecke zurückgeschlagen und war aus dem Bett gesprungen. Nun stand sie im Nachthemd, das Frau Möhl ihr fürsorglich aufs Kopfkissen gelegt hatte, auf dem Schemel unter der Dachluke und schaute über den Platz.

Drüben vor der Haustür standen zwei uniformierte Polizisten mit diesen neuartigen Hauben auf dem Kopf, die Tschakos genannt wurden. Was wollten die denn da? Waren sie ihr etwa zuvorgekommen?

Tatsächlich bewegten sich hektische Schatten hinter den Gardinen drüben in der Wohnung im zweiten Stock rechts. Wurde da jemand verhaftet? Ein verzweifelter Schrei war zu hören. War das Paulas Stimme?

Vor dem Haus mit dem spitzen Dach versammelten sich Menschen aus der Nachbarschaft und schauten neugierig die Fachwerkfassade hinauf. Wieder waren Schreie und Rufe zu hören, ob es sich um zornige Beschimpfungen oder strenge Befehle handelte, war nicht auszumachen. Aber dann erloschen die Lichter hinter den Gardinen gegenüber. Wenig später wurde die Haustür geöffnet, und die uniformierten Polizisten drängten die Neugierigen beiseite.

Ein Mann in Zivil mit einer Melone auf dem Kopf kam aus dem Haus und trat zur Seite. Hinter ihm folgten Gerlinde Hofstedt, Paula Berger und Max Klant. Danach zwei weitere Männer mit Hüten. Ganz offensichtlich Kriminalbeamte.

Ein Motor sprang an. Dann fuhr ein klobiger, geschlossener Lastkraftwagen mit der Aufschrift »Polizei« vor. Paula, ihre Mutter und Max Klant mussten einsteigen, zwei Uniformierte folgten ihnen. Die Tür schlug zu, und der Wagen rumpelte davon. Ein zweiter mit offenem Verdeck fuhr vor. Die Kriminalbeamten stiegen ein. Der Wagen verschwand ebenfalls. Eine Weile standen die Nachbarn noch herum und unterhielten sich, dann gingen sie auseinander, um ihr Tagwerk zu beginnen.

Sie waren weg. War jetzt alles aus? Alles umsonst gewesen?

Greta stieg vom Schemel und zog sich an. Was nun? Sie fröstelte. Im Zimmer war es sehr kalt. Sie warf sich den Mantel über. In der Tasche spürte sie den Dietrich und fasste einen Entschluss.

Sie horchte auf Frau Möhl, die unten in der Küche herumwerkelte. Der Geruch von frisch gekochtem Zichorienkaffee drang durchs Treppenhaus bis in ihr Zimmer. Sie wartete ab, bis sie hörte, wie ihre Zimmerwirtin die Küchentür schloss. Mit den Schuhen in der Hand schlich sie auf Strümpfen die Treppe hinunter, ganz vorsichtig, damit die Stufen nicht knarrten oder quietschten. Sie wusste, wie sie auftreten musste, sie hatte es sich bei jeder einzelnen Stufe gemerkt.

Draußen auf dem Platz war niemand zu sehen. Sie zog die

Schuhe an und ging an den Hauswänden entlang, wo es am dunkelsten war, und erreichte die Tür des schmalen, hohen Hauses. Sie war nicht abgeschlossen.

Schon war sie drinnen. Schlich über die steile, enge Treppe in den zweiten Stock. Rechte Wohnung, das bedeutete jetzt linke Tür. Ja, da klebte auch der Papierschnipsel über dem Briefschlitz. *Hofstedt* war in ungelenken Druckbuchstaben mit Bleistift daraufgeschrieben und darunter in kleinen Druckbuchstaben von anderer Hand *Klant*.

Greta zog den Dietrich aus der Manteltasche. Schaute sich das Schloss in der Tür an. Es sah ganz normal aus. Das dürfte kein Problem sein, nachdem sie an ihrer Zimmertür immer wieder geübt hatte. Wieso gab es überhaupt Schlösser, wenn es doch Dietriche gab?

Sie schob das gebogene Metallteil ins Schlüsselloch, ganz vorsichtig, bis es weit genug drinsteckte, drehte es langsam, spürte, wie der Mechanismus sich bewegte … Vielleicht hatten sie in der Aufregung ja versäumt abzuschließen, und sie musste nur das Schnappschloss betätigen. Sie streckte die Hand nach dem Türknauf aus.

»Na, Fräulein, suchen Sie was?«

Greta stieß einen Schreckensschrei aus, wirbelte herum, bemüht, mit ihrem Körper den Dietrich zu verdecken, der im Schloss steckte.

Die Tür gegenüber war ein Stück geöffnet, und durch den Spalt schaute eine der Krähenfrauen heraus. Gebeugt, aber mit wachsamen Augen unter dem schwarzen Kopftuch. Wie hatte sie die Tür bloß so leise aufbekommen?

»Oh, äh, guten Morgen.«

»Die sind nicht da.«

»Ach, na ja, schade, dann …« Greta versuchte mit einer Hand hinter dem Rücken den Dietrich aus dem Schloss zu ziehen. Ließ sie ihn stecken, würde sie ihre Absichten verraten, und außerdem könnte sie dann keinen zweiten Versuch wagen.

»Was machen Sie denn da?«

»Ich wollte zu …« Der verflixte Dietrich hatte sich verkantet! Greta war bewusst, dass sie eigenartig dastand. Sie machte ein ängstliches, schüchternes Gesicht. Die Frau gegenüber zog die Tür ein Stückchen weiter auf.

»Max Klant …?«

Der Dietrich bewegte sich. Dann ließ er sich herausziehen. Greta versuchte von dem metallischen Klimpern hinter ihrem Rücken abzulenken, indem sie sich räusperte und hustete.

Die Alte schaute sie misstrauisch und mitleidig zugleich an. Als Greta nicht reagierte, fragte sie weiter: »Oder der Hofstedt? Zum wem wollen Sie denn eigentlich?«

Greta drehte sich kurz zur Seite, und der Dietrich verschwand unbemerkt wieder in der Manteltasche.

»Hab ich Sie nicht schon mal gesehen, unten vorm Haus?«, fragte die Frau.

»Ich bin eine Freundin von Paula«, sagte sie hastig. Das kam ihr als Erklärung am plausibelsten vor und entsprach ja auch ungefähr der Wahrheit.

»Die Tochter wohnt aber nicht hier.«

»Oh, ich dachte …«

»Sie ist oft da. Heute Morgen auch. Sie wurde abgeholt. Die Mutter auch. Und der … Klant.«

»Ach so.«

»Das wundert Sie nicht? Die Kriminalpolizei war hier.«

»So?«

»Ja, und was immer Sie vorhatten, Fräulein, das wird jetzt nichts. Und darüber sollten Sie froh sein.«

»Was wollte ich denn tun?«

»Ja, eben, tun Sie es nicht! Sie werden es später bitter bereuen.«

»Ich verstehe nicht, was wollte denn die Polizei hier?«

»Es gab eine Anzeige. Deshalb sind die gekommen. Eine Frau hat behauptet, Paula hätte ihr Kind getötet. Sie haben doch davon gehört. Die toten Kinder?«

»Ja, eine schreckliche Sache.«

»Eine Mutter hat Paula Berger beschuldigt.«

»Paula? Aber das kann doch nicht sein!«

»Sie habe Kinder in Pflege genommen, heißt es, gegen Geld. Die Frau, die Anzeige erstattet hat, wollte ihr Kind zurückholen. Da war es weg. Da hat sie Alarm geschlagen und gesagt, Paula hätte ihr Balg umgebracht.«

»Das ist ja furchtbar.«

»Eben. Deshalb sage ich ja, lassen Sie ab von dem, was Sie tun wollten.« Die Alte starrte sie forschend an. »Man sieht ja auch noch nichts. Vielleicht regelt es sich alles in den nächsten Wochen. Nur keine Angst! Ihr jungen Deerns habt zu viel Angst. Glaubt doch nicht, dass unsere Männer besser waren, wir mussten auch allein klarkommen. Ist so.«

»Aber Paula hat doch nicht ... das kann doch nicht ...«

»Man weiß ja noch nichts. Bleiben Sie ruhig, Fräulein. Kann auch alles nur blinder Alarm sein. Trotzdem sollten Sie Ihr Kind behalten. Ist ein Geschenk, und Geschenke kriegt man meist, ohne sie bestellt zu haben.«

»Aber wieso hat die Kripo denn auch noch die Mutter und den ... Herrn Klant mitgenommen?«

»Der Klant und die Hofstedt sind ein komisches Paar. Sie ist doch viel älter als er. Der wäre eher was für die Tochter. Aber die hat einen, der sogar für ihre Mutter zu alt wäre. Verhältnisse sind das!«

»Ich mag nicht, dass Sie so schlecht über meine Freundin reden.«

Die Alte verzog das Gesicht zu einem ungläubigen Lächeln, das boshafte Züge annahm, als sie sagte: »Jemand hat behauptet, die Hofstedt hätte eine Zeitlang Kinder von gefallenen Mädchen ins Ausland vermittelt. Ich hab davon nichts bemerkt, aber die wohnen ja erst kurz hier. Seltsam ist aber doch, dass jetzt jemand so was von ihrer Tochter sagt, hm?«

»Ich verstehe gar nicht, worauf Sie hinauswollen. Sie haben gerade was ganz anderes behauptet.«

Die alte Frau lachte hämisch. »Scheint ja wirklich Ihre Freundin zu sein, die Paula, wenn Sie sie so in Schutz nehmen. Aber dass die Udels sie geholt haben, das steht mal fest.«

»Na und!«, rief Greta in gespielter Empörung.

»Pah«, sagte die Alte und schob die Tür zu.

Greta spürte das kalte Metall des Dietrichs in der Manteltasche an ihren Fingerspitzen. Es noch mal zu versuchen war ausgeschlossen. Bestimmt stand die Alte hinter der Tür und horchte.

Langsam stieg sie die Treppe hinunter. Wenn die Kripo jetzt mit drinsteckte und die drei weggesperrt wurden, hatte sie dann überhaupt noch eine Chance?

Schwacher rötlicher Schimmer, leichter Geruch nach Chemikalien. Hilbrecht nahm mit der Pinzette den Abzug aus der Schale und hielt ihn hoch, damit der Entwickler abtropfte. Er betätigte einen Schalter an der Wand, und das grelle Licht der Deckenlampe flammte auf. Weber blinzelte. Hilbrecht klemmte das Foto neben die anderen Porträts. Zwei Frauen, eine ältere, eine jüngere, und ein Mann. Je eine Aufnahme frontal und eine von jeder Seite.

Der Fotograf deutete auf die Gesichter, die er untereinander angeordnet hatte: »Gerlinde Hofstedt, 47 Jahre, ihre Tochter Paula Berger, 24 Jahre, der Lebensgefährte der Hofstedt, Max Klant, 32 Jahre.«

Weber schaute sich die Bilder eingehend an, bemüht, sich nichts anmerken zu lassen. Gottverdammt, dachte er, die kenne ich alle drei. Die Junge hab ich in der Villa verhört, nach dem Vorfall mit Greta Wehmann alias Sieglinde Meyerhoff. Die hat da auch als Dienstmädchen gearbeitet. Und die Ältere, das war doch die Frau, mit der ich im *Gasthaus Knecht* gesprochen habe, bevor dieser Mistkerl aus dem Nebenzimmer kam und mich niederschlug. Wie passte denn das zusammen?

»Und?«, fragte Hilbrecht. »Die geborenen Verbrecher, was?«

»Bitte?«

»Ich hatte mal wieder eine Diskussion mit den Kollegen vom Erkennungsdienst. Die glauben immer noch an die Theorie von Lambroso, wonach körperliche Merkmale auf verbrecherische Neigungen hindeuten. Ausgerechnet der Rademacher ist ganz erpicht darauf. Dabei hat er laut Lambroso die für einen Normaleinbrecher typische Kopfform.« Hilbrecht lachte. »Als ich ihm das nachwies, indem ich ihn spaßeshalber fotografierte und sein Foto über das des Fassadenkletterers Gutbier legte, war er sehr irritiert.«

»Der Recknagel vertritt auch eigenartige Ansichten. Der Hang zum Verbrechen wäre angeboren, man müsste nur selektieren, dann würde die Kriminalität zurückgehen. Auch der Irrenarzt in Magdeburg hatte solche Ideen. Verrücktsein und verbrecherisch veranlagt, das war für ihn das Gleiche.«

»Wie schön, dass wir weder eine Anlage zum einen noch zum anderen haben.«

»Das weiß man ja nie«, murmelte Weber. »Aber lass uns

mal auf die Arbeit zurückkommen, Gustav. Bevor ich mich mit Recknagel und Kunath herumschlagen muss, will ich wissen, wie der Stand der Dinge ist.«

Hilbrecht warf Weber einen Blick zu, kniff die Augen zusammen und schüttelte leicht den Kopf. »Die werden dir die Hölle heiß machen, Alfred.«

»Ach was, werden sie nicht.«

»Glaubst du denn, bloß weil du in der Partei bist, die jetzt das Sagen hat, bist du unangreifbar?«

»Bestimmt nicht.«

»Der politische Wind weht mal hierhin, mal dahin.«

»Ist ja gut.«

»Dass du auf eigene Faust nach Magdeburg gefahren bist, wird dir mindestens eine schwere Rüge einbringen, wahrscheinlicher ist aber ein Disziplinarverfahren.«

»Ich habe nur meine Arbeit getan und die Fahrkarte sogar aus eigener Tasche bezahlt.«

»Deine Arbeit ist aber das, was dir deine Vorgesetzten auftragen, nicht das, was du eigenmächtig erledigst.«

»Die haben mir doch aufgetragen, dieses geflüchtete Mädchen zu finden. Nichts weiter hab ich getan. Ich hab Informationen gesammelt, um den Fall zu Ende zu bringen. Ich kenne nun die Gründe, wegen denen sie in die Irrenanstalt gekommen ist.«

»Na fein, Alfred, und weißt du nun auch, wo du sie hier in Hamburg finden kannst? Hast du sie schon verhaftet?«

»Nun ja …«

»Sieh mal, die Ermittlungen in den Kindermorden sind in der kurzen Zeit ein ganzes Stück weitergekommen.« Hilbrecht deutete auf die frisch entwickelten Porträtfotos.

»Ich war nie davon überzeugt, dass dieses untergetauchte Mädchen etwas mit den Kindermorden zu tun hat. Sie hat ein merkwürdiges und gefährliches Verhalten an den Tag gelegt, ja, sie hat Menschen angegriffen und verletzt, aber wieso sollte sie deshalb ...«

»Alfred! Schau dir diese drei Personen an, um die geht es. Niemand interessiert sich momentan für die Kleine aus Magdeburg. Das ist dein privates Steckenpferd! So hat es jedenfalls Inspektor Kunath formuliert.«

»Ach der.«

»Ja der, und der Recknagel hat ihm beigepflichtet und vorgeschlagen, dich in den Innendienst zu versetzen, das hab ich mit halbem Ohr auch noch mitbekommen.«

»Da wird sich meine Frau ja freuen«, brummte Weber.

»Du aber nicht, stimmt's?«

Weber machte eine abfällige Handbewegung. »Ist ja noch nicht aller Tage Abend. Und jetzt hör auf mit der Gardinenpredigt, und sag mir was zu diesen Personen.«

Hilbrecht seufzte. »Na schön. Also, ich fang mal in der Mitte an, denn das ist die eigentliche Verdächtige: Paula Berger wurde von einer Frau angezeigt, deren Säugling sie in Pflege genommen hatte. Einen sechs Monate alten Jungen. Die Frau hatte der Berger Geld gegeben, damit sie sich um das Kind kümmert. Offenbar hat die Berger, die seit einiger Zeit arbeitslos ist, eine Art Geschäft daraus gemacht, kleine Kinder von ledigen Müttern zu pflegen. Jedenfalls gab sie zu, auch schon andere Kinder übernommen zu haben, die aber seien entweder wieder bei der Mutter oder mit deren Zustimmung an wohlhabende Leute weitergegeben worden.«

»Kinderhandel?«

»Na ja, so wie die Berger sich ausdrückte, war das alles mit wenig Geld verbunden. Diese ledigen Mütter verdienen ja kaum was, Hausmädchen, Fabrikarbeiterinnen, Kellnerinnen, Verkäuferinnen ...«

»Und die Anzeige?«

»Ja, die kam zustande, weil die Frau ihr Kind zurückhaben wollte. Aber die Berger sagte, es sei nicht mehr da. Da ist die Frau misstrauisch geworden, und schließlich hat sie es mit der Angst bekommen. Die Berger sagte, sie hätte das Kind wiederum einer anderen gegeben und würde es zurückholen. Dazu kam es aber nicht, und deshalb hat die besorgte Mutter Anzeige erstattet und den Verdacht geäußert, bei der Berger handle es sich um eine Kindermörderin.«

»Beweise?«

»Nichts Konkretes.«

»Hm.«

»Ja, ja, aber jetzt kommt's.« Hilbrecht deutete auf das Foto der älteren Frau. »Die Mutter der Berger, Gerlinde Hofstedt, eine gelernte Hebamme, hat sich tatsächlich mal als Kinderhändlerin betätigt. Jedenfalls wurde sie vor einigen Jahren deswegen angeklagt. Beachte die Kopfform – typisch für Kinderhändlerinnen, Alfred!«

»Hör auf mit den dummen Witzen. Solche Albernheiten sind hier nicht angebracht«

»Entschuldige. Also, die Hofstedt hat früher tatsächlich mal als Hebamme gearbeitet und dann angefangen, Kinder von ledigen Müttern zur Adoption an reiche Leute zu vermitteln. Sogar nach England und Holland hat sie Kinder ... verkauft, könnte man wohl sagen. Deswegen wurde sie 1913 verurteilt, aber nur, weil sie kein rechtmäßiges Gewerbe angemeldet hatte.«

»Und du meinst, sie hat das Geschäft nun mit ihrer Tochter zusammen wiederbelebt?«

»Das liegt nahe.«

»Und die Beweise?«

»Einstweilen gibt es nur die eine Zeugin.«

»Aber was soll denn dieser Fall mit den ermordeten Kindern zu tun haben?«

»Das fragten sich Kunath und Recknagel auch. Aber dann kam die Meldung rein, dass eine sechste Kinderleiche gefunden wurde.«

»Was? Und das sagst du erst jetzt?«

»Es ist doch gar nicht dein Fall, wie du selbst sagst. Du suchst nur eine unschuldige junge Frau, die aus dem Irrenhaus getürmt ist, so hab ich dich verstanden.«

»Herrgott, Gustav!«

»Ja, was denn?«

»Noch eine Kinderleiche!«

»Ja, und ich hab's deshalb aufgespart, damit du nicht gleich durchdrehst, sondern mir erst mal zuhörst. Es war nämlich diesmal so, dass die mutmaßliche Täterin beobachtet wurde. Was ist denn ...?«

Weber spürte, wie er bleich wurde. War er etwa die ganze Zeit auf dem Holzweg gewesen? Hatte er sich von einem hübschen Gesicht blenden lassen?

»Was soll schon sein«, brummte er mürrisch. »Das legt nahe, dass die Verrückte aus Magdeburg doch die Mörderin ist, weil die Berger ja in Haft war.«

»Nee, nee, jetzt bist du schon wieder voreilig, Alfred! Die Berger wurde erst heute Morgen in Gewahrsam genommen. Und die Zeugenaussage kam letzte Nacht rein. Die Leiche wurde in der Nacht gefunden.«

»So?« Weber bemühte sich, skeptisch zu klingen, und kam sich gleichzeitig albern vor, weil er ja vor allem sich selbst etwas vorspielte. »Und wie war sie diesmal zugerichtet?«, fragte er betont sachlich.

»Gar nicht. Wahrscheinlich, weil die Täterin gestört wurde.«

»Und wo?«

»Elbpark, beim Bismarckdenkmal. Im Gestrüpp. Ein Matrose, Engländer, ging da längs, er war angetrunken, dann aber schlagartig nüchtern. Hatte sich auf dem Weg zum Seemannsheim verlaufen. Sah eine Frau im Gestrüpp und wurde neugierig. Sagte, sein erster Gedanke sei gewesen, wenn du eine junge Frau auf St. Pauli siehst, mitten in der Nacht, dann greifst du zu. Er sei in Stimmung gewesen, und Geld habe er auch gehabt. Aber die Frau lief weg. Und ließ ein Päckchen liegen. Totes Kind. Der Matrose hat die Leiche zur Davidwache gebracht. Konnte kaum reden. Dem haben die Zähne geklappert, sagten die Kollegen, der war völlig fertig.«

»Und ist es das Kind von der Frau, die Anzeige gegen die Berger erstattet hat?«

»Ja.«

Weber deutete auf die Verbrecherporträts. »Aber wir haben hier doch ein Trio. Wieso ist der Kerl da überhaupt dabei?«

»Das ist Max Klant, der Lebensgefährte der Hofstedt. Mitgenommen wurde er, weil er unerlaubt eine Waffe bei sich trug. Eigentlich ein Betrüger. Er wird in den Akten als Hochstapler geführt. Betätigt sich als geschäftsmäßiger Charmeur. Nimmt reiche Frauen aus.«

»Die Hofstedt?«

»Nee, die scheint eher von ihm zu profitieren. Die sind wohl ein Gespann.«

»Was es alles gibt ...«, sagte Weber mit gespielter Verblüffung, um von seiner Verärgerung abzulenken. Wenn er diesen Klant in die Finger bekam, dann ...

Hilbrecht schaute ihn argwöhnisch an.

»Wenn die Berger Kinder entführt, dann stecken die beiden mit drin«, sagte Weber verbissen.

»Recknagel freut sich bestimmt, deine Theorie zu hören, Alfred.«

»Der Idiot!«

»Du musst trotzdem mit ihm reden. Oder mit Kunath. Sonst verbannen sie dich nicht nur in den Bürodienst, sondern suspendieren dich gleich.«

»Na und?«

»Das willst du nicht, Alfred. Du willst Polizist bleiben. Also geh hin, mach deinen Canossagang, kriech zu Kreuze, leiste Abbitte, buckele ein bisschen ... wie du es nennen willst ... Mach dich nützlich, gib was Schlaues von dir, rette deine Haut ...«

»Du hast ja nur Angst, dass sie mich hier zu dir versetzen«, sagte Weber und stand auf.

Hilbrecht lachte. »Da könntest du recht haben.«

Weber verabschiedete sich mit einem schiefen Grinsen und stapfte durch das Treppenhaus nach unten. Als er im dritten Stock um die Ecke bog und auf das Verhörzimmer zuging, sah er Kommissar Recknagel im Eilschritt auf sich zukommen. Er blieb stehen, in Erwartung einer Standpauke. Aber Recknagel schaute ihn nur kurz an, nickte und sagte: »Weber, gut dass Sie da sind. Kommen Sie gleich mit rein!«

Recknagel zog die Tür des Verhörzimmers auf. Weber bemerkte, dass er eine Aktenmappe unter dem Arm trug. Im Zimmer saß Paula Berger am Tisch, neben ihr stand ein Beamter in Uniform. Die Berger schaute auf und blickte Weber frech ins Gesicht. Recknagel setzte sich auf die andere Tischseite und schlug den Aktenordner auf. Er nahm eine Fotografie heraus und hielt sie der Verdächtigen hin.

»Ist das hier das Mädchen?«

»Ja, genau«, sagte Paula Berger. »Das ist Greta Wehmann.

Die hat mich überfallen und mir das Kind weggenommen. Vor meiner eigenen Wohnung hat sie mir aufgelauert und es mir entrissen. Hat mich niedergeschlagen, und dann ist sie weggerannt. Hier kann man noch die Beule spüren, fühlen Sie mal, Herr Kommissar.« Sie senkte den Kopf und strich die Haare nach vorn, deutete auf eine Stelle. Dabei entblößte sie einen durchaus hübschen Hals.

»Schon gut, schon gut«, sagte Recknagel. »Und Sie sind sich ganz sicher?«

Sie hob den Kopf. »Aber ja, ich hab doch mit ihr gearbeitet. Bei den O'Leesens. Und da hat sie sich das Kind der Herrschaften unter den Nagel gerissen. Zum Glück wurde sie entdeckt, bevor sie was Schlimmes mit ihm machen konnte. Aber danach … Na ja, wenn die Polizei sie mal früher auf dem Kieker gehabt hätte, dann gäbe es nicht so viele tote Kinder.« Sie legte demonstrativ eine Hand auf ihren Bauch. »Wer weiß, was sie plant, wenn ich mein Kind habe. Da muss man doch Angst bekommen.«

Sie schaute Recknagel an. Irgendwie verschlagen, dachte Weber.

»Sorgen Sie sich nicht, wir sind ihr auf den Fersen«, sagte Recknagel. »Sie können dann gehen. Ihre Mutter erwartet Sie unten beim Pförtner.«

»Entschuldigung, Herr Kommissar«, mischte sich Weber ein. »Darf ich vielleicht noch eine Frage …«

»Nein, dürfen Sie nicht!«, herrschte der Kommissar ihn an und wandte sich an den Uniformierten: »Bringen Sie das Fräulein nach unten!«

»Jawohl, Herr Kommissar.«

»Und Sie, Weber, kommen jetzt mit mir und berichten mir haarklein, was Sie in Magdeburg in Erfahrung bringen konnten.«

Paula Berger huschte aus dem Verhörzimmer, mit einem anmaßenden Lächeln auf den Lippen, wie es Weber schien. Aber das lag möglicherweise nur daran, dass er parteiisch war. Aber wie zum Henker sollte man in dieser Welt und unter diesen Menschen nicht parteiisch werden?

»Weber! Sind Sie dann so weit?«, blaffte der Kommissar.

Es klopfte leise an die Zimmertür. Greta wachte auf. Sie lag angekleidet im Bett, die Daunendecke über sich gezogen. Inzwischen war es Mittag, aber es war schrecklich kalt und ihr fehlte die Kraft aufzustehen. Überhaupt fühlte sie sich schwach und mutlos. Ein Anfall von Verzweiflung hatte sie erfasst. Ausgerechnet jetzt, kurz vor dem Ziel, hatte die Polizei ihr einen Strich durch die Rechnung gemacht. Max Klant, die Hofstedt und Paula waren bis zum gestrigen Abend nicht zurückgekehrt. Das bedeutete, dass die Polizei sie in Gewahrsam behielt, warum auch immer. Wie sollte sie nun herausfinden, was mit der kleinen Anna passiert war? Wohin hatten diese Kinderhändler das Kind von Friederike verkauft? Würde sie es jemals erfahren?

Vielleicht gab es ja irgendwelche Hinweise in der Wohnung von Klant und Hofstedt. Es hieß doch immer, Verbrecher machten Fehler, bewahrten Beweisstücke auf. Aber wie sollte sie bloß da reinkommen? Noch zweimal hatte sie es gestern Abend versucht, und jedes Mal war die Alte aus der Wohnung gegenüber getreten, hatte sie misstrauisch angestarrt und erklärt: »Die Herrschaften sind noch nicht zurück, Fräulein!« Sie hatte ihr außerdem mitgeteilt, dass es ihre Wohnung sei, die sie vermietet habe. Deshalb fühlte sie sich wohl besonders verantwortlich.

Beim dritten Versuch hatte Greta feststellen müssen, dass die Haustür abgeschlossen war. Ein Steckschloss blockierte den Mechanismus von innen. Da war nichts zu machen gewesen.

Greta rief: »Herein.« Es klang kläglich.

Frau Möhl huschte mit verschwörerischer Miene ins Zimmer und schloss leise die Tür. »Noch im Bett?«, sagte sie erstaunt. Und als keine Antwort kam: »Schlechte Luft.« Sie ging zur Dachluke und schob sie auf. Dann stellte sie sich zu Gretas großer Verwunderung auf den Schemel und spähte hinaus. Sie stieg wieder herunter, und ihr Blick fiel auf das Fernrohr, das auf der Wäschetruhe lag. Sie nickte ahnungsvoll. Greta zog die Daunendecke ein Stück über den Kopf.

»Fräulein Wehmann«, sagte Frau Möhl, »besser, du hörst mir man zu.«

Greta verkroch sich noch tiefer unter der Decke.

»Die da drüben«, sagte Frau Möhl, »sind wieder da.«

Greta schob den Kopf wieder nach oben. Halb verdeckt starrte sie ihre Vermieterin an, die durchaus freundlich dreinblickte. Mehrere Gedanken schossen Greta durch den Kopf: Hat die alte Krähe von gegenüber etwas erzählt? Und wenn ja, was tun die da drüben jetzt? Werden sie flüchten? Oder herüberkommen? Wollen sie mir etwas antun? Ist es nicht am besten, ich laufe los und schlage Alarm? Schreie so laut, dass die Nachbarn zusammenlaufen, und klage sie an! Oder ich drohe und versuche, ihnen die Informationen abzupressen. Drohen? Aber wie denn? Und sind die nicht gefährlich? Es sind doch Verbrecher!

Sie rutschte noch ein Stückchen höher. »Wer denn?«

»Die Hofstedt und der junge Mann. Sie waren in Haft. Jetzt sind sie wieder da. Was mit der Jungschen ist, der Paula, das weiß ich nicht. Was ich aber weiß, Fräulein Wehmann, das ist, dass Sie diese Leute auf'm Kieker haben. Und dass Sie da drüben waren und mit einem Dietrich in die Wohnung einbrechen wollten. Das hat mir Frau Nieswand, die Vermieterin, erzählt. Sie müssten jetzt eigentlich Angst haben, dass die Polizei anrückt.«

Greta stemmte sich hoch. »Hat sie mich verraten, die Nieswand?«

»Tut Sie wahrscheinlich gerade.«

»Was!« Greta setzte sich hin und schlug die Decke zurück.

»Bist ja schon zur Flucht bereit, min Deern«, stellte Frau Möhl fest, als sie sah, dass Greta vollständig angekleidet war. »Ja, die Udels sind jetzt drüben und reden mit der Nieswand. Was sie denen sagt, weiß ich nicht. Aber sie waren auch schon hier!«, fügte sie eilig hinzu, als Greta aufsprang und unter dem Bett nach ihren Schuhen tastete.

Greta erstarrte. »Die Polizei?«, flüsterte sie.

»Ja, sach ich doch die ganze Zeit. Ich hab sie weggeschickt.«

»Wirklich?«

»Ja, aber die komm' ja wieder. Die Nieswand wird denen das Gleiche stecken wie mir, das steht mal fest. Die ist der Polizei gern zu Diensten. Ich aber nicht unbedingt. Ich will lieber erstma' wissen, was los is, bevor ich denen jemand überlasse. Mei'm Sohn ham sie übel mitgespielt im letzten Jahr. Jemand hat ihn als Spartakisten angeschwärzt, nur weil er dabei war, als sie die Fleischfabrik vom Heil angegangen sind, wegen der Ratten, die sie zu Sülze verarbeitet hatten. Deswegen soll er ein Hochverräter sein. Jetzt sitzt er in Fuhlsbüttel. Weihnachen kommt er raus. Die Udels haben Lügengeschichten über ihn erzählt. Gewalttäter wäre er, Verschwörer, Staatsfeind. Ham ihm angebliche Gewalttaten angehängt. Deshalb bin ich denen nicht mehr grün und frag lieber erst mal nach. Ich weiß ja nicht, warum die dich suchen, min Deern. Aber dass du sauber und ordentlich und höflich und zuvorkommend bist, weiß ich ja. Kümmerst dich ungefragt um den Abwasch und holst schon mal das Kehrblech raus ... na ja, muss ja nichts heißen. Aber sag mir einfach: Hast du was Schlimmes ausgefressen?«

»Ja«, sagte Greta leise.

»Und warum?«

»Ich wollte jemanden retten.«

»Und hat's geklappt?«

»Nein, es ist schiefgegangen.«

»Und was suchst du da drüben bei der Hofstedt und ihrem Heini?«

»Die haben etwas gestohlen. Ich muss es zurückholen.«

»Etwas, das dir gehört?«

»Nein, einer Freundin.«

Frau Möhl nickte nachdenklich. »Wenn Otto jetzt hier wäre, der wüsste, was ... aber so ... Kennst du jemanden, der dir helfen kann?«

»Ja, vielleicht. Drüben in den Gängen beim Großneumarkt.«

»Dann geh da hin. Ich weiß von nichts.«

»Danke, Frau Möhl.«

»Falls sich das erledigt, kannst du wiederkommen. Du würdest mei'm Otto gefallen.« Sie schüttelte den Kopf. »Aber der ist ja viel zu alt für dich.« Sie lachte vor sich hin. »Und wahrscheinlich geht er ja doch wieder zur Marine oder auf See.« Sie schaute Greta an und wirkte mit einem Mal traurig. Dann schweifte ihr Blick durchs Zimmer. »Viel hast du ja nicht mitzunehmen. Also denn man to!«

Damit ging sie.

»Danke, Frau Möhl«, rief Greta ihr leise hinterher.

»Da nich für.«

Eine Viertelstunde später verschwand Greta durch die

Hintertür. Vermummt mit einem Schal, den Hut tief in die Stirn gezogen. Das fiel nicht weiter auf, weil es sehr kalt war und ein scharfer Wind von Osten wehte.

Ziemlich verfroren kam sie vor Carl Jensens Wohnung an. Die Hand auf der rostigen Klinke, zögerte sie. Wenn jetzt nicht offen ist, gehe ich woandershin, entschied sie und drückte die Klinke herunter. Es war nicht abgeschlossen. Die Tür öffnete sich quietschend, und sie betrat die Wohnung.

Greta bemerkte ein unglaubliches Durcheinander in der Küche. Der Herd war kalt. Aus dem Zimmer drang lautes Schnarchen. Hoffentlich war da nicht wieder so eine Schlampe bei ihm. Sie ging hinein. Auch hier lag alles wild herum, Kleider, Flaschen, Zeitungen, ein paar Bücher, Schuhe. Es roch nach Alkohol und Zigarre. Aber Carl war allein.

Greta ging in die Küche zurück und fachte den Ofen an. Dann stellte sie einen Topf auf den Herd und sammelte das schmutzige Geschirr ein, machte den Abwasch, trocknete ab und stellte alles in den ramponierten Küchenschrank. Als sie fertig war, hörte sie, wie er sich stöhnend im Bett herumwälzte. Sie ging ins Zimmer und setzte sich auf den Stuhl.

Irgendwann bemerkte er sie und riss überrascht die Augen auf. »Greta? Was machst du denn hier?«

»Ich muss mich verstecken.«

»So? Warum?«

»Die Polizei.«

Er schaute sie abschätzend an und grinste. »Dann bist du also wieder da, Schnitterin.«

»Ich heiße Greta.«

»Weiß ich. Und es ist gut, dass du gekommen bist. Ich kann dich nämlich gerade gebrauchen. Komm.« Er hob einladend die Bettdecke an, und sie konnte deutlich sehen, was er meinte.

Aber sie schüttelte den Kopf. »So will ich das nicht.«

»Nein? Wie denn sonst?«

»Ich kann dich bezahlen.«

»Dafür?«, fragte er verblüfft.

»Für die Unterkunft. Ich kann auch in der Küche schlafen. Ich hab dort aufgeräumt.«

»Tatsache?«

»Ja.«

»Mir wär's lieber, du würdest mich so bezahlen wie früher.«

»Das war kein Bezahlen.«

»Nein?«

»Nein.«

»Und ich dachte ...«

»Dummkopf!« Sie stand auf. Tränen standen ihr in den Augen.

»Gretchen!«

»Ich komm wieder, wenn du nüchtern bist.«

»Sei doch kein Frosch.«

Sie drehte sich um und ging. Als sie die Wohnungstür zuzog, hörte sie ein halb ungläubiges, halb verlegenes Lachen hinter sich.

Mit zusammengebissenen Zähnen stieg sie die Treppe hinab. Draußen heulte der Wind um die Ecken, und auf den schmalen Gehsteigen stellten sich die ersten Mädchen auf. Es wurde schon wieder dunkel.

»Es werden ständig Fehler begangen«, sagte Weber.

»Ja, das ist wohl so«, sagte Lore. Ihre blauen Augen schimmerten im Licht der gerade eingeschalteten Nachttischlampe. Die Vorhänge waren vorgezogen. Draußen wurde es gerade dunkel. Bald musste sie ihr Lokal öffnen.

»Das darf so nicht weitergehen«, murmelte Weber vor sich hin.

»Du bist nicht der Erste, dem das dämmert«, erwiderte Lore und griff nach der Schachtel mit den Zigaretten und dem Feuerzeug.

»Mir kommt es aber so vor.«

Sie lachte und stieß den Rauch aus. Sie trug ein Negligé, das leicht zerrissen war. Als er hinter ihr ins Schlafzimmer getreten war, hatte er es an dem Haken an der Tür bemerkt. Es hing über einem Kleiderbügel, demonstrativ, wie es Weber erschienen war. Er hatte vorgeschlagen, dass sie es anzog, und ihr dann auf einem Stuhl sitzend zugeschaut, wie sie auf dem Bett gelegen und geraucht hatte. Widerstreitende Gedanken waren ihm durch den Kopf geschossen: dass er etwas Verbotenes tat; dass dies hier eigentlich sein Leben war; dass er nur ein Lüstling war und deshalb herkam; dass er vor seiner Frau und ihrer Häuslichkeit und seiner Verantwortung flüchtete; dass diese Frau im Negligé ihn nicht nur sexuell reizte, sondern ihm auch geistig ebenbürtig war; dass er sich als Beamter einen solchen Fehltritt nicht leisten durfte – der letzte Gedanke amüsierte ihn. Als sie ihn dann – nur mit dem kleinen Finger – zu sich gewinkt hatte, war er aufgestanden, hatte sich auf den Rand des Betts gesetzt und abgewartet, was ihr diesmal wieder Überraschendes einfiel.

Und sie hatte ihn überrascht. Konnte mit ihren Fingern Dinge tun, die ihn nach Luft schnappen ließen. »Das ist die Schlangenkraft«, hatte sie erklärt, dabei war er es gewesen, der sich unter ihr gewunden hatte wie ein Aal.

Aber nun lag er neben ihr und geriet ins Grübeln.

»Du hast Gewissensbisse«, sagte sie.

»Hm.«

»Das ist typisch für Männer, wenn sie die Beherrschung

verloren haben. Wenn sie sich nicht unter Kontrolle haben und Gewalt ausüben, ist das in Ordnung. Aber wenn eine Frau im Spiel ist und Lust und Begierde, dann muss hinterher eine Schuld beglichen werden. Mit Geld oder mit Gewalt, oder die Schuld bleibt.«

»Darum geht es mir doch gar nicht.«

»Nein? Dann könnte ich dir noch was zeigen ...« Ihre Hand glitt über seinen Bauch.

»Wie kann man denn diesen Menschen einfach so glauben und wegen ihrer Aussagen eine andere Person als Mörderin abstempeln?«

»Was?« Sie zog blitzschnell die Hand zurück und blies ihm den Rauch ins Gesicht. »Pfui, du denkst ja schon wieder an deine Arbeit!«

»Entschuldige, aber es geht doch nicht, dass eine junge Frau ganz zu Unrecht gejagt wird.«

»Das hast du mir alles schon erklärt, Alfred. Und ich frage mich wirklich, was du in dieser Person siehst. Du kommst aus Magdeburg zurück und fängst ständig wieder von vorn mit der Sache an. Gehst du deiner Frau auch damit auf die Nerven?«

»Meine Frau ist bei ihrer Mutter, weil ihr ständig übel ist.«

»So?«

»Aber hör doch, vielleicht fällt dir ja etwas dazu ein. Du bist die einzige weibliche Person, mit der ich über so etwas reden kann. Du bist die Einzige, die auch Dinge ausspricht, über die andere nicht zu sprechen wagen.«

»Ach Gott, hier auf St. Pauli kannst du doch mit allen über alles reden«, wehrte sie ab. »Hier geschieht alles unter aller Augen.«

»Ich muss sie finden, bevor sie den anderen in die Hände fällt, darum geht es.«

»Man könnte meinen, du hast was mit ihr …«

»Sie wurde als Irrsinnige und als Mörderin abgestempelt, aber in Wahrheit sucht sie nach dem verschwundenen Kind ihrer verstorbenen Freundin. Und wenn ihre Geschichte etwas mit den Kindermorden zu tun hat, dann ist sie in Gefahr!«

»Was soll denn diese traurige Geschichte, die in Magdeburg geschehen ist, damit zu tun haben?«

»Weiß ich nicht. Aber es gibt eine Verbindung, und das ist diese Paula Berger. Sie und Greta, also Sieglinde Meyerhoff, haben zusammengearbeitet. Und nun beschuldigt die Berger die Meyerhoff, eine Mörderin zu sein. Da liegt doch der Gedanke nahe, dass sie von sich selbst ablenken will.«

»Sagtest du mir nicht, Spekulationen seien nicht erlaubt in der Kriminalistik?«

»Ich spekuliere nicht. Ich bringe Tatsachen in Zusammenhang. Ein Beamter ist bei dem englischen Matrosen gewesen, der die Kinderleiche im Park fand. Ist mit ihm zur Wohnung der Hofstedt gegangen, der Mutter der Berger. Die Tochter war nicht da. Die Hofstedt beschrieb ihm ein Haus ein paar Ecken weiter. Dahin ging er mit dem Matrosen. Eine Wohnterrasse mit kleinen Häusern, stand im Bericht. Die Berger soll in einem davon oben unterm Dach wohnen. Der Engländer war offenbar neugierig geworden, betrat das Haus und stieg gleich die Treppe hoch. Der Beamte wurde vor der Haustür von einer Nachbarin aufgehalten, die ihm in den Weg trat und fragte, was sie denn da wollten. Er zeigte ihr seine Marke, und sie ließ ihn in Ruhe.

Als er oben unterm Dach ankam, sprach der Engländer mit einem alten Mann, einem Invaliden, offenbar der Lebensgefährte der Paula Berger. Er hörte die Worte: ›Hello, excuse me, mate. We are looking for Paula.‹ Der alte Mann verstand kein Englisch und antwortete barsch: ›Was wollen Sie denn schon hier? Sie hat das Kind noch nicht bekommen! Sind Sie verrückt, oder können Sie nicht rechnen? Zwei Monate dauert's noch, und Sie kriegen Bescheid.‹ Als der Beamte ihn auf Deutsch ansprach, war er völlig verwirrt. Stand da mit seiner Krücke und wurde noch unwirscher, als er ohnehin schon war, sobald er ihm seine Dienstmarke unter die Nase hielt. Wollte ihm die Tür vor der Nase zuschlagen.

Was im Bericht stand, erinnerte mich daran, dass es von der Hofstedt geheißen hatte, sie hätte mal Kinder zur Adoption vermittelt. Mir schien, als ginge es hier um den geplanten Verkauf eines noch gar nicht geborenen Kindes ins Ausland. Der alte Mann behauptete, die Berger wäre bloß seine Haushälterin, und was die sonst täte, ginge ihn nichts an, und selbst wenn er mit ihr mehr zu tun hätte, dann müsste das die Polizei nicht interessieren ... Er redete sich regelrecht in Rage, schrieb der Beamte. Ich kenne so was, man redet immer mehr, um die Beamten abzuwimmeln. Dann muss man nur nachhaken. Das tat der Beamte, und da hat der Alte sich verraten: ›Ich bin kein Kinderhändler, so was können Sie mir doch nicht im Ernst anhängen.‹ Also geht's genau darum.«

»Aber was hat das Ganze denn mit den toten Kindern zu tun? Wenn sie tot sind, kann man sie doch nicht mehr verkaufen.«

»Weiß ich nicht. Noch nicht.«

»Und die Kleine aus Magdeburg, an die du dein Herz verloren hast?«

»Was soll das denn? Mein Herz ... wenn, dann hast du doch ...«

»Oh nein, Alfred, an mich hast du was anderes verloren.«

»Meinen Verstand.«

»Ja, den vielleicht auch.«

»Was denn noch?«

»Deine Unschuld …«

»Ein Mann hat doch keine …«

»Ha! Glaubst du. Aber pass mal auf …«

Er wollte eigentlich nicht, aber sie brachte ihn dazu. Danach nahm er sich vor, nicht mehr wiederzukommen, weder am Tag noch in der Nacht.

Zwölftes Kapitel:

WAHNSINN

Sie lief und lief. Sie lief im Kreis. Sie wusste es, aber sie konnte nicht aufhören. Die Füße schmerzten, ihre Beine wurden schwer, aber es drängte sie immer weiter. Es war wie bei dem Mann mit dem kaputten Gesicht, der gesagt hatte, er könnte nicht mehr stillsitzen. Sie konnte es auch nicht mehr.

Und wo auch? Die bunten Lichter der Konzerthallen und Kabaretts leuchteten grell und abweisend. Vor den Türen der Kneipen schwankten Betrunkene, in den Eingängen der Bierhallen drängelten sich die Durstigen, Sensationssüchtige starrten in die Foyers der Vergnügungspaläste. Zufriedene Bürger saßen zigarrerauchend in den Kaffeehäusern, die Hände überm Bauch verschränkt. Damen mit Pelzmantel und Hut standen vor Konditortresen und leckten sich die geschminkten Lippen nach den Sahnetorten.

Der Geruch nach Gebratenem waberte von der Würstchenbude über den Spielbudenplatz. Und über allem strahlten Hunderte von bunten Glühlampen und grelle Neonreklamen, rankten sich Lichterketten an Fassaden entlang oder warfen als Girlanden zwischen den Häusern ihren Glitzerschein auf den feuchten Asphalt. Vor einem Nachtcafé flammte eine steile Lichtsäule auf, und an einer freien Hauswand erhob sich ein gelb schimmerndes Sektglas, das im Minutentakt aus einer leuchtend grünen Flasche mit schäumender Flüssigkeit gefüllt wurde. Zwischen gutgelaunten Passanten tapsten Bettler, taumelten Betrunkene, bahnten sich abgekämpfte Arbeiter mit den Ellbogen den Weg nach Hause, und an den Ecken standen Frauen, zeigten trotz der Kälte ihre Beine und viel Dekolleté und ließen sich von Männern begutachten, deren höhnisches Grinsen von ihren gierigen Augen Lügen gestraft wurde.

Die große Babylon, die Mutter der Hurerei und aller Gräuel auf Erden. Vielleicht werde ich auch bald straucheln und fallen und mich dann aufgeben, dachte Greta, werde meine Beine zeigen und mich bequatschen lassen. Mich hinlegen, und es wird mir alles eins sein, weil es ja niemanden kümmert, nicht mal jene, die mich mögen. Es läuft doch alles auf Hurerei hinaus. Wirf dich weg, dann bist du deine Sorgen los! Aber endest du dann nicht da, wo Paula schon ist?

Vor *Knopfs Lichtspieltheater* blieb Greta abrupt stehen und schaute durch die Glastür ins Foyer. An der Kasse hatte sich eine kleine Schlange gebildet. Hier war es ruhig. Keine babylonische Hektik. Diese Menschen freuten sich auf eine oder zwei Stunden mit belebten Bildern, die ihnen eine Geschichte erzählten, die sie aus dem tristen Alltag entführte. Ein Fluchtort.

Greta schob die Tür auf und trat ein. Atmete auf, als sie das schon vertraute Plätschern des beleuchteten Brunnens in der Eingangshalle hörte. Wie leicht es doch war, sich für einen Moment aus der Wirklichkeit zu stehlen, indem man eine Eintrittskarte kaufte. Und wie schön, von einer Dame mit Taschenlampe in die große dunkle Höhle geleitet zu werden, wo man sich in einen gepolsterten Sessel schmiegen konnte, um sich ganz der Welt der Phantasie hinzugeben.

Als der Vorfilm zu Ende war, ahnte sie noch nicht, in welches grausige Labyrinth sie gleich stürzen würde. Wusste nichts vom Sog der Bilder, von den Erscheinungen, die in wenigen Minuten ihr Innerstes erschüttern sollten. Als der Titel des Lichtspiels »Das Cabinet des Dr. Caligari« in Grellgrün aufflammte, war sie noch nicht beunruhigt. Doch als dann dieser eine Satz in schiefen, wie von der Hand eines Besessenen geschriebenen Buchstaben auf der Leinwand prangte, hatte sie das Gefühl, von einer eisernen Faust in ihren Sitz gedrückt zu werden: *In der Nacht geschah das erste einer Reihe sonderbarer Verbrechen.*

Mit weit aufgerissenen Augen schaute sie dem Geschehen in dem alptraumhaft verzerrten Gewirr aus Gassen und Gängen zu. In wahnhaften Bildern erzählte der Film von einem Irren, der einen Schlafwandler zum Morden schickte, um später zu behaupten, er wäre kein Wahnsinniger, sondern ein Irrenarzt. Dr. Caligari, Dr. Calinski, Dr. Caligari, Dr. Calinski … Am Ende des Films waren es nur noch diese beiden Namen, die in Gretas Kopf herumwirbelten, und die Fratzen des zotteligen Caligari und des kantigen, zerfurchten Calinski. Waren es Calinskis Dämonen, die in ihr lauerten und immer wieder von ihr Besitz ergriffen, ihren Willen manipulierten und sie zu Taten verleiteten, an die sie sich später nicht erinnern konnte? Hatte dieser Film ihr die Augen geöffnet und ihr gezeigt, wem sie ausgeliefert war, und dass sie gar keine Chance hatte, sich jemals zu befreien?

Als das Licht der Kristalllüster langsam aufflammte, war sie unfähig aufzustehen. Sie starrte auf die Stuhlreihen, die Augen noch immer weit aufgerissen, sah anonyme Schatten, die den Ausgängen zustrebten, und spürte eine grauenhafte Angst vor dem Weg hinaus auf die Straße und ins Menschengewimmel. Ich will nicht, dachte sie, ich kann nicht. Wieso ist es nicht möglich, einfach zu verschwinden? Wieso kann ich jetzt nicht einfach tot sein? Oder will er genau das, dieser

Dämon – dass ich sterbe? Weil ich mich nicht fügen will? Weil ich zu nichts tauge? Hier, jetzt, auf der Stelle? Ich bekomme keine Luft mehr! Mein Herz zerspringt! Hat er jetzt gewonnen? Aber warum denn nur? Ich bin doch böse, will er denn nicht, dass ich böse bin?

Sie atmete flach und schnell. Sie schnappte nach Luft, aber die Luft wollte sich nicht schnappen lassen. Im Saal herrschte auf einmal ein Vakuum, das ihr den Atem raubte.

Ein Schatten tauchte neben ihr auf, beugte sich über sie, eine Hand näherte sich, berührte sie an der Schulter. Sie schrie auf, als hätte jemand sie mit einem Messer durchbohrt, hoffte schon, dass dies die Erlösung war – und starrte in ein bekanntes Gesicht.

Es war alles Intuition, auch wenn es einfach so geschehen ist, entschied Weber. Denn mit der Behauptung, Logik und Strategie wären im Spiel gewesen, würde er sich nur lächerlich machen. Aber Kriminalisten waren keine Wissenschaftler, sondern Praktiker, Intuition war erlaubt. Den Zufall verantwortlich zu machen wäre genauso mystisch, wie sich auf die Vorsehung zu berufen. Beides hatte mit der Praxis nichts zu tun. Blieb also die Intuition.

Die Intuition hatte ihn ins Kino geführt. Es war nicht der Drang zur Zerstreuung gewesen. Schon gar nicht die Flucht vor dieser Frau, die ihm eine Welt der Sinnlichkeit eröffnet hatte, vor der er zurückgeschreckt war wie ein Schuljunge. Wie ein Backfisch war er ins Kintopp geflüchtet, um seine Ängste und Sehnsüchte stellvertretend von anderen durchleben zu lassen.

Und ausgerechnet diese peinliche Flucht ins Land der billigen Illusionen hatte ihm seinen Fahndungserfolg beschert. Wie gut, dass er sie gefunden hatte und nicht ein Kriminaler vom Kaliber Recknagel oder Kunath. Die wären grob mit ihr umgesprungen. Wo doch Mitgefühl angebracht war.

Er hatte sie untergefasst und auf die andere Seite der Reeperbahn ins *Café Minerva* gezogen, fast schon getragen. Das Jugendstilcafé mit seinem eher bürgerlichen Publikum am Rande des Gewimmels der Nachtschwärmer und jenseits der blinkenden Leuchtreklamen und des hektischen Verkehrs kam ihm wie eine Insel der Ruhe vor. Ein vages Gefühl sagte ihm, dass es der falsche Schritt wäre, sie ins Stadthaus zu bringen und dort zu verhören.

Weber musterte die junge Frau, die in ihre heiße Schokolade starrte. Sie wirkte willenlos, apathisch. So wie man sich eine Geisteskranke eben vorstellte. Was sollte er jetzt mit ihr anfangen? Sie redete nicht. Und wer nicht redete, war für die Polizei als Zeuge nutzlos. Es sei denn, die betreffende Person gab auf andere Weise relevante Informationen preis.

Weber griff in die Tasche seines Jacketts und zog das Medaillon hervor. Hielt es ihr vors Gesicht und ließ es hin und her pendeln. Sie schrie auf und riss es ihm aus der Hand. Ein zorniger Blick, dann starrte sie wieder in ihre dampfende Tasse. Er griff nach seiner Schokolade und nahm einen Schluck.

»Es tut mir leid, dass ich Ihnen dieses wertvolle Stück weggenommen habe. Ich ahnte ja nicht ... Es war ohnehin eine eigenartige Situation. Nicht sehr schmeichelhaft für mich, das gebe ich zu.«

Sie reagierte nicht. Die zierliche Faust, die das Medaillon umklammerte, war unter dem Tisch verschwunden.

»Wie gesagt, ich ahnte nichts. Aber im Nachhinein ist es gut so. Denn ich fand den Schlüssel zu Ihrem Schicksal. Ich weiß jetzt, warum Sie hier sind. Ich war in Magdeburg. Ich weiß von Friederike.«

Ihre Augen blitzten auf. »Still! Schweigen Sie!«

»Das kann ich nicht. Es ist meine Aufgabe, Licht in die Schatten zu bringen.«

»Wenn ich jetzt aufstehe und gehe ...«

»Das lasse ich nicht zu.«

»Dann ist alles aus«, hauchte sie. »Dann ist es für immer verloren.«

Sie zog ihre Hände unter der Tischplatte hervor und hob sie an. Geballte Fäuste, in der rechten war noch immer das Medaillon. Sie streckte sie ihm entgegen. »Ich werde Buße tun, wenn Sie es verlangen. Aber das Zuchthaus wäre mir lieber als die Anstalt. Unter Irren zu leben ist grauenhaft.«

Er schaute sie an. Sie wich seinem Blick aus, hielt ihm noch immer ihre zierlichen Fäuste hin. Die Situation wirkte theatralisch. Weber sah sich hastig um. Die Oberkellnerin, eine ältere Dame mit zugeknöpfter Bluse, hohem Kragen und strenger Frisur, warf ihm einen kritischen Blick zu. Prostituierte waren hier geduldet, aber nicht, wenn sie ihrer Arbeit nachgingen.

»Lassen Sie das«, sagte er. »Ich will Ihnen doch keine Handschellen anlegen.«

»Nein? Es wäre nicht das erste Mal.« Sie lachte abfällig, blickte nicht auf. Die Pose einer Büßerin, dachte Weber, vielleicht ist das kein so schlechter Ausgangspunkt.

»Nehmen Sie die Hände herunter.«

Die Fäuste verschwanden wieder unter dem Tisch.

»Ich will Ihnen helfen.«

Sie lachte hämisch. »Das hat der Arzt auch gesagt, dieser Dr. Caligari. ›Ich will dir helfen, du sollst wieder gesund werden. Ich kenne den Weg zu deiner Gesundung.‹ Aber ich bin nicht krank!«

»Dr. Caligari?«

»Caligari oder Calinski, die sind doch alle gleich. Vielleicht steckt das Irresein ja an, und alle Irrenärzte sind selber krank. Aber ich nicht, verstehen Sie? Ich bin nicht krank!«

»Leise! Bitte schreien Sie doch nicht so.«

»Warum denn nicht? Haben Sie Angst, jemand ruft die Polizei?« Wieder das hämische Lachen. Sie warf den Kopf zurück und schrie: »Polizei, Polizei! Hilfe! Jemand will mir helfen. Hilfe!«

Fast alle Anwesenden drehten sich zu ihnen um.

Die Oberkellnerin eilte an ihren Tisch. »Hören Sie«, sagte sie zu Weber, »das geht nicht. Sie belästigen die anderen Gäste.«

Weber zog seine Polizeimarke hervor. »Keine Sorge, wir gehen.«

»Ich bitte darum, Herr Wachtmeister.«

Greta starrte die Kellnerin böse an. So lange, bis diese sich abwandte. Dann versuchte sie, Weber mit ihrem durchdringenden Blick zu verunsichern.

»Gut eingeübt«, sagte der ungerührt und deutete auf ihre Tasse. »Trink deine Schokolade, Sieglinde.«

»Ich heiße Greta.«

»Trink deine Schokolade, Greta.«

Sie nahm die Tasse mit beiden Händen und trank sie aus. Wischte sich mit dem Handrücken den sahnigen Schaum von der Oberlippe. »Und jetzt?«

Weber überlegte. Eine merkwürdige Idee kam ihm. Ich fange an zu spinnen, dachte er, vielleicht wegen dieses schaurigen Films. Aber wer weiß. Wenn ich nicht so ein Spinner wäre, der ständig auf Abwege gerät, säßen wir jetzt nicht hier.

»Wo wohnst du denn?«

»Bei Frau Möhl, bis die Polizei mich verjagt hat.«

»Aber das Zimmer hast du noch?«

»Ja, eigentlich schon.«

»Gibt es da ein Sofa?«

Sie verzog das Gesicht. »Machen Sie Witze? Es ist eine Dachkammer. Aber falls Ihnen das gefällt ...«

»Aber ein Bett hast du schon?«

Sie war verunsichert, schaute rechts und links an ihm vorbei. Er konnte ihre Gedanken erraten: Soll ich mich verkaufen, wenn er mich dann gehenlässt? Ist es das wert?

»Darum geht es nicht«, sagte er.

Sie verzog abfällig das Gesicht. Hatte sich entschieden. War bereit, durch die Hölle zu gehen. Der finstere, entschlossene Blick, der jetzt erschien, war nicht eingeübt.

»Wir brauchen einen ruhigen Ort, um uns zu unterhalten.«

»Na klar«, sagte sie. »Also los.« Sie stand auf und stolzierte im nachlässig lasziven Gang einer Straßendirne vor ihm her zur Tür.

Weber legte einige Geldscheine auf den Tisch, warf der Oberkellnerin einen Abschiedsgruß zu und erntete nur ein missbilligendes Kopfschütteln. Egal, dachte er, jetzt gilt es. Er fasste Greta unter und forderte sie auf, ihm den Weg zu zeigen.

Frau Möhl öffnete die Tür und fing sogleich an zu protestieren: »Nein, Fräulein Wehmann, dat geiht nich!«

Weber zog seine Dienstmarke.

»Oh ... ach so, nun ... aber ... Bitte, dann kommen Sie herein.«

Weber stieg hinter Greta die steile Treppe hinauf in die Dachkammer und war mit einem Mal nervös. Wird es denn gehen?, fragte er sich. Was ist, wenn es nicht funktioniert? Was ist, wenn sie nachher Geschichten erzählt? Ein Stück weit überantworte ich mich ihr. Einer jungen Frau, die als verrückt gilt. Und stell dir vor, du erzählst es einem Kollegen. Sie werden dich auch für verrückt halten. Aber wenn das wahr ist, was in diesem Buch steht, dann haben wir eine Chance. Wir beide.

Greta schob die Tür auf und machte eine einladende Handbewegung, hob den Rock ein wenig und vollführte einen Knicks.

Oje, dachte Weber, wie ärmlich, die lebt ja schon in einer Zelle. Nicht mal ein richtiges Bett.

»Leg dich da drauf.«

Greta nickte folgsam und begann, den Mantel auszuziehen.

»Halt, nicht! Es ist doch viel zu kalt. Lass ihn lieber an.«

Greta schaute ihn verwirrt an.

Weber schob die Pritsche gegen die Wand, rollte die Decke zusammen. Das Kissen legte er leicht erhöht ans Kopfende.

»Stell dir vor, es ist ein Sofa«, sagte er.

»Ich soll mich auf ein Sofa legen?«

»Ja.«

»Sie tun mir aber nicht weh.«

»Nein, bestimmt nicht.«

Er schaltete die Lampe ein, die auf einer Kiste stand, die als Nachttischchen diente, und löschte dann das Deckenlicht.

Sie legte sich hin, öffnete den Mantel, zog ihren Rock ein Stück hoch, so dass die Oberschenkel zu sehen waren, und spreizte leicht die Beine.

»Nein, nicht so«, sagte Weber. Er trat zu ihr, schob ihre Beine zusammen, zog den Rock nach unten, knöpfte den Mantel zu und nahm ihre Hände, um sie auf ihrem Bauch übereinanderzulegen. Sie starrte ihn dabei an wie ein kleines

Kind, das neugierig ist, aber Angst hat, was als Nächstes kommt.

»Bleib so liegen.«

»Und was machen Sie?«, fragte sie zaghaft.

»Ich setze mich hier hin.« Er griff nach dem Schemel, stellte ihn ans Kopfende und setzte sich so hin, dass sie ihn nicht sehen konnte.

Erstaunt versuchte sie, ihn anzusehen.

»Nicht den Kopf verdrehen. Schau einfach geradeaus oder zur Seite. Versuch dich zu entspannen.«

»Und was tun Sie jetzt?«

»Ich sitze hier und stelle dir Fragen. Und du antwortest oder auch nicht. Erzählst mir, was dir durch den Kopf geht.«

»Das ist doch …«

»Wir könnten zum Beispiel über das sprechen, was in Magdeburg passiert ist.«

»Das will ich nicht.«

»Dann über etwas anderes. Wo bist du zur Schule gegangen?«

»Meine Schule …?«

Sie fing an zu erzählen, und Weber fragte hin und wieder etwas. Es funktionierte genau so, wie es in dem Buch beschrieben worden war, das er im dem Rucksack eines gefallenen Kameraden gefunden hatte. Er hatte es gelesen während der endlos langen Tage im Schützengraben. So wie er alles gelesen hatte, was er in die Finger bekommen hatte. Normalerweise hätte er sich für ein Werk zum Thema Psychoanalyse und für die Wissenschaft des Dr. Freud bestimmt nicht interessiert. Doch nun stellte sich heraus, dass die Methoden, die darin beschrieben wurden, ihm halfen, eine vermeintliche Mörderin und angebliche Irre zum Sprechen zu bringen. Indem er nicht nach ihrer Schuld fragte, sondern nach dem, was sie erlebt hatte, und was die Ursache für ihre Flucht war, falls es sich überhaupt um eine Flucht handelte.

Während die Nacht voranschritt, erzählte sie ihm ihr Leben. Ein ganz normales, wohlbehütetes Leben in bürgerlichen Verhältnissen, mit ganz normalen Sorgen und Nöten, die kaum der Rede wert waren. Liebende Eltern, die nicht immer alles verstanden, ein wenig zu streng waren und ihr allzu viele Vorschriften machten, über die sie sich gern auch mal hinwegsetzte. Ein Vater, den sie bewunderte, eine Mutter, die ihr manchmal die Luft zum Atmen nahm. Und eine beste Freundin zum Pferdestehlen, mit der sie lachen und weinen und Wagnisse eingehen konnte, der sie fast alles anvertraute und die ihr fast alles erzählte.

Bis zu dem Tag, an dem ein gutaussehender junger Mann aufgetaucht war, der es verstanden hatte, Komplimente zu machen und Verständnis zu heucheln. Max Klant. Er wusste, wie man einem Mädchen einredete, man wollte seine Träume erfüllen. Er wusste, wie man sie dazu brachte, die Liaison geheim zu halten. Er wusste, wie man zu einer naiven Romantikerin von der Liebe sprechen musste. Und er wusste, wie man so eine ins Bett bekam. Außerdem wusste er, wie man sich ein Heiratsversprechen erschlich, wie man die Eltern um den Finger wickelte und wie man unter falscher Identität heiratete – das hatte er schon mehrfach getan und sich mit der Mitgift davongestohlen.

Leider fanden sie all das zu spät heraus, holten erst Erkundigungen über ihn ein, nachdem er sich zurückgezogen hatte. Das Kind nämlich, das Friederike auf einmal im Bauch trug, das gehörte nicht zu seinem Plan. Da war er plötzlich weg, ließ sich verleugnen, kannte die vorher so innig Verehrte nicht mehr. Kein Betteln und keine Drohungen halfen.

Friederikes Eltern ins Vertrauen zu ziehen war sowieso völlig unmöglich.

Die fanden natürlich irgendwann heraus, dass etwas mit ihrer Tochter nicht stimmte und was da nicht stimmte. Wollten auch gar nichts von dem betrügerischen Verführer wissen, sondern entschieden über Friederikes Kopf hinweg, dass »der Bastard« sofort nach der Geburt weggegeben werden sollte. Für die Eltern war das Kind, das da kommen würde, nur ein lästiges Ding, dessen man sich so schnell wie möglich entledigen musste. Dafür war ihnen kein Betrag zu hoch, keine Idee zu verstiegen. Nur weg damit, ins Ausland am besten, auf Nimmerwiedersehen.

Eine Gerlinde Hofstedt bot ihre Dienste an. Eine erfahrene Frau, von Beruf Hebamme. Sie würde das Kind zur Welt bringen und es weit weg geben, wenn möglich ins Ausland. Sie kassierte schon mal die Vermittlungsgebühren. Dass die Hofstedt mit dem Klant unter einer Decke steckte, war zunächst niemandem bekannt.

Aber Friederike wollte das Kind behalten. Es war die Frucht einer tragischen Liebe, aber sie hatte geliebt. Ja, sie liebte diesen schändlichen Betrüger, diesen gemeinen Schurken immer noch. Und das Kind war für sie das Zeugnis, dass es wahre Liebe gewesen war.

Ihre Freundin Sieglinde musste ihr schwören, bei der Geburt zu helfen. Anschließend wollten beide losziehen und irgendwo, wo niemand sie kannte, ein neues Leben beginnen. Ihre Sparkonten hatten sie geplündert, all ihre wertvollen Dinge verkauft. Sie hatten Bücher gelesen über Geburtshilfe und sich eine medizinische Ausrüstung besorgt. Sie wussten alles über das Gebären, sie waren Expertinnen geworden, und sie waren der festen Überzeugung, dass die Natur ihnen beistehen würde. Denn das hatte man ihnen in der Schule beigebracht: Die Natur fand immer einen Weg, solange alles natürlich blieb. Der natürliche Mensch bewältigte natürliche Probleme, ohne dass Mediziner und Krankenhäuser nötig waren.

Eine Hütte im Wald, eine Bettstatt aus Stroh und sauberem Leinen, Tücher, abgekochtes Wasser, eine Geburtszange, falls es Schwierigkeiten geben würde. Sie hatten an alles gedacht. Nur daran nicht, dass das Kind nicht kommen wollte. Die Natur spielte nicht mit. Das Kind lag quer oder hatte sich gar nicht erst umgedreht, es ging nicht, weder mit Pressen noch mit der Zange, noch mit einer der vielen anderen Methoden, die sie probierten – so lange, bis Friederike vor Schmerzen aufheulte und brüllte und Sieglinde nicht mehr ein noch aus wusste. Bis alles in einem Alptraum endete, weil beide nicht mehr denken konnten, nachdem sie viele endlose Stunden bis zur totalen Erschöpfung um ein neues Leben gekämpft hatten.

Und dann sah Friederike nur noch eine Lösung, um ihr Kind zu retten, denn dass es gerettet werden musste, stand absolut außer Frage. Es war ihre allerletzte Möglichkeit, hier, weitab von anderen Menschen. Sie konnten nicht mehr weg. Friederike blutete immer stärker, schrie immer verzweifelter, verlor das Bewusstsein, kam wieder zu sich, weinte ein letztes Mal mit ihrer Freundin und entschied dann, schon im Wahn: »Du musst es rausschneiden! Du weißt doch, wie es geht! Du musst schneiden!« Und Sieglinde konnte nicht. Aber Rieke schrie und bettelte und brüllte vor Schmerz und verlangte, dass das neue Leben leben durfte, dass sie sich opfern durfte. Jetzt! Sofort! »Schnitt, Schnitt! – Schnitt, Schnitt!« Und als nur noch das Allerschlimmste denkbar war, als das Schicksal längst entschieden hatte, nahm Sieglinde das Messer und machte den Schnitt.

Sie machte ihn gut, zog das Kind heraus, legte es aufs saubere Tuch, kappte die Nabelschnur und gab der Kleinen einen Klaps, damit sie schrie. Sie sagte zu Rieke: »Es lebt! Ein Mädchen.« Rieke sagte mit schmerzverzerrtem Gesicht: »Gut. Sie heißt Anna.« Und wurde bewusstlos.

Sieglinde schlug das Kleine in Tücher ein und legte es neben ihre Freundin. Aber die blutete. Immer stärker. Und der Schnitt schien immer größer zu werden, was gar nicht sein konnte, doch immer mehr Blut quoll hervor, die Blutung ließ sich nicht stillen, die vielen mitgebrachten Tücher reichten gar nicht aus, sie verfärbten sich alle tiefrot und halfen nicht. Irgendwann schlug Rieke die Augen auf, aber sie wurden immer glasiger, während Sieglinde sie anschrie, sie dürfe die Augen nicht schließen, sie müsse dableiben. Die Augen fielen zu, und kurz darauf brach Sieglinde erschöpft zusammen.

Als sie im Morgengrauen erwachte, war Rieke nur noch ein totes Ding, das nutzlos dalag. Trotzdem trällerten draußen die Vögel, als wäre nichts geschehen. Und das winzige Kind weinte mit seiner leisen, quäkenden Stimme, zum Gotterbarmen. Sieglinde nahm es und ging los, fand einen Bauernhof, erzählte eine Lügengeschichte, ließ sich Milch abkochen und gab sie der Kleinen. Und erreichte auf ihrem planlosen Weg eine Kapelle, in der Nähe einer Landstraße.

Sie trat ein in dem dringenden Bedürfnis, das Kind zu taufen, damit es nicht, falls jetzt alles schiefginge, mit der Erbsünde belastet sterben müsste und in die ewige Verdammnis fiele. Es war ja schon unter bösen Vorzeichen zur Welt gekommen, weshalb seine Seele umso gefährdeter war. Und Gott, das wusste man doch aus den vielen Geschichten in der Bibel, war nur manchmal lieb und oft auch böse, wenn man seine Gesetze missachtete.

Im Weihwasserbecken war Wasser, damit konnte sie das

Kind gleichzeitig waschen und taufen. Auf den Namen Anna, wie Rieke es gewünscht hatte. Als dies vollbracht war, keimte in Sieglinde die Hoffnung auf, dass zumindest für die Kleine alles gut werden würde. Aber sie hatte nicht an den unberechenbaren Gott gedacht, dessen Wege unergründlich waren.

Gerade im dem Augenblick, als sie mit dem getauften Kind aus der Kapelle trat, hielt ein Automobil auf der Landstraße an. Eine Frau und ein Mann stiegen aus, deuteten in ihre Richtung und kamen auf sie zu. Hatten sie endlich gefunden, nach langer Suche, wunderten sich nur kurz, wo Rieke war, hatten es dann aber eilig, rissen ihr das Kind aus den Händen und rannten zum Wagen zurück. Fuhren mit Anna davon. Max Klant und Gerlinde Hofstedt, das Verbrecherpärchen, die in den schweren Zeiten nicht auf das Geld verzichten wollten, das sie mit dem Verkauf eines Neugeborenen verdienen konnten.

Ein Landmann fand die blutbefleckte Sieglinde nahe der Kapelle apathisch am Straßenrand sitzend und alarmierte die Gendarmerie. Man brachte sie nach Hause. Dann wurde Friederikes Leiche gefunden. Nun war Sieglinde eine Mörderin. Nach dem Kind fragte niemand. Wie gut, dass es verschwunden war! Jetzt konnten alle so tun, als hätte es die kleine Anna nie gegeben. Nur die Mörderin sprach ständig von ihr. Aber wer von etwas spricht, das nicht da ist, weil es nicht da sein darf, ist irre. Und kommt in eine Anstalt. Wird als krank deklariert. Das machte sich besser, als im Gefängnis zu sitzen, jedenfalls für die Familie.

»Aber ich bin nicht krank. Vielleicht ist Sieglinde Meyerhoff krank, aber die bin ich nicht mehr. Jetzt bin ich Greta Wehmann, und ich bin nicht krank. Ich habe mir etwas vorgenommen. Ich werde Anna wiederfinden …«

Von unten her drang ein lautes Klopfen herauf, eher ein wildes Pochen, jemand schlug mit der Faust gegen die Haustür. Weber stand auf. Er war leicht benommen, nachdem er Gretas langer Erzählung zugehört hatte.

Greta lag noch immer so auf der Pritsche wie zu Anfang, hatte sich kaum bewegt, nur ihre Hände hatten kleine Gesten vollführt.

Jetzt hörte man Frau Möhl an der Tür: »Was ist denn da los? Was soll der Lärm! Mitten in der Nacht!«

»Aufmachen! Sonst trete ich die Tür ein!«, brüllte eine Männerstimme.

»Was wollen Sie denn?«

»Aufmachen, Polizei!«

Greta seufzte.

»Keine Sorge«, sagte Weber. »Ich bin ja hier.«

Unten ging die Tür auf.

»He, Sie! Na, hören Sie mal«, rief Frau Möhl aus.

Schwere Schritte stampften die Treppe herauf. Die Tür wurde aufgestoßen. Ein Kerl in Matrosenkluft, mit Elbsegler auf dem blonden Schopf, drängte herein. Die Türöffnung schien zu klein für ihn zu sein.

»Ach, Carl«, sagte Greta mit tonloser Stimme.

Weber war völlig überrascht, trat dem Eindringling entgegen, sah, wie dieser die Fäuste hob, griff nach seiner Pistole, zerrte am Halfter, und musste gleichzeitig einen Arm heben, um den ersten Schlag abzuwehren. Dann hatte er die Waffe in der Hand und rief: »Zurück! Polizei! Hände hoch oder ich schieße!«

Aber es gelang ihm nicht, die Pistole in Anschlag zu bringen. Er konnte den Arm nicht heben. Greta umklammerte sein Handgelenk.

»Lass das!«, rief Weber zornig aus.

»Du verdammter Hurenbock, du Schwein!«, schrie Jensen.

»Nein, Carl, nicht!«, rief Greta.

Aber da sauste die Faust des Matrosen schon hernieder und traf Weber an der Schläfe. Er taumelte. Eine zweite Faust wurde in seinen Magen gerammt. Dann ein Haken von unten direkt gegen das Kinn, und Weber wurde nach hinten geschleudert, stürzte mit dem Rücken auf den Schemel, prallte mit dem Kopf gegen die Pritsche und landete laut polternd wie ein Sack Kartoffeln auf dem Boden, wo er bewusstlos liegen blieb.

Das Letzte, was Weber hörte, war die Feststellung: »Der schon wieder, verdammt.« Und die Frage: »Hat er dir weh getan, Schnitterin?«

Und zur Hälfte Gretas Antwort: »Aber nein, Carl, der ist doch Polizist.«

Etwas später, weit entfernt, einen Schrei.

Dreizehntes Kapitel:

ALRAUNE

Sie konnte nichts sehen, sie konnte sich nicht bewegen, sie konnte nicht sprechen. Nur hören. Zuhören. Denken. Einen Ausweg suchen.

Aber wie sollte man einen Ausweg finden, wenn man gefesselt und geknebelt war und die Augen verbunden hatte?

»Dich totstellen, das ist das Beste, was du tun kannst, wenn du hilflos dem Feind ausgeliefert bist.« Das hatte ihr Vater mal zu später Stunde beim Abendessen im Familienkreis erklärt, als er vom Wein melancholisch geworden war. Als kurz die Kriegserinnerungen hochkamen, ehe sie gleich darauf von patriotischen Beteuerungen relativiert wurden. Ein deutscher Offizier kannte keine Angst, ein deutscher Offizier schaute dem Gegner in die Augen, ein deutscher Offizier stellte sich nicht tot.

Aber ein deutsches Mädchen durfte sich totstellen, wenn es auf dem Schlachtfeld des Lebens dem Feind in die Hände gefallen war. Nur, wer war der Feind? Jemand, der Zigarre rauchte? Jedenfalls roch es ganz ekelerregend nach kalten Tabakschwaden.

Was war eigentlich geschehen?

Es fiel ihr schwer, an das zu denken, was unmittelbar hinter ihr lag. Eine Nacht auf einem Sofa? Ein Gespräch mit einem Mann? Einem Priester? Hatte sie gebeichtet oder gestanden? Es war gar kein Sofa gewesen, sondern die Pritsche in ihrer Dachkammer. Und der Mann war Polizist gewesen. Und dann diese dumme Geschichte, als Carl hereinkam, um sie zu befreien. Woher sollte der auch wissen, dass dieser Mann ein Polizist war? Einer, der es angeblich gut mit ihr meinte. Er hätte fragen können. Aber so wie Carl nun mal war, hatte er gleich zugeschlagen. Dabei hatte sie sich doch schon in ihr Schicksal gefügt. Vielleicht war das ja der Trick dieses Polizisten gewesen, ihr vorzugaukeln, dass er sie verstand und sie schützen wollte. In Wahrheit wollte er sie bestimmt der Staatsgewalt ausliefern, denn was war schon ein Polizist? Doch nichts weiter als ein Diener der Justiz. Und die Justiz hatte ihr bislang übel mitgespielt. Dieser Polizist, hatte der sie nicht auch wie eine Kranke behandelt? Aufs Bett gelegt und den Arzt gespielt? Gut, dass Carl gekommen war. Aber wo war er jetzt?

Er hatte auf dem Boden gelegen. Das war das Letzte, was sie gesehen hatte. Carl war zusammengebrochen. Draußen in der Gasse, als sie um die Ecke gebogen waren. Er war einfach zusammengebrochen. Und sie hatte geschrien. Dann hatte sich eine Hand über ihren Mund gelegt, und ein stechender Geruch war in ihre Nase gedrungen. Ihr war es vorgekommen, als würde sie schweben oder unter Wasser dahintreiben, und dann hatten sie die Tentakel eines Oktopus umschlungen, und der hatte sie fortgetragen.

Jetzt lag sie hier. Glücklicherweise nicht unter Wasser, sondern auf etwas, das ein Bett sein könnte. Ohne Decke. Ihr war kalt.

Stimmen aus dem Nebenzimmer. Sie hatten versäumt, ihr die Ohren zuzustopfen. Sie konnte sie hören. Sie stritten. Schrien sich an, waren uneins. Hatten vergessen, die Tür richtig zu schließen. Waren so dumm, sie lauschen zu lassen. Sie machten Fehler. Das war gut. Eine Frau und ein Mann.

Stimmen, durchtränkt von Gemeinheit und Niedertracht. Verschlagen zischelndes Schlangengezücht, sündiges Gewürm!

»Ich hätte ihn erwürgen sollen!«

»Rede keinen Unsinn. Was sollen wir mit einem Toten in der Nähe? Das hätte uns nur in Gefahr gebracht.«

»Was, wenn er etwas gesehen hat? Wenn er uns verraten kann?«

»Ach was! Sie ist es, die uns verraten kann. Diese kleine Schlampe, die uns nachstellt. Er doch nicht. Hat er uns jemals vorher gesehen? Nein. Du hast ihn von hinten erwischt. Also hat er uns auch in diesem Moment nicht bemerkt. Dieser Matrose weiß nichts. Er war sowieso sturzbetrunken.«

Trotz ihrer schrecklichen Lage war Greta erleichtert, als sie das hörte. Was für ein Glück! Carl war in Sicherheit, sie hatten ihn verschont. Sie hätte den Gedanken nicht ertragen, dass er sich für sie hätte opfern müssen.

»Ich hatte ihn an der Kehle, hätte ihn erledigt, wenn du nicht ...«

»Dummkopf! Damit uns die Polizei auf die Pelle rückt?«

»Ich bin es leid, dass du mir immer sagst, was ich tun soll!«

Das sagte der Mann, Max Klant, und für Greta klang es so, als würde ein kleiner Junge weinerlich trotzig mit seiner Mutter streiten. Was war das doch für ein armseliger Wicht!

»Hast du einen Nachteil davon? Hast du jemals einen Nachteil davon gehabt, dass du mich kennst, Max?«

»Ich weiß nicht ...«

»All die Frauen und Mädchen, du genießt es doch!«

»Du nimmst mir die Luft zum Atmen!«

»Wir haben immer geteilt, immer.«

»Das ist es nicht, Gerlinde. Du erstickst mich.«

»Dann geh doch! Warum gehst du nicht? Ich kann auch

ohne dich. Wenn ich Paula wieder zur Vernunft gebracht habe, kann ich auch ohne dich.«

Diese Teufelin, dachte Greta, sie hat sie allesamt in ihrer Gewalt. Wie konnte ein Mensch nur so viel Macht über andere haben?

»Gerlinde!«

»Ich lasse dich gehen. Warum auch nicht? Wenn diese Geschichte ausgestanden ist, lasse ich dich gehen.«

»Du willst mich nur wieder gängeln.«

»Nein. Bitte, die Geschäfte gehen auch ohne dich. Aber wenn du willst, kannst du mir ein Abschiedsgeschenk machen.«

»Was denn?«

»Wenn die Kleine da drin ein Kind bekäme, das wäre doch einiges wert. Den Erfolg, den wir zuletzt hatten ... warum sollten wir den nicht wiederholen? Die Sehnsucht macht die Menschen freigebig. Wir verkaufen es wie das andere ...«

Ein Kind verkaufen? Um Himmels willen. Daher hatte Paula also diese absonderliche Idee. Überhaupt schien es, als hätte Paula all ihre bösen Eigenschaften von Gerlinde Hofstedt geerbt. War es denn wirklich so, dass sich das Böse vererbte und mit den Nachkommen in der Welt verbreitete? Doch, so stand es auch in der Bibel, aber ...

»Woher soll die denn ein Kind bekommen?«

»Du weißt doch, wie das geht, Max. Und ich bin Hebamme.«

Als Greta realisierte, was damit gemeint war, traf es sie wie ein Peitschenhieb. Sie bäumte sich auf. Nein, nur das nicht!

»Ich soll dir als Zuchtbulle dienen? Das ist ja widerlich!«

»Bei der kleinen Friederike hat's doch auch funktioniert.«

Diese ekelhaften Kreaturen wollten das gleiche Verbrechen, das sie an Friederike begangen hatten, auch an ihr verüben! Wie tief konnten Menschen denn sinken?

»Aber das war doch … nicht … geplant.«

»Geplant war, die Mitgift zu holen, aber dann … Nun, froh warst du schon, dass ich Erfahrung hatte, wie man Kinder weitergibt. Und das von der Paula …«

»Hast du sie etwa dazu gebracht, mich …«

»Zugeredet schon.«

»Das … das ist ja abscheulich. Was tust du nur mit mir?«

»Ich helfe dir, und du hilfst mir. Mehr ist es nicht, Max. Nur Fürsorge. Für dich. Aber wenn du nicht mehr magst …«

»Gerlinde!«

»Beseitigen müssen wir die da drinnen sowieso. Warum nicht vorher von ihr profitieren? Neun Monate sind schnell vergangen. Das Balg von Paula ist schon so gut wie verkauft, wir haben also fürs Erste genug Geld.«

Dieser Abschaum. Warum gingen sie sich nicht gegenseitig an die Gurgel? Warum brachten sie einander nicht um?

»Ich kann das nicht!«

»Was dann? Willst du sie gleich töten? Dann tu's jetzt, Max.«

»Kaltblütig, einfach so?«

»Ich weiß, wie viel Morphium man braucht, und es ist genügend da.«

Sie verhandelten über ihren Tod wie Kinder, die sich um einen Zuckerstein stritten. Wenn es eine Hölle gab, konnte es dort noch schlimmer sein? Und wenn es Teufel gab, konnten die noch gemeiner reden und handeln? Greta zerrte an ihren Fesseln, aber es nützte nichts.

»Nein!«

»Gut, Max, ich kann mich also auf dich verlassen. Komm her zu mir. Komm!«

Ein Stuhl wurde zurückgeschoben.

»Setz dich auf meinen Schoß, Maxi.«

Ein Stuhl knarrte leise. Ein Schluchzen ertönte. Es klang eigenartig, wenn ein Mann weinte.

»Na, na, das wird schon wieder«, sagte das böse Weib.

Der Kerl lag um die Ecke in einer halbgefrorenen Pfütze in einem Durchgang zwischen zwei Backsteinhäusern. Reiner Zufall, dass Weber ihn bemerkte. Er lag da ganz ordentlich, die Hände auf die Brust gelegt, mit dem Elbsegler darüber. Das Licht einer Funzel an der Hausecke beleuchtete ihn schwach bis zur Brust. Unter der Cabanjacke war der geringelte Matrosenpullover mit dem Rollkragen zu sehen. Was soll das denn jetzt?, fragte Weber sich irritiert. Der hat mich doch überfallen. Wieso liegt er jetzt hier herum und schnarcht?

Er trat ihm gegen die Schuhsohle. Der Mann regte sich nicht. Weber hätte nicht übel Lust gehabt, ihm richtig in die Seite zu treten, so dass es weh tat. Aber so was machte ein anständiger Polizist nicht, auch wenn der Kerl, der vor ihm lag, für die pochenden Kopfschmerzen und die Beule an seinem Schädel verantwortlich war.

Weber trat noch mal gegen beide Stiefelsohlen: »He, Sie! Aufwachen!«

Zwei Arbeiter eilten im Gleichschritt Richtung Hafen, die Zampelbüdel über die Schulter geworfen, und schauten nur kurz zu ihnen. Ganz offensichtlich war es früher Morgen. Weber hatte sich nicht die Mühe gemacht, seine Taschenuhr aus der Hosentasche zu ziehen. Er war viel zu benommen, um sich für die Uhrzeit zu interessieren.

Er bückte sich, verspürte noch stärkere Schmerzen in seinem Kopf und stöhnte. Der andere schnarchte weiter. Mistkerl! Weber fasste ihn an den Füßen und zerrte ihn aus dem

Durchgang auf die Gasse. Der Elbsegler rutschte von der Brust des Schlafenden und fiel in die Pfütze.

»Nu komm, nu komm … ach lass man«, murmelte der Matrose.

Weber packte ihn an den Schultern und hob ihn hoch, zog ihn zum Rand der Gasse und lehnte ihn an eine Hauswand. Mühsam befreite er die Pistole aus dem Halfter, das unter Mantel und Jacke allzu gut verborgen war, und steckte sie in die Manteltasche. Dann verpasste er dem Kerl eine Ohrfeige. Und dann noch eine. Rache ist Blutwurst, dachte er. Zückte seine Polizeimarke und hielt sie dem Burschen vors Gesicht, als dieser die Augen aufschlug.

»Polizei!«, blaffte er ihn an. »Wo ist sie?«

»Jo«, sagte der Kerl und fing an, das Lied vom *Drunken Sailor* zu lallen.

Weber verpasste ihm zwei weitere Ohrfeigen.

»Wer sind Sie, und wo ist das Mädchen?«

»Ha!«

Weber rüttelte ihn. »Carl, stimmt's, so war der Vorname?«

»Na, wenn du mich kennst, was soll das dann?« Jensen schaute sich blinzelnd um. »Wieso verfolgst du mich?«

»Schluss mit dem Unsinn! Sie haben mich überfallen!«

»Lass die Finger von dem Mädchen. Wo ist sie überhaupt?« Jetzt kam Jensen erst richtig zu sich. »He! Was ist eigentlich los?« Er rieb sich mit der einen Hand den Hals, an dem rote Striemen zu sehen waren. »Wieso hast du mich gewürgt?«

»Das war ich nicht, Mann! Sie haben mich niedergeschlagen, und jetzt liegen Sie hier, und Greta ist weg. Wo ist sie?«

»Sie ist weg? Moment mal … das ist aber schlecht …« Jensen kniff die Augen zusammen und nahm Weber genauer in Augenschein. »Dass Sie mir aber auch immer wieder über den Weg laufen müssen.«

»Denken Sie nach, Mann!«

»Ja doch ... ein Mann und eine Frau ... standen plötzlich da. Der Kerl hatte einen Knüppel oder was, mindestens Eisen, wenn nicht Stahl ...« Jensen rieb sich den Kopf. »Und gewürgt hat er mich auch. Bis seine Alte ihn weggezerrt hat. Und Greta haben Sie mitgenommen.«

»Wohin?«

»Was weiß ich denn?«

»Ein Mann und eine Frau? Die Frau etwas älter, der Mann jünger?«

»Jo.«

»Stehen Sie auf, und kommen Sie mit!«, kommandierte Weber.

»Wohin denn?« Jensen rappelte sich mühsam hoch und musste sich an der Wand abstützen, nachdem er seinen Elbsegler aus der Pfütze gefischt hatte. Er setzte ihn nachlässig auf, und zwei Wassertropfen rollten über seine Stirn.

»Wir holen Greta«, sagte Weber.

»Das ist gut«, sagte Jensen. »Das gefällt mir so an unseren Udels. Dass sie immer wissen, was getan werden muss. Bin ich jetzt Ihr Gefangener?«

»Das auch.« Weber packte ihn am Arm und zog ihn hinter sich her durch die Gasse bis auf den Platz, der von den schiefen Fachwerkhäusern gesäumt wurde. Zielstrebig ging er auf das schmale hohe Haus zu, das die anderen Gebäude überragte, und klopfte laut an die verschlossene Eingangstür.

Es dauerte eine Weile, bis sich oben im zweiten Stock links etwas regte. Ein Licht ging an, ein Fenster wurde aufgestoßen, der Kopf einer alten Frau erschien.

»Was ist denn das für ein Lärm?«

»Aufmachen, Polizei!«

»Also das passt mir aber gar nicht.«

»Kommen Sie runter, schließen Sie auf!«, brüllte Weber zornig und achtete gleichzeitig darauf, den leicht taumelnden Matrosen gut festzuhalten.

Die Tür ging auf, und eine Frau in Nachthemd, Puschen, mit übergeworfenem Mantel und hastig geknotetem Kopftuch stand vor ihnen. Weber hielt ihr die Polizeimarke unter die Nase. »Beiseitetreten!«

»Was ist denn nun schon wieder?«

Weber zerrte Jensen mit sich ins Haus und die Treppe hoch in den zweiten Stock. Die alte Frau stapfte nörgelnd hinter ihnen her.

Oben angekommen, baute die Alte sich hastig vor ihrer offenen Wohnungstür auf, als fürchtete sie, die Männer könnten dort eindringen, und schaute missbilligend zu, wie Weber die Klingel gegenüber betätigte.

Nichts tat sich.

Weber klingelte erneut, klopfte, wiederholte das Klopfen, rief im Kommandoton: »Polizei! Aufmachen! Sofort!«

Die Tür blieb zu.

Weber ließ Jensen los und drehte sich zu der Alten um: »Sie haben doch bestimmt einen Schlüssel.«

»Aber keine Erlaubnis«, sagte sie schmallippig.

»Na los doch, her mit dem Schlüssel«, verlangte Weber.

»Nein, ich wüsste nicht, warum«, entgegnete die Alte störrisch.

Jensen setzte sich grinsend auf die Treppe.

»Sie behindern die Arbeit der Polizei. Es ist Gefahr im Verzug!«

»Kann jeder sagen.«

»Ich muss sonst die Tür aufbrechen!«

»Dann werde ich mich aber beschweren.«

»Da drin wird vielleicht eine junge Frau gefangen gehalten.«

»Davon weiß ich nichts.«

»Herrgott noch mal. Sein Sie doch nicht so stur.«

Die Alte blickte ihn abweisend an.

Jensen stand auf und sagte zu der Alten: »Der Udel hat recht, es ist Gefahr im Verzug.«

»Wieso? Was wollen Sie denn jetzt?«

»Da ist eingebrochen worden«, sagte Jensen.

»Sie lügen ja.«

»Tu ich nicht«, sagte Jensen, drehte sich um, hob ein Bein und trat mit dem Stiefel gegen den Türgriff. Mit einem ohrenbetäubenden Krachen brach das Schloss aus dem Rahmen, und die Tür schwang auf.

»Einbruch und Gefahr im Verzug«, sagte Jensen und drohte der Alten mit der Faust. Die huschte in ihre Wohnung, schob die Tür zu und spähte ängstlich durch einen schmalen Spalt.

Inzwischen waren einige andere Wohnungstüren aufgegangen, und Stimmen hallten durchs Treppenhaus.

Jensen machte eine einladende Handbewegung. Weber schüttelte den Kopf und betrat die Wohnung. Jensen folgte ihm.

Sie durchkämmten alle Zimmer. Die Wohnung wurde eindeutig möbliert vermietet. In den niedrigen Räumen verliefen Balken unter der Decke. Die wenigen Lampen verströmten schwächliches, gelbes Licht. Biedere Tapete mit Streifen. Sofakissen mit aufgestickten Blümchen, in der Küche Wandbehänge mit Sinnsprüchen wie: »Was du heute kannst besorgen, das verschiebe nicht auf morgen«. Die Betten im Schlafzimmer waren gemacht, die Tischdecke im Wohnzimmer lag ordentlich ausgebreitet, die Vase mit den Trockenblumen stand genau in der Mitte. Kitschige Landschaftsbilder an den Wänden. Zeitungen auf einem Tischchen neben dem Lesesessel, ordentlich gefaltet.

Nirgendwo waren die Bewohner zu sehen, deren wenige Kleider und Habseligkeiten hier und da sorgfältig abgelegt oder hingestellt waren. Zwei Damenhüte an der Garderobe, eine weißer Schal über einem schon etwas abgetragenen Smoking auf einem Herrendiener, alles sehr unpersönlich. In den Schränken im Schlafzimmer und in der Vorratskammer keine Spur einer Gefangenen, auch nicht in der Toilette.

Jensen stand gebückt da, um sich nicht an den Deckenbalken zu stoßen, und grinste schief: »Ausgeflogen, da ist nichts zu machen.«

Weber fluchte leise vor sich hin.

Sie verließen die Wohnung. Und starrten in die neugierigen und empörten Gesichter der versammelten Nachbarschaft, größtenteils älterer Frauen. Dazwischen ein paar hagere Ehemänner.

»Und wer bezahlt mir den Schaden?«, fragte die Alte, die sich wieder aus ihrer Wohnung getraut hatte.

»Wenden Sie sich an die Polizeidirektion«, sagte Jensen, »die hat uns geschickt.« Er bahnte sich einen Weg durch die gaffenden alten Leute und stieg die Treppe hinunter. Weber folgte ihm.

»Herr Wachtmeister, Sie hinterlassen ein Werk der Zerstörung!«, rief die Besitzerin der Wohnung.

»Leimen Sie's wieder zusammen«, sagte Weber kurz angebunden.

Raunen und Tuscheln.

Als Weber aus dem Haus trat, sah er Jensen zielstrebig davoneilen. Er rannte ihm nach und hielt ihn fest.

»Was denn noch?«, fragte Jensen barsch.

»Greta«, sagte Weber bittend, »Ihnen liegt doch was an ihr, nicht wahr? Dann helfen Sie mir bitte.«

Jensen riss sich los. »Können Sie Ihre Türen nicht selbst eintreten?«

Schwere Schritte im Treppenhaus. Jemand kam ganz langsam herauf. Das Haus war hellhörig, man vernahm deutlich, wenn unten die Haustür aufging und einer eintrat. Sogar das Geräusch des quietschenden Schlosses und des sich drehenden Schlüssels war zu hören. Sie bildete sich das nicht ein. Wer blind ist, hört doppelt gut, hieß es doch.

Greta horchte auf alles. Zwischendurch fiel sie immer wieder in einen unruhigen Schlaf mit hässlichen Gaukelbildern und Alpträumen, die keinen Sinn ergaben. Besser sie blieb wach, dann musste sie nicht unter diesen schaurigen Visionen leiden. Aber wie sollte man wach bleiben, wenn man dalag, sich nicht regen konnte und die Augen verbunden waren? Das war schwer. Aber vielleicht die einzige Möglichkeit, einen Weg aus dieser Lage zu finden.

Eine dritte Stimme war nun zu hören. Die kratzige Stimme eines alten Mannes. Eines Mannes, der sich träge schlurfend vorwärtsbewegte. Der Gestank billiger Zigarren. Der Mann war der Grund, weshalb es hier so unangenehm roch. In jeder Ritze der Wohnung hing dieser widerliche Rauchgeruch.

»Seid ihr immer noch da?«, sagte die kratzige Stimme.

Greta hörte, wie der Mann in ihr Zimmer schlurfte. Und sie konnte ihn riechen. Er muffelte wie ein alter, aufgerauchter Stumpen und nach modrigem Keller.

»Die liegt ja immer noch da«, sagte er.

Hinter ihm war ein Zischeln zu hören. Die Worte konnte sie nicht verstehen.

»Sie liegt auf Paulas Bett«, sagte der Stumpenmann mit vorwurfsvollem Unterton.

»Lass sie in Ruhe!«, rief die Hofstedt barsch aus der Küche.

»Wenn sie da liegt, kann Paula da nicht liegen, und das ist schlecht fürs Geschäft.«

»Wir haben dir doch Geld gegeben«, gab die Hofstedt zurück.

»Die paar Kröten«, nörgelte der Mann.

Von der Küche her näherten sich Schritte.

»Es war eigentlich abgesprochen, dass du zahlst, nicht sie«, sagte Gerlinde Hofstedt.

»Dass ich was für mich abzweige, ist ja wohl das Mindeste.«

»Es war nicht abgesprochen, dass sie für dich anschaffen geht.«

Die Schritte stoppten.

»Was sollte es denn sonst werden? Wollt ihr etwa, dass ich für sie den Arsch hinhalte?«

»Sie ist schwanger, du schmutziger alter Mann!«

»Ja, und so langsam ist das schlecht fürs Geschäft.«

Wie konnte diese durch und durch verdorbene Frau ihn schmutzig nennen? Sie war doch selbst die Schmutzigste von allen. Die Schritte des alten Mannes entfernten sich Richtung Küche.

»Ich hab dir doch gesagt …«

»Versprochen hast du mir so einiges!«, tönte die kratzige Stimme des Alten aus der Küche. »Dass es sich auszahlt, wenn sie hier wohnt. Ist ja schön, wenn ich ab und zu meinen Spaß habe, aber das bisschen Miete reicht nicht mal für die Butter auf'm Brot. Und dafür hab ich euch das Versteck zur Verfügung gestellt.«

»Das brauchst du doch sowieso nicht.«

Greta hörte, wie eine Klappe quietschend geöffnet wurde. Dann das schabende Geräusch eine Schürhakens, das Knistern von Funken und leises Rumpeln, als Briketts ins Feuer geworfen wurden. Die Ofenklappe ging quietschend wieder zu.

»Was wisst ihr denn schon, was ich für Möglichkeiten habe«, sagte der Alte. »Der Hafen ist wieder in Schwung. Schmuggelware kommt ordentlich rein. Da werden solche Verstecke gebraucht.«

»Wenn wir mit der Kleinen fertig sind, kriegst du dein Geld, und wir verschwinden.«

»Wann soll das denn sein?« Der Alte hustete. »Haut ab und überlasst die da mir, dann sind wir quitt.«

»Nein.«

»Ich zahl euch was für die. Die bringt mir mehr als Paula.«

»Na, denk mal an. Darauf sind wir auch schon gekommen.«

»Tun wir uns halt zusammen. Nur kann sie nicht hier oben bleiben, wenn sie's nicht freiwillig macht. Dann muss sie ins Versteck.«

»Wir werden sehen.«

»Wenn man ihr den Mund verbinden muss, ist das auch schlecht. Aber unten hört man's nicht, wenn eine schreit. Schreien ist nicht so schlimm. Aber den Mund verbinden, das finden nur wenige gut.«

Greta spürte den feuchten Knebel im Mund. Kurz hatte sie das Gefühl, keine Luft mehr zu bekommen Es konnte alles noch viel schlimmer für sie werden!

»Hör auf, Erik. Was mit ihr gemacht wird, entscheiden wir.«

»Aber wer hier bei mir herumliegt, darüber entscheide ich.«

»Wenn du Geld brauchst …«

»Davon rede ich doch die ganze Zeit.«

»Hier, ein paar Scheine haben wir noch. Max, gibt ihm die restlichen Scheine. Paula schuldet uns sowieso noch was.«

»Ich kann's mir auch von Paula holen«, sagte der Alte.

»Der versäuft's doch sowieso nur.« Das war die missmutige Stimme von Max Klant.

»Du holst dir gar nichts von Paula«, wies die Hofstedt den Alten zurecht. »Für die Geschäfte bin ich zuständig, verstanden?«

»Passt mir nicht«, nörgelte der Alte. »Wenn ich ...«

»Seid mal still!«, rief Max Klant dazwischen. »Da kommt jemand.«

Gerlinde Hofstedt lachte. »Angsthase.«

»Hör doch.«

Die Haustür quietschte. Schritte kamen die Treppe hoch. Ein leises Wimmern oder Quengeln war zu hören und eine Stimme, die eine nicht zu identifizierende Melodie summte.

Aus der Küche ging jemand eilig zur Wohnungstür und öffnete. Die Schritte im Treppenhaus kamen oben an, das Quengeln wurde lauter. Das musste ein kleines Kind sein, das da jammerte. Eine tiefe Traurigkeit erfasste Greta, als sie die dünne Stimme hörte.

»Paula«, sagte die Hofstedt. »Wieso hast du das Balg noch bei dir?«

»Lass mich rein«, zischte Paula.

Ein kaum hörbares Quietschen, als die Tür aufgeschoben wurde. Dann fing Paula wieder an, unzusammenhängende Töne zu summen.

»Und?«, fragte die Hofstedt ungeduldig. »Was war denn nun?«

»Darf ich mich vielleicht auch setzen?«

In der Küche wurde ein Stuhl gerückt.

Die kratzige Stimme: »Paula, wo ist mein Geld?«

»Halt den Rand, Alter!«, rief Paula unwirsch.

»Du hast doch gerade was bekommen«, schaltete die Hofstedt sich ein.

»Ich krieg mehr, von ihr ...«

»Später vielleicht.«

»Nee! Jetzt! Paula!«

»Lass sie in Ruhe!«

»Das ist was zwischen mir und ihr. Sie schuldet ...«

Eilige Schritte, dann klatschte es zweimal. Der alte Mann verstummte.

Ja, los doch, dachte Greta, warum schlagt ihr euch nicht einfach gegenseitig tot.

»Raus hier! Komm später wieder!«, kommandierte die Hofstedt.

»Du dumme Hexe«, murmelte der Alte.

Paula kicherte. »Die kratzt dir die Augen aus, Erik.« Ihre Stimme klang ungewohnt. Rauer, als Greta sie kannte, unsicher und schläfrig. Vielleicht war sie ja erkältet.

Der alte Mann knallte die Wohnungstür hinter sich zu. Er stieg ganz langsam und mit unregelmäßigen Schritten Stufe für Stufe nach unten.

»Jetzt sitzt du. Also raus mit der Sprache«, sagte die Hofstedt.

Paula sang wieder vor sich hin. Verloren wirkende Töne, die schief klangen.

»Los doch! Was ist mit dem Balg?«

Der schräge Gesang brach ab, und Paula sagte: »Sie wollte nicht.«

»Was wollte sie nicht? Sie sollte zahlen oder das Balg zurücknehmen.«

»Sie hat gesagt, sie hat kein Geld. Aber das Kind wollte sie auch nicht zurück. Weil sie jetzt eine Arbeitsstelle hat in einer Fleischfabrik, mit zehn Stunden Arbeit am Tag und Nachtschichten. Niemand sonst kann sich kümmern, weil sie hier fremd ist. Ihre Familie hat sie verstoßen. Sie sagt, sie fängt ein neues Leben an, und wenn es besser wird, nimmt sie's vielleicht zurück.«

»Aber zahlen kann sie nicht?«

»Jetzt nicht, sagt sie. Später vielleicht, aber ...«

Menschenhändler, dachte Greta, sie sind hundsgemeine Menschenhändler. Widerlich.

»Hast du's ihr in die Arme gelegt, wie ich's gesagt habe?«

»Ja, aber sie hat's beinahe fallen lassen. Sie will's nicht. Sie hat richtig eine Abscheu davor.«

»Na gut.«

»Behalten wir's jetzt? Ich will aber nicht noch mehr anschaffen gehen, nur weil wir jetzt das Balg auch noch durchbringen müssen.«

»Im Gegenteil«, sagte die Hofstedt. »Es ist ja ein Junge. Den kriegen wir los. Lass mich nur machen.«

»Kriegen wir los, kriegen wir los ... das hast du schon oft gesagt. Und dann ...«

»Mal klappt's, mal klappt's nicht. So ist das halt.«

»Ich ertrag das aber nicht, wenn's nicht klappt.«

»Wart's ab.«

»Es hat fast gar nicht mehr geklappt in der letzten Zeit.«

»Weil du mir zu viele Bälger angeschleppt hast, Paula.«

»Ich will nicht immer die Schuld haben an allem!« Paula schluchzte laut auf.

»Hast du aber«, erwiderte die Hofstedt kalt. »Wenn's bei dir geklappt hätte, dann wäre ich jetzt Frau Baronin.«

Greta wunderte sich über ihr eigenes Mitgefühl. Wie konnte sie nach allem, was sie gehört hatte, noch Mitleid mit

Paula haben? Es kam ihr absonderlich vor, aber es war so. Vielleicht, weil sie sich einmal eingebildet hatte, mit Paula befreundet zu sein. Aber das war unendlich lange her. Und hatte sich unter völlig falschen Voraussetzungen ereignet.

»Gerlinde, lass doch ...«, war die Stimme von Max Klant zu hören.

»Nein, ich lass nicht, weil sie damit angefangen hat! Sie hat die Schuld! Sie allein. Wenn sie nicht da gewesen wäre, hätte ich alles haben können. Alles! Und so? Mit den hohen Herren war's ja noch ganz erträglich, aber später war alles scheiße! Nur weil ich Paula durchbringen musste, dieses undankbare Gör. Und dann bin ich sie endlich los nach all den Jahren, und sie ist alt genug, für sich selbst zu sorgen, und da kommt sie wieder angekrochen.«

»Ich wusste doch nicht, wohin«, jammerte Paula.

»Du hast mir mein Leben ein zweites Mal verdorben, du kleine Schlampe!«

Paula weinte hemmungslos. Das kleine Kind wimmerte. Es war kaum zu ertragen. Wäre Greta nicht gefesselt gewesen, sie hätte sich die Ohren zugehalten.

»Gib ihr was! Na los doch«, kommandierte die Hofstedt.

»Schon wieder?«, sagte Max Klant. »Wir haben doch kaum noch ... und das kostet doch ...«

»Gib ihr was, sage ich!«

»Ist ja schon gut.«

»Sei nicht so herablassend zu mir, du!«

»Nein, bitte entschuldige, Gerlinde, bitte ...«

Schritte und Geräusche, die Greta nicht zuordnen konnte, dazwischen das Wimmern von Paula und dem Kind.

»Ich mag diese Nadel nicht«, sagte Paula. Dann ein kurzer Aufschrei – »Ah!« –, ein Seufzen und nur noch das Quengeln des Kindes.

»Und jetzt geh mir aus den Augen. Besorg Milch für dieses Ding da. Und lass mich in Ruhe.«

»Aber was ist mit der?«

Greta wusste, dass sie gemeint war.

»Ja, die ist wirklich zu nichts nutze im Augenblick. Dabei hat dieser dreckige Alte schon recht. Man sollte sich ihre Anwesenheit zunutze machen.«

»Aber wenn sie redet!«

»Das ist es halt. Sie kann ja nicht immer das Tuch vorm Mund haben. Es sei denn, wir lassen nur die Perversen ran.«

»Und dann?«

»Tja … ›und dann‹ gibt's nicht, jedenfalls nicht für sie. Es sei denn, wir lassen sie neun Monate für uns arbeiten. Das bringt aber nur was, wenn ich den Kontakt nach Amerika wiederaufnehme, der während des Kriegs abgebrochen ist.«

»Wäre das möglich?«, fragte Klant eifrig und hoffnungsvoll. »Das wäre doch großartig. Dann könnten wir reich werden und ganz neu anfangen!«

»Ja, mein Kleiner, das könnten wir. In Samt und Seide. Aber jetzt geh und lass mich nachdenken.«

Greta zitterte am ganzen Körper. Was sie eben gehört hatte, war schlimmer als die grausigsten Alptraumgaukeleien im Halbschlaf. Vielleicht war es doch besser wegzudösen. Vielleicht wäre es am allerbesten, schnell zu sterben. Wie sonst sollte sie diesen Teufeln in Menschengestalt entrinnen?

Sie saßen in einer namenlosen Kellerkneipe am Paulsplatz. Der Wirt hieß Fiete. Die Einrichtung bestand aus rohen Bänken und grob gezimmerten, schmalen Tischen, der Tresen war ein langes Brett auf zwei Fässern. Wer groß war, musste sich ducken, um nicht gegen die Deckenbalken zu stoßen. Es gab gutes Bier. Vor Jensen stand schon das zweite. Weber hatte nicht so viel Durst.

»Man mag gar nicht davon reden«, sagte er.

»Sie jagen dieses Mädchen wochenlang quer durch die Stadt, und jetzt wollen Sie nicht darüber reden? Was sind Sie denn für ein scheinheiliger Patron?«

»Hören Sie …«

»Das tue ich die ganze Zeit, aber Sie drucksen rum. Ich werde doch der Polizei nicht helfen, meine Geliebte zu jagen, wenn ich keinen guten Grund dafür habe.«

»Ihre Geliebte?«, fragte Weber, und es klang beinahe erschrocken.

»Na kommen Sie, Sie wissen doch, wie das ist. Ich hab sie aufgegabelt. Sie brauchte Schutz. Man kam zusammen. Eine alltägliche Geschichte.«

»Na ja, sie ist noch jung.«

»Klar, und ich mag sie, auch wenn sie ein bisschen komisch im Kopf ist. Ich hab sie Schnitterin genannt, weil sie manchmal so rumgeschrien hat. ›Schnitt, Schnitt!‹ Aber ich hab schon ganz andere gekannt.«

»Dann wissen Sie das alles gar nicht?«, fragte Weber.

»Was denn?«, sagte Jensen barsch. »Diesen treusorgenden Blick können Sie sich übrigens schenken. Verfängt bei mir nicht. Pudel ist Pudel, und Udel ist Udel.« Er lachte abfällig.

»Wenn sie ihre Freundin ist, sollten Sie ihre Geschichte vielleicht kennen«, sagte Weber. »Wissen Sie, dass sie aus Magdeburg kommt?«

Jensen trank sein Bier in einem großen Schluck aus und winkte dem Wirt mit dem Humpen auffordernd zu. Zu Weber sagte er: »Wenn's länger wird, trink ich noch eins auf Staatskosten.«

Weber seufzte, bestellte noch zwei Köm und begann mit

seiner Erzählung. Über die beiden Schnäpse hielt er die Hand, bis er fertig war. »Schnitt, Schnitt«, sagte er zum Schluss.

Jensen war blass geworden. Weber schob ihm den einen Köm hin. Sie tranken. Anschließend schaute Jensen eine Weile ins Leere, dann räusperte er sich und fragte: »Und? Was gibt's dafür? Ist das Mord oder Totschlag oder was?«

»Ich weiß es nicht. Ich bin kein Richter. Ein Urteil wurde nicht gesprochen, weil man sie für verrückt erklärt hat. Aber ob noch mal neu verhandelt wird, nachdem sie geflüchtet ist ... Könnte sein.«

»Sie kann doch nicht ein Leben lang im Irrenhaus bleiben.«

»Hoffentlich nicht.«

»Oder im Knast. Um Himmels willen! Dann wäre es ja besser, wir würden sie nie finden.«

»Sie wurde entführt. Sie ist vielleicht in tödlicher Gefahr.«

»Aber warum denn?«

»Ich habe es noch nicht ganz verstanden. Aber es muss etwas mit den toten Kindern zu tun haben.«

»Wieso? Weil sie das Kind ihrer Freundin wiederfinden will? Was hat das eine mit dem anderen zu tun?«

»Es hatte die ganze Zeit miteinander zu tun, es hing alles von Anfang an zusammen, da bin ich mir ganz sicher. Ich weiß nur nicht genau, wie.«

»Sie verdächtigen Greta also doch!« Jensen schlug empört mit der Faust auf den Tisch.

»Nein, bestimmt nicht. Es geht nur um den Zusammenhang.«

Jensen starrte ihn verständnislos an. »Ihr Udels denkt komisch«, stellte er fest.

»Hören Sie, sie hat sich mir ... enthüllt ...«

»Was?«

»Lassen Sie mich doch ausreden! Und denken Sie nicht immer an Vergewaltigung!«

»Sie wissen doch gar nicht, was ich denke. Und dass es nicht koscher ist, wenn ein Mann die halbe Nacht neben dem Bett eines Mädchens hockt, liegt doch auf der Hand.«

»Seien Sie mal still und hören Sie zu! Ich habe eine psychologische Methode angewandt. Sie wird vielleicht eines Tages in der Polizeiarbeit eine wichtige Rolle spielen. Es geht darum, die Täter oder die Opfer oder die Zeugen zum Reden zu bringen, indem man ihr Unterbewusstsein freilegt, so dass die Wahrheit ohne Verfälschung …«

»Das Gehirn freilegen?«

Weber seufzte. »Ich gebe es auf. Also gut, es war ein Verhör, fertig. Und sie hat alles gestanden, was sie gestehen konnte, da bin ich mir ziemlich sicher. Und die toten Kinder gehörten nicht dazu. Davon wusste sie nichts, keine Details. Sie hätte es sonst gesagt.«

»Eingebildet sind Sie wohl gar nicht?«

»Lassen Sie doch die Frechheiten, bitte.«

Jensen wurde nachdenklich und nickte vor sich hin. »War das so was wie Hypnose? Können Sie das? Aber ehrlich gesagt, wenn das 'ne Polizeimethode werden soll, dann gefällt mir das nicht.«

»Nein, das war es nicht. Es war eine wissenschaftliche Methode. Aber lassen wir das. Meine Befürchtung ist, dass diese Leute, die Greta überfallen und entführt haben, auch etwas mit den toten Kindern zu tun haben. Und wenn es so ist, dann werden sie versuchen, den Verdacht auf sie zu lenken. Denn sie wird ja schon deswegen gesucht, offiziell jedenfalls.«

»Und?«

»Na ja.« Weber machte ein unglückliches Gesicht. »Wenn man die Leiche der angeblichen Mörderin fände, mit einem Geständnis, und es sähe nach einem Selbstmord aus, dann wären die eigentlichen Täter reingewaschen.«

»Für einen Udel haben Sie ein ganz schön kriminelles Gehirn.«

»Ich versuche, logisch zu denken. Und nennen Sie mich nicht ständig Udel.«

»Entschuldigung, Herr Kommissar.«

»Kriminal-Oberwachtmeister.«

»Sehen Sie, das ist ein unmöglich langes Wort.«

»Weber, Alfred.«

»Schön Alfred, ich bin Carl.« Jensen hielt ihm die Hand hin. Weber schüttelte sie. Es war Carl deutlich anzusehen, dass ihm die vertrauliche Geste sehr behagte.

»Und was nun, Alfred? Machen wir eine Razzia?« Jensen griff nach seinem Bier.

»Das wird nichts bringen und dauert sowieso viel zu lange. Wir müssen allein handeln.«

»Wie?« Jensen stellte den Humpen ab und wischte sich den Schaum vom Mund.

»Jeder auf seine Weise. Befragung, Durchsuchung, Augen und Ohren offen halten.«

»Mehr hast du nicht zu bieten? Gerade eben war noch die Rede von Wissenschaft.«

»Wir müssen uns auf unsere Intuition verlassen.«

»Aufs Gefühl, meinst du? Mach ich sowieso immer.«

»Gut, dann treffen wir uns heute Abend wieder hier. Um neun Uhr.«

»Alles klar. Noch ’n Kurzen auf’n Weg?«

»Nein.« Weber stand auf. »Los, Carl, die Zeit drängt. Es geht um Leben und Tod.«

Sie standen auf. Weber legte einige Geldscheine auf den Tisch.

Nachdem sie die Treppe aus dem Souterrain hochgestiegen waren, schaute Jensen mit einem Mal verunsichert drein.

»Sag mal, Alfred«, sagte er. »Was du mir da über Greta erzählt hast, ist das wirklich wahr?«

»Ja, ich denke schon.«

Jensens Blick glitt über den Paulsplatz. Das Pflaster war von einer dünnen Schneeschicht überzogen. Alles wirkte verlassen und ruhig. Er schüttelte den Kopf. »Und ich hab sie Schnitterin genannt und mit ins Bett genommen.«

Vierzehntes Kapitel:

UNTERWELT

Sie gaben ihr Spritzen, die bewirkten, dass alles gut war, und sie in den Schlaf schickten. Die sie optimistisch stimmten: Wenn sie nur lange genug wartete, wenn sie einfach still dalag, ihren Gedanken nachhing und sich durch nichts stören ließ, dann würde die Angelegenheit sich bestimmt von selbst regeln. Hatte sich nicht alles immer von selbst geregelt? War es nicht eine Illusion gewesen, als sie geglaubt hatte zu handeln? Alles ergab sich doch rein zufällig. Nur wenn man etwas tat, dann wurde es Unrecht.

Genau das hatte der Pfarrer doch gepredigt: Tue nichts, folge nicht deinen Wünschen oder Sehnsüchten, denn wenn du es tust, wirst du bestraft! Hatte er nicht recht behalten? Greta musste lächeln. Der arme Pfarrer, er hätte sich gar nicht so anzustrengen brauchen. Hatte mit der Hölle gedroht und der ewigen Verdammnis. Dabei waren das Irdische und das Höllische doch eins. Ausgerechnet vor Friederike hatte er unbedingt den Wichtigtuer geben müssen und mit großem Tamtam die Bibel zitiert. Rieke hatte es ihr später erzählt, was ihr der Pfarrer nach der Beichte entgegengeschleudert hatte: »Oh, du Hure, höre des Herrn Wort! Ich will das Recht der Ehebrecherinnen und Blutvergießerinnen über dich gehen und dein Blut vergießen lassen mit Grimm und Eifer. Und will dich in ihre Hände geben, dass sie deine Kapellen abbrechen und deine Altäre umreißen und dir deine Kleider ausziehen und dein schönes Gerät dir nehmen und dich nackt und bloß sitzen lassen. Und sie sollen Haufen Leute über dich bringen, die dich steinigen und mit ihren Schwertern zerhauen!«

Darüber hatten sie später gelacht. Rieke hatte den Pfarrer und seine kieksende Stimme gut nachmachen können. Sie hatten es lustig gefunden. Niemals hätten sie geglaubt, dass der Pfarrer tatsächlich einen Fluch ausgesprochen hatte über Rieke. Was er angedroht hatte, war ja tatsächlich eingetreten. Denn der böse Gott strafte alle, die ihm nicht gehorchten.

Greta stöhnte unter ihrem Knebel. Bleib doch ruhig, sagte sie sich. Jetzt gilt es einfach abzuwarten, was diese teuflischen Vollstrecker von Gottes Willen mit dir vorhaben. Irgendetwas müssen sie ja tun. Eines war allerdings schon geschehen: Sie hatten sie durchs Treppenhaus nach unten in den Keller geführt. Mit verbundenen Augen. Paula und ihre Mutter hatten sie stützen müssen, Gerlinde Hofstedts fester Griff hatte ihr weh getan. Der stinkende Alte war mit seiner Zigarre im Maul oben auf dem Treppenabsatz stehen geblieben. Sie hatte ihn gerochen, als man sie an ihm vorbeischob. Seine humpelnden Schritte waren nicht hinterhergekommen.

Der Keller schien erstaunlich groß zu sein. Verwinkelt und verbaut. Offenbar gingen die unterirdischen Räume mehrerer Häuser ineinander über. Jedenfalls hatte sie das so empfunden, als man sie dort herumtrug. Sehen konnte sie ja nichts, weil ihr die Augen verbunden waren. Aber es roch zunächst modrig und nach feuchtem Stein, dann nach trockener Erde, Lehm und altem Holz. Nachdem eine schwere Eisentür zugefallen war, glaubte sie, den Geruch von Blut wahrzunehmen.

Sie legten sie auf ein Feldbett und banden sie daran fest.

Warfen eine Wolldecke über sie, die nach Mottenkugeln roch. Sie fror trotzdem. Vor allem, als die Wirkung der Spritze nachließ und keiner kam, um ihr eine neue zu geben. Bitte gebt mir noch eine!, flehte sie stumm. Es piekst doch nur ein bisschen, und dann ist alles gut.

Aber sie ließen sie allein. Schweißausbrüche. Wutausbrüche. Zorniges Zerren an den Fesseln. Vergeblich. In einem Wutanfall hatte sie versucht, die Pritsche umzuwerfen. Es ging nicht. Auf einmal fühlte sie sich krank. Nicht nur mutlos, schlimmer als das, sie erwog, ob es besser war zu sterben. Aber würde sie dann nicht vor Gottes Gericht treten müssen, wo wieder nur Falschheit den Ton angab? Tochter Kain, warum hast du deine Schwester Abel umgebracht? Weil ich sie retten wollte. Mich trifft keine Schuld, eher dich, weil du die Welt so schlecht eingerichtet hast!

Sie hörte ein Wimmern. War das nicht die ganze Zeit schon dagewesen? Schwer zu sagen, wo es herkam. Vielleicht aus einem Nebenraum. Das kümmerliche Greinen eines dünnen Stimmchens. Ein armes verlassenes Kind. So ähnlich hatte sich das leise Wimmern der kleinen Anna angehört, als sie in ihren Armen gelegen hatte. Am Taufbecken in der Kapelle.

Greta schlief erschöpft ein. Als sie wieder aufwachte und um sie herum nur tiefes Schweigen herrschte, wurde sie zornig, bäumte sich auf, zerrte an ihren Fesseln und warf den Kopf hin und her, versuchte den ekelhaften Knebel mit der Zunge aus ihrem Mund zu drücken. Es ging nicht. Aber durch das Hin- und Herwerfen des Kopfes verrutschte die Augenbinde, und sie konnte wieder sehen.

Der Raum, in dem sie lag, war gefliest. Gelbliche Kacheln, mit einem abstrakten Muster in der Mitte, bis unter die Decke, ganz oben eine durchgehende Reihe blauer Fliesen. Es war tatsächlich ein Kellerraum. Rechts neben Greta eine Wand. Knapp unter der Decke einige schmale Fenster mit Milchglasscheiben, durch die im Moment genügend Licht drang, um alles in ihrem Gesichtskreis zu erkennen. Wenn sie sich sehr anstrengte und den Kopf drehte, bis der Nacken schmerzte, konnte sie hinter sich eine Tür mit Lüftungsschlitzen erkennen. An der Wand vor ihr ragten schwere Eisenbolzen aus der Wand, links war eine Leiste angebracht, an der Fleischerhaken hingen. Darunter verlief ein Marmortresen, um die Ecke bis unters Fenster, nur unterbrochen durch einen breiten, tiefen Ausguss mit Wasserhahn.

Offensichtlich befand sie sich im Keller einer Schlachterei. Nur dass kein Fleisch an den Haken hing. Ein einziges Stück lag vor ihr auf dem Marmortresen. Bleich und bläulich. Mit Ärmchen und Beinchen und einem recht groß wirkenden Kopf. Einem glatten Kopf ohne Haare. Faltige Haut am Rücken und am Po. Das Gesicht konnte sie nicht erkennen. Das Kind lag auf der Seite und bewegte sich nicht. Es wimmerte auch nicht. Gab überhaupt kein Lebenszeichen von sich.

So etwas gehörte nicht hierher. So etwas durfte nicht sein. Sie gehörte auch nicht hierher.

Ein Lufthauch. Die Tür hinter ihr ging mit einem leisen Quietschen auf und fiel mit einem dumpfen Schnappen zurück ins Schloss. Paula schritt vorbei und warf ihr einen abwesenden Blick zu. Sie trug einen langen, grauen Kittel. Greta bewegte den Kopf, aber Paula war schon am Tresen und beugte sich über das Kind.

Und da hatte Paula auf einmal ein Messer in der Hand. Ein großes Messer. Greta schrie auf, sofern das mit dem Knebel überhaupt möglich war, machte Geräusche und Lärm, so laut sie es vermochte. Zerrte und rüttelte an ihren Fesseln.

Paula richtete sich auf und drehte sich um. Ihr Gesicht war

teilweise verschorft, teilweise bläulich verfärbt und an manchen Stellen angeschwollen. Hatte ihre Mutter sie verprügelt?

Greta zuckte keuchend hin und her, sie konnte nicht mehr als röchelnde Töne von sich geben. Paula ging auf sie zu, das Messer in der erhobenen Hand. Die Klinge blitzte im kalten, weißlichen Lichtschein, der durch die Milchglasscheiben hereindrang.

Greta starrte sie an, suchte ihren Blick, aber Paulas Augen waren kalt und ausdruckslos, keine Gefühlsregung war darin zu finden. Sie kniete sich neben das Feldbett und legte das Messer auf den Boden. Dann schob sie die eine Hand in die Tasche ihres Kittels und holte eine Spritze hervor. Endlich dachte Greta, und bekam im gleichen Augenblick Panik. Wenn das nun ein tödliches Gift war! Wenn es nun wirklich zu Ende ging! Sie bäumte sich auf. Doch alles Zappeln und Zerren half nicht. Gretas Widerstand war zu schwach.

Sie spürte das Piksen, als die Nadel in ihren Arm gestochen wurde. Kurz darauf folgte ein Gefühl wohliger Erschöpfung. Paula war nur noch eine Silhouette, die sich jetzt erhob, das Messer mit der blitzenden Klinge in der Hand.

Ich will kein Schicksal mehr haben, dachte Greta noch und schlief ein im selben Moment, als die Messerklinge über die Marmorplatte schabte.

Es war wärmer geworden. Grauer Nebel hing wie ein fleckiges Tuch über den Gassen. Es stank grauenhaft. Wo kam dieser bestialische Geruch bloß her? Vielleicht vom Schlachthof. Mitunter zogen die Schwaden aus den Schornsteinen der Abdeckerei bis nach St. Pauli und riefen selbst bei den Anspruchslosesten Naserümpfen hervor. Aber dann musste der Wind aus Nordosten kommen, was heute nicht der Fall war. Konnte sein, dass im Hafen mal wieder ein Malheur passiert war. Hatte es auch schon gegeben, dass ein paar Tonnen vergammeltes Gefrierfleisch aus Südamerika auf einer Brache am anderen Elbufer verbrannt werden mussten. In diesem Fall hätte der Wind aus Süden kommen müssen, um den Gestank hierherzuwehen. Es war aber windstill.

Tote Ratten vielleicht. Weber verzog angewidert das Gesicht. Waren nicht größere Mengen Gift ausgelegt worden? Das hatte dann aber durchschlagend gewirkt. Erklärte allerdings diesen latenten Brandgeruch wiederum nicht.

Er war auf dem Weg zu seiner Verabredung mit Jensen. Der hatte treue und untreue Freunde und Freundinnen abgeklappert, während Weber zuverlässige und weniger zuverlässige Informanten befragt hatte. Auch mit den Kollegen auf der Davidwache hatte er gesprochen und sie gebeten, die Augen offen zu halten.

Webers Bemühungen waren erfolglos geblieben. Das traf ihn hart, denn er fühlte sich noch mehr für die junge Frau verantwortlich, seit sie ihm von ihrem traurigen Schicksal berichtet hatte. Sein Gemütszustand schwankte zwischen düsterer Resignation und manischer Betriebsamkeit. Hin und wieder wurde ihm bewusst, dass er schon länger nicht mehr zu Hause gewesen war. Auch nicht im Stadthaus. Er trieb sich Tag und Nacht auf St. Pauli herum, ohne irgendjemandem Bericht zu erstatten oder Rechenschaft abzulegen. Das konnte unangenehme Konsequenzen nach sich ziehen.

Weber hoffte inständig, dass Jensen erfolgreicher gewesen war als er selbst. Auf dem Weg zu Fietes Lokal kam er an dem Platz mit dem schmalen hohen Haus vorbei, wo die geflüchteten Personen gewohnt hatten. Wo er sich vor den Augen der versammelten Nachbarschaft blamiert hatte. Aber es gehörte nun mal zur Polizeiarbeit, manchmal einen blamablen Eindruck in der Öffentlichkeit zu hinterlassen.

Der spitze Giebel des Hauses verschwand im Nebel. Weber blieb unschlüssig an der Ecke stehen. Gegenüber war das Haus mit Gretas Dachzimmer, wo er ihrer Beichte zugehört hatte, falls man es so nennen konnte. Dieser Dr. Freud nannte es in seinem Buch »Sitzung«. Obwohl die Leute, die er als »Patienten« bezeichnete, ja auf der Couch lagen.

Warum meine Gedanken in solchen wichtigen Stunden wohl immer wieder abschweifen?, dachte Weber. Ich weiß auch nicht, warum ich hier überhaupt herumstehe und zu diesem Haus glotze, aus dem das Ganovenpärchen doch längst geflüchtet ist. Den ganzen Tag schon irre ich durch das Gewirr der Gänge, ohne Sinn und Verstand.

Aber jetzt ... Sieh mal an! Wie konnte das sein? Dort oben, hinter einem der Fenster im zweiten Stock, wo die Hofstedt und der Klant gehaust hatten, war ein Lichtschimmer zu sehen. Durch einen Spalt in dem fast vollständig zugezogenen Vorhang drang ein schwacher Schein. Ganz schwach. Er irrte sich doch nicht? Aber nein!

Jemand zupfte an seinem Ärmel. Weber fuhr zusammen. Herrgott noch mal! Er drehte sich um und starrte in das Gesicht dieser alten Frau, die auch da oben wohnte, der Vermieterin. Wo kam die denn hergeschlichen?

Sie blickte ihn misstrauisch an. »Herr Wachtmeister, wollen Sie mir etwa schon wieder Ärger machen?«

Kurz stutzte Weber angesichts ihrer Frechheit, dann entgegnete er: »Ganz genau. Sie werden Ärger bekommen, weil sie Verbrecher beherbergen.«

Die Alte kniff die Augen zusammen. »Tu ich nicht.«

Weber deutete nach oben. »Da ist Licht.«

»Seh keins.«

»Im zweiten Stock, hinter den Vorhängen.«

»Da kann man doch gar nichts sehen.«

»Sind Ihre Mieter zurückgekommen?«

»Nicht dass ich wüsste. Und wenn, dann wären sie sicher gleich bei mir vorstellig geworden, wegen der kaputten Tür«, sagte die Alte vorwurfsvoll. »Und reingelassen hätte ich sie nicht, weil sie mir noch Miete schuldig sind.«

»Haben Sie jemand anderem die Wohnung überlassen?«

»Sie sind ja gut. Wenn doch noch andere da wohnen ... oder sollten, wenn Sie sie nicht verjagt hätten. Wer bezahlt mir übrigens das Vorhängeschloss, das ich kaufen musste, weil das in der Wohnungstür ruiniert ist?« Sie zog ein Bügelschloss aus der Manteltasche und hielt es ihm unter die Nase.

Weber ignorierte es, schaute hinauf zur Wohnung und dachte fieberhaft nach. Lass dich nicht von dieser störrischen Alten vertüdeln, Mensch! Tu was! Tu das Richtige!, ermunterte er sich.

»Gibt's da noch einen anderen Ausgang? Hinten? Zweite Treppe?«, fragte er, während er seinen Mantel aufknöpfte.

»Na, Sie machen mir Spaß. Meinen Sie etwa, wir hätten einen Dienstboteneingang?«

»So, jetzt passen Sie mal auf«, fuhr Weber sie an. »Sie bleiben jetzt hier stehen und verhalten sich mucksmäuschenstill, verstanden? Keine Bewegung, kein Ton, bis ich wieder rauskomme! Ansonsten werde ich Sie wegen Behinderung der Polizeiarbeit belangen.«

Die Alte trat einen Schritt zurück. »Aber ...«

»Still jetzt!«

Weber zog seine Pistole aus dem Halfter. Die Alte trat noch einen Schritt zurück, schaute ihn entgeistert an und hob abwehrend die Hände. »Huch!«

»Ist die Haustür offen?«

Sie nickte.

Weber ging eilig auf den Eingang zu, schlüpfte hinein,

stieg die leise knarrenden Stufen hinauf in den zweiten Stock.

Die Tür der Wohnung Hofstedt/Klant hing schief in den Angeln und war nur angelehnt. Er schob sie auf und musste sie mit der linken Hand am Griff festhalten, weil sie beinahe umgekippt wäre. Während er noch damit beschäftigt war, sie im Flur gegen die Wand zu lehnen, hörte er aus dem Wohnraum, dessen Fenster nach vorn gingen, ein Geräusch. Etwas quietschte. Vielleicht eine Schranktür. Dann klimperte es hell. Ein leises Scheppern folgte. Hinter der Glasscheibe der Zimmertür war ein Schatten zu erkennen. Weber schien es, als würde der Schatten sich jetzt bücken.

Weber schaute links den Flur entlang, der zur Küche führte. Hoffentlich ist keine weitere Person hier, dachte er. Dann streckte er die Hand nach der Klinke aus, drückte sie rasch herunter, und die Tür zum Wohnzimmer schwang auf.

»Stehen bleiben, keine Bewegung, Polizei!«, rief er.

Max Klant wirbelte herum. In der Hand hielt er einen Sack. Hinter ihm stand eine Kommode mit Vitrine, darin diverse Porzellanfiguren sowie Tassen, Teller und Krüge, auch ein Kerzenständer aus Messing. Klant blickte drein wie ein ertappter Einbrecher.

»Was tun Sie da?«, fragte Weber und deutete auf den Sack, den Klant jetzt mit beiden Händen zuhielt.

»Ich wohne hier. Da darf ich doch wohl was einpacken.«

»Hier wird möbliert vermietet. Wem gehören die Sachen, die Sie da im Sack haben?«

»Mir natürlich. Ich kann mit meinem Besitz machen, was ich will.«

»Legen Sie den Sack weg! Sie sind verhaftet!«

Auf Klants Gesicht trat ein verschlagener Ausdruck: »Das ist meine Wohnung. Sie sind der Einbrecher.«

»Polizei! Lassen Sie den Sack fallen, und heben Sie die Hände über den Kopf!«

Klant warf einen Blick an Weber vorbei in den Flur und schrie: »He! Was wollen Sie denn!«

Ein alter Trick, aber Weber war kurz abgelenkt. Das genügte für Klant, um Weber den Sack mit seinem Inhalt ins Gesicht zu werfen und sich auf ihn zu stürzen. Ein Fausthieb traf Weber seitlich am Kiefer, und er prallte gegen den Türrahmen. Ein Tiefschlag, ein Tritt gegen die Nase, und er ging zu Boden. Klant sprang über ihn hinweg.

Weber rappelte sich auf, so schnell es ging. Klant rannte durch den Flur auf die Küche zu. Weber hinterher. Im Laufen entsicherte er seine Pistole. Als er in die Küche stürzte, sah er, wie Klant aus dem Fenster sprang. Das Klappern und Knirschen verrutschender Dachziegel folgte.

Weber blickte durchs Küchenfenster hinab. Kein Hinterhof, sondern das abfallende Dach eines niedrigen Hauses. Lockere Ziegel, teilweise zerbrochen. Darüber balancierte Klant mit unsicheren Schritten.

»Stehen bleiben oder ich schieße!«

Klant stolperte weiter. Auf den Rand des Daches zu.

»Bleiben Sie stehen!«

Klant strauchelte und fiel auf die Knie.

»Stopp! Polizei!«

Klant kroch weiter.

»Letzte Warnung! Ich schieße!«

Klant rappelte sich auf und ging mit den Füßen tastend weiter.

Weber hob die Pistole und zielte. Aber ... Himmel hilf! ... wohin denn nur? Seit Flandern hatte er nicht mehr auf einen Menschen gezielt.

Klant wankte weiter.

Weber zielte auf sein Bein. Tiefer, die Wade. Nur nicht verreißen und ihn umbringen. Nur das nicht! Er drückte den Abzug durch. Der Rückstoß war weniger stark als erwartet. Und der Lauf ruckte auch nur ein winziges bisschen.

Ein Jaulen wie von einem Querschläger. Hatte er ihn verfehlt? Aber Klant schrie auf und verlor die Balance. Stürzte nach vorn, über die Regenrinne hinweg nach unten. Ein dumpfer Aufprall, ein zweiter Schrei.

Weber kletterte aus dem Küchenfenster. Einige umliegende Fenster wurden aufgestoßen. »Polizei! Bleiben Sie zurück!«, schrie er und lief wie auf Eiern über das Dach bis zum Rand und spähte hinunter.

Da unten lag Klant, hielt sich den Fuß und jammerte. Rappelte sich auf und brach wieder zusammen, als er einen Schritt voran machte.

Weber ließ sich neben ihm von dem niedrigen Dach gleiten. Hielt deutlich sichtbar seine Pistole, ohne auf ihn zu zielen, und sagte: »Sie sind verhaftet!«

Klant jammerte und schaute ihn vorwurfsvoll an. »Sie sind daran schuld, dass mein Fuß gebrochen ist.«

»Seien Sie froh, dass sie noch leben, Mann!« Weber holte die Handschellen hervor und fesselte seinen Gefangenen. »Los, hoch!«

»Ich kann nicht laufen«, sagte Klant trotzig. Weber zog einen Knüppel aus einem Stapel Feuerholz und hob ihn drohend. Klant zuckte zusammen.

»Damit können Sie laufen. Keine Zicken, ich verstehe keinen Spaß mehr!«

Auf Weber gestützt und mit dem Knüppel als behelfsmäßige Krücke kam Klant mühsam voran.

Als er kurz zögerte, blaffte Weber ihn an: »Eine falsche Bewegung, und Sie werden auf der Flucht erschossen!«

Erstaunt stellte der Kriminaloberwachtmeister fest, dass er ungeheuer wütend war. Auf diesen Kerl, auf sich, auf die ganze Welt.

Vielleicht lag es nur daran, dass seine Nase sehr weh tat und noch immer Blut heraustropfte.

Sie konnte das nur geträumt haben. Oder, wenn nicht die Dämonen des Schlafs ihr diese Bilder vorgegaukelt hatten, dann war bestimmt ihre Phantasie daran schuld, angetrieben von dem Medikament, das man ihr verabreichte. Anders war es nicht zu erklären. Es konnte nur eine Illusion gewesen sein.

Dieser eigenartige Polizist, der sie verhört hatte, während sie im Bett lag, hatte ja behauptet, wenn man schlimme Taten verübt hätte, kämen sie als Traumbilder zu einem zurück. Nur dass die Träume verfälscht waren, verschlüsselt wie ein Rätsel. Manchmal platzte ein Geheimnis aus dem Unterbewusstsein und drängte sich in die Gedanken und Gefühle. Genau das musste wohl der Fall gewesen sein, als sie gesehen hatte, wie Paula mit dem Schlachtermesser und dem Hackebeil in den Keller kam.

Bestimmt erschien ihr nur ihr eigenes, schuldbeladenes Ich in Paulas Gestalt. Bestimmt war es nur ein Versuch ihrer armen gepeinigten Seele, die schlimme Tat, die sie an Rieke begangen hatte, zu »verarbeiten«. Dieses Wort hatte der Polizist benutzt. Sie hatte es sich gemerkt, weil sie es eigenartig fand, dass man in sein eigenes Bewusstsein hineinging, um zu arbeiten. Vielleicht war es ja so: Ihr Bewusstsein oder Unterbewusstsein (gab es da eine Grenze, irgendwo im Gehirn?) wollte die Schuld loswerden, und deshalb gaukelte es ihr furchtbare Bilder vor, die sie sich zur Strafe anschauen musste. Vielleicht um eine Krise zu erzeugen wie bei einer Krankheit und dann gesund zu werden.

Das, was sie gesehen hatte, war bestimmt nur ein Trugbild gewesen. Paula hatte dort auf dem Schlachtertresen kein lebloses Menschenwesen abgelegt, kein kleines totes Ding mit bläulich-weißer, durchsichtiger Haut. Nein, da wo der Hals war, hatte niemand einen Spalt geritzt, der aufklaffte. Und da wo die Gliedmaßen ansetzten, war kein Beil hinuntergesaust und hatte sie von dem kleinen Leib abgetrennt.

Greta wollte aufschreien, aber der Knebel verhinderte es. Sie wollte die Augen zukneifen, aber irgendeine Macht war dagegen. Wahrscheinlich hätte sie das Gaukelbild auch mit geschlossenen Augen gesehen. Hätte beobachtet, wie das große scharfe Messer zu Werke ging. »Man kann ein Hühnchen problemlos in acht portionsgerechte Stücke aufteilen«, hatte die Köchin bei ihnen zu Hause mal erklärt, »man muss nicht mal viel Kraft aufwenden. Gewusst wie und wo.«

Zack! Paula schien nicht zu wissen, wie und wo. Sie wendete Kraft auf, viel Kraft. Mit dem Beil. Schlug zu wie eine Wilde, um portionsgerechte Stücke zu erhalten. »Am besten, man hebelt die Gelenke aus«, hatte die Köchin gesagt. Aber das wusste Paula nicht. Sie hackte und hackte. Und schmiss alles in einen Eimer, statt in einen Topf.

Aber dann, und das war eigenartig, ging sie mit dem Eimer ins Nebenzimmer. Dort war ein Herd, das konnte Greta sehen, wenn sie den Kopf mit großer Anstrengung ganz weit herumdrehte. Sie beobachtete, wie Paula den Ofen anfeuerte, mit Holz und Eierkohlen, und mit einer Zeitung wedelte, damit die Glut ganz heiß wurde. Was hatte sie denn vor? Wollte sie eine Suppe kochen? »Das Fleisch gut bedecken und bei kleiner Flamme köcheln lassen«, hatte die Köchin gesagt. Aber jetzt loderten sehr hohe Flammen aus dem Herd. Und kein Topf war zu sehen und auch kein Wasser.

Das Ofenrohr glühte. Und das, was Paula jetzt tat, war

wirklich widersinnig. Sie warf die Fleischstücke ins Feuer! Das war ja völlig verrückt! Hatte sie denn keine Ahnung vom Suppekochen? So dumm konnte sie doch gar nicht sein. Aber sie machte alles falsch. Jetzt nahm sie auch noch den Schürhaken und schob die Fleischstücke weiter nach hinten in die Glut, damit noch mehr reinpasste. Quetschte alles in den Ofen und machte wieder viel Wind.

Es qualmte wie im schlimmsten Inferno. Schwarze, stinkende Schwaden. Bittersüßer, übelkeiterregender, fauliger Brandgeruch. Zum Würgen. Ein kurzer Gedanke schoss durch Gretas Gehirn: Bin ich in Wirklichkeit in der Hölle gelandet und bilde mir nur ein, eine Gefangene meines Unterbewusstseins zu sein? Der Rauch wurde immer dichter, die dicken Schwaden erfüllten das Nebenzimmer. Greta musste husten. Sie hörte auch das Husten von Paula. Es klang so gequält, als würde sie ihre ganzen Eingeweide auswürgen.

Ich werde verbrennen!, dachte Greta verzweifelt. Das Feuer wird um sich greifen, das Haus wird aufflammen! Sie wird auch mich zerhacken und in das lodernde Feuer werfen, mich mit dem Schürhaken ganz tief hinunter in den rotglühenden Schlund stoßen. Greta konnte kaum noch atmen. Versuchte zu schreien. Der stinkende Rauch drang in ihre Nase und verstopfte sie. Sie hörte ein wütendes Heulen und ein lautes Dröhnen. Das Heulen kam von Paula. Der Donner hallte von irgendwoher durch den Keller.

Greta wurde schwarz vor Augen. Und für einen kurzen Moment stellte sie sich vor, dass nun die Erlösung käme.

Auch dies war ein Trugschluss. Genauso wie der Eindruck, das Keifen, Kreischen und Brüllen, die Schmerzensschreie, Geräusche von Faustschlägen, Ohrfeigen und Tritten und das Zerreißen von Stoff würde von Teufeln verursacht, die sich in der Hölle miteinander um die Suppe stritten.

Nein. Als sie die Augen wieder aufschlug, sah sie, wer wen verprügelt hatte: Paula hockte, nach vorn gebeugt, mit hängenden Schultern und zerrissenen Kleidern, auf einem Stuhl in der Ecke unter dem Fenster. Ihr Gesicht war übel zerschlagen, ihre Arme übersät mit blauen Flecken. Das eine Bein, das unter dem zerfetzten Kleid hervorschaute, wies blutende Wunden auf.

Schabende Geräusche aus dem Nebenraum. Greta reckte den Kopf. Gerlinde Hofstedt kniete vor dem Ofen und kratzte mit dem Schürhaken die Asche heraus. Halb verbrannte Kohle und schwarze, rußige Brocken. Sie füllte alles in den Eimer.

Nach einer Weile stand sie auf. Ihr taubenblaues Kleid war schmutzig, die weiße Schürze völlig verdreckt, ihr von Kratzspuren verunstaltetes Gesicht mit Ruß verschmiert. Die Haare hingen wirr herunter, Strähnen klebten auf der schweißnassen Stirn. Sie packte den Eimer und schleppte ihn herüber. Sah, dass Greta wach war und warf ihr einen vernichtenden Blick aus schwarz lodernden Augen zu.

Den Eimer stellte sie Paula vor die Füße. »Da! Sieh nur, was du angerichtet hast!«

Paula schaute nicht auf. Ihre Mutter verpasste ihr mehrere Schläge gegen den Kopf. Paula wehrte sich nicht, hob nicht mal die Arme, um die Schläge abzuwehren. Der Eimer verströmte den schon bekannten bestialischen Brandgeruch, nur noch intensiver. Greta musste würgen. Zwischen der Asche waren kleine Knochen zu erkennen.

»Vor ihren Augen!«, rief Gerlinde Hofstedt. »Sie hat alles gesehen!«

Paula starrte apathisch zu Boden. Ihre Haare waren schmutzverklebt und teilweise angesengt. Sie hatte aufgeplatzte Brandblasen an den Händen.

»Was bedeutet das wohl? Na, was?«

Paula schwieg. Greta wusste, was es bedeutete.

»Wenn sie hierbleibt, wird sie uns alle ins Verderben reißen!«, sagte Gerlinde.

Ich werde nicht hierbleiben, dachte Greta, aber im Verderben seid ihr doch schon.

Gerlinde gab ihrer Tochter wieder mehrere Ohrfeigen, die diese genauso apathisch hinnahm wie zuvor. »Du wirst das erledigen, verstanden?«

Als Gerlinde wieder keine Antwort bekam, drehte sie sich zum Tresen um und griff nach dem großen Messer. Es ist so weit, dachte Greta. Und wunderte sich, dass das böse Weib nach dem Wetzstahl griff, um das Messer zu schärfen. Das war doch gar nicht nötig. Es musste bloß spitz sein. Zustechen genügte, wenn man die richtige Stelle kannte. Die Spitze drang sehr leicht durch die Haut, die war ja sehr dünn. Eine scharfe Klinge war überflüssig. Die Spitze.

Greta schloss die Augen.

»Gibt's die Davidwache nicht mehr?«, fragte der Wirt der Kellerkneipe, als er drei Schnäpse auf den Tisch stellte.

»Wieso?«, fragte Weber.

Der Wirt deutete auf Max Klant, der seine gefesselten Hände auf die Tischplatte gelegt hatte.

»Weil ihr euer Verhör jetzt bei mir macht.«

»Es muss schnell gehen«, sagte Weber unwirsch.

»Mit Schnaps geht alles schneller«, sagte Jensen, griff nach seinem Glas und kippte den Köm runter.

Weber nahm sich sein Glas und forderte Klant auf: »Trinken Sie, das ist meine letzte freundliche Geste.«

»Ich trinke nicht«, sagte Klant.

Weber war erstaunt. »Wieso das denn?«

»Alkohol verdirbt den Charakter, hat meine Mutter gesagt.«

Weber starrte ihn an. Wollte der sich über ihn lustig machen? Aber Klant blickte nur trübsinnig vor sich hin.

»Na, wenn das so ist«, sagte Jensen und griff nach dem Schnapsglas. »Bei mir ist da nicht mehr viel zu verderben.« Noch ehe Weber seinen Schnaps zur Hälfte getrunken hatte, war Jensens zweites Glas geleert.

»So«, sagte Weber, beugte sich vor und schaute Klant ins Gesicht. Der wich seinem Blick aus und starrte auf seine gefesselten Hände. »Wo ist das Mädchen? Und reden Sie nicht drum herum. Sie haben sie entführt, das steht fest!«

Klant kniff die Lippen zusammen und schwieg.

»Passen Sie auf. Sie befinden sich in einer denkbar ungünstigen Lage. Sie haben mich zweimal überfallen, einmal mit einer Schusswaffe in der Hand. Widerstand gegen die Staatsgewalt ist da noch ein milder Ausdruck. Aber das interessiert mich nur am Rande. Sie sind so eine Art Heiratsschwindler, der jungen Mädchen das Glück verspricht und dann mit der Mitgift abhaut. Aber auch das ist eine Lappalie im Vergleich zu ihren anderen Untaten.«

Klant schaute auf. »Waaas?«, entfuhr es ihm ungläubig. Er warf einen kurzen Blick zu Jensen, der ihn so finster fixierte, dass er hastig wieder auf seine Hände sah.

»Sie haben eine Minderjährige geschwängert und sie sitzenlassen. Da fängt es schon an«, fuhr Weber fort. »Das Mädchen ist gestorben, als es das Kind bekam. Dass Sie abgetaucht waren, lässt sich noch nachvollziehen. Aber dass Sie dann den Säugling entführten, war wirklich eine Schäbigkeit sondergleichen.«

Jensen tippte sich mit dem Finger an die Stirn. »Hat der 'ne Macke?«

»Weiß ich nicht«, sagte Weber, »aber das spielt auch keine Rolle. Er hat nämlich eine Komplizin. Und damit wird die Sache noch brisanter. Es handelt sich um eine kriminelle Bande von Betrügern und Menschenhändlern. Das kleine Kind von diesem armen Mädchen aus Magdeburg wurde nämlich verkauft. Haben Sie viel Geld dafür bekommen, Klant?«

Der Angesprochene schüttelte leicht den Kopf. »Weiß ich nicht, das hat doch Gerlinde ...«

»Ihre Komplizin!«

»Sie ist meine Freundin ...«

»Die davon lebt, dass Sie anderen Frauen das Geld wegnehmen als Gigolo oder Heiratsschwindler!«

»Wollen die Greta etwa verkaufen?«, fragte Jensen begriffsstutzig.

»Sei doch mal still!«, fuhr Weber ihn an. Und an Klant gewandt sagte er: »Was Greta betrifft, die eigentlich Sieglinde Meyerhoff heißt, so ist sie euch Verbrechern nach Hamburg gefolgt, weil sie das kleine Kind ihrer Freundin Friederike wiederfinden will. Sie will wiedergutmachen, was sie angerichtet hat, als sie einen laienhaften Pfannenstielschnitt an ihrer Freundin durchführte.«

»Was hat sie?«, fragte Jensen.

»Man sagt auch Kaiserschnitt dazu. Auf so eine Operation waren sie natürlich nicht eingestellt, und so ist die junge Mutter leider verblutet.«

»Das ist doch Mord!«, rief Klant.

»Seien Sie still. Wenn überhaupt, sind Sie hier der Schuldige!«

»Ich habe doch überhaupt gar nichts damit ... nur weil ich die Kleine kannte ... das ist Ihre Phantasie, Herr Kommissar.«

»Er ist Oberwachtmeister«, warf Jensen ein.

»Herr Wachtmeister ...«

»Still! Schweigen Sie! Sie können gleich reden. Wenn Sie wissen, was gegen Sie vorliegt.«

»Was denn noch?«, murmelte Klant verblüfft.

»Die Kindermorde. Wir wissen inzwischen, dass das erste tote Kind, das in dem Kohlenkeller gefunden wurde, ein Opfer des Elends war, das noch immer in den unteren Klassen herrscht. Es ist verhungert. Die Schnittwunden an seinem Körper wurden nachträglich, vielleicht beim Transport in den Kohlenkeller, verursacht. Aber die anderen toten Kinder wurden ermordet und zerstückelt. Hier deutet alles auf genaue Planung hin.«

»Na und? Was soll ich denn damit zu tun haben?«, fragte Klant und verzog den Mund zu einem schiefen Grinsen.

Weber verschränkte die Arme und kniff die Augen zusammen. »Es wäre mir ein Leichtes zu beweisen, dass Sie, Klant, diese Kinder auf dem Gewissen haben.«

Klant erbleichte, seine Kiefer mahlten, aber er schwieg.

»Sie sind geistesgestört. Sehr wahrscheinlich hängt es mit Ihrem krankhaften Verhältnis zu Ihrer Mutter zusammen, das Sie jetzt als Erwachsener auf ihre Freundin übertragen, die deutlich älter ist als Sie. Ihre mütterliche Freundin, die Sie wie eine Zuhälterin auf den Strich schickt, die Sie dazu anstiftet, junge Frauen zu verführen, um die Mitgift zu kassieren, hat Sie völlig in der Hand. Dr. Freud aus Wien hat solche Fälle beschrieben, bei Frauen, aber hier ist das Ganze eben mal anders herum. Es ist eine Störung der Psyche. Bei Ihnen bewirkt sie, dass Sie ab und zu den Drang verspüren, ein neugeborenes Kind zu töten. Haben Sie jüngere Geschwister, wurden Sie von Ihrer Mutter ganz plötzlich vernachlässigt, als ein Konkurrent geboren wurde? Haben Sie als kleiner Junge einen Hass auf Ihr Geschwisterkind entwickelt, weil es Ihnen die Mutterliebe gestohlen hat? Einen Hass, der so unbändig wurde, so unbeherrschbar, dass Sie ihn noch immer empfinden und nur ertragen können, indem Sie kleine Kinder töten? Verstehen Sie, was ich meine? Es wäre ein Leichtes für mich, ganz logisch darzulegen, dass Sie die Bestie sind, die die Stadt seit Monaten in Atem hält!«

Während Weber gesprochen hatte, war Klant der Kiefer heruntergeklappt, und ein Schweißfilm hatte sich auf seiner Stirn gebildet. »Was? Was?«, sagte er mit rauer Stimme. »Das können Sie nicht …«

»Sie haben mich überfallen«, schaltete Jensen sich ein, der kapiert hatte, was Weber im Schilde führte. »Und ich kann bezeugen, dass Sie dabei wie ein Wahnsinniger gelacht und geschrien haben, und dass Sie gedroht haben, Greta aufzuschlitzen …«

Weber warf ihm einen warnenden Blick zu.

»… hab ich alles gehört.«

Klant hob die Hände in den Handschellen, um sich den Schweiß von der Stirn zu wischen, aber gefesselt ging das nicht so gut. Die linkische Handbewegung schien ihm seine Lage erst richtig zu verdeutlichen.

»Aber, aber …«, stöhnte er.

»Auf Mord steht die Todesstrafe«, sagte Weber. »Und bei Kindermördern kennt die Justiz kein Pardon.«

»Nein, nein … hören Sie … Ich habe doch mit den toten Kindern nichts zu tun …«

»Den Rest geben Sie zu?«, fragte Weber rasch. »Den Heiratsschwindel, die Unzucht mit einer Minderjährigen, die Entführung eines Neugeborenen, um es zu verkaufen?«

»Ja, ja … aber …«

Weber warf Jensen einen Blick zu. »Merk dir das!«

»Jawohl.«

»Aber das mit den toten Kindern, Herr Wachtmeister …

nein! Das waren wir nicht. Nicht Gerlinde und ich. So was tun wir nicht!«

»Sondern?«

Klant zögerte. »Die Paula«, sagte er dann, »die ist ... die hat ... Und wirklich, ich schwöre, wir haben's erst vor kurzem gemerkt, dass sie ... Es ist nämlich, weil ...« Er holte tief Luft. »Herrgott noch mal! Sie hat offenbar versucht, das nachzumachen, was ihre Mutter früher auch schon ... und jetzt erst wieder wegen der Sache in Magdeburg ...« Er schüttelte den Kopf. »Eigentlich war Gerlinde ja Hebamme. Und Sie wissen ja, wie das war, im Krieg und in den letzten Jahren. Es ist doch ein ganz normaler Vorgang, wenn eine Hebamme sich um ein Kind kümmert, das eine arme junge Frau nicht behalten kann. Und wenn die Vermittlerin das Kind an reiche Leute geben kann, ist das doch für alle nur gut. Und wenn sie dann noch eine Gebühr bekommt für ihre Mühe, umso besser.« Klant starrte Weber mit flehendem Gesichtsausdruck an.

»Weiter!«

»Das ist doch nicht verwerflich. Nur dass es bei der Paula nicht funktioniert hat. Sie hat es vielleicht zwei-, dreimal geschafft, die Kinder loszuwerden. Aber viel bekam sie nicht dafür. Und dann blieb sie auf den Bälgern sitzen. Und wie soll man die denn ernähren, wenn man arbeitslos ist und kein Geld hat? Sie dachte, die Kinder bringen was ein. Das war aber falsch gedacht. Und da hat sie sie eben ... sie hat sie ... weggetan. Aber ich schwöre, Gerlinde und ich, wir haben das erst neulich mitbekommen. So etwas Schlimmes, das tun wir nicht, bestimmt nicht!«

»Aber warum haben Sie dann Greta entführt?«, fragte Weber.

»Weil die zu viel weiß. Wir wussten ja nicht, dass Sie auch schon dahintergekommen sind.«

»Wo ist sie, und was soll mit ihr geschehen?«

Klant starrte auf den Tisch und schwieg.

»Sie wollen Sie doch nicht etwa umbringen?«

Klant schwieg.

»Weil sie auch das von Paula weiß?«

Klant reagierte nicht.

»Glaubt Gerlinde Hofstedt, sie könnte auf diese Weise ihre Tochter vor dem Fallbeil bewahren?«

Klant sagte nichts.

»Greta soll sterben. Als Ihnen das klar wurde, sind Sie weggelaufen. Nicht vor der Polizei, sondern vor Ihrer Komplizin. Richtig?«

Klant nickte schwach.

»Wo ist das Versteck?«

Klant schloss die Augen.

»Soll ich es aus ihm rausprügeln?«, fragte Jensen und schob sich die Ärmel hoch.

»Moment noch«, sagte Weber. »Hören Sie, Klant, wenn das geschehen sollte, dann werde ich dafür sorgen, dass Sie als Mittäter unters Beil kommen. Aber erst nachdem Sie zugesehen haben, wie Ihrer Geliebten der Kopf abgetrennt wurde. Noch ist es nicht zu spät für Sie beide. Wenn dieser Mord verhindert werden kann!«

Klant schlug die Augen wieder auf. Tränen rollten über sein Gesicht. »Ich war doch noch nie in Paulas Versteck«, sagte er heiser. »Ich weiß nur, wo der Kerl wohnt, an den Gerlinde sie ver… vermittelt hat.«

»Also los doch! Du machst das!«, sagte Gerlinde und hielt ihrer Tochter das frisch geschärfte Messer hin. Durch das Kellerfenster fiel ein blasser Lichtstrahl. Paula starrte die blinkende Klinge an. Apathisch. Ihr Gesicht war eine Maske vollkommenen Unglücks, mit erloschenen Augen, hängenden Wangen, blutleeren Lippen, die leicht zitterten.

»Was machen?«, fragte sie tonlos.

»Na was schon. Du weißt doch, wie das geht! Sie ist nur ein großes Kind, das ist alles. Du musst etwas mehr Kraft anwenden.«

»Aber ...«

»Du hast es gelernt, Paula!«

Gerlinde kommandierte wie ein Feldwebel: »Los, los, keine Verzögerung. Auf geht's. Zack, zack!«

Paula nahm das Messer entgegen, aber ihre Hand sank kraftlos herab, bis beide Arme schlaff herunterhingen und die spitze Messerklinge nach unten deutete.

»Da!« Gerlinde zeigte auf Greta.

»Es geht doch nicht so«, hauchte Paula.

»Willst du sie auf dem Tresen haben? Sollen wir sie hinübertragen?«, fragte Gerlinde.

»Es geht nicht, weil ...«

»Menschenskind, Paula, dein Leben ist zerstört, wenn sie quatscht, das ist doch klar wie Kloßbrühe!«

Paula schaute ihre Mutter überrascht an, dann verzog sich ihr Mund zur Andeutung eines Lächelns. »Mama«, flüsterte sie, »warum ist die Brühe mit Klößen so klar?«

»Lass das jetzt«, sagte Gerlinde unwirsch.

»Mama ...«

»Tust du es jetzt endlich! Sofort!« Gerlinde hob die Hand, und Paula zuckte zurück. Sie schien die Geste nur allzu gut zu kennen. Wie oft sie sie wohl geschlagen hat, um sie zu etwas Hässlichem zu zwingen, fragte sich Greta. Paula hob das Messer. Schaute die Klinge an, die jetzt wieder blinkte.

»Na also, los doch!«, sagte Gerlinde und trat einen Schritt zurück.

Sie will keine Blutspritzer abkriegen, dachte Greta.

»Es geht aber nicht«, jammerte Paula.

»Warum nicht?«, schrie Gerlinde.

»Sie ist doch meine Freundin.«

»Freundin, ha!«

»Sie hat immer zu mir gehalten.«

»Ha! Was weißt du denn! Ich habe immer zu dir gehalten. Ich war immer auf deiner Seite. Ich habe immer dein Bestes gewollt. Was glaubst du wohl, warum ich die vielen Kinder vermittelt habe? Um dich durchzubringen! Es waren schwere Zeiten, da musste man sehen, wie man durchkam. Ich habe vielen Frauen geholfen.«

»Tu doch nicht so selbstlos. Das war alles gegen Geld!«

»Na und? So funktioniert die Welt. Wenn du das mal früher verstanden hättest. Dann hätte ich mich nicht für dich aufopfern müssen.«

»Du lügst doch!«

»Ha! Was hätte ich für ein königliches Leben führen können, wenn du nicht gewesen wärst! Und wenn du nicht so eine verdorbene Schlampe geworden wärst, dann ...«

»Aber ich wollte doch nur so werden wie du«, hauchte Paula.

»Wie ich!«, höhnte Gerlinde. »Was weißt du denn, wie ich war!«

»Als Hebamme wäre alles anders ... Das Geld, das ich verdient habe, wollte ich dafür verwenden, aber du hast es mir weggenommen.«

»Hebamme! Für welche Kinder, deine eigenen Hurenbalge?«

»Mutter!« Paula fuhr herum und richtete die Klinge auf Gerlinde. »Mutter, hör auf damit!«

»Ha! Wie viele von den Dingern musste ich dir denn rauskratzen, hm? Und jetzt ist schon wieder eins drin.« Gerlinde deutete auf Paulas gewölbten Bauch.

Paula bebte vor Zorn. Das Messer in ihrer Hand zitterte. »Daran waren immer die Männer schuld«, sagte sie. »Diese Mistkerle, die du mir auf den Hals ...«

»Still! Du willst ja nur ablenken.«

»Ablenken! Ich? Du bist es doch, die ablenkt. Hier ...« Paula klopfte sich auf den Bauch. »Das da drin, das ist meins, das kriegst du nicht!«

»Ach, auf einmal. Und neulich hieß es noch: Liebe Mutter, wie gut, dass ich dich habe, du weißt immer, was zu tun ist.«

»Du willst es ja nur verkaufen und dann mit deinem Max in Saus und Braus leben!«

»Ja und? Wir nehmen dich schon mit.«

»Und sperrt mich wieder ein, wie ihr es schon mal gemacht habt. Als euer Goldesel, weil der kleine Max sich zu dumm anstellt bei den Damen!« Paulas Gesichtsausdruck wechselte blitzschnell zwischen Ekel und Zorn, Hass und Angst. »Ich will aber nicht mehr! Ich will ein normales Leben führen! Ja, genau das!«

»Ha!«, rief Gerlinde. »Wie soll das denn gehen ohne meine Hilfe? Du hast viel zu viel Blut an den Händen. Sie werden dich aufs Schafott schleifen, wenn ich dir nicht helfe.«

»Dich doch auch, dich doch auch, dich doch auch!«, kreischte Paula, schüttelte dabei wild den Kopf und schwenkte drohend das Messer.

»Nein, mich nicht«, sagte Gerlinde ganz ruhig. »Mich nicht.«

»Wie viele Kinder hast du auf dem Gewissen, du Kurpfuscherin? Wie viele hast du verkauft, du Sklavenhändlerin?«

Gerlinde ließ sich nicht beirren. »Was ist das schon gegen

deine Verbrechen, hm? Und wenn du die hier am Leben lässt, dann kommt alles raus.«

Sie will ja nur, dass ich tot bin, damit niemand gegen sie aussagen kann, dachte Greta. Sie ist schlau. Sie will Paula anstiften. Das ist es. Und Paula ist sie dann auch bald los, denn die wird als Mörderin zum Tode verurteilt, und keiner wird ihr glauben, wenn sie schlecht über ihre Mutter spricht. Das ist Gerlindes Plan. Und niemand kann ihn vereiteln. Denn jetzt hat sie Paula überzeugt, jetzt schaut Paula das Messer an wie ein Werkzeug, versichert sich mit dem Daumen, dass es auch wirklich scharf genug ist. Tippt mit dem Zeigefinger an die Spitze. Wiegt das Messer in der Hand, um zu prüfen, ob sie den Griff auch richtig umfasst hat. Hebt es an und tritt auf mich zu.

Mit zusammengekniffenen Lippen und verbissenem Gesichtsausdruck stand Paula vor Greta, das Messer mit der Klinge nach oben gerichtet, die rechte, leere Hand ebenfalls erhoben. Wie eine Priesterin, die ein Ritual vollführen wollte.

Sie ist ja Linkshänderin, fiel Greta auf. Sie war ganz ruhig. Sah Paula ohne jede Angst an. Da ist nichts mehr zu machen, dachte sie. Und es trifft ja keine Unschuldige, nein, das nicht. Vielleicht ist das die gerechte Strafe.

»Los! Du weißt doch, wie es geht!«, schnarrte die Stimme von Gerlinde.

»Keine Sorge«, sagte Greta zu Paula. »Ich habe es nicht besser verdient. Tu es einfach. Ich bin dir nicht böse.«

Paula senkte das Messer. Die Klinge war jetzt nur noch dreißig Zentimeter von Gretas Hals entfernt.

»Ich weiß, wie es sich anfühlt, wenn die Messerklinge durch die Haut schneidet. Rieke hat's mir gesagt. Man spürt überhaupt nichts. Jedenfalls zuerst. Dann spürt man, wie das Blut aus einem herauströpfelt. Dann fließt es. Der Schmerz kommt nach und nach und dann ganz doll. Aber dann ist man schon so gut wie bewusstlos. Je schneller das Blut herausläuft, umso schneller ist man bewusstlos. Wenn du die Schlagader durchtrennst, geht es ganz schnell.«

Die Klinge war jetzt nur noch zwanzig Zentimeter entfernt. Paula schaute ganz konzentriert auf Gretas Hals.

»Du musst keine Gewissensbisse haben wegen mir«, sagte Greta. »Ich werde fast gar nichts spüren. Du musst nur gut schneiden, das Messer an der richtigen Stelle ansetzen.«

Die Klinge war jetzt nur noch zehn Zentimeter entfernt.

»Und wenn die scharfe Klinge dort liegt, dann ziehst du sie gerade durch. Bleib ruhig dabei, damit du nicht abrutschst. Und pass auf, dass du dich nicht schmutzig machst. Das Blut wird herausspritzen.«

Greta spürte die Klinge an ihrem Hals und wie das Blut in der Schlagader gegen den kalten Stahl pochte.

»Na los doch«, sagte sie mit einem aufmunternden Lächeln. »Schnitt, Schnitt!«

Alles lag im Zwielicht des Winternachmittags. Eben noch hatten die tiefhängenden grauen Wolken ein paar Sonnenstrahlen hindurchgelassen, die ein wenig Hoffnung in die Dezembertristesse brachten. Nun herrschte wieder quecksilbrige Eintönigkeit vor, und die Dämmerung kündigte sich an.

Klant, noch immer mit seiner behelfsmäßigen Krücke humpelnd, führte Weber und Jensen zu einem Torbogen mit einem zweiteiligen Türchen. Ein Durchgang, der auf eine mit geriffelten Steinplatten ausgelegte Terrasse und zwei Häuserreihen zuführte.

Eine ramponierte Tür neben einem Eisengeländer, hinter dem ein paar Stufen in den Keller führten. Schmale Stiege hinauf in den oberen Stock. Klant klopfte an eine Tür ohne

Namensschild. Zweimal kurz, dreimal lang, einmal kurz. Hinter der Tür näherten sich schlurfende Schritte.

»Was ist?«, fragte eine kratzige Stimme.

»Ich bin's, Max.«

»Gottverdammt, was soll das?«, murmelte die Stimme. »Was willst du denn hier?«

»Mach auf, Erik!«

»Hetz mich nicht! Und überhaupt, erst verschwinden und dann wieder aufkreuzen ...«

Ein schwerer Riegel wurde zurückgeschoben. Die Tür ging langsam auf, und die grimmige Miene eines alten Mannes tauchte im Türspalt auf. Er war schmächtig, hatte ein hageres Gesicht mit einer Hakennase und einer Warze auf der Wange und dünne, weiße Haare. In seinem Mundwinkel steckte ein qualmender Stumpen, er trug einen grauen Kittel und Hausschuhe aus Filz. Aus der Wohnung drang der muffige Gestank von kaltem Zigarrenrauch.

Weber stellte, kaum dass die Tür ein Stück aufgegangen war, den Fuß dazwischen. Jensen drückte dagegen und schob sie auf. Der Alte geriet kurz aus dem Gleichgewicht, stützte sich dann aber an der Wand ab. Seine Augen, die Weber wie die eines Raubvogels vorkamen, wanderten von Jensen zu Weber zu Klant. Dann nickte er wissend und trat beiseite. »Verräter!«, stieß er hervor.

Weber trat über die Schwelle und hielt dem Alten seine Polizeimarke hin. Der nahm sie nicht weiter zur Kenntnis.

»Wohnt hier eine Paula Berger?«

»Vielleicht, vielleicht auch nicht ...«, sagte der Alte und wich ein Stück zurück.

Weber bemühte sich, Klant im Auge zu behalten. Mit einem Blick bedeutete er Jensen aufzupassen, dass Klant nicht weglief.

»Wie heißen Sie?«, fragte er den Alten.

»Erik Voht.«

»Wer wohnt bei Ihnen, Herr Voht?«

»Warum stellen Sie Fragen über Dinge, die Sie schon zu wissen glauben?«

»Dürfen wir eintreten?«

»Sehen Sie! Eine überflüssige Frage, Sie stehen schon drin.«

»Wir müssen uns unterhalten.«

»Na klar.«

Der Alte drehte sich um und ging in die Küche. Dort setzte er sich an einen zerkratzten Tisch, auf dem ein großer Aschenbecher mit Zigarrenstummeln stand. Dem Küchenschrank fehlte eine Tür. Schäbiges Porzellan stand darin. Auf dem Ofen kochte Wasser in einem Kessel. Ein schmales Fenster mit schmutziger Scheibe.

Weber wartete, bis auch Max Klant in der Küche war, warf Jensen einen Blick zu und sagte: »Pass du mal kurz auf.« Dann durchkämmte er die anderen Zimmer, die alle ungeheizt waren. Das Schlafzimmer mit einem Doppelbett, nur einem Nachtschränkchen und einem schiefen, einfachen Schrank. Die Stube mit einem abgesessenen Sofa, ein paar Stühlen und einer wuchtigen Anrichte mit Glasvitrine, in der nur drei Kaffeetassen, zwei Zigarrenkisten und eine Rumflasche standen. Der Tisch vor dem Sofa passte nicht, er war zu klein und zu hoch. An der Wand eine Stickerei mit Blümchenmuster und dem Spruch »Üb immer Treu und Redlichkeit«. Eine Kammer mit einer Pritsche, einem hohen Spiegel und einer Kommode, auf der anzügliche Fotografien von Frauen lagen. Weber zog eine Schublade auf. Darin befanden sich Wäsche, die eine Frau anzog, wenn sie nicht angezogen sein wollte, und Sachen aus Gummi, eine Hundepeitsche sowie Bänder und Riemen.

Neben der Pritsche auf dem Boden entdeckte Weber weitere Riemen. Anscheinend waren sie kürzlich benutzt worden. Die Kammer war das einzige Zimmer mit einem Vorhang. Weber ging zurück in die Küche. Sein Blick fiel durch das Fenster, die nächste Hauswand war nur zwei Meter entfernt. Ohne Fenster.

Auch Max Klant saß jetzt am Tisch, Jensen stand dicht hinter ihm.

»Wo ist Paula Berger?«, fragte Weber den Alten.

»Ausgegangen.« Der vom Speichel feuchte Stumpen wanderte in den rechten Mundwinkel.

»Wo ist Greta Wehmann?«

»Kenn ich nicht.« Der Stumpen wanderte in den linken Mundwinkel.

»Vielleicht kennen Sie sie ja als Sieglinde Meyerhoff.«

»Eine Frau mit vielen Namen«, sagte der Alte spöttisch. »Kenn ich trotzdem nicht.«

»Herr Klant behauptet, diese beiden jungen Frauen seien kürzlich hier in Ihrer Wohnung gewesen.«

»Behaupten kann man viel.« Der Stumpen wanderte wieder in den rechten Mundwinkel.

»Leben Sie mit Paula Berger zusammen?«

»Wie man's nimmt.«

»Sind Sie ihr Zuhälter?«

»Seh ich so aus?« Der Stumpen wanderte wieder in den linken Mundwinkel.

»Lag Greta Wehmann dort hinten in der Kammer gefesselt auf der Pritsche?«

»Warum sollte sie?«

Jensens Hand schoss nach vorn und verpasste Voht eine Kopfnuss. Max Klant zuckte zusammen. Voht spuckte den Stumpen aus und starrte Jensen zornig an.

»Lass das«, mahnte Weber.

»Bessere Methode«, murmelte Jensen.

Weber beugte sich vor und bemühte sich um einen sachlichen Ton. »Herrn Klant erwartet eine Anklage wegen Betrugs, Hochstapelei, Verführung Minderjähriger, wenn er Pech hat auch wegen Menschenhandel. Er hofft, glimpflich davonzukommen, wenn er Informationen preisgibt. Das sollten auch Sie beherzigen, Herr Voht. Und bedenken, dass Paula Berger wegen mehrfachen Mordes gesucht wird. Sie kommen als Mitwisser in Betracht. Sie können eine weitere Bluttat verhindern, wenn Sie uns sagen, wo Paula Berger, Gerlinde Hofstedt und Greta Wehmann jetzt sind. Tun Sie das nicht, werden Sie zum Mittäter. Und auf Mord steht die Todesstrafe.«

»Wer will denn wissen, dass ich das weiß?«, fragte der Alte.

»Ich weiß es!«, stieß Klant hervor.

»Dann steht Aussage gegen Aussage«, sagte Voht seelenruhig und tastete die Taschen seines Kittels ab. Schließlich zog er eine Zigarre hervor, dann eine Schachtel Streichhölzer.

Beides flog in hohem Bogen durch die Küche, als Jensen ihm eine schallende Ohrfeige verpasste.

»Hör auf damit, Carl!«, rief Weber.

Aber Jensen hatte den Alten schon am Kragen gepackt und hochgezerrt. Drückte ihn gegen die Kacheln der Küchenwand, eine breite Hand um seine Kehle gelegt. Voht atmete keuchend und fixierte ihn höhnisch.

»Stopp!«, rief Weber.

Klant starrte Jensen entgeistert an. Seine Hände zitterten.

»Rede!«, brüllte Jensen dem Alten ins Gesicht. Voht verzog abfällig den Mund. Jensen deutete mit der freien Hand zum Fenster. »Da, sieh mal da draußen, Alfred!«

Weber drehte sich um.

Ein dumpfer Schlag und ein lautes Stöhnen.

Weber wirbelte herum. »Verdammt, Carl!«

Der Alte hing schlaff vor der Wand, gegen die Jensen ihn mit beiden Fäusten stemmte. Er kniff die Lippen zusammen.

»Rede!«, brüllte Jensen.

Der Alte schüttelte den Kopf. Jensen schaute Weber auffordernd an. Der zögerte kurz, wandte ihm aber dann den Rücken zu, um noch mal genauer aus dem Fenster zu schauen. Hinter ihm zischte es, und ein schriller Schmerzensschrei ertönte, vermischt mit einem Ausruf des Schreckens von Klant. Dann war nur noch ein gurgelndes »Rarararahar« aus dem Mund des Alten zu hören.

Weber drehte sich um. Voht lag mit der rechten Wange auf dem heißen Ofen. Jensen drückte ihn mit der einen Hand runter, mit der anderen hielt er den dampfenden Wasserkessel über ihn. Ab und zu fiel ein heißer Tropfen vor Vohts Nase auf den Herd und zischte.

»Ich zerhack dich«, stieß Jensen hervor. »Aber vorher mach ich eine Brühwurst aus dir.« Er beugte sich hinunter und brüllte, so laut er konnte, in das Ohr des Alten: »Wenn du jetzt nicht redest!«

»Carl! Aufhören! Sofort!«, rief Weber. »So geht das nicht!«

Ein Schwall kochendes Wasser landete auf Vohts Gesicht. Er kreischte auf und sagte dann mit einer hohen, wimmernden Stimme: »Im Keller ... unten ... vor dem Haus ... Eingang rechts ... Geländer ...«

Jensen ließ ihn los. Der Alte rutschte wie ein angekohlter Kartoffelsack vom Ofen und blieb auf dem Boden liegen.

Weber zog den Schlüssel hervor und kettete Max Klant blitzschnell mit seinen Handschellen an den Stuhl. Dann rannte er hinter Jensen her, der schon die Treppe hinuntertrampelte. An der Haustür hatte er ihn eingeholt.

»Um Himmels willen, Carl!«

»Es geht eben doch so!«, fuhr Jensen ihn an.

Sie rannten um das Eisengeländer herum und die Treppe hinunter, Jensen voran. Er hob den Fuß und trat gegen die Kellertür.

»So geht es eben doch!«, schrie er wütend.

Die Kellertür schwang auf.

Ein schrilles Kreischen aus einer Frauenkehle war von ganz weit hinten zu hören, kam von irgendwo aus einem der dunklen Kellergänge.

Und brach jäh ab.

»Ich spüre den Schnitt gar nicht, es tut wirklich nicht weh.« Greta lächelte jetzt, so wie Friederike gelächelt hatte, als sie ihr die scharfe Klinge des Skalpells durch die dünne Haut und das nachgiebige Fleisch gezogen hatte. Dabei hatte Rieke sie aus ihren hellen, leuchtenden Augen aufmunternd angesehen. Es ist nur gerecht, wenn ich genauso sterben muss, dachte Greta. Auge um Auge, Schnitt um Schnitt. Alles ist gut.

Aber hier war es anders. Ein Wirbel grausiger, wahnhafter Bilder, die gar nicht echt sein konnten. Ein Blutstrahl schoss durch den Raum und klatschte gegen die Kacheln an der Wand. Ein schriller Schrei, ein Ausruf des Entsetzens und ein tierischer Laut wie von einem Raubtier, das seine Krallen in die Beute schlug. Blut spritzte über Paulas Gesicht und ihre Schürze. Greta spürte die warme Flüssigkeit auf ihren Wangen. Ihre Augen brannten, weil einige Tropfen hineingeraten waren. Sie musste blinzeln. Was sie sah, wirkte wie in einem Kintopp, dessen Projektor kaputt war und verwackelte Bilder auf die Leinwand warf. Nur war es keine Leinwand, es war die dreidimensionale Wirklichkeit, direkt neben ihr.

Der schrille Schrei brach in dem Moment ab, als die scharfe Klinge des Schlachtermessers Gerlindes Kehle durchtrennte. Die Blutfontäne, die aus der klaffenden Wunde drang, war schwarzrot. Gerlindes Augen waren vor Entsetzen weit aufgerissen und gleichzeitig leer. Sie war tot, bevor sie gemerkt hatte, dass sie tödlich verletzt war. Sogar ihr Körper schien es erst mit Verzögerung zu realisieren, denn ihre Arme zappelten noch, und sie stand aufrecht, obwohl man sah, dass es aus war. Dann wich alle Kraft aus den Muskeln, und die Leiche stürzte zu Boden wie eine Marionette, der man die Fäden durchtrennt hatte.

Ein dumpfer Aufschlag. Und dann stand Paula mit gespreizten Beinen über ihrer toten Mutter und keifte sie an: »Lass die Augen auf! Lass die Augen auf! Das sollst du sehen, du Rabenmutter, du Scheusal, du Verbrecherin!« Und mit schriller Stimme kreischte sie: »ES IST ALLES AUS! SIEH DOCH!«

An der Tür rumpelte es. Nanu, dachte Greta, klopft da jemand? Will noch jemand an der Vorstellung teilnehmen?

Greta sah, wie Paula das Messer hob, als wollte sie ihre tote Mutter ein zweites Mal erstechen. Sie holte aus, die Klinge fuhr nach unten.

Nicht doch, dachte Greta, sie ist ja schon tot.

Die Tür erbebte unter donnernden Schlägen, Holz splitterte, Metall verbog sich kreischend.

Die Klinge bohrte sich ganz tief in den Unterleib, wurde nach oben gerissen, zerfetzte den Stoff, zerteilte den Bauch, riss einen Spalt, und Paula brüllte mit sich überschlagender Stimme: »Hier hast du mein Kind, du mieses Stück Dreck, du Aas! Hier! Nimm es doch, und friss es auf, du widerliche Hexe, du Tier, du ...« Und die Tochter stürzte mit ihrem ungeborenen Kind auf die Mutter, und das Blut floss aus drei

Leichen, und die Ströme vereinigten sich auf den kalten Fliesen zu einer riesigen Pfütze.

Die Tür brach auf, und der Polizist und Carl stürzten herein wie zwei Erzengel. Der eine mit erhobener Pistole, die kein Ziel mehr fand. Der andere mit erhobenen Fäusten, die niemanden mehr packen konnten, weil ja alle schon gegangen waren.

Die Vorstellung war zu Ende. Der Vorhang musste fallen. Die Leinwand war dunkel. Das Kintopp war aus.

Weber merkte erst, als er ausglitt und beinahe gefallen wäre, dass er mit beiden Füßen in eine klebrige Flüssigkeit getreten war. Er hielt sich die Hand vor Mund und Nase. Ein grausiger Gestank nach Fleisch und Blut und Eingeweiden erfüllte den Raum. Er sah, wie Jensen über zwei Leichen am Boden stieg, und hörte, wie der Matrose »Gottverdammich« murmelte. In der rotschwarzen Pfütze neben den Körpern lag ein großes Schlachtermesser.

Jensen trat auf eine Pritsche zu. Greta war daran festgebunden. Weber sah, wie Jensen, ohne zu zögern, nach einem Messer mit schmaler Klinge griff, das sich auf dem blutverschmierten Marmortresen befand, und die Fesseln durchschnitt. Weber stellte sich auf die andere Seite der Pritsche, um Greta gemeinsam mit Jensen von ihrem Lager zu heben. Dabei stieß er mit dem Fuß gegen einen großen Eimer.

In dem Moment, als er nach unten schaute, drang der süßlich ranzige Geruch nach verbranntem Fleisch in seine Nase. Er sah Asche, mit Knochen vermengt, und schrie entsetzt auf.

Greta lachte. Ihre klare, glockenhelle Stimme, ihr fröhliches Gelächter schallten durch den Raum. »Schnitt, Schnitt!«, sagte sie. »Schnitt, Schnitt!«

Jensen hob sie hoch. Sie schlang ihre Arme um seinen Hals und rief freudig aus: »Ach, mein lieber Carl, wie schön, dass du mich besuchen kommst!«

Jensen warf Weber einen irritierten Blick zu. Weber wurde schwindelig. Die Umgebung geriet ruckend in Bewegung, wie ein altes Karussell – Fleischerhaken, Messer, Marmortresen, Blutschlieren, Blutlachen, Asche, Knochen, klaffendes Fleisch, Gedärme, Fetzen von aufgeschlitzter Haut und zerrissenem Stoff. Starr ins Nichts glotzende, tote Augen.

»Alfred!«, rief Jensen. »Komm, raus hier.«

Er ging voran, mit Greta auf den Armen, die amüsiert mit den Füßen wippte und sich hochreckte, um ihm einen Kuss zu geben. »Ach, Carl, wohin bringst du mich denn?«

Weber folgte den beiden durch das Gewirr der Kellergänge zurück ans Licht. Als er die Stufen aus dem Untergeschoss hochgestiegen war, schnappte er nach Luft. Sein Herz stotterte wie ein kaputter Motor.

Die Schreie hatten die Nachbarschaft alarmiert. Ein paar ältere Männer und einige Frauen in Kitteln und Schürzen standen herum und starrten sie verwundert an. Drei neugierige Kinder wagten sich am weitesten vor.

Weber winkte den ältesten Jungen heran. Er räusperte sich, brachte aber kein Wort heraus, musste stattdessen husten. Hatte das Gefühl, jemand würde seine Brust zusammenquetschen.

Jensen sprang ein. »Du, Junge, lauf so schnell du kannst zur Davidwache und schlag Alarm. Da unten im Keller liegen zwei Tote.«

Weber, der eine jähe Angst verspürte, nie mehr etwas sagen zu können, riss sich zusammen und knurrte: »Drei Tote ... vielleicht sogar vier.«

Der Junge, der jetzt, mitten im Dezember, Sandalen

ohne Strümpfe trug, nickte ernst, drehte sich um und rannte los.

»Und einen Krankentransporter!«, rief Jensen hinter ihm her.

»Wer ist denn krank?«, fragte Greta lachend und drückte ihre Wange an Jensens. »Du kratzt«, sagte sie schmollend.

»Ja, wer ist krank«, erwiderte Jensen mit finsterer Miene und stellte Greta auf die Füße. Als er sie losließ, knickte sie ein und sagte: »Hoppla!« Jensen fing sie auf, setzte sich auf die Stufe vor dem Hauseingang und nahm Greta auf den Schoß.

Sie runzelte die Stirn und fragte: »Bin ich krank?« Dann schwieg sie und starrte vor sich hin.

Im Zwielicht der Dämmerung sahen die herumstehenden Männer und Frauen in ihren schäbigen Kleidern aus wie eine Gruppe archaischer Menschen, die darauf warteten, dass jemand zu ihnen sprach. Das muss ich wohl tun, dachte Weber erschöpft.

»Keiner geht da runter in den Keller!«, rief er. »Verstanden?« Und an Jensen gewandt: »Ich lauf jetzt hoch und schau nach den anderen.«

Jensen nickte. Als Weber sich umdrehte, sagte er: »Pistole, Alfred. Wer weiß, was die da oben im Schilde führen.«

Weber zog die Waffe hervor, die er in die Manteltasche geschoben hatte.

Das war auch gut so, denn der Alte hatte sich schon wieder aufgerappelt. Trotz seiner verschmorten Wange, an der die Hautfetzen hingen, stand er mit einer erhobenen Kohlenschaufel in der Küche. Seine Augen blitzten angriffslustig. Weber lud demonstrativ seine Pistole durch. Der Alte ließ die Schaufel sinken.

Weber riss ein Stück Wäscheleine ab, das über dem Ofen hing, und fesselte Erik Voth die Hände auf den Rücken. Das

Gleiche machte er mit den Handschellen bei Max Klant. Dann trieb er sie mit vorgehaltener Waffe die Treppe hinunter. Scheuchte sie in eine Ecke, blieb vor ihnen stehen, die Waffe drohend erhoben.

Der Krankentransporter kam zuerst. Ein auf der Davidwache stationierter Sanitäter, wie alle Männer dieser Berufsgruppe sehr groß und sehr kräftig, schob die Krankenräderbahre durch den Torbogen auf die Wohnterrasse und stellte sie ab. Die Trage ruhte auf einem Federgestell und sah aus wie eine langgestreckte Schubkarre. Vorn befanden sich zwei große Räder mit Speichen und am hinteren Ende, dort wo die Handgriffe waren, zwei Stützen zum Abstellen. Für den Transport von Kranken und Verletzten durch die engen Gassen war dieses Gerät ideal. Es war genauso lang wie eine Pritsche für einen Erwachsenen und leicht zu manövrieren. Der Körper ruhte unter einer Zeltplane, die, wenn es sich um einen Betrunkenen, Irren oder Toten handelte, vollständig geschlossen werden konnte. Der Kopf des Kranken lag zwischen den Rädern, der Rumpf in der unteren Seite, so dass ein Sanitäter allein das Gerät gut anheben konnte. Bei der Ankunft im Krankenhaus konnte die Trage von den Rädern gelöst und von zwei Personen getragen werden.

Jensen trug die apathische Greta zur Krankenräderbahre. Der Sanitäter knöpfte die Plane auf, und Jensen legte Greta behutsam ab. Der Sanitäter schnürte sie fest.

»Ist das nötig?«, fragte Jensen. »Ich komme doch mit.«

»Damit sie nicht herunterfällt«, sagte der Sanitäter.

Greta lag ganz gerade da, die Arme rechts und links angeschnallt, ein Riemen ging über die Oberschenkel, einer über die Brust. Nach kurzem Zögern und einem Blick auf Jensen verzichtete der Sanitäter darauf, den Riemen am Hals festzuschnüren.

»Haben Sie ihre Personalien?«, fragte er dann.

Jensen nickte vage.

»Sie kommt ins Hafenkrankenhaus.« Der Sanitäter packte die Griffe und hob die Bahre an.

Muss ein eigenartiges Gefühl sein, mit dem Kopf nach unten und erhöhten Füßen durch die Straßen geschoben zu werden, dachte Weber.

Stiefelgetrappel. Ein Polizeitrupp erschien. Vier Mann. Der Wachtmeister hob die Hand an den Tschako.

»Oberwachtmeister Weber«, erwiderte dieser den Gruß und deutete auf Klant und Voht. »Zwei Gewaltverbrecher. Bitte abführen. Außerdem zwei Frauenleichen im Keller. Bitte Tatort absichern und Inspektor Kunath und Kommissar Recknagel im Stadthaus alarmieren. Sagen Sie ihnen, ich habe die Kindermorde aufgeklärt.«

»Sind Sie nicht Alfred Weber?«, fragte der Wachtmeister.

»Ja.«

»Dann habe ich eine Nachricht für Sie: Ihre Frau ist im Hafenkrankenhaus. Wurde vor einigen Stunden durchgegeben, aber Sie waren ja nicht aufzufinden.«

Weber erschrak. »Was?«

»Sie bekommt ein Kind. Wussten Sie das nicht?«

»Ja, doch, natürlich«, sagte Weber ratlos. Dann rief er plötzlich: »Aber dann muss ich ja mit! Übernehmen Sie hier, Wachtmeister! Niemand darf in den Keller, bis der Gerichtsarzt und die Kriminalpolizei hier sind! Sie sind verantwortlich!«

Der Wachtmeister nickte. »Jawohl. Wir sperren alles ab.«

»Alfred, zeig ihm, wo es ist. Ich begleite Greta. Du kannst ja später nachkommen.«

»Aye, Käpt'n.«

An den Wachtmeister gewandt, sagte Weber: »Ich mache dann Meldung im Stadthaus.«

»Jawohl.«

»Und gehen Sie nicht rein«, warnte er. »Es ist furchtbar.«

»In Ordnung.«

Weber folgte dem Sanitäter, der die Räderbahre vorsichtig durch den Torbogen schob und sich dabei bücken musste. Während er mit weit ausholenden Schritten neben dem Sanitäter herlief, durch die Gassen und Gänge zur Erichstraße und dann über die Davidstraße Richtung Seewartenstraße, flammten in der hereinbrechenden Dunkelheit Tausende bunter Lampen, Lichtreklamen und Schriftzüge auf, die St. Pauli seinen verführerischen Glanz verliehen, der ihm tagsüber fehlte. Und Weber dachte: Wenn ich Vater werde, sollte ich in den Bürodienst wechseln. Wie kann man denn ein Kind an der Hand nehmen, wenn man solche grauenhaften Dinge erleben muss?

»Wenn Sie bitte entschuldigen, Herr Oberwachtmeister«, sagte der Sanitäter nach einer Weile.

»Ja, bitte?«

»Ihr Mantel ist schmutzig.«

»Oh.« Weber schaute an sich herab. »Oje.«

Mantelschöße und Ärmel waren blutgetränkt. Auch seine Hände waren blutig. Und die Aufschläge seiner Hose.

»Herrje ...«

»Ich dachte nur ... wegen Ihrer Frau ...«

»Ja, ja, natürlich ... so darf ich da nicht erscheinen.«

»Bestimmt können Sie einen Kittel bekommen.«

»Gut, ja, vielen Dank.«

So viel Blut, dachte Weber. Wieso habe ich das denn gar nicht bemerkt?

Fünfzehntes Kapitel:

HEIMKEHR

Ich liege in einem Sarg. In einem rollenden Sarg. Jetzt bringen sie mich auf den Friedhof. Werden sie mir mein Grab zeigen, bevor ich hineingelegt werde? Darf ich meinen Grabstein sehen? Aber wer hätte die Zeit gehabt, einen aufzustellen und meinen Namen daraufzuschreiben? Warum haben sie es denn so eilig? Der Sarg rumpelt über das Pflaster, ruckt über Bordsteinkanten und wird in großer Hast um Ecken und Kurven geschoben. Ist das nun das Ende, oder fällt wieder jemandem eine Verzögerung ein?

Sie hätten mich doch gleich im Keller begraben können, zusammen mit Paula und ihrer Mutter. Drei böse Frauen in einem Grab. Oder fürchten sie etwa, wir könnten auferstehen und Unheil über die Menschen bringen? Die Toten von St. Pauli, die des Nachts durch die Gassen irren und sich dann und wann ein Kind schnappen oder eine Frau, die sich schlecht benimmt. Aber gibt es das überhaupt, einen Sarg, der rollt? Müssen Särge nicht von Männern mit Zylinderhüten und Fräcken getragen werden?

Ich rieche feuchte Erde, den Kohlendunst des Hafens und den Fischgeruch. Wird man mich auf einem Seemannsfriedhof bestatten? Als einziges Mädchen unter all den Matrosen? Vielleicht wird Carl sich eines Tages neben mir ausstrecken und mir Gesellschaft leisten in der Ewigkeit. Aber nein, den mag ich ja nicht mehr.

Sie geben sich wirklich viel Mühe mit mir. Jetzt halten wir an. Der Polizist mit der sanften Stimme redet mit einem anderen Mann. Nun nehmen sie den Sargdeckel ab und zeigen mir die traurigen kahlen Bäume, die auf diesem Friedhof stehen. Mickrige Bäume für einen Friedhof in einer so großen Stadt. Es ist auch gar keine Kapelle da. Dabei heißt es doch christliche Seefahrt – die Matrosen werden bestimmt von einem Pfarrer beerdigt, ein Kapitän wird nicht genügen, oder?

Was ist das nur für ein großes, langes Gebäude? Man bewahrt die Toten doch nicht mit ihren Särgen in einem Haus auf. Jetzt heben sie mich hoch und tragen mich die Treppe hinauf in dieses Haus. Ein breites Treppenhaus, ein langer Korridor, der rechts in die Unendlichkeit führt. Links eine zweiflügelige Tür mit der Aufschrift *Zum Krankensaal*. Bleibt man im Tod krank, wenn man es zuletzt war? Ich war doch gar nicht krank.

Schritte. Stimmen. Der Polizist mit der sanften Stimme redet mit einem Mann im weißen Kittel. Der andere Polizist mit der Uniform steht dicht neben mir und starrt mich böse an. Passt auf, dass ich nicht weglaufe. Ich könnte ihn jetzt erschrecken und auferstehen. Aber deshalb haben sie mir die Fesseln angelegt.

»Ach, das ist die Irre aus Magdeburg«, sagt der Mann im weißen Kittel. »Wenn es sich so verhält, dann muss sie in den Pavillon für Unruhige. Ist sie tobsüchtig? Na, ich denke, wir werden sie in jedem Fall zunächst in eine Isolierzelle legen.«

»Muss das denn sein?«, fragt der Polizist mit der sanften Stimme.

»Sehen Sie, Herr Inspektor …«

»Oberwachtmeister.«

»Herr Oberwachtmeister, ich habe den Fall in den Zeitungen verfolgt. Sie ist aus der Irrenanstalt geflohen und hat gemordet, nicht wahr?«

Ja genau, ich habe gemordet.

»Nein, das hat sie nicht. Die Bluttaten gehen auf das Konto einer anderen. Die wahre Täterin ist übrigens tot.«

»Dennoch«, sagt der Mann im weißen Kittel, »ich bestehe darauf.«

Sie tragen mich durch die Hintertür wieder hinaus. Über einen krummen Weg durch einen tristen, winterlichen Garten unter einem dunkelgrauen Himmel auf ein kleines, zweistöckiges Haus zu, über dessen Tür eine Funzel gelbes Licht verströmt. Der Mann im weißen Kittel hält den Polizisten die Tür auf.

Den Geruch, der hier vorherrscht, kenne ich. Die Schreie, die durch die Flure schallen, auch. Es sind die Klagelaute der Verzweifelten.

Nein, ich bin nicht tot. Ich bin nur wieder da angekommen, wo ich schon mal war. Von wo ich fortgelaufen bin. Dr. Calinski hat mich wieder eingefangen, er hat gewonnen.

»Sehen Sie«, sagt der Mann im weißen Kittel. »Sie bäumt sich auf und zerrt an den Fesseln. Gut, dass wir noch eine Isolierzelle frei haben.« Dann schreit er: »Wärter! Wir haben einen Neuzugang!«

Nachdem zwei kräftige Kerle, die ihn beide um einen Kopf überragten, die widerspenstige Greta in eine Zwangsjacke gesteckt hatten, sagte Weber zu dem Irrenarzt: »Lassen Sie mich doch einen Moment mit ihr allein.«

Greta saß im Schneidersitz auf dem Boden und starrte vor sich hin. Im Raum befanden sich eine Ruhepritsche, die mit weichem Material umschlossen war, und ein Hocker aus Gummi. Die Wände waren dick gepolstert, der Fußboden mit einem weichen Gummibelag versehen. Ein schmales Fenster war unerreichbar weit oben angebracht.

»Nun, Herr Oberwachtmeister, ich muss Sie darauf aufmerksam machen, dass ein Verhör kaum möglich sein wird, angesichts des hysterischen Zustands, in dem sie sich befindet.«

»Ich will doch nur mit ihr reden.«

»Wenn ich noch hinzufügen darf: Von juristischem Wert dürften ihre Aussagen kaum sein.«

Weber platzte der Kragen. »Herrgott noch mal! Lassen Sie mich mit ihr allein!«

Der Arzt kniff die Lippen zusammen. »Es ist nicht üblich ...«

»Ich repräsentiere die Staatsgewalt, falls Ihnen das entgangen ist!«

»Jawohl.«

Der Arzt ging aus der Zelle. Greta ließ sich zur Seite fallen und blieb liegen, das Gesicht zur Wand gerichtet.

»Es tut mir leid«, sagte Weber.

Sie schloss die Augen.

»Ich lasse dich nicht im Stich, Greta.«

Ihre Augen öffneten sich wieder.

»Es wird eine Möglichkeit geben«, sagte Weber und war sich gleichzeitig bewusst, wie vage er sich ausdrückte. Er fügte hinzu: »Ich werde deine Familie in Kenntnis setzen. Die werden sicherlich Mittel und Wege ...« Weber brach ab. Hatte nicht ihre Familie sie schon einmal in die Irrenanstalt gebracht?

Greta schloss wieder die Augen.

»Die Situation ist jetzt eine andere«, sagte Weber. »Das Verbrechen, dessen du ... beschuldigt wurdest, war ein Unfall. So muss es eingestuft werden. Und die schlimmen Verbrechen hier in Hamburg, nun ... das ist vorbei.«

Sie lag da wie tot. Vielleicht, dachte Weber, hat sie durch das Erlebte einen weiteren Schock erlitten. Vielleicht hat es ihr neue Wunden in ihrem Inneren zugefügt. Bestimmt ist es so, und ich hocke hier und rede auf sie ein. Wahrscheinlich hat der Arzt recht – ich überschreite meine Befugnisse und bin einfach naiv. Trotzdem ...

Die Tür wurde aufgerissen. Ein unbekannter Mann in weißer Kluft stand da. Atemlos. »Herr Weber?«

»Ja.«

Der Blick des Mannes jagte hektisch und irritiert durch den Raum.

»Ihre Frau!«

»Was?«

»Sie müssen sofort kommen!«

»Was ist denn?«

»Schnell! Das Kind!«

Greta schlug die Augen auf.

»Es geht um Minuten«, rief der Mann.

Um Himmels willen! Weber sprang auf. Ein kurzer Blick auf Greta, die ihn anstarrte wie ein erlegtes Reh.

Dann eilte er hinter dem Hilfsarzt her. Es ging den gleichen Weg zurück zum Krankenpavillon, ins Treppenhaus, nach links in den langen Korridor, in dessen Mitte die Entbindungsstation lag.

Unterwegs stieß der Hilfsarzt Worte hervor, die Weber nur teilweise verstand: »quält sich schon seit Stunden ... das Kind will nicht kommen ... Zange ... Saugglocke ... ohne Erfolg ... sie ist völlig erschöpft ... zu fürchten ist Sauerstoffmangel beim Kind ... Rettung nur durch einen Schnitt ... Erlaubnis Ihrerseits ... sonst mit dem Schlimmsten zu rechnen ...«

Die Frau, die mit hochgelegten, gespreizten Beinen auf dem Bett lag, leichenblass, schon weißbläulich im Gesicht, verschwitzt und abgehärmt vor Schmerz und Anstrengung, sah Mathilde nur entfernt ähnlich.

Ein Mann mit einer Gesichtsmaske hielt Weber einen Zettel hin. »Unterschreiben Sie, schnell!«

»Was … ist das …?«

Ein klagendes Stöhnen, dann ein tierisch klingender Schmerzensschrei. Weber unterschrieb hastig, hielt dem Mann, der sich schon abgewandt hatte, den Zettel hin und starrte gleichzeitig auf dieses ächzende, wimmernde weibliche Wesen, dem die wirren, dunklen Strähnen im schweißnassen Gesicht klebten. Jemand nahm ihre Beine herunter und legte sie auf das Laken. Der Mann mit der Maske beugte sich über den bleichen Körper, der für Weber nur vage Konturen hatte, und hielt eine Hand hoch.

»Messer!«

Der Hilfsarzt reichte der Hand ein Skalpell.

»Schnitt!«

Es war nur eine dünne rote Linie, aber Weber konnte es nicht ertragen. Er taumelte zurück.

Eine Krankenschwester fasste ihn am Arm und führte ihn aus dem Saal zu einer Stuhlreihe. Er fiel mehr, als dass er sich setzte.

Zwei Stühle weiter drehte sich ein Mann zu ihm um. Schmales, unrasiertes Gesicht, Schiebermütze, Arbeiterhände. »Na, ist wohl das erste Mal, was?«

»Ich … weiß nicht …«

Der Arbeiter lachte und rieb sich die Hände. »Alles halb so wild. So eine Frau, die hält viel mehr aus als ein Mann. Meine hat jetzt das vierte gekriegt. Da flutscht es. Ruck, zuck, war die Sache erledigt.« Er lachte und deutete den Korridor entlang. »Ich darf bald rein.«

Weber schloss die Augen. Und riss sie wieder auf, als er

das Bild der toten, aufgeschlitzten Frauen im Keller vor sich sah.

»Beim ersten Mal bin ich auch noch blass geworden«, sagte der Arbeiter. »Hier, das hilft.« Er hielt ihm einen Flachmann hin.

Weber trank und dachte an Greta. Dachte an Mathilde. Dachte an Greta. Nahm noch einen Schluck.

»Ich hab ja Verständnis«, sagte der Arbeiter, »aber Sie dürfen mir ruhig was übrig lassen.«

Nach zwei Tagen nahmen sie ihr die Zwangsjacke ab. Am dritten Tag durfte sie die Gummizelle verlassen. Nach einem halben Tag in einem Zimmer mit drei anderen Frauen – einer schweigenden Melancholikerin, einer älteren, die ununterbrochen leise vor sich hin redete, und einer jungen, die immer wieder anfing, unflätige Witze zu erzählen – bekam Greta ein eigenes Zimmer zugeteilt. Und mit einem Mal war der Arzt höflich zu ihr und entschuldigte sich, dass er noch kein Zimmer in einer Privatklinik für sie gefunden hätte.

Greta redete mit niemandem. Aber sie aß, trank und schlief und ging zweimal täglich in Begleitung einer Krankenschwester im Garten spazieren. Die Schwester war jung und lachte immer, wenn sie ihr vor dem Verlassen des »Hauses für Unruhige« die von der Polizei gestellten Handschellen anlegte. »Das ist ja nur wegen der Vorschriften«, sagte sie entschuldigend. »Sie sind ja gar nicht mehr so unruhig, nicht wahr, Fräulein Meyerhoff?«

»Ich heiße Greta Wehmann.«

Da lachte die Schwester wieder und tätschelte ihr den Arm.

Am Nachmittag des vierten Tages betrat die Schwester unerwartet Gretas Zelle im ersten Stock, die mit dem nötigsten

Mobiliar halbwegs gut ausgestattet war – sogar einen Schrank hatte man ihr hereingetragen, dabei hatte sie gar keine Wechselkleider oder sonstigen Besitz.

»Fräulein Meyerhoff, Sie haben Besuch!«

Greta starrte aus dem vergitterten Fenster über das kahle Geäst, das die Sylter Allee säumte. Hinter den Bäumen glitten in regelmäßigen Abständen Straßenbahnzüge vorbei. Manchmal klingelten sie, manchmal kreischten die Räder auf den Schienen, wenn sich die Tram um die Kurve bewegte. Ganz selten leuchtete dabei ein blauer oder weißer Blitz an der Oberleitung auf. Dann freute sie sich besonders. Viel mehr Beschäftigung hatte sie nicht, außer sich einmal pro Tag die Anstaltsklamotten anzuziehen. Die wurden ihr, genau wie die Handtücher, täglich frisch hingelegt. Nachdem man sie zuerst wie ein wildes Tier gefesselt hatte, behandelte man sie nun wie ein rohes Ei. Das war ihr durchaus bewusst. Das eine wie das andere gefiel ihr nicht.

Sogar Bücher hatte man ihr auf das Nachtschränkchen gelegt. Von Autoren, die sie mochte. Auch »Buddenbrooks«, ihr Lieblingsbuch. Nur konnte sie nicht lesen, denn die Worte in den Büchern waren inhaltsleer nach allem, was sie erlebt hatte. Die Welt war eben nicht so wie in den Romanen – so traurig oder düster, so tragisch oder dramatisch sie auch sein mochten. Da lief alles immer auf einen Sinn hinaus, den es im wirklichen Leben nicht gab.

»Ein Herr Jensen möchte Sie gern sehen, Fräulein Meyerhoff.«

»Nein«, sagte sie, ohne sich umzudrehen. »Nein, nein, nein.«

»Äh ... wie darf ich das verstehen?«

Draußen hinter der beschlagenen Fensterscheibe sanken dicke Schneeflocken träge vom Himmel. Leider blieben sie nicht liegen. Greta hob die Hand und schrieb die Buchstaben N-E-I-N auf die Scheibe.

»Dieses Wort«, sagte sie zu den Buchstaben, »ist ein positives Wort. Es bedeutet Ablehnung, Abgrenzung, ausschließen und entsagen. Dieses kleinliche Wort hingegen ...« Sie schrieb J-A auf die andere Scheibe. »... ist negativ. Es bedeutet akzeptieren, annehmen, hinnehmen und zulassen. Das will ich nicht.« Sie durchkreuzte die Buchstaben und wischte sie schließlich ganz weg. »Deshalb ist meine Antwort ein positives Nein. Ich empfange niemanden.«

Die Krankenschwester überbrachte die Botschaft. Jensen musste wieder gehen.

Am Morgen des fünften Tages kam die Krankenschwester mit freudestrahlendem Gesicht und vermeldete: »Ihre Eltern sind gekommen, um Sie zu sehen, Fräulein Meyerhoff!«

Greta schüttelte den Kopf. »Ich empfange niemanden.«

»Aber ... es sind Ihre Eltern.«

»Das kann nicht sein.«

»Doch, Ihre Mutter, Ihr Vater!«

»Unmöglich, das müssen Hochstapler sein. Ich habe keine Eltern.«

»Aber Fräulein Meyerhoff! Sie sind es wirklich!«

Greta schüttelte erneut den Kopf und ging zum Fenster.

Ihre Eltern traten ein. Sagten: »Guten Tag, Sieglinde.«

»Liebes, wir ...«

»Mein Kind, du ...«

»Sei doch nicht so ...«

»Wir wollen doch helfen ...«

»Ja, es gibt einiges wiedergutzumachen ...«

»Sieglinde, du bist unsere Tochter ...«

»Wenn du nur bereust, wird alles gut. Der Herr hat seinen

verlorenen Sohn wiederaufgenommen, er wird auch seine verlorene Tochter wiederaufnehmen.«

»Eine Beichte, eine Buße ... wenn du nur in Demut deine Vergehen sühnst, wirst du sehen, dass Gottes Liebe und die deiner Eltern dir sicher sind.«

»Sogar der Pfarrer hat dir verziehen ... was für ein Wunder!«

»Eine Aussprache mit ihm wäre natürlich nötig ... aber sieh nur, sogar der Bischof hat sich für dich ausgesprochen.«

»Es war vielleicht falsch, dich in eine Anstalt zu stecken, auch wir sind nicht frei von Fehlern.«

»Doch jetzt sollten wir nach vorn schauen.«

»Nach allem, was geschehen ist, wäre ein Neuanfang ...«

»... nach einer Zeit der Einkehr, vielleicht möglich.«

»Ja, ein Neuanfang ...«

»Zunächst eine Weile in einem Kloster, vielleicht in den Bergen. Dann ...«

»... eine Reise ...«

»Erholung im Ausland ...«

»Und wenn alles wieder im Lot ist ...«

»... ein Studium ...«

»Wie du es dir gewünscht hast ...«

»Du siehst, wir sind bereit, über unseren Schatten zu springen.«

»Du musst uns nur die Hand reichen, Sieglinde.«

Beide streckten ihre Hände aus. Sahen aus wie Schauspieler auf der Bühne. Als hätten sie es eingeübt.

Aber das Mädchen, zu dem sie sprachen, war gar nicht da. Sieglinde Meyerhoff gab es nicht mehr. Die beiden hatten sich in der Tür geirrt. Dies hier war Greta Wehmanns Zimmer. Und Greta Wehmann schrieb nach jedem Satz dieser fremden Menschen ein Wort auf die beschlagene Scheibe. Ein positives Wort: NEIN. Sehr bald schon waren beide Fensterflügel mit diesen Buchstaben übersät.

Nach einer Weile sagte der Mann zur Frau: »Lass, es hat keinen Sinn, sie hört uns gar nicht zu.« Und sie verließen den Raum.

Doch, dachte Greta, nachdem sich die Tür hinter ihnen geschlossen hatte, jetzt fängt alles an, einen Sinn zu haben. JETZT.

Kein großer Bahnhof, dachte Weber, ein Glück. Die Ehrung im Stadthaus war glimpflich abgegangen. Eigentlich war es mehr eine verkniffene Belobigung gewesen. Er war von einem Amtsdiener zu Kriminalinspektor Kunath gerufen worden. Natürlich war Kommissar Recknagel auch dabei gewesen. Des weiteren Lindgard, der Gerichtsmediziner, und Webers Freund Hilbrecht, der Fotograf, der extra für diese »kurze Zeremonie« aus dem Dachgeschoss heruntersteigen musste.

Kunath hatte die anwesenden Kriminalbeamten zur Aufklärung beglückwünscht, vor allem Recknagel und Lindgard, »wegen ihrer wichtigen Beiträge zur Lösung dieses für unser Gemeinwesen so schändlichen Falls«. Er könne nur hoffen, hatte er hinzugefügt, dass die typisch weibliche Niederträchtigkeit, die diese Mordfälle gekennzeichnet habe, kein Ergebnis der allzu raschen Einführung der Gleichberechtigung in »diesem neuen, noch wackeligen Staatsgebilde« sei. Hilbrecht, der zu Anfang der Rede noch in sich hineingegrinst hatte, räusperte sich daraufhin ungeduldig. Dann wandte Kunath sich ziemlich reserviert an Weber, der sich die ganze Zeit darauf beschränkte, ein ausdrucksloses Gesicht aufzusetzen. »Oberwachtmeister Weber, ich muss Sie zu Ihrer außerordentlichen Detektivarbeit beglückwünschen und Ihren eigenwilligen Einsatz loben. Ihre Hartnäckigkeit hat verhindert, dass diese verkommene Familie seelenloser Verbrecher einer unschuldigen Irren die Schuld für ihre Bluttaten in die Schuhe schieben konnte. Zudem ist es ein großer Fahndungserfolg unserer Behörde, diese entflohene Irre dingfest gemacht zu haben, um sie nun der Obhut ihrer Familie und der zuständigen Instanzen zu übergeben. Es ist uns gelungen, nach schweren Zeiten die Funktionstüchtigkeit unserer Polizei unter Beweis zu stellen. Danke, meine Herren!« Kunath hatte allen der Rangfolge entsprechend die Hand gegeben, am Schluss, mit leerem Lächeln, Weber.

Und das war es dann gewesen. Keine Beförderung, keine Versetzung in den Innendienst, nur eine knappe positive Bewertung seiner Arbeit in der Personalakte. Weber war erleichtert.

Nun sprang er beinahe übermütig von der Plattform der Straßenbahn auf die matschige Straße und ging auf den Haupteingang des Hafenkrankenhauses zu. Er hatte ein paar Tage freibekommen. So hatte er die Geburt seiner Tochter beim Standesamt angegeben, seine noch immer entkräftete Frau mehrfach besucht und war anschließend für drei Tage auf eine Reise nach Pommern aufgebrochen. Um ein Versprechen einzulösen, von dem er sich einbildete, dass er es Greta Wehmann gegeben hatte, irgendwann während dieser schrecklichen Ereignisse. Er nannte sie immer noch bei ihrem falschen Namen, denn nachdem er ihre Eltern kennengelernt hatte, drängte sich ihm der Eindruck auf, dass die Greta, die er kannte, und die Sieglinde, die sie zu kennen glaubten, zwei grundverschiedene Personen waren.

Aber morgen, so hatte er erfahren, würde das Ehepaar Meyerhoff seine Tochter aus dem »Haus für Unruhige« abholen und zurück nach Magdeburg bringen. Er war gerade rechtzeitig aus Pommern wiedergekommen, um ein letztes Mal mit der jungen Frau zu sprechen, die man als Irre abgestempelt hatte, weil sie einen eigenen Kopf, eigene Gefühle und einen eigenen Willen besaß. Vor allem Mut, dachte Weber, den hat sie. Aber auch einen Menschen auf dem Gewissen. Wobei dieses Urteil so nicht richtig war und nicht stehenbleiben durfte. Dafür wollte er sorgen.

Webers Schritte hallten über den Marmorterrazzoboden des Krankenpavillons. Zunächst besuchte er seine Frau im großen Saal im Erdgeschoss, wo sie in einem von vierundzwanzig Betten lag. Immerhin war es dank der vielen hohen Fenster recht hell, trotz des grauen Himmels. Er setzte sich zu ihr und sah in ihr abgekämpftes, aber lächelndes Gesicht. Sie reichte ihm das kleine Kind, dem sie gerade die Brust gegeben hatte. Es schlief. Eine Weile saß er da und wusste nicht, was er von seiner Situation als Familienvater halten sollte.

Schließlich, als seine Frau ebenfalls eingeschlafen war, übergab er das Kind einer Schwester und machte sich auf den Weg zu Greta. Der Irrenarzt ließ ihn umstandslos zu ihr. Er war beinahe unterwürfig und erwähnte voller Bewunderung, dass er Webers Namen und einen ausführlichen Bericht über seine erfolgreichen Ermittlungen in der Zeitung gelesen hätte. Er las also das sozialdemokratische *Hamburger Echo*. In den rechten Blättern waren Kunath und Recknagel gelobt worden.

Greta lag angezogen auf ihrem Bett und hielt ein Buch in der Hand. Das war neu. Auf dem Umschlag war eine Zeichnung zu sehen: Eine leicht geöffnete Tür, davor ein Mann im Morgenmantel.

»Sie lesen also wieder«, stellte Weber fest.

»Waren wir nicht per du, Herr Oberwachtmeister?«

Sie lächelte. Und das war neu für ihn. Dieses kleine, verhaltene Lächeln traf ihn wie ein Blitz.

»Dann tu auch du nicht so förmlich, Greta, und nenn mich Alfred. Es ist wahrscheinlich unser letztes Zusammentreffen.«

»Das ist schade.« Noch so ein Blick, beinahe verführerisch und mit einem leichten Ausdruck von Bedauern.

Weber setzte sich hinter dem Kopfende auf einen Stuhl. Vor allem, um ihrem Blick aus dem Weg zu gehen. Er fand das selbst eigenartig. Wieso bin ich auf einmal so gebannt?, wunderte er sich. Und ängstlich beinahe?

»Du sollst da nicht sitzen«, sagte Greta.

»Warum nicht?«

»Weil ich nichts mehr gestehen will.«

»Du sollst doch gar nichts mehr gestehen. Ich bin gekommen, um dir eine Nachricht zu überbringen.«

»Nachrichten kommen immer von anderen Menschen, und andere Menschen stiften nur Unheil.«

»Nicht immer, das weißt du genau.«

»Na schön. Aber auf diesen Trick mit dem Ausfragen, während ich daliege, auf den falle ich nicht mehr rein.«

»Das war kein Trick und kein Ausfragen.«

»Du bist ein schlechter Lügner, Alfred. Man hört es an deiner Stimme. Und jeder weiß doch sowieso, dass ein Kriminaler dazu da ist, die Leute auszufragen. Also binde mir keinen Bären auf.«

»Na gut.«

»Und setz dich endlich hier hin!« Sie klopfte neben sich auf das Bett.

Er stand auf und nahm auf dem Rand des Betts Platz. Greta ließ das Buch sinken und legte es aufgeklappt auf ihre Brust.

Sie schaute ihn eindringlich an. Ihre grünen Augen leuchteten auf. »In diesen Augen steht Verachtung«, hatte Mathilde geurteilt. Aber das stimmte ja gar nicht.

Er schüttelte leicht den Kopf. Dachte an sein neugeborenes Kind und seine Frau. Was für eine schwierige Zukunft stand ihm da bevor? Aber wäre es zum Beispiel mit dieser hier anders gewesen, ganz anders? Herrje, dachte Weber, was ist denn auf einmal mit mir los? Was hatte Lore noch zu Gretas Foto gesagt? »Wenn sie das Glück sieht, wird sie sich darauf stürzen, um es zu packen.« Lore, die andere Frau in seinem Leben. Die jetzt nicht mehr in sein Leben passte, eigentlich nie gepasst hatte. Bei mir will nichts so recht passen, dachte er. Weber riss sich zusammen und kam auf sein Anliegen zu sprechen: »Ich bin auf Reisen gewesen.«

»Ach ja?«

»In den Osten bin ich gefahren, bis nach Pommern.«

»Sieh mal an.« Sie hob das Buch wieder hoch. Tat so, als würde sie darin lesen.

»In einen kleinen Ort namens Bütow. Der liegt in der Nähe von Stolp, nahe dem Danziger Korridor.«

Weber schaute zur Wand, um sich zu konzentrieren. Er wollte jetzt kein falsches Wort verwenden.

»Soso.«

»Ein hübsches Städtchen. Dort gibt es alteingesessene Handwerksbetriebe, zum Beispiel eine Holzmühle und eine Wollspinnerei, aber auch Fabriken. Die Eisengießerei Rosenfeld zum Beispiel. Ein florierendes Unternehmen mit vielen Beschäftigten. Der Inhaber wohnt mit seiner Frau etwas außerhalb der Stadt auf einem ehemaligen Gutshof. Die Ländereien sind verpachtet, aber um das Haus herum liegen hübsche Gärten, und es hat einen idyllischen Innenhof mit einem Brunnen. Der Mann lässt sich jeden Morgen von seinem

Chauffeur in einem englischen Personenkraftwagen zur Fabrik fahren.«

»Aha.«

»Seine Frau ist eine freundliche, patente Person mit dem Herzen auf dem rechten Fleck. Sie hat die Gärten geplant und führt den Haushalt mit Freude und Hingabe. Ihre Angestellten sind voll des Lobes, weil sie gut behandelt werden. Leider kann das Paar keine eigenen Kinder bekommen ...«

»Mhm.«

»... weshalb es ein kleines Mädchen adoptiert hat. Dabei ist wohl nicht alles mit rechten Dingen zugegangen, aber sie sind willens, die Angelegenheit mit den Behörden zu klären, damit die Kleine eine gute Zukunft haben kann ...«

Greta ließ das Buch fallen. Es rutschte über den Rand des Betts und fiel zu Boden. Weber schaute nach unten. Der Mann auf dem Buchtitel schlug sich in großer Verzweiflung die Hände vors Gesicht.

»Ich habe die Kleine gesehen. Sie lag in einer Wiege mit kaschubischem Blumenmuster. Sie hat eine Amme. Eine gutmütige dicke Polin, die nach Schlagsahne riecht.« Weber versuchte zu lachen, was ihm nicht so recht gelang.

Greta richtete sich ruckartig auf und starrte ihn an. Ihre Augen waren jetzt giftgrün und loderten zornig.

»Sie haben sie also gekauft!«

»Bei sich aufgenommen«, versuchte Weber sie zu beschwichtigen. »Und wie ich schon sagte, es wird alles geregelt werden. Und übrigens ...«

»Geregelt!«, stieß Greta hervor und hob die Arme in theatralischer Empörung.

»Übrigens haben sie sie tatsächlich Anna genannt.«

Greta hielt inne und ließ sich aufs Kopfkissen zurückfallen. Sie schaute an ihm vorbei zum Fenster.

»Ich habe es als Wink des Schicksals verstanden. Dass ihre ... Pflegeeltern sie Anna genannt haben, meine ich. Mir scheint, so hat alles doch noch seine Ordnung gefunden.«

Greta betrachtete eingehend das Fenster.

»Alles ist gut, das wollte ich sagen.«

Weber hob das Buch auf und legte es neben Greta auf die Bettdecke. Der Titel der Erzählung war in roten Buchstaben auf den Umschlag gedruckt und lautete »Die Verwandlung«. Den Namen des Autors hatte Weber noch nie gehört.

Nach einer Weile störrischen Schweigens sagte Greta, ohne Weber anzusehen: »Adieu, leben Sie wohl.«

Weber stand auf und sah sie an. Sie erwiderte seinen Blick nicht. Er wandte sich ab. Ihm war hundeelend zumute.

»Auf Wiedersehen, Greta.«

Leise zog er die Tür zu ihrem Zimmer hinter sich zu. Aber schon war ein Krankenwärter neben ihm und drehte den Schlüssel um. Weber hätte ihn am liebsten an der Gurgel gepackt und verprügelt. Er gab ein wütendes Schnauben von sich.

Der Wärter schaute ihn irritiert an. »Hier entlang, Herr Oberwachtmeister.«

In der Nacht, als nur der schwache Schein der Haus- und Straßenlaternen in ihr Zimmer drang und das Rumpeln der letzten Straßenbahn auf der Sylter Allee längst verklungen war, stand Greta auf und zog sich an.

Ihr Blick fiel auf den Spiegel über dem Waschbecken. Er war aus Metall, nicht aus Glas, damit man ihn nicht zerschlagen und sich nicht mit den Scherben verletzen konnte. In dem leicht welligen Spiegelbild sah sie das Medaillon, das an der reparierten Kette hing, die um ihren Hals lag. Sie nahm es in die Hand, hob es an den Mund und gab ihm einen Kuss.

Sie würde sich nicht in ein Insekt verwandeln und sich einsperren und füttern lassen und an ihrer eigenen Traurigkeit zugrunde gehen, bis sie sie mit dem Kehrblech aufklauben und auf den Abfall werfen würden. Nein, sie war zu Höherem bestimmt. Wenn die anderen das nicht verstanden, dann mussten sie eben sehen, wo sie blieben.

Sie riss die Bettbezüge und Laken vorsichtig in breite Streifen und knotete sie zusammen.

Wer hatte denn noch das Recht, ihr Einhalt zu gebieten? Ihre Familie? Nein. Eltern, die ihre Kinder einsperrten, sei es in die Irrenanstalt oder ins Kloster, waren keine Eltern mehr.

Sie schlich leise zum Fenster und öffnete die beiden Flügel. Eiskalte Luft drang ins Zimmer.

Und wenn reiche Leute meinten, sie könnten sich Kinder kaufen wie Sklaven und sie nach ihrem Vergnügen formen, dann waren sie auch im Unrecht.

Das Gitter vor dem Fenster quietschte leise, als sie es an den beiden unteren Ecken aus dem Mauerwerk löste. Vor zwanzig Jahren, als man dieses Gebäude errichtet hatte, hatte man offenbar sehr schlechten Mörtel verwendet. Ein Federhalter mit Stahlfeder hatte genügt, die Verankerung freizulegen.

Sie band das lange, zusammengeknotete Tuch an das Gitter und ließ es vorsichtig hinab, seitlich, damit es nicht vor dem unteren Fenster hing, sondern daneben.

Sie zog prüfend daran. Schien so, als ob das Gitter oben auch noch fest genug saß. Und wenn nicht, dann musste sie halt fliegen.

Sie zog sich Schuhe, Mantel, Schal und Mütze an. Schob die Handschuhe in die Manteltaschen und griff nach dem selbstgefertigten Fluchtseil.

Dann kletterte sie nach unten. Ihre Hände schmerzten, als sie von einem Knoten zum nächsten rutschte. Es war viel schwerer, als sie gedachte hatte, und dauerte viel länger. Als sie am Boden ankam, taten ihr Hände und Armmuskeln weh, und sie atmete angestrengt.

Sie schlich über den knirschenden gefrorenen Schneematsch zum Zaun, lief daran entlang bis zum Tor, schob es ohne das leiseste Geräusch auf und rannte unter den kahlen Bäumen die Sylter Allee entlang Richtung Millerntorplatz.

Die schwarze Silhouette des Trichters zeichnete sich vor dem dunklen Himmel ab. Weiter oben glänzte die schmale Sichel des Mondes. Greta wandte sich nach rechts und ging auf den Großneumarkt zu. Dank ihrer ausgiebigen Wanderungen durch die Stadt konnte sie sich gut orientieren. Sie wusste, wie sie auf dem kürzesten Weg zum Hauptbahnhof gelangte.

Dort würde es ein Leichtes sein, einen Zug Richtung Berlin zu finden und von da eine Verbindung nach Pommern, sei es über Stettin oder Posen. Es fuhren schließlich genug Züge Richtung Ostpreußen. Sie musste nur aufpassen, dass sie nicht im Danziger Korridor stecken blieb.

Sie lachte auf, als sie im Futter ihres Mantels die Geldscheine spürte, die sie darin eingenäht hatte. Kurz vor dem Ende hatte die gute Frau Möhl ihr das Goldstück des Mannes mit dem kaputten Gesicht abgekauft. Das dürfte erst mal reichen. Und wenn nicht, musste sie eben in die Hände spucken! Sie schritt aus.

»Sei nicht verzagt, Sieglinde«, hatten ihre Eltern gepredigt. »Es gibt immer einen Weg zurück zu Gott. Sogar aus Saulus ist ein Paulus geworden.«

Ja, ja, hatte Greta gedacht, aber ich bin die Straße nach Damaskus verkehrt herum gegangen.

Und wenn schon, sie hatte eine Mission: Sie wollte das Verlorene wiederfinden und das Verirrte wiederbringen!

Das hatte sie Rieke versprochen, und dieses Versprechen wollte sie halten. Die Botschaft, die dieser Polizist mit der sanften Stimme ihr überbracht hatte, war doch eindeutig eine Aufforderung gewesen weiterzumachen. »Übrigens haben sie sie tatsächlich Anna genannt.«

Und Anna gehörte zu ihr!

* * * * *